Christoph Wortberg
Kein Erbarmen

Bei einem Hafturlaub bringt der zu lebenslänglich verurteilte Martin Wolf eine Pistole an sich, erschießt zwei JVA-Beamte und ergreift die Flucht. Katja Sand ist wie gelähmt, ihre Vergangenheit holt sie ein. Vor siebzehn Jahren war sie es, die Wolf ins Gefängnis brachte. Zusammen mit einem Komplizen hatte er einen Geldtransporter überfallen, den Fahrer erschossen, über zwei Millionen Euro erbeutet und eine Geisel genommen, für die Katja sich austauschen ließ. In einer Scheune im Wald hielt Wolf sie gefangen, die versprochene Hilfe kam nicht. Es gelang Katja, ihren Peiniger mit einem Schuss ins Bein zu überwältigen, doch heute bereut sie, dass sie ihn am Leben ließ. Sie weiß: Wolf wird sich an ihr rächen.

Christoph Wortberg studierte Philosophie, Germanistik und Geschichte und ist ausgebildeter Schauspieler. Verschiedene Rollen am Theater und im Fernsehen, daneben Hörbuchsprecher. Seit vielen Jahren Drehbuchautor, u. a. für den Kölner »Tatort«, sowie Autor von Jugendromanen. Christoph Wortberg lebt in Köln.

Christoph Wortberg

KEIN ERBARMEN

Katja Sands dritter Fall

Kriminalroman

dtv

Von Christoph Wortberg
sind bei dtv außerdem erschienen
Kein Entkommen – Katja Sands erster Fall
Kein Vergessen – Katja Sands zweiter Fall

MIX
Papier aus verantwortungsvollen Quellen
FSC® C019821
www.fsc.org

Originalausgabe 2023

Umschlaggestaltung: zero-media.net, München
Umschlagmotive: JACLYN SOLLARS/Arcangel Images;
Jukka Heinovirta/Arcangel Images; FinePic®, München
Satz: Fotosatz Amann, Memmingen
Gesetzt aus der Minion 10/13˙
Druck und Bindung: Druckerei C.H.Beck, Nördlingen
Printed in Germany · ISBN 978-3-423-21854-2

Erster Teil

DAVOR

Das Mädchen stützte die Hände auf dem feuchten Gras ab und beugte sich über das Ufer des Kanals. Schwarzes Wasser, in dem sich graue Wolkenfetzen spiegelten, vom Wind getrieben, dazwischen leuchtend blaue Farbtupfer wie eine flüchtige Erinnerung an längst vergangene, glückliche Tage.

Der Gedanke, auf das Wasser zu schauen und dabei in den Himmel zu blicken, machte das Mädchen schwindelig. So wenig es wusste, was jenseits der schimmernden, spiegelnden Oberfläche verborgen war, so wenig konnte es sagen, was hinter dem Wolkengrau lag, das unter ihm vorbeizog. Die Welt war ein Rätsel, alles war ein Rätsel.

Das Wasser zog das Mädchen magisch an. Es stellte sich vor, das bleierne Schwarz unter der Spiegelung des Himmels zu durchstoßen, es sah sich hinuntertauchen in eine bodenlose Tiefe, weiter und immer weiter hinab, die Augen weit aufgerissen, um sich herum nur Schatten und Schemen, ein letzter Blick zurück nach oben, Reste von Licht, ein stetig abnehmendes Funkeln, bis die Dunkelheit es vollkommen umschloss.

Kein Sehen mehr und kein Hören, nur noch Fühlen. Das an seiner Brust entlangstreichende Wasser kühl und weich, kein Oben, kein Unten, kein Gewicht mehr und kein Körper, ein raumloses Schweben jenseits von Ort und Zeit, der Wunsch, nie mehr auftauchen zu müssen aus diesem grenzenlosen Nichts.

Und plötzlich die Stimme des Vaters, liebevoll und warm.

Fühlt es sich gut an?

Ja, Papa, das tut es.

Was siehst du?

Gar nichts.

Aber das stimmte nicht. Das Mädchen sah sich selbst inmitten des wolkenzerfetzten Himmels, der Wind kräuselte die Wasseroberfläche, und neben ihm das Gesicht des Vaters, die Hand auf der Schulter des Mädchens, sein vertrautes Lächeln.

Das Mädchen wollte sich zu ihm umdrehen, aber es traute sich nicht, weil es Angst hatte, dass er dann nicht mehr da sein würde.

Sie schauten gemeinsam hinunter auf das Wasser und den Himmel darüber. Alles war eins, alles gehörte zusammen.

Das Mädchen fragte sich, was über den Wolken war, hinter dem Blau, das nachts schwarz war, jenseits des Mondes und der Sterne.

Die Unendlichkeit, sagte der Vater und wurde ernst hinter seinem Lächeln.

Das Mädchen verstand nicht, was er damit meinte, und konnte sich nicht vorstellen, was das bedeutete: Unendlichkeit. Hieß das, man ging immer weiter und weiter und kam nie irgendwo an?

Vielleicht ist man ja schon da, erwiderte der Vater. Alles, was da draußen ist, ist auch in dir, die ganze Welt, der ganze Himmel.

Aber das verwirrte das Mädchen erst recht. Wie sollte das alles in seinen kleinen Körper passen, wenn alle Schritte der Welt nicht ausreichten, um die Grenze dieser komischen Unendlichkeit jemals zu erreichen?

Deine Seele, sagte der Vater, ist winzig und riesengroß zugleich, du kannst sie nicht anfassen, du kannst sie nur fühlen. Und manchmal, wenn du traurig bist oder glücklich, dann spürst du darin ein wenig von dieser Unendlichkeit.

Die hellen Flecken im Grau des Himmels veränderten sich. Aus Blau wurde Orange, dann Violett, schließlich ein zartes Rosa. Jenseits der Wolken ging die Sonne unter, die Dämmerung saugte die Farben auf. Alles passierte kaum merklich und rasend schnell zugleich, die Zeit löste sich auf.

Noch immer schaute das Mädchen auf das Wasser unter sich. Die Dunkelheit hatte die Spiegelung verschluckt. Und mit der Spiegelung auch sein Gesicht und das seines Vaters.

Bist du noch da?, fragte das Mädchen.

Natürlich, sagte der Vater, immer, das weißt du doch.

Ja, sagte das Mädchen, das weiß ich. Aber plötzlich war es sich nicht mehr sicher. Angst kroch in ihm hoch, eine bedrohliche Kälte. Es zitterte und fragte sich, ob es sich nicht vielleicht doch zu ihm umdrehen sollte, bloß zur Sicherheit.

Papa?

Keine Antwort. Nur das leise Rauschen des Windes, das Flüstern der Bäume. Und hinter dem Mädchen nichts bis auf die Böschung des Kanals, die kopfsteingepflasterte Straße und eine lange Reihe von Häusern, erleuchtete Fenster hinter schmiedeeisernen Zäunen. Und das Mädchen selbst, kniend auf dem feuchten Gras am Ufer, ein erfrorenes Herz in einem mageren Kinderkörper, die Hände zu Fäusten geballt, den Mund zu einem stummen Schrei aufgerissen. Papa!

Das Mädchen wandte sich wieder dem Kanal zu, starrte auf die unergründliche Schwärze unter sich. Das Wasser rief nach ihm, oder war es der Vater, das Mädchen wusste es nicht. Aber es war ja auch egal, alles war egal. Hauptsache, diese grauenhafte Kälte ließ nach, dieses unerträgliche Gefühl, lebendig erfroren zu sein. Papa! Das Mädchen sehnte sich danach, von ihm umarmt zu werden, den Kopf an seinen Hals zu legen, geborgen und beschützt. Es wollte zu ihm, ganz egal, wo er war.

Das Mädchen ließ sich fallen und wurde im selben Moment zurückgerissen. Die Arme der Mutter, die es gewaltsam an sich zogen, ihr rasender Puls an seiner Wange, in seinen Ohren ein erschrockenes Kreischen: Um Himmels willen, Kind, was machst du da bloß?

Ihre Hand strich dem Mädchen über das Haar, der hilflose Versuch einer Beruhigung, behauptete Zärtlichkeit, Fingernägel, die schmerzhaft über seine Kopfhaut kratzten.

Schweigend saßen sie beim Essen, das Haus um sie herum eingehüllt in lähmende Stille. Das Mädchen sah zu, wie die Mutter mit Gabel und Messer ein Stück Fleisch zerteilte, es sich in den Mund schob und langsam zerkaute. Die Bewegungen ihrer Gesichtshaut, das Knacken ihrer Kiefer, die Geräusche beim Schlucken. Das Mädchen hatte sich noch nie in seinem Leben so einsam gefühlt.

Wir müssen zusammenhalten, sagte die Mutter, wir schaffen das, irgendwann wird es besser, du wirst sehen. Ihre Worte erreichten das Mädchen nicht. Sie tanzten durch den Raum wie Seifenblasen, hohl und ohne jede Bedeutung.

Der leere Platz des Vaters. Er saß reglos da, eine durchsichtige Hülle aus Luft. Sie weiß es nicht besser, sagten seine Augen, sei sanft zu ihr, verurteile sie nicht.

Ich versuche es doch, dachte das Mädchen, aber ich schaffe es einfach nicht.

Du musst etwas essen, sagte die Mutter, den Mund zu einem hilflosen Lächeln verzogen, ihr Gesicht eine furchteinflößende Grimasse.

Das Mädchen starrte sie an und sprang auf. Sein Stuhl fiel um, es war ihm egal. Es rannte die Treppe hinauf in sein Zimmer, warf sich auf das Bett. Die Bienen und Schmetterlinge auf dem Schirm der Nachttischlampe, die Wände, die sich auf seinen kleinen Körper zuschoben, das Fenster ein schwarzes Loch, dahinter die Unendlichkeit, über die der Vater gesprochen hatte.

Das Mädchen verstand das alles nicht, seine Seele war viel zu klein für diese Unendlichkeit, es gab sie nicht, es konnte sie einfach nicht geben.

Du hast mich angelogen, Papa!

Warum sollte ich dich anlügen?

Um mich zu trösten.

Eine Lüge kann nicht trösten, sagte er, sie macht alles nur noch schlimmer. Warum sollte ich alles nur noch schlimmer machen wollen?

Ich weiß es nicht, dachte das Mädchen. Es war zehn Jahre alt, und alles in ihm war durcheinander und kaputt. Und alles würde durcheinander und kaputt bleiben, sein ganzes Leben lang.

Das Mädchen drehte sich auf den Rücken und starrte die Decke an. Mit angehaltenem Atem wartete es darauf, dass Stücke daraus hervorbrechen und es unter sich begraben würden. Aber die Decke blieb ganz, kein Stück brach daraus hervor.

Stattdessen das unwiderstehliche Verlangen, den Mund aufzureißen und nach Luft zu schnappen. Das Mädchen hasste sich dafür, sein Herz schlug wie wild, seine Lungen pochten. Wimmernd kroch es vom Bett, schlich hinüber ins Schlafzimmer der Eltern und zog eine der Schranktüren auf, hinter der die Anzüge des Vaters hingen und über einer Stange seine Krawatten. Das Mädchen strich mit den Händen über die Sakkos, glitt mit den Fingern in die Ärmel, verbarg den Kopf zwischen den Innenfuttern, die nach Liebe rochen und nach Sicherheit.

Schließlich schlüpfte es in den Schrank und zog die Tür hinter sich zu, ließ sich in die Dunkelheit fallen, die Nase erfüllt vom Geruch des Vaters, auf der Haut seine Wärme, in den Ohren sein Lachen. Papa!

Langsam wurde das Mädchen ruhiger. Seinen Kinderrücken an die Schrankwand gelehnt, legte es sich eine Hand auf die Brust und wartete darauf, dass seine Seele sich füllte mit der Unendlichkeit, die der Vater beschrieben hatte, vorhin, als sie gemeinsam auf das Wasser des Kanals geschaut hatten, während der Wind graue Wolken über den Himmel trieb.

I

München liegt hinter ihnen, vor ein paar Minuten haben sie die Stadtgrenze passiert, sie fahren auf der A8 in Richtung Salzburg. Die Scheibenwischer von Dorfmüllers Granada bewegen sich gleichförmig hin und her, schauerartiger Regen, die Ausläufer einer abklingenden Schlechtwetterfront. Katja Sand blickt aus dem Beifahrerfenster auf die vorbeiziehende Landschaft. Hügeliges Ackerland, dazwischen kleine Waldstücke, die Berge im Süden wie eine ferne Verheißung unter einem blassgrauen Himmel. Ein ganz normaler Frühlingstag Mitte Mai, schon morgen soll es wieder sonnig und warm sein, aber seit einer Stunde ist nichts mehr normal an diesem Tag, der so normal begonnen hat.

Das Frühstück mit Jenny, ihre Erwähnung eines Jungen aus ihrer Jahrgangsstufe, dessen Name vorher noch nie gefallen war, ein errötendes »Mama!«, als Katja nachzufragen wagte. Jennys auffällige Eile, nicht zu spät in die Schule zu kommen, ihr scheinbar beiläufiger Blick in den Garderobenspiegel und das genervte Augenrollen, als Katja kommentierte: »Du siehst toll aus!« Schließlich: der Kuss auf Katjas Wange, bevor die Wohnungstür hinter ihr zufiel, ihre Schritte auf der Treppe, zwei Stufen auf einmal, während Katja lächelnd zurück in die Küche ging. Sie ist so stolz auf ihre Kleine, die längst nicht mehr klein ist, sie liebt sie über alles.

Anschließend hat sie geduscht, zufrieden mit sich und ihrem Körper, gegen acht hat sie die Wohnung verlassen und beim Sankt-Anna-Platz die U-Bahn genommen, eine Mordermittlerin auf dem Weg zur Arbeit, bereit für einen neuen Tag. Im November wird sie vierzig.

Sie mag dieses Versinken in der Anonymität eines U-Bahn-Zuges, das stille Beobachten der Fahrgäste. Blicke, die sie zufällig streifen, ein unbekannter Mann, eine fremde Frau. Sie lächelt, freundlich und unverbindlich. Niemand sieht ihr an, was sie beruflich macht.

Es ist eine Menge passiert im letzten Jahr, denkt sie. Dr. Alexander Hanning, ein Psychoanalytiker und Traumatherapeut, der zwei seiner Patienten getötet hat. Nachdem sie ihm die Morde nachgewiesen hatte, hat er versucht, sie auf einem Schrottplatz zu verbrennen. Monate später, nach seiner Verurteilung, hat sie ihn in der Haft besucht. Den Analytiker, nicht den Täter. Er hat ihr geholfen, die Mörderin einer ehemaligen OP-Schwester und eines Kinderchirurgen im Ruhestand zu überführen.

Sie muss oft an ihn denken, an die Gespräche, die sie mit ihm geführt hat im Besuchsraum der JVA Straubing, seine durchdringenden Augen hinter der goldumrandeten Brille. Er hat in sie hineingeschaut wie in ein offenes Buch, mitten hinein in ihre Abgründe, sie hat es zugelassen, das war der Preis für seine Hilfe. Er hat mehr gesehen, als ihr lieb ist.

Sie sieht hinüber zu Dorfmüller. Sein Gesicht ist angespannt, er blickt auf die Straße vor sich. Seit sie losgefahren sind, hat er kein Wort gesagt. Das Schweigen fällt ihm nicht leicht, sie kann es ihm ansehen, aber er weiß, dass jetzt nicht der richtige Zeitpunkt für Fragen ist.

Der Anruf war um kurz nach zwei in ihrem Büro in der Münchner Mordermittlung eingegangen. Dorfmüller hatte ihn entgegengenommen. Ruhig wie immer hörte er zu, stellte kurze Zwischenfragen und machte sich Notizen, während sie ihm gegenüber vor ihrem Computer saß und aufgelaufene Akten abarbeitete, die Finger auf der Tastatur, ihre Gedanken im Irgendwo.

Kurz bevor er auflegte, war sie aufgestanden und zur Kaffeemaschine gegangen, um ihre Tasse zum dritten Mal an diesem Tag zu füllen. Die Kanne noch in der Hand, wartete sie darauf, dass er etwas sagen würde, aber er blieb stumm. Die Art, wie er sie ansah, ließ sie sofort begreifen, dass sie den Rest des Tages nicht mehr am Schreibtisch verbringen würde.

Ein Gewaltverbrechen, dachte sie, jemand hat einen Toten gefunden.

Sie versuchte, in seinem Gesicht zu lesen. Etwas war anders als sonst. Unbehagen, ein merkwürdiges Zögern. Dann sah sie das Mitleid in seinen Augen.

»Jetzt komm schon, Rudi«, sagte sie. »Was ist los?«

Er verzog seine Lippen, rieb sich die riesigen Hände, sein hagerer, fast zwei Meter großer Körper zusammengefaltet auf dem Schreibtischstuhl.

»Zwei Justizbeamte«, sagte er. »Erschossen aufgefunden in ihrem Transporter.«

»Wo?«

»Großhartpenning, südlich von Holzkirchen.«

»Was wollten die da?«

»Sie haben einen Gefangenen zu einer Beerdigung begleitet.«

»Von wo aus?«, fragte sie. »Welche JVA?«

Dorfmüller wand sich. Als wollte er den Namen nicht aussprechen. Dazu dieser Ausdruck in seinen Augen. Er will mich beschützen, dachte sie. Eine dunkle Ahnung kroch in ihr hoch.

»Rudi!«, sagte sie.

»Straubing«, erwiderte er leise.

Der Duftbaum am Rückspiegel des Granadas schaukelt still vor sich hin. Moschus-Tamarinde, herb und säuerlich, eine dieser unsäglichen Geruchskombinationen, die Dorfmüller regelmäßig aus Frankreich bezieht. Normalerweise beschwert sie sich schon beim Einsteigen über die Unerträglichkeit des Gestanks, er verteidigt ihn dann schwärmerisch als olfaktorisches Wunder, ein ewig gleiches Spiel zwischen ihnen, bei dem er stets die Oberhand behält.

Dass sie heute stumm geblieben ist, liegt an dem Namen des Gefangenen, der am Morgen in Begleitung zweier Justizbeamter in einem JVA-Transporter zur Beerdigung seiner Mutter in Großhartpenning aufgebrochen ist. Drei Silben, ein ewiger Albtraum: Martin Wolf, der vor über sechzehn Jahren wegen Mordes an einem Geldtransportfahrer zu lebenslanger Haft verurteilt worden ist. Der sich in ihrem Leben eingenistet hat wie ein Krebsgeschwür. Den sie nie losgeworden ist, sosehr sie sich auch bemüht hat.

Dorfmüller nimmt den Fuß vom Gas und fährt an der Abfahrt Holzkirchen auf die Bundesstraße 318 in Richtung Tegernsee. Nach einem Kilometer biegt er rechts ab in die Miesbacher Straße und dann links auf die Bundesstraße 13. Der Regen hat nachgelassen, der Himmel klart auf.

Draußen wird es heller, denkt Katja, und in mir immer düsterer.

Sie kennt die Strecke von früher. Im Sommer kam sie oft her, um mit Freunden im nahen Kirchsee oder im Hackensee zu baden. Das Glitzern der Sonne auf dem weichen Moorwasser, der Wind, der durch das Uferschilf strich, nasse Fußabdrücke auf verwitterten Holzstegen. Badehandtücher im hohen Gras, das Leben eine Verheißung.

Je näher sie dem Tatort kommen, desto mehr zieht sich ihre Brust zusammen. Sie fürchtet sich nicht vor dem, was sie zu sehen bekommen wird – die beiden toten Justizbeamten, die Schusswunden in ihren Körpern, die Blutspritzer auf dem Blech des Transporters –, sie fürchtet sich vor den Gefühlen, die sie überfallen werden, vor der unsichtbaren Anwesenheit des Mannes, der die tödlichen Schüsse abgegeben hat.

Auf einem Parkplatz zwischen Holzkirchen und Großhartpenning steht ein Streifenwagen. An der Fahrertür lehnt ein uniformierter Beamter. Dorfmüller hält an und kurbelt die Scheibe herunter. Er zieht seinen Dienstausweis aus der Tasche des Bundeswehrparkas, den er trägt, seit Katja ihn kennt. Jeden Tag, im Sommer wie im Winter, egal, wie kalt oder warm es ist. Der Parka ist seine zweite Haut.

Er weist sich aus, der Beamte deutet auf einen Feldweg an der nördlichen Seite des Parkplatzes, der zu einem Waldstück führt. Dorfmüller bedankt sich und setzt zurück. Er schaut Katja fragend an, als wartete er darauf, dass sie ihre Zustimmung gibt. Sie weiß, dass er das aus Rücksicht tut, also nickt sie.

Das Knirschen kleiner Steine unter den Reifen, als sie über den Feldweg fahren. Sie schließt die Augen. Plötzlich ist alles wieder da. Ein heißer Sommertag vor mehr als sechzehn Jahren. Sie sitzt auf der Rückbank eines 7er-BMW, neben ihr einer der Geiselnehmer, das Gesicht unter einer Sturmhaube verborgen. Auch sein Komplize am Steuer trägt eine Sturmhaube. Er wirft ihr durch den Rückspiegel einen Blick zu. Kalte Augen, eingerahmt von dem Sehschlitz der Maske, gesteppte Nähte auf dunkler Wolle. Stunden später wird sie sein ganzes Gesicht sehen, ohne die Haube. Noch später wird sie seinen Namen erfahren. Er wird sich für immer in sie einbrennen, genau wie seine Augen: Martin Wolf.

Der Mann neben ihr zieht ein Taschenmesser aus seiner Jeans, lässt es aufschnappen und greift nach dem Saum ihres T-Shirts. Die Klinge fährt in die dünne Baumwolle. Das Geräusch zerreißenden Stoffs. Er rollt den herausgeschnittenen Fetzen zu einer Binde zusammen, legt ihn ihr über die Augen, knotet ihn hinter ihrem Kopf zusammen. Dabei lässt er seine Finger durch ihr Haar gleiten, sein übelriechender Atem streicht über ihren Hals, er stöhnt leise. Sie wehrt sich nicht, um ihn nicht zu provozieren. Sie hört, wie er seine Maske abnimmt, jetzt, da sie ihn und den anderen nicht mehr sehen kann.

Papier knistert, als er eine Zigarette aus der Schachtel zieht. Das Aufschnappen und Aufflammen eines Feuerzeuges, sein erster Zug. Der Rauch mildert den Gestank seines Schweißes, auch wenn er ihn nicht überdecken kann.

Sie konzentriert sich auf ihren Atem, um die aufsteigende Panik zu unterdrücken. Das Brummen des Motors, das Sirren der Reifen auf dem Asphalt.

Der Mann am Steuer schaltet das Autoradio ein. Irgendein Country-Song. Gitarre, Bass, im Hintergrund ein Schlagzeug. Dazu eine Frauenstimme, die nach Dolly Parton klingt. Katja stellt sie sich auf einer Bühne vor, auf einem Barhocker sitzend, die Beine in einer engen Hose, die Füße in High Heels, tausendfach gebrochenes Scheinwerferlicht auf einem Oberteil aus glänzenden Pailletten. Die blond gefärbten Haare mit einer Brennschere zu Wellen geformt, glänzend rote Lippen über künstlich geweißten Zähnen.

Die Hand des Mannes neben ihr legt sich auf Katjas Schultern, seine Finger klopfen den Rhythmus der Musik auf ihren Oberarm, als würde er auf ihre Haut schreiben: Du gehörst jetzt mir!

Ihre Muskeln verkrampfen sich, sie wagt nicht, sich zu bewegen. Sie kommt sich ausgeliefert vor und lächerlich. Sie schämt sich für ihre Angst. Das Schlimmste daran: Sie sitzt freiwillig auf dieser Rückbank, niemand hat sie dazu gezwungen.

»Alles okay?«, fragt Dorfmüller.

Sie öffnet die Augen, schaut ihn an. Sie ringt sich ein Nicken ab. Dabei ist nichts okay, gar nichts. Alles ist wieder da.

2

Dorfmüller stoppt den Granada am Ende des Feldweges an der Einmündung in eine Nebenstraße. Ihnen gegenüber das Waldstück, eine Wand aus Bäumen, dunkle Schatten zwischen den hoch aufragenden Stämmen, zum Süden hin Felder, der Blick hinüber nach Großhartpenning, rote Dächer, der Turm der Pfarrkirche. Dahinter wieder Wald, sanfte Hügel, ein Voralpenidyll.

Es regnet nicht mehr, beim Aussteigen zieht Katja der Geruch nach feuchter Erde in die Nase, verdunstendes Wasser auf den Halmen der Felder. Ein paar Kilometer weiter ist die Sonne durch die Wolken gebrochen, vereinzelt strahlende Flecken auf dem Grün der Landschaft, die Vorahnung des Sommers.

Der JVA-Transporter steht am Rand des Waldstücks, die Beifahrerseite den Bäumen zugewandt. Uniformierte Beamte haben mit zwei Streifenwagen die Nebenstraße weiträumig abgesperrt, der eine hundert Meter vor dem Transporter, der andere hundert Meter dahinter. Dazwischen ein Wagen der Spurensicherung und ein dunkelgrüner Alfa Spider mit beigefarbenem Stoffverdeck. Leah Levy ist also schon da.

Die Gerichtsmedizinerin steht in der geöffneten Fahrertür des Transporters, beugt sich über den toten Justizbeamten am Steuer, wie immer passt ihre Kleidung nicht zum Anlass und schon gar nicht zum Ort. Und wie immer ist ihr das völlig egal. Sie hat sich Latexhandschuhe über die Hände und Plastiküberzieher über die hochhackigen Stiefel gezogen, auf dem Saum ihres Mantels Erdspritzer, sie muss ihn anschließend eigentlich reinigen lassen. Aber so, wie Katja sie kennt, wird sie sich damit begnügen, die eingetrocknete Erde herauszubürsten, oder die Flecken ganz einfach hinnehmen und ignorieren.

»Hallo, Leah.«

»Sekunde.« Levy winkt ab, ohne sich zu ihr oder Dorfmüller umzudrehen. »Bin sofort bei euch.«

Katja nutzt die entstehende Pause, um sich ein Bild zu verschaffen. Hinschauen, ohne zu bewerten, wahrnehmen, was ist. Das große Ganze, nicht die Einzelteile. Ein Gefühl für die Atmosphäre des Ortes gewinnen und die Stimmung, die das in ihr auslöst.

Sie blendet alles Überflüssige aus: die uniformierten Kollegen und die Streifenwagen, die Spurensicherer in ihren weißen Overalls, die den Tatort untersuchen, die über die Leiche gebeugte Leah Levy, selbst Dorfmüller, der neben ihr steht, sein schütteres Haar im Wind, die riesigen Hände in den ausgebeulten Taschen seines Parkas vergraben.

Sie denkt sich all diese Menschen weg und konzentriert sich auf den Transporter. Den Moment, in dem er zum Stehen kam, am Rand einer Nebenstraße, die an einem Wald nordwestlich von Großhartpenning entlangführt. Sie schaut in das Innere des Wagens. Das Gitter, das die vorderen Sitze vom hinteren Teil des Wagens trennt, der Rückraum ein Käfig, der das Entkommen für die transportierten Gefangenen unmöglich machen soll. Die Windschutzscheibe ist von innen mit Blut befleckt, genau wie das Armaturenbrett. Neben dem toten Fahrer sitzt der zweite Justizbeamte, die Haut seiner Hände wächsern, bläulich hervortretende Adern unter einer blassen Hülle. Er trägt ein Uniformhemd, die dazugehörige Jacke hängt rechts neben ihm am Haken eines Haltegriffs. Sein noch immer angeschnallter Körper ist in sich zusammengesackt, der Kopf auf die Brust gefallen. Dunkelblondes, kurz geschnittenes Haar, in seinem Hinterkopf eine blutige Schusswunde. Blut, das ihm über den Haaransatz am Hals in den Kragen gesickert ist. Sein

Hemd, das sich vollgesaugt hat, ehe das Blut geronnen und eingetrocknet ist. Aufgerissene Augen, eine schmale Nase, der Mund halb geöffnet. Katja schätzt ihn auf Anfang vierzig. Wie immer, wenn sie einen Toten sieht, spürt sie Wut in sich und Hilflosigkeit, wie immer versucht sie, beides zu unterdrücken. Sie kann sich keine Gefühle leisten, nicht jetzt.

Die Schiebetür hinter der Beifahrertür des Transporters ist aufgezogen, das Schloss von innen aufgeschlossen, die vergitterte Tür des Käfigs steht offen, die Sitzbank ist leer. Sie wendet sich um und betrachtet den toten Fahrer, der von Levy untersucht wird. Die Wucht des Schusses hat seinen Oberkörper nach vorne gerissen, das Gesicht liegt zwischen den Speichen des Lenkrads, Arme und Hände hängen herunter. Die schwarzen Haare rund um das Einschussloch in seinem Hinterkopf sind grau meliert, er ist älter als sein Kollege, Katja schätzt ihn auf Ende vierzig.

»Also?«, fragt sie.

Leah Levy schaut sie an, ihre Betroffenheit versteckt hinter einer ausdruckslosen Miene, der jahrelang eingeübte professionelle Umgang mit dem Tod, die einzige Möglichkeit, das alles zu ertragen. »Aufgesetzter Schuss«, sagt sie nüchtern. »Eine Hinrichtung, kalt und präzise. Die Kugel ist oberhalb des ersten Wirbels in den Hirnstamm eingedrungen. Spontaner Exitus, da war sofort Feierabend.«

»Er hat also nichts mehr gespürt.«

»Gar nichts. Macht es aber nicht besser.«

»Nein«, sagt Katja. »Natürlich nicht.« Und dann: »Was ist mit dem anderen?«

»Vom Prinzip her dasselbe, Einschussloch hinter dem linken Ohr, vermutlich Kaliber .22. Die Waffe war nicht aufgesetzt, der Schusskanal verläuft von unten nach oben. Der Täter muss beim Schuss also auf der linken Fahrzeugseite hinter dem Fahrer gesessen und aus Höhe der Hüfte gezielt haben.«

»Dann war der Beifahrer das erste Opfer?«

»Ich schätze, ja.«

»Erschossen während der Fahrt?«

»Halte ich für wahrscheinlich.«

Katja versucht, sich ein Bild vom Tathergang zu machen. Die Morde müssen auf der Rückfahrt erfolgt sein. Martin Wolf, eingeschlossen in seinem Käfig, vor ihm die beiden Justizbeamten, der Blonde und der Graumelierte, arglos und darüber erleichtert, dass der schwierigste Teil ihrer Aufgabe hinter ihnen liegt. Am Morgen sind sie aus der JVA losgefahren, hundertachtzig Kilometer bis Großhartpenning, knapp zwei Stunden Autobahn und Landstraße. Zuvor haben sie den Gefangenen auf mögliche Waffen durchsucht, eine unter der Achsel versteckte Rasierklinge oder einen in seinen Schuhen verborgenen Schlagring. Sie haben nichts gefunden.

Die Trauerfeier und die anschließende Beerdigung sind komplikationslos verlaufen. Ein Gefangener, der sich von seiner toten Mutter verabschiedet, durch Handschellen an einen seiner Bewacher gefesselt, während der andere ihn absichert. Die Worte des Pfarrers am Grab, ausgehobenes Erdreich, eine Schaufel Sand, die auf dem Sarg landet, ein letzter Blick in die lehmige Grube. Vielleicht haben die beiden Beamten Wolf noch eine letzte Zigarette gegönnt, ein paar tiefe Züge mit Blick auf die Berge im Süden zwischen Schlieren aus Regen. Dann das Einsteigen in den bereitstehenden Transporter, das Einschließen in den Sicherheitskäfig, das Starten des Motors.

Die Fahrt zurück nach Straubing. Vorne der Blonde und der Graumelierte, Wolf in ihrem Rücken, durch Stahldraht von ihnen getrennt. Die beiden Beamten sind guter Laune, noch zwei Stunden, dann haben sie Feierabend, es hätte nicht besser laufen können, für sie ebenso wie für Wolf. Er hat sich während des gesamten Ausflugs vorbildlich verhalten, hat jede ihrer Anweisungen befolgt, widerspruchslos, ohne jeden Protest. Er hat sie mit seiner Gefügigkeit eingeschläfert und ihre Vorsicht mit seiner Unterwerfung aufgeweicht. An seinem Körper hat er die Tatwaffe versteckt, die er irgendwann im Verlauf der Beerdigung an sich gebracht hat, eine Kleinkaliberpistole, handlich und unauffällig, das kühle Metall auf seiner Haut. Sie hat an einem geheimen Platz auf ihn gewartet, in der Kirche oder davor, das Versteck war sorgfältig ausgesucht und sicher vor ungewollter Entdeckung.

Jemand hat die Waffe dort deponiert, denkt Katja. Was bedeutet, dass es Mittäter gegeben haben muss, mindestens einen.

Der Graumelierte steuert den Transporter in Richtung Holzkirchen. In Höhe des Parkplatzes – dort, wo Dorfmüller sich später bei einem uniformierten Kollegen nach dem Tatort erkundigt hat – zückt Wolf die handliche, kleinkalibrige Pistole. Er schaut zu dem blonden Beamten auf dem Beifahrersitz, er braucht jetzt Kaltblütigkeit und Glück. Vor ihm der Käfig, die Kugel muss durch das Gitter gehen und den Kopf des Beamten treffen.

Wolf hebt die Waffe, schiebt den Lauf durch den Käfig, stützt ihn auf dem stählernen Gitter ab. Er richtet die Pistole auf den Kopf des Blonden, er ist ganz ruhig dabei, dann drückt er ab. Kaltblütigkeit und Glück, die Kugel dringt hinter dem linken Ohr in den Hinterkopf des Beamten ein, er sackt leblos in sich zusammen. Der Graumelierte reißt erschrocken das Lenkrad herum, der Transporter gerät ins Schlingern, aber er kann ihn abfangen und schließlich zum Stehen bringen.

Im Leerlauf steht der Wagen da, mitten auf der Straße. Der Graumelierte starrt auf seinen leblosen Kollegen, die pulsierende Wunde in seinem auf die Brust gesackten Kopf, blonde Haare voller klebrigem Blut, das ihm den Hals hinunter in den Kragen läuft, rote Spritzer auf den Scheiben, dem Armaturenbrett, überall.

Rüber auf den Parkplatz, sagt Wolf kalt, und dann weiter den

Feldweg entlang. Ist ja gut, erwidert der Graumelierte geschockt, oder vielleicht: Verlieren Sie bloß nicht die Nerven, oder einfach nur: Bitte! Dann steuert er den Wagen in die geforderte Richtung, das Geräusch der kleinen Steine unter den Reifen – genau wie eben, als Dorfmüller den Granada über denselben Feldweg gesteuert hat –, Grasbüschel, die über den Unterboden kratzen.

Anhalten, sagt Wolf an der Einmündung zu der kleinen Nebenstraße. Also hält der Graumelierte an, die linken Räder noch auf dem Asphalt, die rechten Räder im Gras. Motor aus, sagt Wolf und dann: Schlüssel!

Der Graumelierte zögert. Wenn ich Ihnen den gebe, bin ich tot, sagt er leise.

Und wenn nicht? Wolf lächelt böse: Vielleicht überlege ich's mir ja noch mal.

Also reicht ihm der Beamte den Schlüssel durch das Gitter, was soll er auch sonst tun. Seine Hände zittern.

Geht doch, sagt Wolf und schließt den Käfig auf. Ein gezielter Schuss auf das Schloss der Schiebetür, und er zieht sie auf. Aber er steigt nicht aus, wendet sich stattdessen an den Justizbeamten auf dem Fahrersitz.

Bitte, sagt der Graumelierte.

Kopf nach vorne, sagt Wolf.

Der Justizbeamte starrt ihn an.

Nach vorne, wiederholt Wolf.

Der Beamte hebt die Arme, als würde das irgendetwas ändern, seine zitternden Finger vor dem Grün der Bäume hinter den Scheiben. Die Angst färbt sein Uniformhemd dunkel, unter den Achseln und am Rücken. Die Kälte des nahenden Todes, die Pistole in Wolfs Hand. Der metallene Lauf, der sich hebt, die Mündung, die sich gegen seinen grau melierten Hinterkopf drückt.

Ein Schuss, das Zusammenzucken eines Körpers, fallende

Arme, der Aufprall eines toten Gesichtes auf dem Lenkrad. Danach: Stille.

Hätte ich Wolf damals erschossen, denkt Katja, dann würden diese beiden Männer noch leben.

»Okay«, sagt sie.

»Was meinst du damit?«, fragt Leah Levy.

»Weiß auch nicht«, sagt Katja. »Nur so.«

Sie wendet sich Dorfmüller zu, der ein paar Meter weiter auf der Straße steht. Er hat ihr den Rücken zugewandt, telefoniert.

»Danke, Leah«, sagt Katja.

»Ich beeil mich mit der Obduktion«, gibt Levy zurück.

Brauchst dich nicht zu beeilen, denkt Katja, ist ja längst alles klar.

Sie geht zu Dorfmüller, der sein Telefonat beendet hat und selbstvergessen auf das Display seines Handys starrt. »Mit wem hast du gesprochen?«, fragt sie.

Er blickt auf. »Die JVA in Straubing. Der Direktor sagt, dass er Rücksprache mit der Anstaltspsychologin genommen hat, bevor er Wolfs Ersuchen auf Freigang stattgegeben hat. Die Akte gab einen negativen Bescheid nicht her. Fünfzehn Jahre lang tadellose Führung. Dazu ein laufender Antrag auf vorzeitige Haftentlassung und ein Gutachten, das ihm eine positive Prognose bescheinigt hat. Und dann natürlich die besondere Härte der Situation. Die eigene Mutter stirbt nur einmal.«

»Jetzt ist nicht nur die Mutter tot«, erwidert Katja.

»Der Direktor wäscht seine Hände in Unschuld.«

»Sternzeichen Arschloch«, sagt Katja trocken. Und fügt düster hinzu: »Haben die toten Beamten Familien?«

»Haben sie«, erwidert Dorfmüller. »Beide verheiratet. Der Beamte auf dem Beifahrersitz heißt Robert Belling, neununddreißig, hat einen Sohn und eine Tochter, neun und zwölf. Der andere, Andreas Meissner, ist sechsundvierzig. Hat erst vor Kurzem zum zweiten Mal geheiratet. Eine Kollegin aus der

Justizverwaltung.« Er schaut sie an. Mit diesem ganz speziellen Dorfmüller-Blick. Eine Mischung aus Sorge und Mitleid. Er weiß nur das, was alle wissen: dass Katja Martin Wolf damals festgenommen hat und dass er wegen ihr jahrelang in Straubing gesessen hat, ein skrupelloser Gewalttäter, der einen Geldtransportfahrer erschossen hat, verurteilt zu lebenslanger Haft unter Feststellung der besonderen Schwere der Schuld.

Schau mich nicht so an, Rudi, denkt sie. Woraufhin er sofort den Blick senkt. Als hätte er ihre Gedanken gelesen. Er spürt immer, wenn er ihre Grenzen überschreitet.

Danke, denkt sie. Und zuckt erschrocken zusammen, weil sie für eine Sekunde das Gefühl hat, dass Martin Wolf hinter Dorfmüller steht und sie mit seinen schadhaften Zähnen voller Spott und Verachtung angrinst.

»Alles klar?«, fragt Dorfmüller.

Sie ignoriert die Frage. »In welcher Kirche in Großhartpenning fand die Beerdigung seiner Mutter statt?«

»Mariä Heimsuchung.«

»Passt ja super«, sagt Katja. »Hast du den Namen des Pfarrers?«

Dorfmüller nickt. »Er heißt Angermaier.«

3

Pfarrer Angermaier erwartet sie vor dem Kirchenportal von Mariä Heimsuchung. Ein Mann um die fünfzig, schwarzer Anzug mit dem obligatorischen weißen Kollar, auf den Schultern vereinzelte Hautschuppen. Klobige schwarze Schnürschuhe mit Gummisohlen, die auf den Steinplatten des Kirchenschiffs leise quietschen. Dünne graue Haare über Geheimratsecken, zu einem Scheitel gekämmt. Auf der auffallend langen Nase eine Brille, eines dieser billigen Gestelle jenseits aller Mode. Dahinter lebendige graublaue Augen, die ständig in Bewegung sind. Beim Sprechen hüpft sein gewaltiger Adamsapfel auf und ab. Alles an ihm erinnert Katja an einen Vogel, wäre da nicht die dunkle Stimme mit dem ausgeprägten bayerischen Einschlag, die so gar nicht zu seiner äußeren Erscheinung passen will. Er redet ohne Unterlass und macht dabei den Eindruck, als würde er ausschließlich sich selbst zuhören.

»Hier hat er gestanden«, sagt er, als sie den Altar erreichen.

»Wer?«, fragt Dorfmüller.

»Der Sarg der Verblichenen«, sagt der Pfarrer.

»Aha«, sagt Dorfmüller.

Angermaiers graublaue Vogelaugen huschen durch die Bankreihen, sein Adamsapfel hüpft auf und ab, sein bayerischer Bass hallt durch das Kirchenschiff.

Die Dora Wolf sei ein Urgestein gewesen, sagt er, zum Zeitpunkt ihres Ablebens achtundsechzig Jahre alt, aufgewachsen in Großhartpenning, verheiratet mit einem örtlichen Bäcker, zwei Söhne, der Martin und der Jürgen, ein Nachzügler, neun

Jahre jünger als Martin. Die Dora habe die beiden allein großgezogen und sich zugleich um die Bäckerei kümmern müssen, nachdem ihr Gatte bereits mit Ende dreißig vom Herrn heimgeholt worden sei, ein bösartiger Tumor, Metastasen überall, man kenne das ja. Und jetzt also die Dora, ein Herzinfarkt, der eine Sohn im Gefängnis, der andere in München, sie habe es nicht einmal mehr ins Krankenhaus geschafft. Hinter dem Tresen sei sie zusammengesackt, einfach so, ein Herzog-Josef-Brot in der Hand, das sie gerade für eine Kundin aus dem Regal gezogen habe, um es in die Schneidemaschine zu stecken. Die Kundin habe sofort einen Arzt verständigt, der allerdings nur noch den Tod habe feststellen können.

»Mitten aus dem Leben gerissen«, sagt Pfarrer Angermaier. »Die Pfade des Herrn und so weiter.«

Die Bänke seien voll gewesen bei der Beerdigung, die Dora würde es beglückt zur Kenntnis genommen haben. Schön habe sie ausgesehen und friedlich, wie sie so in ihrem offenen Sarg dalag, während ein Raunen durch die Bankreihen ging, als der Martin die Kirche betrat. In Handschellen sei er hereingeführt worden, begleitet von zwei Beamten der Justizvollzugsanstalt Straubing. Plötzlich sei es ganz ruhig geworden in der Kirche, kein Husten und kein Räuspern mehr, stattdessen habe sich eine ganz eigenartige Stille breitgemacht, er habe an das letzte Abendmahl denken müssen, Jesus im Kreis seiner Jünger, einer von euch wird mich verraten.

Der Jürgen, der vorne saß, sei aufgestanden und habe stumm zugeschaut, wie der Martin nach vorne geführt wurde, im schwarzen Anzug mit dunkler Krawatte, den er sich für den Anlass wohl geliehen hatte, die rechte Hand gefesselt an die linke eines der beiden Beamten. Vorne am Sarg seien die drei stehen geblieben. Der Martin habe auf seine tote Mutter geschaut und leise darum gebeten, sich von ihr verabschieden zu dürfen. Der Beamte habe ihm daraufhin die Handschellen aufgeschlossen und sich umgedreht, genau wie sein Kollege, aus Pietät natürlich. Der Martin habe sich langsam über den Sarg gebeugt, er habe den Kopf seiner toten Mutter mit den Händen umfasst und sie auf die Stirn geküsst. Selbst er, Angermaier, habe sich in diesem Moment abgewandt, er habe da nicht stören wollen. Diese letzten Sekunden des Abschiednehmens, die habe man dem Martin doch zubilligen müssen trotz all der schrecklichen Dinge, die er vor Jahren getan hatte. Auch die Trauergäste hätten sämtlich die Köpfe gesenkt.

»Keiner hat hingeschaut?«, fragt Katja.

»Nein«, erwidert der Pfarrer. »So etwas ist ja immerhin ein sehr intimer Moment. Auch wenn der Martin grauenhafte Dinge getan hat, die meisten kennen ihn noch von früher, er stammt ja aus dem Ort. Jedenfalls hat er sich dann wieder aufgerichtet, der Beamte hat ihn mit den Handschellen erneut an sich gefesselt und sich mit ihm und seinem Kollegen neben den Jürgen in die erste Reihe gesetzt. Ich hab dem Bestattungsunternehmer Brandner aus Holzkirchen zugenickt, dass er den Sarg schließt, und dann habe ich mit der Trauerrede begonnen.«

Nach der Eucharistie hätten die Sargträger den Sarg aus der Kirche getragen, rüber zum angrenzenden Friedhof. Der Jürgen direkt dahinter, dann der Martin und der Rest der Trauergemeinde.

»Und die Beamten waren die ganze Zeit bei ihm?«

»Freilich«, sagt der Pfarrer. »Vorher, währenddessen und nachher.«

Der Martin habe sich anschließend bei ihm für die schöne Trauerrede bedankt (»Wirklich würdevolle Worte, Herr Pfarrer!«), habe seinen Bruder Jürgen mit der freien Hand umarmt (»Bis dann, kleiner Bruder!«) und sei danach von den Beamten wieder in den Transporter gesetzt worden, da sei so ein eingebauter Käfig drin gewesen, da hätten sie ihn eingeschlossen, und dann seien sie mit ihm losgefahren.

»Wann war das?«, fragt Katja.

»So gegen zwölf«, sagt Angermaier.

»Dann war die Verabschiedung von seiner Mutter am offenen Sarg der einzige Moment, in dem er keine Handschellen trug?«

»Ja.«

»Und alle haben sich in dem Augenblick umgedreht oder die Köpfe gesenkt, die beiden Justizbeamten und Sie eingeschlossen.«

»Wegen der Pietät«, erwidert der Pfarrer. »Wie gesagt.«

Katja blickt Dorfmüller an. Er nickt, und sie weiß, dass er dasselbe denkt wie sie: Die Pistole muss im Sarg versteckt gewesen sein, im Futter oder unter der Leiche, in einem unbeobachteten Moment dort platziert, wahrscheinlich von Wolfs Bruder Jürgen.

»Ich würde gerne das Grab sehen«, sagt Katja. »Das von der Dora.«

»Natürlich«, sagt der Pfarrer.

Seine quietschenden Schuhe auf den Steinplatten, sie folgen ihm hinaus, inzwischen hat die Sonne den Kampf mit den Wolken gewonnen, der Himmel hat aufgerissen, die nach Süden abgedrängte graue Front staut sich an den Bergen.

Der Friedhof umgibt die Kirche wie ein Kranz, die alten Gräber nahe beim Chor, die jüngeren zu den Rändern hin. Ganz außen ein frisch aufgeworfener Hügel, saftige Erde, die sich in den nächsten Tagen langsam setzen wird. Ein schlichtes Holzkreuz, der Name der Verstorbenen, das Datum ihrer Geburt, der Tag ihres Todes.

Katja sieht Martin Wolf vor der Grube stehen, eingerahmt von den beiden Justizbeamten, hinter ihm die Trauergemeinde, seine freie Hand greift nach der kleinen Schaufel, die in einem Eimer mit Sand steckt. Er beugt sich vor, Sandkörner, die auf den Sarg unter ihm fallen, um seinen Mund ein heimliches Grinsen, an seinem Körper die Pistole, mit denen er keine halbe Stunde später Belling und Meissner erschießen wird. Zwei zurückgelassene kleine Kinder, zwei weinende Ehefrauen. Narben, die bleiben werden für den Rest ihres Lebens.

»Wir werden den Sarg wieder ausgraben müssen«, sagt Katja.

»Das meinen Sie nicht ernst«, entgegnet der Pfarrer.

»Wir müssen mögliche Spuren sichern. Wegen der Pistole. Die war darin versteckt.«

Der Pfarrer starrt sie sprachlos an, Dorfmüller zieht die Augenbrauen hoch.

Katja wendet sich ab. Und wieder ein Sprung zurück in der Zeit, so wie vorhin auf dem Weg zum Tatort. Mehr als sechzehn Jahre, die sich anfühlen wie ein paar Minuten. Eine dunkle Scheune in der Nacht, Mondlicht, das zwischen den Lücken der Holzsparren hindurchfällt, nur sie und er, Katja Sand und Martin Wolf, in ihrer Hand seine Pistole, in seinem Gesicht ein schiefes Lächeln. Die Mündung der Waffe zeigt auf sein Herz. Na los, mach schon, sagt er voller Verachtung, in seinen Augen die Sehnsucht, einer Verhaftung durch den Tod zu entkommen. Ihr Zeigefinger am Abzug, sie zieht ihn langsam durch, der Druck auf der Sehne, ihr Atem ein einziges Rasen. Hättest du wohl gerne, denkt sie und lässt die Mündung der Pistole im letzten Moment nach unten wandern. Die Kugel schlägt in seinem Oberschenkel ein. In seinem Blick erst Erstaunen, dann grenzenlose Enttäuschung. Sie spürt, wie sich ihre Mundwinkel nach oben ziehen. Jetzt ist sie es, die lächelt.

Eine schweigende Ewigkeit später waren Sirenen zu hören, das Blaulicht von Streifenwagen fiel durch die Zwischenräume der Holzsparren, und dann, endlich, legten sich Peters Arme um sie. Er drückte sie an sich, alles gut, Liebes, sein Atem an ihrem Ohr, der warme Luftzug eines verloren geglaubten Glücks. Und für einen Moment lang hatte sie die Hoffnung, der Albtraum sei endlich vorbei.

Dabei hatte er gerade erst begonnen.

4

Die Exhumierung des Sarges dauert eine Stunde. Schwitzende Arbeiter, die das frische Grab mit Spaten öffnen, Stiche in frische Erde, die Lippen mürrisch zusammengepresst. Was für ein Irrsinn, sagen ihre Augen, da gräbt man mit einem kleinen Bagger ein Loch, senkt einen Sarg hinein, schaufelt es zu, nur um es noch am selben Tag wieder aufschaufeln und anschließend ein zweites Mal zuschaufeln zu müssen.

Hinein und hinaus, der verstorbenen Dora Wolf ist es egal. Ihr friedliches Gesicht, wachsweiß im schimmernden Satinfutter des erdbefleckten Sarges, die von der Nachmittagssonne beschienenen bunten Fenster des Chores, wiederkäuende Kühe auf einer nahen Wiese, die verwitterten Pfähle der Weidezäune.

Katja hat sich Latexhandschuhe über die Finger gezogen, nimmt sich das Innere des Sarges vor. Sie sucht nach einem Hohlraum im Futter, einer aufgerissenen Naht. Sie findet sie links neben Doras totem Kopf, nickt einem herbeigerufenen Spurensicherer zu, der die Stelle untersucht und mehrere Fingerabdrücke auf der Sargwand sicherstellt.

Wolfs Hand ist an der offenen Naht ins Futter geglitten, seine Finger haben nach der heimlich deponierten Pistole getastet, sie ergriffen und unter die Manschette seines Hemdes geschoben, während er, ganz trauernder Sohn, die Stirn seiner Mutter küsste. Danach hat er sich aufgerichtet und sich die Handschellen wieder anlegen lassen. Weder die Trauergäste noch die beiden Beamten haben irgendetwas bemerkt. Er ist ihnen in die Kirchenbank gefolgt, hat seinem Bruder beim Hinsetzen einen

Blick zugeworfen, ein kaum merkliches Lächeln, und geduldig der Trauerrede des Pfarrers gelauscht. Nach außen hin der toten Mutter nachweinend, in Gedanken die geplante Flucht durchgehend, hat er am offenen Grab Sand auf den in die Grube gesenkten Sarg geworfen und sich beim Pfarrer für seine tröstlichen Worte bedankt. Schließlich hat er seinen Bruder umarmt und sich widerspruchslos in den Käfig im JVA-Transporter einschließen lassen, amüsiert über die ahnungslosen beiden Beamten, die in seinem Kopf längst tot waren.

Auf der Rückfahrt schweigen sie sich an, Dorfmüller den Blick starr auf die Straße gerichtet, Katja mit ihren Gedanken im Irgendwo. Der hilflose Versuch zu begreifen, was passiert ist, und sich gleichzeitig auszumalen, was daraus folgen wird. Die Landschaft fliegt an ihr vorbei, ein unscharfes Bild, ein verschwommenes Gemälde aus grünen und grauen Farbtupfern, nirgendwo ein Fixpunkt, an dem sie sich festklammern könnte, kein Anker, kein Halt. Stattdessen das Chaos widerstreitender Gefühle, kalte Wut und nagende Angst. Das Bemühen, sich Stärke einzureden und Entschlossenheit – du wirst dieses Schwein finden, Katja! –, und daneben das Gift des Zweifels – was, wenn nicht?

Kurz hinter der Münchner Stadtgrenze klingelt ihr Handy. Eine junge Kollegin aus der Polizeiinspektion Holzkirchen. Katja aktiviert den Lautsprecher, damit Dorfmüller mithören kann.

»Wegen der Überprüfung, um die Sie uns gebeten haben«, sagt die Kollegin. »Wir haben uns die Überwachungskameras sämtlicher Geldautomaten in Holzkirchen angeschaut.«

»Und?«, fragt Katja. »Sind Sie fündig geworden?«

»Sind wir«, sagt die Kollegin. »Martin Wolf hat an einem Automaten der Kreissparkasse Miesbach-Tegernsee am Bahnhofsplatz Geld abgehoben. Neunhundert Euro. Mit der EC-Karte des JVA-Beamten Andreas Meissner. Er muss sie ihm vor dem tödlichen Kopfschuss abgenommen und seine PIN erpresst haben.«

Vier Zahlen, denkt Katja, hingestammelt von einem zum Tode Verurteilten, in einem JVA-Transporter, an einem Waldrand in der Gemarkung Großhartpenning. »Danke Ihnen«, sagt sie zu der Kollegin und drückt das Gespräch weg.

Dorfmüller fragt nicht nach. Er weiß, wann es besser ist, sie in Ruhe zu lassen. Und er kennt sie gut genug, um zu ahnen, wie es in ihr aussieht, auch wenn diese Ahnung nicht ausreicht, um ihren wahren Zustand auch nur ansatzweise nachzuvollziehen. Kurz darauf stoppt er den Granada vor dem Haus in der Sternstraße.

»Wir sehen uns morgen«, sagt Katja und öffnet die Beifahrertür.

Er legt seine riesige Hand auf ihren Arm, versucht, ihr Mut zuzusprechen. »Wir kriegen ihn, Katja!«

»Auf jeden Fall«, erwidert sie und steigt aus. Sie folgt dem davonfahrenden Granada mit dem Blick und erwischt sich dabei, wie sie die Umgebung aus den Augenwinkeln abtastet. Das beklemmende Gefühl, heimlich beobachtet zu werden. Die Vorstellung, Martin Wolf könnte jederzeit hinter einem der parkenden Autos hervorspringen oder aus dem Schatten einer Haustür hervortreten, seine knochige Hand auf ihrer Schulter, sein fauliger Atem an ihrem Ohr: Hallo, Katja!

Das Klingeln ihres Handys lässt sie zusammenzucken. Ihre Hand fährt in die Tasche ihres Mantels, es klingelt erneut, das Vibrieren des Telefons an ihren Fingern. Das ist er, denkt sie, das muss er sein! Angst überfällt sie, ihr Herz beginnt zu rasen. Wieder klingelt es, sie zögert noch immer. Und wenn er es wirklich ist? Hallo, Katja, seine Stimme wie rostiges Eisen, so hört man sich wieder, wie geht's denn so? Und dann die Frage, die in Wahrheit eine Feststellung ist: ob sie sehr enttäuscht ist oder eher wütend, dass er sich die Freiheit zurückgeholt hat, die sie ihm genommen hat, und ob sie Angst hat, jetzt, da er überall sein kann, ganz nah oder ganz weit weg. Es klingelt zum vierten Mal, sie zwingt sich dazu, das Telefon aus der Tasche zu ziehen, ihre Finger zittern, als sie auf das Display schaut. Es ist nicht Martin Wolf.

»Hallo, Peter«, sagt sie so gleichmütig und beiläufig wie möglich.

»Ich hab gehört, was passiert ist.«

»Was meinst du?«

»Wolf.«

»Und?«

»Muss ich mir Sorgen machen?«

»Worüber? Dass wir ihn nicht erwischen?«

»Dass er dich vorher erwischt!«

»Warum sollte er?«

»Jetzt komm schon Katja, wir wissen beide, was damals passiert ist.«

»Ich hab ihm ins Bein geschossen, das ist passiert.«

»Du hast dafür gesorgt, dass er seit Jahren im Knast sitzt.«

»Und genau da wird er bald wieder sitzen.«

Peter antwortet nicht. Sie kann ihn atmen hören. »Bist du noch dran?«, fragt sie.

»Du musst aufpassen, Katja!«

»Danke, aber das brauchst du mir nicht sagen. Nicht du!« Sie merkt, dass sie wütend wird. Vielleicht, weil sie ihm seine Fürsorge nicht abnimmt. Vielleicht, weil diese Fürsorge Jahre zu spät kommt. Peter Schäfer. Der einzige Mann, mit dem sie sich je eine gemeinsame Zukunft vorstellen konnte.

»Es geht hier nicht nur um dich, Katja!«

»Worum denn noch?«

»Jenny ist auch meine Tochter.«

Die Luft bleibt ihr weg, Panik steigt in ihr auf. Der Impuls, ihn anzuschreien. Aber sie schreit nicht, weil ihn das nur bestätigen würde in seiner Ablehnung ihr gegenüber und weil sie weiß, dass er recht hat. Also schweigt sie.

»Findest du das so abwegig?«, fragt er nach einer Weile.

»Nein«, sagt sie leise.

Sie würde ihn am liebsten ohrfeigen. Nicht, weil er sich Sorgen um Jenny macht, es wäre komisch, wenn er das nicht täte, sondern weil er mit dem, was er sagt, mitten ins Schwarze trifft. Dabei würde sie sich am liebsten selbst ohrfeigen, weil er diesen Gedanken ausgesprochen hat, bevor sie ihn selbst gehabt hat. Sie fragt sich, ob sie Martin Wolf das zutraut: sich an ihr zu rächen, indem er sich an Jenny vergreift.

»Ich werde aufpassen«, sagt sie. »Du kannst dich darauf verlassen.«

»Ich möchte, dass du mich auf dem Laufenden hältst.«

»Ja«, sagt sie. »Natürlich.«

Sie beendet das Gespräch mit einem Tastendruck. Ihr Körper ist eine einzige Verkrampfung. Das unbändige Verlangen, sich ihre Wut und den Hass aus der Seele zu schreien und das alles endlich zu beenden. Ihre Dienstwaffe zu ziehen, sie Martin Wolf an den Kopf zu halten und abzudrücken. Kalt, erbarmungslos, ohne jedes Gefühl.

Damals hatte sie die Gelegenheit dazu. Sie hat sie ungenutzt verstreichen lassen. Ein zweites Mal wird ihr das nicht passieren.

5

Müde geht Katja die Treppe hinauf. Und hält überrascht inne, als sie ein Lachen vernimmt. Jennys Stimme und die eines Unbekannten, flirtend, lockend, dann plötzliche Stille. Sie späht durch die Streben des Treppengeländers nach oben. Zwei aneinandergepresste junge Körper in der offenen Wohnungstür, ein leidenschaftlicher Kuss, eine innige Umarmung.

Vorsichtig zieht sie den Kopf zurück, presst sich an die Wand des Treppenhauses und wartet darauf, dass sie Schritte hört. Tut so, als würde sie gerade nach oben gehen, als ein Junge an ihr vorbeifliegt, so alt wie Jenny, groß und schlaksig, er nimmt drei Stufen auf einmal, in seinen Augen nichts als Glück. Er nickt ihr zu, sie nickt zurück, dann ist er an ihr vorbei. Sie hört, wie er zu singen beginnt, ausgelassen und froh, bevor die Haustür hinter ihm zufällt.

Lächelnd setzt sie sich auf die Stufen und wartet. Was sie da gerade gesehen hat, lässt ihr das Herz aufgehen. Jenny hat sich neu verliebt. Endlich wird sich die alte Wunde schließen. Ihr ehemaliger Freund Josh dealte mit Drogen. Nach außen hin harmlos und nett, in Wahrheit ein Krimineller. Aus Angst um Jenny hat Katja ihn bei einem fingierten Zugriff im letzten Sommer festnehmen lassen und dazu gebracht, eine Lehre in Wiesbaden anzutreten. Bis heute hat Jenny ihr nicht wirklich verziehen.

In zwei Tagen wird sie sechzehn, ihre kleine Jenny, die so früh lernen musste, Verantwortung zu übernehmen, weil der Job ihrer Mutter einen geregelten Alltag unmöglich machte.

Die darunter litt, keinen Vater zu haben, und sich fragte, warum Katja ihr seinen Namen so hartnäckig verschwieg. Bis der Tag kam, als ihre Großmutter bei einem gemeinsamen Urlaub am Gardasee ihren drängenden Fragen nach dem unbekannten Vater nicht länger standhalten konnte. Jenny war daraufhin in einen Zug gestiegen und nach Augsburg gefahren, um das Gesicht hinter dem Namen kennenzulernen. Seitdem hat sie einen Vater, Peter Schäfer, jenen Mann, den Katja geliebt hat wie keinen zuvor und keinen danach und den sie sich aus der Seele gerissen hat, weil es keinen anderen Ausweg gab.

Wir tragen unsere Geschichte mit uns herum wie ein bleiernes Gewicht, denkt sie, und jeden Tag wird die Last schwerer. Anstatt sie abzuwerfen, schleppen wir sie weiter mit uns herum. Dabei wäre es so einfach. Den Mund aufmachen, das Unaussprechliche aussprechen, nur ein einziges Mal, um es für alle Zeiten loszuwerden.

Aber was wäre damit gewonnen? Ihr eigenes, gerettetes Leben gegen das zerstörte Leben ihrer Tochter. Die endlich einen Vater hat, die sich endlich neu verliebt hat, der alle Türen offen stehen, weil ihre Mutter die entscheidende Tür noch immer verschlossen hält.

Hör auf, Katja!

Sie erhebt sich, geht die Stufen hoch, schließt die Wohnungstür auf.

»Hi, Mama.« Jenny steht in der Küchentür, ein Strahlen im Gesicht, wie Katja es lange nicht mehr gesehen hat. »Was?«, fragt sie.

»Nichts«, sagt Katja und weiß genau, dass Jenny sich jetzt fragt, ob sie dem Jungen, der ihr dieses Leuchten in die Augen gezaubert hat, auf der Treppe begegnet ist.

»Siehst müde aus, Mama.«

»Bin müde.«

»Hast du Hunger?«

»Und wie.«

»Ich hätte Papardelle con Ragù im Angebot.«

»Marias Geheimrezept?«

»Heute Nachmittag frisch gekocht. Muss nur noch die Nudeln in den Topf werfen.«

»Her damit«, sagt Katja.

»Viertelstunde«, sagt Jenny.

Katja geht ins Bad, wirft sich Wasser ins Gesicht. Betrachtet sich im Spiegel und wagt kaum hinzuschauen. Wieder ist da diese schreckliche Angst, dass Martin Wolf wie aus dem Nichts hinter ihr auftauchen könnte, mit seinen fettigen Haaren und seiner grau gerauchten Haut. Und auch wenn er nicht da ist, sieht sie sein boshaftes Grinsen, spürt seine knochige Hand auf ihrer Schulter, den Druck seiner Finger, wie er nach ihr greift, um sie mit sich in den Abgrund zu ziehen. Wieder beginnt ihr Herz zu rasen, auf ihrer Oberlippe sammeln sich Schweißperlen, die sie sich hastig wegwischt. Sie wird sich ihm nicht ergeben, niemals, auch wenn er sie schon so lange quält, jeden Tag.

Beim Weg zurück in die Küche stoppt sie vor Jennys Zimmer, stößt die angelehnte Tür auf. Es steht ihr nicht zu, sie tut es trotzdem. Das Bett ist zerwühlt, in der Luft der Geruch nach Sex, zwei junge Körper, die einander erforscht haben. Unsichtbare Schmetterlinge, die herumflattern, ein Tanz aus Glück. Und in Katjas Brust ein Stich.

Kurz darauf sitzen sie zusammen in der Küche, die Papardelle nicht zu weich, das Ragù ein Gedicht. Katja wartet darauf, dass Jenny ihr alles erzählt, aber Jenny denkt nicht daran. Plaudert stattdessen von diesem und jenem, von der Schule, ihrer besten Freundin, sie plappert so lange drum herum, bis Katja es nicht mehr aushält.

»Ich freu mich für dich«, sagt sie.

»Keine Ahnung, wovon du redest, Mama.«

»Jetzt komm schon.«

»Was?«

»Er sieht echt gut aus.«

Jenny errötet.

Jetzt weiß sie nicht, ob sie sauer auf mich sein soll, denkt Katja, oder ob sie ihr Glück mit mir teilen will.

Ein paar Sekunden verstreichen, dann platzt es aus Jenny heraus, weil das Glück stärker ist als der Ärger über die Neugier ihrer Mutter. Er heißt Finn, einer aus ihrer Parallelklasse, sie interessiert sich schon eine ganze Weile für ihn, das war plötzlich da, einfach so, sie kann nicht sagen, warum. Und dann hat sie gemerkt, dass es ihm ebenso ging, ein umeinander Herumschleichen, verwirrend, aber irgendwie auch aufregend. Sie hat sich dagegen gewehrt, wegen Josh, der ihr noch immer im Kopf herumging, auch wenn sie schon seit Monaten nichts mehr von ihm gehört hat. Und dann hat Finn sie irgendwann angesprochen, in der Pause auf dem Schulhof, und natürlich ging sofort dieses alberne Geschnatter los. Ihre Freundinnen sind ja manchmal ziemlich bescheuert, aber nicht blind, und wie das halt so ist, irgendwann hat's Peng gemacht, und jetzt …

»Große Liebe«, sagt Katja.

»Total«, sagt Jenny, die Wangen gerötet, die Augen wie funkelnde Sterne.

»Komm mal her«, sagt Katja, und Jenny fliegt ihr in die Arme, setzt sich auf ihren Schoß, der Duft ihrer Haare, alles an ihr ist Jugend, Kraft, Schönheit. Der überbordende Hunger nach Leben, die Zukunft ein unausgepacktes Geschenk.

»Diesmal mische ich mich nicht ein«, sagt Katja.

»Versprochen?«

»Versprochen!«

6

Sie kämpfen sich durch den morgendlichen Berufsverkehr. Katja hat Dorfmüller im Präsidium abgeholt. Um den Duftbaum in seinem Granada nicht ertragen zu müssen, hat sie auf ihrem eigenen Wagen bestanden. Was nichts gebracht hat. Dorfmüller sitzt neben ihr auf dem Beifahrersitz und isst gut gelaunt eine Leberkässemmel deluxe. Das Papier in seinen Händen raschelt, die Semmelkruste kracht beim Zubeißen. Der Geruch nach Fleisch, Gurken und süßem Senf verbindet sich mit dem penetranten Aftershave, das er neuerdings immer auflegt. Er hat es sich nicht selbst ausgesucht, da ist Katja sich sicher, dahinter steckt seine neue Freundin. Sie heißt Susi und arbeitet als Fleischereifachverkäuferin in einer Metzgerei. Jung und drall, rosige Haut. Braune lange Haare, zu einem Pferdeschwanz zusammengefasst.

Vor dem ersten Rendezvous der beiden hat Katja Rudi geholfen, seine chaotische Junggesellenwohnung in Thalkirchen auf Vordermann zu bringen. Jetzt sind die Susi und er ein Paar. Vor ein paar Tagen war er beim Friseur. Zum ersten Mal, seit Katja ihn kennt. Seine dünnen wirren Haare sind jetzt gleichmäßig gekürzt. Sie fragt sich, wie lange es dauern wird, bis er seinen unvermeidlichen Parka nicht mehr trägt.

»Was?«, fragt Dorfmüller und wischt sich mit dem Papier über den senfverschmierten Mund.

»Nichts«, sagt Katja und denkt: Lass dich nicht verbiegen, Rudi, bleib, wie du bist!

Wenn ihr vor einem halben Jahr jemand gesagt hätte, dass er

jemals eine Freundin haben würde, hätte sie gelacht. Eine Liebesbeziehung passt nicht zu ihm, genauso wenig wie zu ihr. Trotzdem hat er jetzt eine. Nicht, dass er sich darum bemüht hätte. Die Susi ist ihm zugestoßen, einfach so. Dass sie ihm guttut, ist nicht zu übersehen.

Katja gönnt Rudi sein Glück. Aber wenn sie ehrlich zu sich selbst ist, beneidet sie ihn auch ein wenig. Seit Jahren sehnt sie sich nach einer neuen Liebe. Mindestens so sehr, wie sie sich davor fürchtet. Nach der Trennung von Peter hat sie sich auf keinen neuen Mann eingelassen. Bewerber gab es genug, vereinzelte Abenteuer, lockere Affären. Eine feste Beziehung ist nie daraus geworden. Sie konnte es nicht, etwas in ihr hat sich dagegen gewehrt, im entscheidenden Moment hat sie immer einen Rückzieher gemacht. Nach außen hin hat sie es auf ihren Job geschoben oder ihre Rolle als alleinerziehende Mutter, in Wahrheit hatte sie einfach nur Angst. Sie kennt die Gründe, aber das nützt ihr nichts. Die Ursachen zu kennen, heißt nicht, sie auch überwinden zu können.

Dorfmüller zerknüllt das Papier mit den restlichen Krümeln der Semmel in seinen großen Händen. »Schlecht geschlafen, Frau Sand?«

»Wie kommst du darauf?«

»Du siehst grauenhaft aus.«

»Da ist heute wieder jemand ganz besonders charmant.«

»Komm schon, du weißt, wie ich das meine.«

Sie weicht seinem prüfenden Blick aus. Natürlich weiß sie, wie er das meint. Er macht sich Sorgen um sie. Und er macht sie sich zu Recht. Bis in den frühen Morgen hat sie wachgelegen. Der alte Schmerz, die offene Wunde. Martin Wolf, der vor über sechzehn Jahren einen Teil von ihr getötet hat.

»Du darfst es nicht persönlich nehmen«, sagt Dorfmüller.

Wie oft hast du das schon gesagt, denkt Katja. »Ich weiß«, sagt sie.

»Sieht nicht so aus, als ob du dich daran halten würdest.«

Ich würde, denkt sie, wenn ich könnte. Ich würde alles dafür geben. »Lass gut sein, Rudi!«, sagt sie.

Die Maschinerie ist angelaufen, der Apparat hat sich in Bewegung gesetzt. Träge und zäh. Und wie immer zu langsam. Wolf hat einen Vorsprung. Jede Verzögerung spielt ihm in die Karten, jede ungenutzt verstrichene Minute erhöht seine Chance, davonzukommen. All die Jahre hat er auf diesen einen Moment gewartet, und als er endlich da war, hat er zugegriffen: der Tod seiner Mutter, ihr lange ersehntes Ende ein neuer Anfang für ihn, ihre Beerdigung sein Weg in die Freiheit.

Du darfst es nicht persönlich nehmen, hat Dorfmüller gesagt. Bei jedem anderen Fall würde sie ihm recht geben, bei diesem nicht. Weil es hier auch um sie selbst geht, um ihr ganzes Leben, um den Preis, den sie seit so vielen Jahren bezahlt. Katja Sand und Martin Wolf. Ich werde dich kriegen, denkt sie, ich muss dich einfach kriegen!

»Sie hat bei dir übernachtet, Rudi«, sagt sie.

»Wer?«, fragt er.

»Die Susi.«

»Wie kommst du darauf?«

Sie deutet auf das zerknüllte Papier in seiner Hand. »Du hast sie zur Arbeit gebracht und dir bei der Gelegenheit dein Frühstück besorgt.«

»Versuchst du gerade, witzig zu sein?«

»Mein Privatleben gegen deins.«

»Schon gut«, grinst Dorfmüller. »Ich werde dich nicht mehr nerven.«

»Danke«, sagt sie.

Sie quälen sich über die Schleißheimer Straße stadtauswärts in Richtung Hasenbergl. Hinter dem BMW-Werk in Milbertshofen wird der Verkehr flüssiger. Katja steuert den Wagen am *mira*-Einkaufszentrum an der U-Bahn-Station Dülferstraße und der Panzerwiese vorbei und in einem weiten Bogen in die Aschenbrennerstraße, ehe sie schließlich in die Petrarcastraße einbiegt. Am Ende ein Wendehammer mit der Erich-Kästner-Realschule, davor Parkplätze.

Dorfmüller und sie steigen aus. Rechts und links Mietshäuser, lange Riegel, gleichmäßige Reihen quadratischer Fenster, nebeneinander, übereinander, dazwischen die Hauseingänge. Alle gleich. Wolfs Bruder wohnt in der Nummer drei, zweiter Stock.

Katja drückt auf die Klingel. »Und wenn er nicht zu Hause ist?«

»Ist er«, sagt Dorfmüller. »Hab ich überprüft. Arbeitet seit Jahren im BMW-Werk in Milbertshofen am Band. Diese Woche hat er Spätschicht.«

»Dann liegt er jetzt im Bett und schläft.«

»Deswegen würde ich auch noch mal klingeln«, erwidert Dorfmüller. »Damit er mitkriegt, dass er Besuch hat.«

Das Summen des Türöffners kommt Katja zuvor. Sie drückt die Haustür auf. Kleinbürgerliche Sauberkeit, in die Wand eingelassene Briefkästen, ein leichter Geruch nach Putzmittel, eins dieser Häuser, in denen die Mieter sich bei der Hausverwaltung anonym über ihre Nachbarn beschweren.

Sie gehen die Treppe hinauf, der Hall ihrer Schritte bricht sich an den Wänden, die bis auf Brusthöhe schlammfarben lackiert und mit einem Zierstrich vom geweißten Rest abgesetzt sind.

Jürgen Wolf steht in seiner geöffneten Wohnungstür. Vor ihm eine Fußmatte, ein aufgedrucktes *Willkommen*.

Katja schaut ihn an. Ein gedrungener, muskulöser Mann Ende dreißig, so alt wie sie selbst, geboren im selben Jahr, nur ein paar Monate vor ihr. Kurz geschnittene blonde Haare mit leicht rötlichem Einschlag. Dieselben Gesichtszüge wie sein großer Bruder, das gleiche spöttische Grinsen. Kräftige Nase, markante Wangenpartie, der Blick aus den tief liegenden Augen verschlagen. Schadhafte, gelblich verfärbte Zähne hinter schmalen Lippen. Überraschenderweise ist er vollständig angezogen. Ein abgetragener Baumwollpullover über einer verwaschenen Jeans, an den Füßen gemusterte Socken. Er ist nach seiner Schicht gar nicht ins Bett gegangen, denkt Katja, er wusste, dass wir kommen würden, er hat auf uns gewartet.

»Hallo, Frau Sand«, sagt er und wendet sich an Dorfmüller. »Und Sie sind?«

»Der Kollege Dorfmüller«, sagt Katja.

»Noch nie gesehen«, sagt Jürgen Wolf. »Der war damals nicht dabei, den gab's da noch gar nicht, oder?«

»Nein«, sagt Katja, »den gab's noch nicht.«

Jürgen Wolf grinst noch immer. »Aber an mich erinnern Sie sich.«

»Nicht wirklich.«

»Ich mich an Sie schon«, fährt er fort. »Ich saß damals mit meiner Mutter im Saal, beim Prozess, als Sie Ihre Aussage gemacht haben.« Erneut wendet er sich an Dorfmüller. »Sie hat meinem Bruder in den Oberschenkel geschossen, die Medien haben sie als Heldin gefeiert.«

»Na so was«, gibt Dorfmüller ungerührt zurück.

»Ein Moment, in dem der Martin nicht aufgepasst hat. Ohne Sie, Frau Sand, wäre er niemals geschnappt worden. Meine Mutter hat geweint bei der Urteilsverkündung. Ich hab sie noch nie so weinen sehen. Lebenslang, das hat ihr das Herz gebrochen.«

»Können wir reinkommen?«, fragt Katja.

»Aber natürlich«, sagt Jürgen Wolf, und sein Grinsen wird noch spöttischer. »Wo Sie sich doch extra durch den Frühverkehr gequält haben.«

Sie riecht das Waschmittel an seiner Kleidung, als sie an ihm vorbei in die Wohnung tritt, die aufdringliche Behauptung von

Sauberkeit. Aber nichts an ihm ist sauber, denkt sie, er ist genauso verkommen wie sein großer Bruder.

Sie schaut sich um. Drei Zimmer, Küche, Diele, Bad. Der übliche längliche Flur, die erwarteten Möbel. Eine dieser Wohnungen, die sie schon hundertfach gesehen hat, die Einrichtung austauschbar, nur das, was man unbedingt braucht, ausgesucht nach rein praktischen Erwägungen. Ein Sofa von einem Möbeldiscounter, die Schränke aus beschichteten Spanplatten, der billige Holzfußboden der gleiche wie in sämtlichen Nachbarwohnungen, von der Wohnungsbaugesellschaft verlegt und bei jedem Mieterwechsel abgeschliffen und neu versiegelt.

Jürgen Wolf deutet auf die enge Küche. »Bitte!«

Rechts eine Küchenzeile mit Oberschränken, deren Türen schief in den Scharnieren hängen, links ein kleiner Tisch mit drei Stühlen, darauf zwei Frühstücksteller, zwei Kaffeetassen und ein Brotkorb, in dem eine Bäckereitüte liegt. Die Kaffeemaschine blubbert leise vor sich hin.

Katja ist verblüfft: Das alles ist eine Inszenierung, der Bruder des flüchtigen Mörders hat nicht einfach nur auf sie gewartet, er hat sich regelrecht auf ihren Besuch vorbereitet. Darauf, sie vorzuführen, sie zu verhöhnen. Er muss sich seiner Sache sehr sicher sein.

Du willst spielen, denkt Katja. Also gut, spielen wir!

Jürgen Wolf nimmt einen weiteren Teller und eine zusätzliche Tasse aus einem der Schränke, stellt sie auf den Tisch. »Ich wusste nicht, dass Sie zu zweit kommen«, sagt er, »sonst hätte ich natürlich mehr besorgt.« Er nimmt die Tüte aus dem Brotkorb. »Pudding oder Plunder?«

»Weder noch«, sagt Katja.

»Vielleicht irgendwas anderes?«

»Nein.«

Wolf wendet sich an Dorfmüller. »Und Sie?«

»Hab gerade gefrühstückt.«

»Dann eben nicht«, sagt Wolf und zieht ein Puddingteilchen aus der Tüte. »Aber bitte, setzen Sie sich doch.«

»Ich steh lieber«, sagt Dorfmüller.

»Und Sie, Frau Sand, stehen Sie auch lieber?«

Katja erwidert sein selbstgefälliges Grinsen mit der Andeutung eines Lächelns und setzt sich. Die Metallbeine ihres Stuhles kratzen über den Boden.

Wolf zieht die gefüllte, gläserne Kaffeekanne aus der noch immer brühenden Maschine. Tropfen heißen Kaffees, die zischend auf der Wärmeplatte verdampfen, während er ihr und sich eingießt. Dann wieder ein Blick zu Dorfmüller. »Sie auch?«

Dorfmüller reagiert nicht.

»Dann eben nicht«, sagt Wolf, stellt die Kanne zurück auf die Wärmeplatte und setzt sich ebenfalls. Er greift nach dem Puddingteilchen und beißt hinein. Gelbe Masse, die aus seinen Mundwinkeln quillt.

»Muss noch viel lernen, Ihr Kollege«, sagt er schmatzend, noch immer dieses unerträgliche Grinsen im Gesicht. Und dann: »Also? Was haben Sie mir zu erzählen?«

»Ich dachte, Sie erzählen uns was«, entgegnet Katja.

»Ich wüsste nicht, was.«

»Ihre Mutter ist gestern beerdigt worden.«

»Sind Sie hier, um mir Ihr Beileid auszusprechen?«

»Ihr Bruder war dabei.«

»Sie hat ihm eine Menge bedeutet.«

»Und anschließend ist er geflüchtet.«

»Er liebt eben seine Freiheit. Kann man ihm nicht zum Vorwurf machen.«

»Nachdem er kaltblütig zwei Justizbeamte ermordet hat.«

»Er hat sechzehn Jahre im Knast gesessen, Frau Sand. Mit der Untersuchungshaft sechzehneinhalb. Wissen Sie, was das heißt?«

»Hätte er den Geldtransportfahrer bei dem Überfall damals nicht erschossen, wäre sein Urteil ein anderes gewesen. Dann wäre er schon seit Jahren draußen.«

»Hätten Sie ihm damals nicht ins Bein geschossen, wäre er nie reingekommen.« Wieder beißt er in das Teilchen, wieder quillt ihm der Pudding aus den Mundwinkeln. »Ursache und Wirkung, Frau Sand.«

»Ich bin weder die Ursache noch die Wirkung«, erwidert Katja. »Ich habe nur meinen Job gemacht, und ich bin froh, dass ich ihn gemacht habe.«

»Das sieht mein Bruder anders. Er hat in seiner Zelle eine Menge Zeit damit verbracht, sauer auf Sie zu sein.«

»Dann wird's dringend Zeit, dass er wieder in seine Zelle kommt. Damit er für den Rest seines Lebens sauer sein kann.«

»Ich glaube, ehrlich gesagt, nicht, dass es dazu noch mal kommen wird«, sagt Jürgen Wolf und schaut mit gespieltem Bedauern auf das halb aufgegessene Teilchen in seiner Hand. »Ist wirklich lecker. Sie hätten wenigstens mal probieren sollen.« Und dann: »Wussten Sie, dass er ein Foto von Ihnen hat? Er hütet es wie einen Schatz. Manchmal holt er sich einen auf Sie runter, aus lauter Hass.«

Katja wirft Dorfmüller einen Blick zu. Sie kann ihm ansehen, wie schwer es ihm fällt, die Ruhe zu bewahren. Halt jetzt bloß die Klappe, Rudi!

Zu Wolf sagt sie: »Was man nicht so alles tut, wenn man im Knast vor sich hingammelt.« Und setzt hinterher: »Ich weiß ja nicht, ob Sie das interessiert, aber wir haben den Sarg mit Ihrer Mutter wieder ausgegraben.«

Jürgen Wolf hält schlagartig im Kauen inne, starrt sie an. Das Grinsen in seinem Gesicht ist verschwunden, in seinen Augen Verunsicherung, dahinter Wut.

»Sie tat mir wirklich leid, wie sie so dalag«, fährt Katja fort. »Sie sah so unglücklich aus. Gar nicht wie jemand, der vor seinem Tod Frieden mit sich und der Welt gemacht hat. Eher verhärmt, zerquält. Dabei wollen wir doch alle erlöst werden.«

»Halten Sie den Mund!«

»Wollen Sie nicht erlöst werden, Herr Wolf?«

»Was ich will, geht Sie einen Scheißdreck an!«

»Kann schon sein«, sagt Katja. »Aber nur, um das noch zu Ende zu bringen: Ich hab mir also Ihre tote Mutter angeschaut und mir vorgestellt, wie sie bis zuletzt darunter gelitten haben muss, was ihr Sohn ihr angetan hat. Nicht Sie, der zweite, der kleine Jürgen, nein, der große, der Martin, ihr Erstgeborener, in den sie so viele Hoffnungen gesetzt hat. Wie sie sich geschämt haben muss für ihn. Wie man sie im Dorf hat büßen lassen für ein Verbrechen, das sie gar nicht verübt hat. Wie sie jahrelang geächtet wurde, obwohl sie doch gar nichts dafür konnte. Die Mutter eines Mörders! Das muss die Hölle für sie gewesen sein. Selbst im Tod konnte man ihr das noch ansehen.«

»Hören Sie endlich auf damit!«

»Warum denn auf einmal so ungehalten?«, fragt Katja mit gespielter Arglosigkeit. »Wo ich doch eben noch von Ihrem leckeren Puddingteilchen probieren sollte.« Sie nimmt einen Schluck Kaffee. Schwarz und heiß und viel zu stark. Was sie sich nicht anmerken lässt. »Verstehen Sie sich gut mit Ihrem Bruder?«

»Was soll die Frage?«

»Ich hätte immer gerne einen gehabt, aber leider bin ich Einzelkind.«

»Sie fangen an, mir auf die Nerven zu gehen.«

»Sie haben ihn doch bestimmt schon immer bewundert, oder? Der tolle Martin, der große Bruder, der einen beschützt, zu dem man aufblickt, für den man alles tun würde. Würden Sie alles für ihn tun? Ich würde, wenn ich einen Bruder hätte.«

»Kommen Sie endlich zum Punkt, Frau Sand!«

»Sie können sich doch sicher denken, warum wir den Sarg mit Ihrer Mutter wieder ausgegraben haben.«

»Sagen Sie's mir.«

»Wir haben uns gefragt, wie Ihr Bruder an die Pistole gekommen ist, mit der er später die beiden Justizbeamten erschossen hat. Die musste irgendwo versteckt gewesen sein. Und er muss gewusst haben, wo sie versteckt war. Jemand muss ihm gesagt haben, wo er sie finden würde. Und der Einzige, der ihm das gesagt haben kann, sind Sie. Weil Sie die Pistole erst besorgt und dann versteckt haben. Im Sarg Ihrer Mutter.«

Jürgen Wolf legt das halb aufgegessene Puddingteilchen vor sich auf den Teller. Die Spuren seiner Zähne im Teig, da, wo er abgebissen hat. Mit dem Zeigefinger fährt er über den Tellerrand, schiebt Krümel zusammen, hin und her und wieder zurück, seine Augen folgen den Bewegungen. »Ich möchte, dass Sie meine Wohnung verlassen«, sagt er leise. »Sofort!«

Katja wendet sich an Dorfmüller, nickt ihm zu: Gib's ihm, Rudi!

Dorfmüller nickt zurück. Sekundenlang passiert nichts. Er lässt sich Zeit, schaut aus dem Fenster, hinaus auf die gegenüberliegenden Häuser, die Bäume mit ihren Blättern so saftig und grün, wie sie nur im Frühling sind. »Ich habe mit dem Bestatter gesprochen«, sagt er schließlich, in seiner Stimme die übliche Sanftheit und Gleichmut, seine Wut wie weggeblasen. »Sie haben gestern Morgen vor der Beerdigung von Ihrer Mutter Abschied genommen, im Bestattungsinstitut, an ihrem offenen Sarg, mehr als eine halbe Stunde lang, ohne Zeugen. Man hat Sie alleingelassen dabei, wegen der Pietät, wie der Bestatter sagte.«

Jürgen Wolf starrt ihm auf den Rücken. »Und wennschon. Das macht man so, wenn seine Mutter stirbt.«

Dorfmüller dreht sich langsam zu ihm um. »Meine lebt noch«, sagt er. Und fügt nach einem ruhigen Ein- und Ausatmen gelassen hinzu: »Für mich ist die Sache klar. Sie hatten die Gelegenheit, und Sie haben ein Motiv.«

»Netter Versuch, aber haben Sie irgendeinen Beweis dafür?« Jürgen Wolfs Verunsicherung verwandelt sich in Arroganz. »Ich meine, Sie haben den Sarg doch sicher untersucht. Spurensicherung und so. Logisch, dass da Fingerabdrücke von mir drauf sind. Bloß dass das einen Scheißdreck heißt! Ich hab meiner toten Mutter einen Kuss gegeben, ihr übers Haar gestreichelt, so wie das jeder gute Sohn an meiner Stelle getan hätte. Vielleicht machen Sie ja einfach einen auf dicke Hose, ohne irgendwas gegen mich in der Hand zu haben. Was mich echt sauer machen würde.« Er dreht sich zu Katja um. »Ich meine, ich besorge was aus der Bäckerei für Sie und biete Ihnen Kaffee an, und Sie unterstellen mir so einen gequirlten Scheiß. Nicht nett von Ihnen, Frau Sand, gar nicht nett!«

»Pure Logik, Herr Wolf, nichts weiter«, erwidert Katja. »Ursache und Wirkung. Übrigens: Sie haben Pudding am Mund.«

»Ach, tatsächlich?« Jürgen Wolf streckt die Zunge heraus, leckt sich die gelbe Creme aus dem Mundwinkel. Dann lehnt er sich zurück, der Kunstlederbezug der Stuhllehne quietscht leise. »Was das andere angeht, was Sie behauptet haben, Sie wissen schon, diesen Blödsinn von wegen Pistole besorgt und versteckt und dass ich meinem Bruder das alles heimlich gesagt haben soll. Das können Sie mir genauso wenig beweisen, nicht mal im Ansatz. Ich scheiße auf Ihre Logik, Frau Sand. Das sind alles nur irgendwelche kranken Vermutungen, nichts weiter als heiße Luft, kompletter Bullshit!« Er fährt mit der Zungenspitze über seinen Zeigefinger, drückt ihn auf die Krümel auf seinem Teller, lutscht ihn ab. »Sie halten mich für blöd. Kann schon sein, dass Sie recht haben, vielleicht bin ich wirklich blöd. Aber mein Bruder nicht, der Martin ist schlau, der überlegt sich genau, was er tut, und das wissen Sie auch. Sie können ihn so lange jagen, wie Sie wollen, Sie werden ihn nie kriegen. Niemals!« Er steht auf. »Und jetzt verschwinden Sie! Ich würde gerne ins Bett gehen. Verstehen Sie doch sicher. Ich habe eine anstrengende Nachtschicht in den Knochen.« Er blickt Katja an. Sehr direkt und voller Hohn. Es kommt ihr vor, als würde sein großer Bruder sie durch seine Augen anschauen. Das Ende eines Gespräches, die Aufforderung zum Kampf.

Katja erhebt sich, verlässt mit gespielter Gelassenheit die Küche. Innerlich kocht sie. Dorfmüller folgt ihr, stößt dabei wie unbeabsichtigt an den Tisch, wischt mit dem Handrücken ihre volle Tasse herunter. Spritzender Kaffee, zerplatzendes Porzellan.

»Entschuldigung«, sagt er mit gespieltem Bedauern. »War ein Versehen.«

7

Sie sitzt mit Dorfmüller im Büro ihres Chefs und wundert sich. Etwas mit Reinhard Koller stimmt nicht. Der Leiter der Münchner Mordkommission wirkt erschöpft, unkonzentriert, nicht bei der Sache. Normalerweise weckt ein neuer Mordfall sämtliche Energie in ihm, lässt ihn noch wacher werden als üblich. Alles in ihm ist dann nervöse Anspannung, er drängt, fordert, treibt seine Leute zur Eile an. Er will Ergebnisse, so schnell wie möglich, weil jede untätig verbrachte Minute, jede Spur, der nicht umgehend nachgegangen wird, dem Täter einen Vorteil verschafft.

Morgens ist er früher in der Mordkommission als sämtliche Kollegen, abends ist er der Letzte, der geht. Seine Bürotür steht immer offen. Er will wissen, was um ihn herum vorgeht, will den Druck aufrechterhalten, der zwingend nötig ist, um eine Ermittlung zu einem erfolgreichen Abschluss zu bringen. Was er den anderen abverlangt, verlangt er auch von sich selbst: völlige Hingabe und hundertprozentigen Einsatz.

Vor Jahren hat ihn ein ungelöster Fall über Nacht ergrauen lassen, Katja wird den Moment nie vergessen, als sie in sein Büro kam. Seit Tagen schon traten die Ermittlungen auf der Stelle, die Hoffnung auf einen Durchbruch war auf null gesunken, am Abend zuvor hatte Koller die zuständige Sonderkommission aufgelöst. Er saß an seinem Schreibtisch, genau wie jetzt, in sich zusammengesunken, sein flachsblondes Haar schlohweiß. Wie aus dem Nichts. Aus demselben Nichts, in das der Täter unerkannt für immer abgetaucht war.

»Also«, sagt er fahrig, »was habt ihr für mich?«

Nichts, denkt Katja, jedenfalls nichts, was die Suche nach Martin Wolf entscheidend voranbringen würde. »Es sieht nicht gut aus, Reinhard.«

»Heißt?«

Katja nickt Dorfmüller zu, den Kollers Mattigkeit genauso irritiert wie sie selbst. Rudi strafft den Oberkörper, legt seine riesigen Hände auf die Lehnen des Besucherstuhls. »Wir haben ein Foto von ihm«, sagt er. »Von einem Geldautomaten in Holzkirchen, wo er mit der EC-Karte eines der Mordopfer neunhundert Euro abgehoben hat.«

»Was ist mit der Fahndung?«

»Die hat bis jetzt nichts ergeben. Die Bahnhöfe, die Flughäfen, die Autovermietungen – alles negativ. Als hätte er sich in Luft aufgelöst.«

»Kein Mensch kann sich in Luft auflösen!«

»Natürlich nicht«, lenkt Dorfmüller ein. »Was ich nur sagen will: Wir tappen völlig im Dunkeln.«

»Im Dunkeln«, wiederholt Koller wie ein Echo. Eigentlich müsste er sich jetzt aufregen, sie beide wütend auffordern, sich mehr ins Zeug zu legen, Himmel und Hölle in Bewegung zu setzen, jeden Stein einzeln umzudrehen, einmal, zweimal, so lange, bis die Spinne im Netz zappelt. Stattdessen fragt er nur formelhaft, wie es Wolf gelungen ist, an die verhängnisvolle Pistole zu kommen.

Katja erklärt es ihm, berichtet von dem frustrierenden Besuch bei Wolfs Bruder. »Er wusste, dass wir kommen würden«, sagt sie. »Er hat uns regelrecht erwartet.«

»Das heißt, er hängt mit drin?«

»Er muss mit drinhängen, Reinhard, Rudi und ich sind uns einig. Es kann nur auf eine Weise gelaufen sein. Martin Wolf sitzt seit Jahren in seiner Zelle. Er weiß, dass er nicht vorzeitig entlassen wird. Der Tod seiner Mutter wird seine einzige Chance sein, jemals rauszukommen. Aber nur, wenn er es schafft, an der Beerdigung teilzunehmen. Um das zu erreichen, darf er sich nichts zuschulden kommen lassen. Er muss den Mustergefangenen spielen. Erstklassige Führung, keinerlei Beschwerden. Und er muss geduldig sein. Gleichzeitig bereitet er sich minutiös auf den alles entscheidenden Tag vor. Er braucht eine Pistole, und der Einzige, der sie ihm beschaffen kann, ist sein kleiner Bruder Jürgen. Bei einem Besuch weiht er ihn ein. Und Jürgen, der ihm blind ergeben ist, spielt mit. Er besorgt die Pistole. Und dann warten die beiden Brüder. Darauf, dass es mit der Mutter zu Ende geht. Als es so weit ist, wird der längst besprochene Plan in die Tat umgesetzt. Martin Wolf, der Gefangene mit der weißen Knastweste, stellt den Antrag, an der Beerdigung teilzunehmen. Und Jürgen platziert die Pistole im Sarg. Der Rest geht wie von selbst, niemand schöpft Verdacht, alles läuft wie am Schnürchen, und auf der Rückfahrt nach Straubing schlägt Martin Wolf zu.«

»Aber wo ist er jetzt?«

»In einem Versteck, das sein Bruder für ihn vorbereitet hat.«

»Dann findet dieses verdammte Versteck!«

»Das Problem dabei ist: Das kann alles sein – ein Haus, eine Wohnung, eine Gartenlaube. Vielleicht hat ihm sein kleiner Bruder auch falsche Papiere besorgt. Wer weiß.«

»Mit anderen Worten: Jürgen Wolf ist der Schlüssel.«

»So sieht's aus.«

»Sein großer Bruder wird ihn brauchen«, denkt Koller laut. »Ohne ihn kommt er nicht weit. Also werden die beiden Kontakt miteinander aufnehmen. Ich besorge euch einen Observierungsbeschluss und einen für das Abhören seines Telefons. Eine Woche lang, vierundzwanzig sieben.«

»Ich glaube kaum, dass uns das weiterbringt, Reinhard. Martin Wolf ist nicht blöd, der kennt unsere Möglichkeiten genau. Der hat das alles garantiert bedacht. Also werden er und sein Bruder Wegwerfhandys mit Prepaidkarten benutzen.«

Koller fährt sich mit den Händen durchs Gesicht. Erst jetzt fallen Katja die dunklen Ringe unter seinen Augen auf, Hinweise auf mangelnden Schlaf, Anzeichen einer großen Sorge. Oder Angst.

»Was, wenn Jürgen Wolf nicht mit drinsteckt?«, fragt Koller.

»Das halte ich für ausgeschlossen«, erwidert Katja.

»Aber möglich ist es.«

Dorfmüller mischt sich ein. »Die Pistole war im Sarg versteckt. Die Einzigen, die außer Jürgen Wolf Zugang dazu hatten, sind der Bestatter und seine Mitarbeiter.«

»Habt ihr die überprüft?«

»Ich setze mich sofort dran.« Er drückt sich mit seinen gewaltigen Händen aus dem Stuhl, sein riesiger Körper entfaltet sich wie ein Klappmesser.

»Und du?«, wendet sich Koller an Katja.

»Ich fahre in die JVA nach Straubing.«

»Was willst du da?«

»Den Direktor befragen. Rausfinden, mit wem Martin Wolf innerhalb des Gefängnisses in den letzten Monaten Umgang hatte. Und seine Kontakte nach draußen.«

»Alles klar.«

Damit ist das Gespräch beendet. Katja müsste jetzt aufstehen, aber sie bleibt sitzen. Dorfmüller schaut sie fragend an, sie nickt ihm unmerklich zu. Er begreift und verlässt das Büro.

»Worauf wartest du?«, fragt Koller irritiert.

»Ich würde gerne wissen, was los ist«, sagt Katja.

»Was los ist?«, wiederholt Koller und gibt sich den Anschein, als verstände er die Frage nicht. »Ein verurteilter Mörder ist abgehauen und hat auf seiner Flucht zwei Justizbeamte erschossen, das ist los!«

»Ich meine mit dir, Reinhard.«

Koller blickt sie an wie ein waidwundes Tier, die Augen so

voller Traurigkeit, dass Katja das Gefühl hat, darin zu ertrinken. »Die Iris«, sagt er leise.

»Deine Frau?«

»Sie ist vor drei Tagen zu Hause zusammengebrochen. Ich hab sie sofort in die Klinik gefahren. Krankenhaus Schwabing.«

»Und?«, fragt Katja.

»Brustkrebs«, sagt Koller leise, wie hinter einem Nebel, seine sonst so kraftvolle Stimme ist kurz davor, zu brechen. »Der Oberarzt hat mich heute Morgen angerufen.«

»Kann man sie operieren?«

»Habe ich ihn auch gefragt.«

»Und die Antwort?«

»Sie wollen es versuchen.«

»Was machst du dann noch hier?«

»Das, was ich immer mache. Was soll ich sonst tun?«

Er klingt jetzt hilflos wie ein kleines Kind. Ausgerechnet er, ein Mann, der jedes Anzeichen von Schwäche oder Zweifel sofort unterdrückt, der nie ein Privatleben zu haben schien, für den immer nur das eine zählte: Fälle zu lösen und Mörder hinter Gitter zu bringen.

»Setz dich in dein Auto und fahr zu ihr.«

»Aber …«

»Kein Aber, Reinhard. Jetzt! Sie braucht dich.«

»Und der Fall?«

»Um den kümmere ich mich!«

8

Sie schaut auf ihre Uhr. Kurz nach zwei. Die Ledersohlen des Justizbeamten neben ihr schlagen auf die Steinfliesen, hallen durch den kühlen Gang. Vor dem Büro des Direktors bleibt er stehen, klopft an die Tür und öffnet sie. »Frau Sand ist hier«, sagt er zu dem Mann am Schreibtisch, der kurz aufblickt und Katja hereinwinkt.

Hubert Kohlmaier, Direktor der JVA Straubing. Mitte vierzig, Anzug und Krawatte, ein ausgeprägter Bartschatten über dem fliehenden Kinn. »Einen Moment, ich bin sofort bei Ihnen«, sagt er und vertieft sich wieder in die vor ihm liegende Dokumentenmappe. Sein Füller huscht lautlos über die Papiere. Eine Anmerkung hier, eine Unterschrift da, das Umschlagen der Seiten. Vorgeschobener Arbeitseifer, aufgesetzte Wichtigkeit. Er lässt sie warten, um seine Macht zu demonstrieren.

Sie betrachtet ihn. Er ist kleiner, als sie gedacht hat, kaum größer als sie selbst. Nur gut, dass sie Dorfmüller nicht mitgenommen hat, Kohlmaier müsste zu ihm aufblicken, und er würde es hassen.

Katja hat im Verlauf des vergangenen Jahres mehrfach mit ihm telefoniert. Ihre heimlichen Besuche bei Hanning, die er genehmigen musste. Jedes Mal hat er es ihr schwer gemacht. Ohne Antrag kein Besuch, und wenn unbedingt ein Besuch, dann nur mit zeitlichem Vorlauf. Bürokratisches Theater, sinnlose Hürden. Als würde es ihm Spaß machen, sie erst auflaufen zu lassen, um ihr schließlich in einem Akt der Gnade doch noch das gewünschte Treffen mit seinem prominenten Häftling zu gewähren. Nach jedem Telefonat dachte sie: Was für ein Arschloch!

Kohlmaiers Büro ist von auffallender Scheußlichkeit. Die Wände in einem gelblichen Beige, auf dem Boden mausgraues, hundertfach gebohnertes Linoleum, in dem sich das kalte Licht einer Leuchtstoffröhre spiegelt. Dazu die üblichen Behördenmöbel, kunststoffbezogener Pressspan in einem moosigen Grün.

Nach einer gefühlten Ewigkeit klappt Kohlmaier die Mappe zu, schraubt den Deckel auf seinen Füller. Auch dabei lässt er sich Zeit. Schließlich zieht er seine schmale Brille von der Nase, klappt die Bügel zusammen, legt sie auf dem Schreibtisch ab. »Aber bitte, setzen Sie sich doch«, sagt er und lächelt ihr zu.

Alles an ihm ist künstlich, eingeübt, berechnend. Keiner, der gestalten will, denkt Katja, ein Verwaltungsmensch, der die Autorität liebt, die sein Job ihm verschafft, und der gleichzeitig diesen Job hasst, der ihn dazu zwingt, Menschen zu verwalten, die er verachtet. Aber auch einer, der Angst hat, etwas falsch zu machen, weil alles Falsche ihn angreifbar macht, weil es ihm Ärger einbringen und seine Personalakte beflecken kann.

»Es gibt da ein paar Dinge, die wir besprechen müssten«, sagt sie und nimmt auf einem der beiden Besucherstühle Platz.

»Was denn für Dinge?«, fragt er.

»Offene Fragen«, sagt sie. »Etwa die, warum ein zu lebenslanger Haft verurteilter Straftäter die Erlaubnis erhält, zur Beerdigung seiner Mutter zu fahren.«

»Sie können davon ausgehen, dass ich mir diese Entscheidung nicht leicht gemacht habe.«

»Aber Sie haben sie getroffen.«

»Unter sorgfältiger Abwägung sämtlicher notweniger Aspekte.«

»Am Ende dieser Sorgfalt stehen zwei Tote. Und nicht irgendwelche. Zwei Beamte der bayerischen Justiz.«

»Wollen Sie mir unterstellen, ich hätte …«

»Ich will Ihnen gar nichts unterstellen. Ich will es nur verstehen.«

Einen Moment lang droht der Direktor die Fassung zu verlieren. Wütend starrt er sie an, in seinen Augen ein kurzes Aufblitzen von Verunsicherung, die Sorge vor möglichen Konsequenzen, dann hat er sich wieder im Griff.

»Ich wüsste nicht, was es da zu verstehen gibt«, sagt er und lehnt sich in seinem Bürostuhl zurück. »Der Tod der eigenen Mutter stellt eine besondere Härte dar. Der Gefangene Wolf hat sich in all den Jahren nicht das Geringste zuschulden kommen lassen. Keinerlei verbale oder körperliche Auseinandersetzungen oder sonstige Konflikte mit Mitgefangenen. Im Gegenteil, er hat im Verlauf seiner Haft eine positive Beurteilung nach der anderen gesammelt. Auch unsere Anstaltspsychologin hatte keinerlei Einwände gegen einen positiven Bescheid seines Antrags auf begleiteten Freigang.«

Er rechtfertigt sich, denkt Katja, er schiebt die Schuld auf die Psychologin. Dabei redet er so hastig, dass man ihm kaum folgen kann. Seine Fassade bröckelt, zeigt erste Risse. »Ich bin nur eine einfache Hauptkommissarin«, sagt sie. »Für die Beurteilung solcher Sachverhalte sind andere zuständig. Was mich interessiert, ist vor allem die Frage, wer Martin Wolf bei seiner Flucht geholfen hat und wo er sich versteckt halten könnte. Je schneller wir ihn finden, desto schneller ist dieser Albtraum vorbei. Denn dass es ein Albtraum ist, darin sind wir uns doch sicher einig.«

»Selbstverständlich«, erwidert der Direktor eingeschüchtert. »Und natürlich unterstütze ich Ihre Ermittlungen auf jede nur denkbare Weise.«

»Freut mich zu hören«, sagt Katja. »Ich nehme an, wir sind uns einig, dass er für die Durchführung seiner Flucht Hilfe brauchte. Die ganze Sache muss langfristig geplant gewesen sein.«

»Wollen Sie andeuten, dass jemand des hiesigen Anstaltspersonals …?«

»Ich will gar nichts andeuten«, entgegnet Katja. »Ich will nur wissen, mit wem er in den letzten Monaten zu tun hatte – persönlich oder telefonisch. Extern und intern. Alles, was Sie für mich haben.« Und nach einer kurzen Pause: »Ich gehe davon aus, dass Sie Entsprechendes für mich vorbereitet haben, Sie wussten ja sicher, dass ich danach fragen würde.«

»Selbstverständlich«, sagt Kohlmaier säuerlich und beginnt, die Unterlagen auf seinem Schreibtisch durchzublättern.

Katja unterdrückt ein Grinsen. Sie hätte nicht gedacht, dass es so leicht sein würde, ihn in die Ecke zu drängen.

Wortlos schiebt er ihr zwei ausgedruckte Listen über den Schreibtisch. Links die Besuche, die Martin Wolf in den letzten Monaten erhalten hat, rechts die Anrufe, die er getätigt hat. Drei Telefonate mit seiner Mutter, zwei persönliche Begegnungen mit seinem Bruder, zum letzten Mal vor einer Woche.

»Welcher Ihrer Beamten war beim letzten Besuch von Jürgen Wolf als Aufsichtsperson dabei?«

»Das kann ich Ihnen auf die Schnelle so nicht …«

»Das lässt sich doch sicher rausfinden, oder nicht?«

»Ja natürlich, aber …«

»Ich würde ihn gerne sprechen. Hier und jetzt.« Katja lächelt dem Direktor freundlich zu. »Wo Sie doch eben gesagt haben, dass Sie die Ermittlungen auf jede nur denkbare Weise unterstützen.«

Kohlmaier will etwas erwidern, verkneift es sich aber. Sich bloß nicht die Zunge verbrennen. Zögernd erhebt er sich – was soll er auch sonst tun? – und geht hinüber in sein Vorzimmer. Katja hört ihn mit seiner Sekretärin reden.

Ihre Gedanken wandern zu dem flüchtigen Martin Wolf. Er ist ein Geschwür, ein wuchernder, alles verschlingender Tumor, der jeden ansteckt, der ihm begegnet. Ein Satz aus seinem

Mund, ein Blick in seine Augen, und man ist infiziert. Unheilbar, rettungslos, sein Leben lang.

Koller kommt ihr in den Sinn und seine Frau. Dieselbe tückische Krankheit, von der ihr Vater aufgefressen wurde. Dieser verdammte Krebs, der nicht nur ihn befallen hat, sondern auch den Rest seiner Familie. Der jahrelang weiterwucherte in der Beziehung zwischen ihr und ihrer Mutter, eine giftige Mischung aus Selbstvorwürfen und Schuld.

Der Krebs macht keine Gefangenen, denkt sie, genau wie Martin Wolf. Ihn zu besiegen, heißt, ihn vernichten. Nur entweder oder, du oder ich, kein Dazwischen. Der Gedanke lässt sie schaudern, so wie damals in der Scheune, als sie glaubte, eine Wahl zu haben, und die falsche Entscheidung traf.

»Sie haben Glück«, sagt Kohlmaier, der zurückgekommen ist und sich wieder an seinen Schreibtisch setzt. »Der betreffende Beamte hat zurzeit Dienst. Sein Name ist Schindler. Er wird in ein paar Minuten hier sein.«

Also warten, denkt Katja und nickt dem Direktor stumm zu. Worüber sollte sie auch reden mit diesem kleinen, geltungssüchtigen Mann im Anzug, der ihr angeblich helfen will und in Wahrheit bereit ist, alles zu tun, um jede Mitverantwortung am gewaltsamen Tod der beiden Justizbeamten von sich zu weisen.

Dass sie schweigt, macht Kohlmaier nervös. Seine Finger trommeln auf die Schreibtischplatte. Sie schaut durch das vergitterte Fenster auf den Verwaltungshof. Vier sandbestreute Wege, die in rechten Winkeln auf eine Rotonde in der Mitte führen. Dazwischen Grasflächen, akkurat gestutzt. Das Ganze völlig sinnlos, wer soll hier schon spazieren gehen und warum?

Und wieder der Gedanke an Koller, sein fassungsloses Gesicht vor dem saftigen Frühlingsgrün der Bäume, draußen hinter dem Fenster seines Büros – sie hat ihn noch nie so verzweifelt gesehen.

Es klopft, ein Mann mit knochigen Zügen kommt herein,

rötlich blondes kurz geschnittenes Haar, die Haut ähnlich fahl wie die der Häftlinge, das Uniformhemd eine Nummer zu groß für seinen hageren Körper.

»Hallo, Herr Schindler«, sagt Katja und stellt sich vor. Keine überflüssige Einleitung, kein überflüssiges Geplänkel, sie kommt ohne Umschweife zur Sache. »Es geht um den Häftling Martin Wolf. Sie wissen ja, was passiert ist.«

»Ja, sicher«, sagt Schindler. »Das hat sich hier herumgesprochen wie ein Lauffeuer.« Er sieht seinen Chef unsicher an, der die Rolle des Zuschauers gezwungenermaßen akzeptiert und stumm auf den zweiten Besucherstuhl deutet. Schindler setzt sich.

»Tut mir wirklich leid für Ihre beiden Kollegen«, sagt Katja. »Umso wichtiger, dass wir ihn so schnell wie möglich fassen.«

»Ich würde ihm am liebsten persönlich eine Kugel …«

»Das habe ich jetzt nicht gehört«, unterbricht ihn Katja.

»Ist aber so! Für solche wie den müsste man die Todesstrafe wieder einführen.«

»Ich habe durchaus Verständnis für Ihre Aufregung«, erwidert Katja ruhig. »Aber mit Aufregung kommen wir nicht weiter. Ich habe mir die Besuche angeschaut, die er in der letzten Zeit bekommen hat. Bei einem waren Sie dabei.«

Schindler nickt. »Sein kleiner Bruder.«

»Ganz genau«, sagt Katja. »Können Sie sich an das Gespräch der beiden erinnern? Worüber sie geredet haben?«

»Na ja, wir sollen ja nicht zuhören, das dürfen wir genau genommen gar nicht, wir sollen nur darauf achten, dass nichts aus dem Ruder läuft.«

»Aber da bekommt man doch trotzdem das eine oder andere mit. Geht doch gar nicht anders.«

Wieder ein hilfesuchender Blick des Justizbeamten zu seinem Direktor, der ihm aufmunternd zunickt.

Herr und Knecht, denkt Katja, die ständige Angst, etwas

falsch zu machen. »Also«, sagt sie. »Worum ging es zwischen Wolf und seinem Bruder?«

Schindler überlegt. »Er hat seinen Bruder nach der Mutter gefragt. Weil ... die lag ja im Sterben. Da hat er mir schon auch leidgetan, ist ja kein Spaß, ich meine, du sitzt im Knast, und da draußen stirbt deine Mutter.«

»Wirkte er deprimiert? Niedergeschlagen und traurig?«

»War eher so, als würde er sich freuen.«

»Über den bevorstehenden Tod der Mutter?«

»Ja.«

»Haben die beiden über einen gemeinsamen Plan geredet?«

Schindler schüttelt den Kopf. »Nicht, dass ich wüsste, tut mir leid.«

»Muss Ihnen nicht leidtun«, sagt Katja. »Sie haben gehört, was Sie gehört haben. Aber da ist noch was anderes, das mich interessiert. Mit wem Wolf zu tun hatte, auf dem Hof, in seiner Freizeit. Kontakte zu Mitgefangenen. Fällt Ihnen dazu was ein?«

Schindler überlegt. »Ist ja eher ein Einzelgänger, der Wolf. Hat sich immer abseits gehalten von den anderen. Besser gesagt: die anderen von ihm.«

»Warum?«

»Liegt an der Art, wie er einen anschaut. Kalt wie ein Fisch, ohne jedes Gefühl. Vor dem hat jeder Angst!«

Katja weiß genau, wovon Schindler redet. Wolfs Augen, damals im Dunkel der Scheune, zwei glühende Kohlen in einem Meer aus Eis. Ein Blick, vor dem man unwillkürlich ausweicht, vor dem man sich retten will, unbedingt.

»Also keinerlei Kontakte?«, fragt sie.

»Keinen bis auf einen«, erwidert Schindler. »Der Psychodoktor. Auch einer von den Lebenslänglichen.«

»Sie meinen Alexander Hanning?«

»Genau den.«

Katja schnürt es die Kehle zu. Sie hat Mühe, sich nichts anmerken zu lassen. »Danke, Herr Schindler. Sie haben mir sehr geholfen.«

Ein fragender Blick, mit dem er sich die Zustimmung des Direktors abholt, dann verlässt Schindler erleichtert das Büro.

»Und?«, wendet sich Kohlmaier ungehalten an Katja. »Hat Ihnen das jetzt irgendwas gebracht? Sind Sie auch nur einen Schritt weiter?«

»Das weiß man immer erst dann, wenn man den nächsten gemacht hat«, entgegnet Katja ruhig.

»Und wie sieht der aus?«

»Ich würde jetzt gerne mit dem Gefangenen Hanning sprechen.«

9

Dieselbe verwaschene blaue Anstaltshose wie beim letzten Mal, dasselbe graue Sweatshirt. Katja hat das Gefühl, dass seine ehemals blonden Locken noch grauer geworden sind. Genau wie die Farbe seiner Haut. Die Zeit im Gefängnis vergeht langsamer als draußen, denkt sie, aber das Altern geht schneller.

Er setzt sich zu ihr an den Tisch, der Beamte, der ihn hereingeführt hat, nimmt neben der Tür Platz. Der Besuchsraum mit seinen verwaisten Tischen und Stühlen kommt ihr vor wie das leere Restaurant einer Passagierfähre, die vergitterten Fenster wie Bullaugen, der gegenüberliegende Zellenblock ein dunkles Meer aus Einsamkeit.

Hanning schiebt sich die goldumrandete Brille zurecht und blickt sie an mit seinen wasserblauen Augen, in denen sie jedes Mal zu ertrinken droht, wenn sie ihm begegnet. »Da sind Sie ja«, sagt er, in seiner Stimme freundliche Gelassenheit, als wäre ihr Besuch völlig selbstverständlich, eine willkommene Abwechslung im langweiligen Einerlei des Gefängnisalltags.

»Da bin ich.« Sie bemüht sich, neutral zu klingen. Die Hoffnung, dass ihr Gesicht nichts verrät von ihrer inneren Unruhe. Die Sorge, ein offenes Buch für ihn zu sein. Die Angst, er könnte mehr aus ihr herauslesen, als sie zu zeigen bereit ist.

»Ich freue mich, Sie zu sehen«, sagt er.

»Ich weiß«, erwidert sie.

Er schweigt, wartet ab, die Augen weiter unverwandt auf sie gerichtet, ruhig und geduldig. Er verwandelt den Besuchsraum der JVA Straubing in seine Praxis. Er sieht sich als Therapeut und sie als Patientin. Eine klare Rollenverteilung. Sie muss immer den ersten Schritt machen. Das gehört zu ihrem gemeinsamen Spiel dazu.

»Zwei tote Justizbeamte«, sagt sie. »Kaltblütig erschossen.«

»Sind Sie darüber verwundert?«, fragt er zurück.

»Nicht wirklich.«

»Erschrocken?«

»Warum sollte ich erschrocken sein?«

»Martin Wolf ist nicht irgendwer.«

»Niemand ist irgendwer.«

»Ich verstehe«, sagt Hanning. »Die professionelle und die private Ebene. Sie versuchen, die Dinge voneinander zu trennen.«

»Sie meinen, das gelingt mir nicht?«

»Natürlich nicht. Weil es unmöglich ist, Frau Sand, und das wissen Sie. Nicht, dass Sie mich falsch verstehen: Es liegt nicht an Ihnen, es liegt in der Natur der Sache.«

»Ich bin nicht hier, um mit Ihnen über die Unmöglichkeit von Dingen zu reden.«

Er geht nicht darauf ein. Lässt ihre Bemerkung so lange im Raum stehen, bis sie sich vollkommen darin aufgelöst hat.

Unvermittelt wird sie von Sehnsucht überflutet. Dieser übermächtige Wunsch, sich endlich an einer starken Schulter auszuweinen, einfach so, in den Arm genommen zu werden, Haut an Haut, nicht länger allein zu sein, nicht jede Entscheidung allein treffen, nicht alles allein regeln zu müssen. Dieses unstillbare Verlangen nach Heimat, endlich anzukommen nach all den Jahren der Dürre.

»Sind Sie noch da?«, hört sie Hanning fragen.

»Ja, bin ich«, sagt sie, herausgerissen aus ihrem Schmerz.

»Waren Sie schon beim Direktor?«

»Natürlich.«

»Ich nehme an, Sie waren überrascht. Von seiner Eitelkeit,

seiner bürokratischen Enge, dem Maß an Dummheit, das er ausstrahlt.«

»Er war so, wie ich ihn mir aufgrund unserer Telefonate vorgestellt habe. Ein kleiner Mann mit großer Wachsamkeit. Oder sollte ich Angst sagen?«

Hanning nickt kaum merklich. »Sie sind eine gute Beobachterin, Frau Sand. So, wie ich ihn einschätze, hat er sich für seine Entscheidung gerechtfertigt, Martin Wolf an der Beerdigung seiner Mutter teilnehmen zu lassen.«

»Ja, hat er.«

»Und Sie?«

»Wie meinen Sie das?«

»Warum sind Sie jetzt hier?«

»Was glauben Sie?«

Hannings Mundwinkel verziehen sich zu einem spöttischen Lächeln, die Haut um seine Augen legt sich in kleine Falten. »Ich vermute, Sie haben überlegt, mit wem Martin Wolf in der letzten Zeit Kontakt hatte.«

»Und weiter?«

»Um das rauszufinden, haben Sie mit dem Beamten gesprochen, der dabei war, als Wolf Besuch hatte, von seinem Bruder.«

»Wieso hätte mich das interessieren sollen?«

Hanning schüttelt enttäuscht den Kopf. »Frau Sand, bitte, beleidigen Sie nicht meine Intelligenz. Wir wissen beide, dass er Hilfe von außen brauchte. Und der Einzige, der dafür infrage kam, war sein kleiner Bruder. Der ihn vergöttert. Der alles für ihn tun würde. Da liegt die Schlussfolgerung auf der Hand, dass die beiden einen Plan besprochen haben. Für den Fall des Todes der gemeinsamen Mutter. Weil Wolf wusste, dass ihre Beerdigung die einzige Möglichkeit für ihn sein würde, jemals wieder hier rauszukommen.«

»Und weiter?«, fragt Katja.

»Martin Wolf ist kein Idiot. Ganz im Gegenteil. Er würde sich vor den Ohren eines Justizbeamten niemals verraten. Was bedeutet, dass der Justizbeamte Ihnen leider nicht weiterhelfen konnte.«

»Und wenn es so war?«, hakt Katja nach. »Was schließen Sie daraus?«

»Dass Sie ihn gefragt haben, mit welchen Mithäftlingen Martin Wolf Umgang hatte, beim Freigang oder in den Werkstätten.«

»Sie kennen die Antwort?«

»Natürlich, sonst wären Sie jetzt nicht hier.«

Katja blickt ihn an, sein Gesicht eine Maske aus Freundlichkeit. Was sieht er in ihr? Er schätzt sie sehr, da ist sie sich sicher. Aber noch mehr schätzt er ihr gemeinsames Spiel, dieses Hin und Her aus Worten und Gedanken, dieses gegenseitige Abtasten: Du willst etwas von mir, also gib mir etwas von dir! »Was hat Martin Wolf Ihnen erzählt?«, fragt sie.

»Worüber?«, fragt er zurück mit dieser Mehrdeutigkeit, die in jedem seiner sorgfältig formulierten Sätze liegt, in den Feststellungen genauso wie in seinen Erkundigungen.

»Über seine geplante Flucht«, sagt Katja.

»Ist das Ihr Ernst?«, entgegnet er und wirkt fast ein wenig beleidigt dabei. »Glauben Sie wirklich, er hätte mir seine Pläne offenbart?«

Katja antwortet nicht. Was sollte sie darauf auch erwidern? Hanning lässt sie nicht zu sich durchdringen. Bei jedem ihrer bisherigen Begegnungen gab es diesen Punkt. Dieses unerträgliche Gefühl, nicht weiterzukommen, diesen Moment eines gefühlten Scheiterns. Dabei weiß sie, dass sie nicht aufgeben darf, sie muss ihn fordern, immer neu, immer anders. Auch das ist Teil der Regeln zwischen ihnen.

»Was ging in Ihnen vor, als Sie vor den beiden Leichen standen, Frau Sand?«

»Wie bitte?«

»Sie haben sich doch sicher gefragt, wie er das gemacht hat. Es sich vorgestellt, jedes Detail. Dass er eine Pistole gehabt haben muss, um seine Bewacher erst zu entwaffnen und sie dann zu erschießen. Aber woher hat er diese Pistole, wer hat sie ihm besorgt, wo war sie versteckt?«

»Sagen Sie's mir.«

»Ich tippe auf den Sarg«, erwidert Hanning mit dieser typischen, fast schon überheblichen Selbstgewissheit in den Augen. »Ich wette, Sie haben ihn ausgraben und auf Spuren untersuchen lassen. Was Ihre Vermutung bestätigt hat. Womit wir wieder bei Wolfs kleinem Bruder wären, der natürlich jede Beteiligung vehement abgeleugnet hat, richtig?«

»Sie sehen eine Menge, Doktor Hanning.«

»Vor allem sehe ich Sie. Die Untrennbarkeit Ihrer Arbeit als Ermittlerin von Ihrer privaten Verstrickung.«

»Fangen Sie wieder damit an?«

»Es geht nicht darum, ob ich damit anfange. Es geht darum, dass es die ganze Zeit da war. All die Jahre. In Ihrem Kopf, und nicht nur da.«

Katja spürt, wie ihr der Schweiß ausbricht. Ein inneres Glühen, ein Zittern, der Wunsch zu schreien. Reiß dich zusammen, denkt sie, lass es ihn nicht merken. Dabei weiß sie, dass er es längst bemerkt hat, sie sieht es ihm an. »Wo ist Wolf?«, stößt sie mühsam hervor. »Wo hält er sich versteckt?«

»Keine Ahnung«, sagt Hanning. »Ich weiß es nicht.«

»Wenn ich ihn nicht schnappe, dann …«

»Dann was? Dann schnappt er Sie? Dann rächt er sich an Ihnen? Ist es das, was Sie denken?«

Katja antwortet nicht. Seine Worte wie Einschüsse in ihrem Kopf. Das Gefühl, dass ihr Schädel explodiert, zerplatzt wie eine Wassermelone, auf die man mit einem Hammer einschlägt. Ihre Hände krampfen sich in den Rand der Tischplatte, mit Mühe unterdrückt sie den Reflex, aufzuspringen und den Besuchsraum zu verlassen.

»Sehen Sie, das ist das, was ich meine«, sagt Hanning behutsam. »Wissen Sie, warum Sie das alles so sehr trifft? Weil Sie Ihren Gefühlen hilflos ausgesetzt sind. Schutzlos und schwach. Dabei ist diese vermeintliche Schwäche in Wahrheit Ihre große Stärke.«

Sie zwingt sich, ihn anzuschauen. Kein Spott mehr in seinem Blick, keinerlei Überheblichkeit, eher Fürsorglichkeit.

»Sie wollen ihn nicht schnappen, weil er zwei weitere Menschen getötet hat, Sie wollen ihn fassen, um endlich die Gespenster Ihrer Vergangenheit zu vertreiben. Aber das wird nicht funktionieren, die Gespenster werden Sie auch weiterhin verfolgen. So lange, bis Sie sich Ihnen endlich stellen. Nicht über Umwege, sondern direkt und unmittelbar.«

Misstrauen macht sich in Katja breit, die Angst, die Hoheit über ihre eigene Geschichte zu verlieren. »Was hat er Ihnen über mich erzählt?«, fragt sie, in ihrem Hals ein trockenes Kratzen.

»Spielt das eine Rolle?«, fragt Hanning zurück.

»Für mich schon.«

»Er mag Sie nicht besonders. Er hasst Sie. Jedenfalls glaubt er das.«

»Und Sie glauben das nicht?«

»Jede starke Emotion trägt im Kern auch ihr Gegenteil in sich. All die Jahre im Knast, ohne jedes Ventil, allein mit sich und seinen Gefühlen. Sie haben ihn dorthin gebracht. Eine schwere Kränkung seines Selbstbildes. Also will er, dass Sie dafür bestraft werden. Wie alle Narzissten neigt er dazu, sich selbst überzubewerten. Die Kompensation tief sitzender Minderwertigkeitsgefühle. Die Sie ihm mit seiner Festnahme schlagartig vor Augen geführt haben. Was er Ihnen nicht verzeihen kann. Heimlich bewundert er Sie, vielleicht begehrt er

Sie sogar. Wussten Sie, dass er Ihr Bild vor Augen hat, wenn er masturbiert?«

»Das passt zu ihm.«

Hanning nickt. »Er glaubt, dass er Sie damit erniedrigt. In Wahrheit ist das natürlich nur der Ausdruck eines ausgeprägten Unterlegenheitsgefühls Ihnen gegenüber.«

»Sie haben meine Frage nicht beantwortet«, erwidert Katja. »Was hat er Ihnen über mich erzählt?« Ihre Zunge klebt am Gaumen, sie hat plötzlich brennenden Durst.

»Sie haben ihm damals in den Oberschenkel geschossen«, sagt Hanning. »Nachts in der Scheune, in der er Sie festhielt, gemeinsam mit seinem Komplizen. Dem einen gelang die Flucht, den anderen haben Sie festgenommen. Trotz allem, was er Ihnen angetan hat.«

Sein Blick durchbohrt sie, mühelos, ohne dass sie sich dagegen wehren könnte. Er weiß alles, durchzuckt es Katja, sie fühlt sich nackt und bloßgestellt.

»Warum haben Sie ihn in jener Nacht nicht erschossen, Frau Sand?«

»Ich bin keine Mörderin.«

»Ich bin einer, sonst säße ich nicht hier. Vielleicht ist es vor allem das, was uns unterscheidet: Ich habe dem Impuls nachgegeben.«

»Auch ich stand kurz davor.«

»Sie hätten sich eine Menge erspart dadurch.«

»Mag sein. Vielleicht aber auch nicht.«

»Trotzdem haben Sie dem Wunsch widerstanden, es ein für alle Mal zu beenden. Beeindruckend.«

»Machen Sie sich jetzt über mich lustig?«

»Nein, Frau Sand, das meine ich ganz im Ernst. Wir sind uns ähnlicher, als Sie glauben. Derselbe verzweifelte Wunsch, die Tür aufzuschließen und den Schmerz endlich zu beenden. Nur dass ich die falsche Tür gewählt habe.«

»Sie haben sich für diese Tür entschieden.«

»Sie können die richtige wählen.«

»Und Wolf? Was, wenn er mir dabei im Weg steht?«

Hanning lacht auf. »Er steht Ihnen nicht im Weg, Frau Sand, er weist Ihnen den Weg. Sie sagen, Sie wollen ihn kriegen. In Wirklichkeit haben Sie Angst davor. Weil Sie die Scheune betreten müssen, wenn Sie vor ihm stehen. Weil es dann keine Ausrede mehr gibt!«

Katja starrt ihn an. Seine wasserblauen Augen hinter der goldumrandeten Brille. Seine Locken, die ihn so jungenhaft erscheinen lassen.

Sie weiß, dass er recht hat.

10

Die Rückfahrt nach München ein Albtraum. Der Himmel über ihr grauschwarz, wie ein Abbild ihres Inneren. Hinter Dingolfing setzt Starkregen ein, ein unaufhörliches Prasseln auf Dach und Scheiben, die Rücklichter der vor ihr fahrenden Autos winzige rote Punkte in einem Schleier aus Gischt.

Als sie in Straubing losgefahren ist, hat sie sich noch gefragt, was ihr das Gespräch mit Hanning gebracht hat. Jetzt weiß sie es. Sie kommt sich vor wie eine lebende Bombe, eine drohende Explosion aus Wut und Hass.

Ich bin keine Mörderin, hat sie zu ihm gesagt. Sie hat sich geirrt. Etwas in ihr will Martin Wolf zerstören, ihn vernichten, so wie er sie vernichtet hat. Ihn töten, weil er sie gezwungen hat weiterzuleben. Seine Auslöschung wird ihre Erlösung sein.

Sie weiß, dass Hanning das anders sieht. Er glaubt, dass sie Erlösung nur erlangen kann, indem sie Martin Wolf überwindet. Und dass diese Überwindung nur gelingen kann, wenn sie ihre Wut und ihren Hass hinter sich lässt. Dass darin die einzige Chance liegt, ihm die Macht und Bedeutung zu nehmen, die er ihr aufgezwungen hat. Und dass all das nur erreichbar ist, wenn sie sich ihm stellt. Indem sie die Tür endlich öffnet. Die richtige, nicht die falsche wie Hanning.

Das Hupen eines Lkw, ein Kreischen wie das Brüllen wilder Tiere, sie zuckt zusammen, begreift, dass sie immer langsamer geworden ist in diesem Taumel aus wirren Gedanken, der Tacho zeigt kaum mehr als vierzig an. Sie tritt das Gaspedal durch, schießt nach vorn durch die herabstürzenden Wasserfluten, bis die Schweinwerfer des Lkw in den tanzenden Schleiern hinter ihr verschwunden sind.

Was, wenn Hanning sich irrt? Wenn alles in Wahrheit viel einfacher ist? Keine komplizierte Gleichung mit unzähligen Variablen, nur eine simple Rechenaufgabe. Katja Sand oder Martin Wolf, sie oder er, ein nüchternes Entweder-oder.

Sie war schon immer eine Jägerin. Bei jedem ihrer Fälle. Ihre Beute ist der Täter, dessen Witterung sie aufnimmt, um den sie einen Kreis zieht, der enger und enger wird, je länger die Ermittlung dauert, bis er sie erschöpft erwartet, das Ende herbeisehnend, müde gehetzt, in Bewegungslosigkeit erstarrt.

Für die meisten Täter ist die Festnahme wie eine Erlösung. Für die Ermittlerin selbst gibt es keine Erlösung. Das Verbrechen kennt keinen Anfang und kein Ende, auf den einen Mord folgt der nächste. Die Getöteten treiben Katja vor sich her, mit jedem neuen Fall wird sie Stück für Stück mehr von der Jägerin zur Gejagten.

Hinter Landshut lässt der Regen nach, aber der Aufruhr in ihrem Inneren bleibt der gleiche. Irgendwo da draußen, hinter den tropfnassen Scheiben ihres Wagens wartet Martin Wolf auf sie, mit seinem schiefen Grinsen, den diabolischen Augen, grauhäutig, gelbzähnig, genau wie sie ein Gejagter, angetrieben von dem alles verzehrenden Wunsch nach Rache. Aber geht es hier wirklich nur um Vergeltung?

Sie folgt dem gleichmäßigen Hin und Her der Wischerblätter mit dem Blick, zählt die Ausschläge, um sich zu beruhigen. Sie muss ihre Gedanken sortieren, ihnen eine Richtung geben. Es sind immer die Details, die das Gesamtbild ausmachen.

Der Ausgangspunkt ist das, was damals geschah: der Überfall auf den Geldtransporter, die tödliche Kugel im Bauch des Fahrers, Wolf und sein Komplize, verschanzt in der Bank. Die von ihnen festgehaltenen Geiseln, das als zu groß eingeschätzte Risiko eines polizeilichen Zugriffs. Die schwangere Frau, an deren Stelle sie in den bereitgestellten Fluchtwagen stieg, Wolf am Steuer, sein unbekannter Komplize neben ihr auf dem Rücksitz, im Kofferraum die Millionenbeute. Die Nacht in der Scheune, das Mondlicht, das durch die Ritzen im Holz fiel. Schließlich: die Pistole in ihrer Hand, der Schuss in Wolfs Oberschenkel, für den sie in den Medien als Heldin gefeiert wurde. Nur durch ihren Mut und ihre Entschlossenheit hatte ein grausamer Mörder festgenommen werden können.

Auch nach Wolfs Inhaftierung liefen die Ermittlungen weiter. Unter der Leitung von Peter Schäfer nahm eine Sonderkommission ihre Arbeit auf, um Wolfs Mittäter zu fassen und den Verbleib der Beute zu klären. Was nur möglich war, wenn man seine Identität feststellte. Also befragte man die Geiseln aus der Bank, versuchte, die Hinweise von Zeugen des Überfalls auszuwerten, sah sich das umfangreiche Material der Überwachungskameras an. Anhand der Videobilder stellten Spezialisten Berechnungen zu Körpergröße und Gewicht des Flüchtigen an, suchten nach Auffälligkeiten in seinen Körperbewegungen, seinem Gang, seinen Gesten. Irgendetwas, das ihnen helfen würde, ihn zu identifizieren. Aber sie kamen nicht weiter, weil das Entscheidende fehlte: sein Gesicht, das er während des gesamten Überfalls und der anschließenden Flucht unter einer wollenen Sturmhaube verborgen hatte.

Auch sie selbst wurde mit Fragen torpediert, wieder und immer wieder: Welche Augenfarbe hatte er, hast du seine Haare gesehen, waren sie dunkel oder blond, lockig oder glatt? Sind dir Narben aufgefallen oder Tätowierungen, auf den Handknochen, den Unterarmen?

Es war Peter, der ihr diese Fragen stellte, während des Dienstes ebenso wie nach Feierabend. Was sie am meisten quälte: das Fehlen jeglichen Mitgefühls, versteckt hinter beruflicher Professionalität. Als würde er die Fragen nach dem Mittäter dazu benutzen, um den eigentlichen Fragen auszuweichen: was in der Scheune passiert war, was das mit ihr machte und was das für ihre gemeinsame Beziehung bedeutete.

Das Schlimme daran: Mit jeder Frage entfernte er sich weiter von ihr, während sie keine Antworten liefern konnte, weder ihm noch sich selbst.

Schon damals bestand das Leben für ihn aus einer Abfolge von Stufen, die alle in eine Richtung führten: nach oben. In der Leitung der *Soko Wolf* sah er nur einen Zwischenschritt für das Erreichen seines großen Ziels: Leiter einer Mordkommission zu werden. Was er ein paar Jahre später auch schaffte, in Augsburg, der drittgrößten Stadt Bayerns, Sitz des Polizeipräsidiums Schwaben Nord, zuständig für das Stadtgebiet und die umliegenden Landkreise.

Die ganze Zeit über machte er weiter Pläne für eine gemeinsame Zukunft. Peter und Katja Schäfer, der Kommissar und die Kommissarin, der zupackende Ermittler und seine emsige Zuarbeiterin. Er redete von einer gemeinsamen Wohnung, groß genug für sie beide und das erwartete Kind. Katja würde eine Babypause machen müssen, natürlich, aber er würde so lange eine Stelle in seinem Ermittlerteam für sie freihalten. Er machte ihr Leben zu seinem, holte es einfach in sein eigenes hinein. Immerzu sprach er von »wir« und meinte »ich«, sein Charme mitreißend, seine Selbstgewissheit überwältigend, kein Platz für Unwägbarkeiten.

Der König und seine Königin. Wo ich bin, ist die Sonne, Katja!

Ihre Schwangerschaft erregte ihn, er begehrte sie fast täglich. Sie gab sich ihm hin, während die Zweifel in ihr wuchsen, Stück um Stück, und ihre Lust abnahm, jeden Tag ein wenig mehr. Sie erkannte die Selbstbezogenheit hinter seinen Aufmerksamkeiten, begann, die Verantwortung zu verabscheuen, die er so selbstverständlich für sie übernahm.

Erdrückt von seiner breiten Brust, sah sie sich zunehmend

neben ihm verschwinden. In ihr wuchs ein Kind, und sie selbst wurde immer weniger. Und an ihrer Seite Peter, der das alles übersah, der sie nicht sah, weil er nur Augen hatte für die Arbeit seiner Sonderkommission.

Dass die Ermittlungen von Tag zu Tag mehr stagnierten, bis sie schließlich ganz zum Erliegen kamen, machte ihm nichts aus. Dass die Kollegen frustriert waren, erschöpft von ihren ins Leere gelaufenen Bemühungen, interessierte ihn nicht. Er hatte gezeigt, dass er auch unter schwierigsten Bedingungen ein Team zusammenhalten konnte, den Kopf immer oben, den Blick stets nach vorne gerichtet. Seine Führungsstärke empfahl ihn für Größeres. Und tat er nicht alles, was er tat, für seine zukünftige Frau und ihr gemeinsames Kind? Also: Was ist dein Problem, Katja?

Du bist mein Problem, dachte sie, während sie mit ihm eine weitläufige und lichtdurchflutete Vierzimmerwohnung besichtigte, die von der Maklerin ohne Unterlass in den höchsten Tönen angepriesen wurde, obwohl ihre Vorzüge offensichtlich waren.

Peter fuhr sie durch den Feierabendverkehr nach Hause. Wie erstarrt saß sie neben ihm, in ihrem Unterleib Krämpfe, vor ihren Augen Martin Wolf, der sie immer öfter nachts in ihren Träumen heimsuchte und inzwischen auch am Tag. Die Scheune, in der sie ihm ins Bein statt ins Herz geschossen hatte. Die Soko, die wegen Erfolglosigkeit inzwischen aufgelöst worden war. Die Beziehung zwischen ihr und Peter, die immer schlechter wurde, je mehr er sie schönredete. Das Kind in ihrem Bauch, in dem er den Nachweis einer Zusammengehörigkeit sah, die es für sie längst nicht mehr gab.

Am Küchentisch ihrer kleinen Wohnung brach es schließlich aus ihr heraus: Ich will das nicht mehr, Peter, es geht nicht mehr!

Er schaute sie verständnislos an, versuchte, ihre Worte wegzulächeln, bis er begriff, dass sie es ernst meinte. Dann begann er zu schreien. Sie blieb ruhig, sagte, was zu sagen war, erklärte, was erklärt werden musste. Sie wunderte sich über ihre Entschlossenheit.

Nachdem er gegangen war, merkte sie, dass mit ihm auch die Krämpfe in ihrem Bauch verschwunden waren. Etwas hatte sich gelöst. Erschöpft saß sie in ihrer winzigen Küche, ihre Brust voller widerstreitender Gefühle. Die Erleichterung über eine viel zu lange hinausgezögerte Entscheidung, die Trauer, dass etwas unwiederbringlich zu Ende war, die Unsicherheit über das, was kommen würde.

Über sechzehn Jahre ist das jetzt her. Sie hat einen hohen Preis bezahlt für ihren Schritt, aber bereut hat sie ihn nie.

Sie fährt von der Autobahn ab und über den Mittleren Ring auf die Landshuter Allee in Richtung Innenstadt. In einer Viertelstunde wird sie wieder an ihrem Schreibtisch sitzen. Noch einmal kehrt sie in ihren Gedanken zurück zu den damaligen Ermittlungen. Obwohl sie die Rückbank des Fluchtwagens mit ihm geteilt hatte, seine Stimme kannte und seinen abstoßenden Geruch, war Wolfs Mittäter am Ende ein Phantom geblieben, das nie gefasst werden konnte. Auch die Beute war nie wieder aufgetaucht. Mehr als zwei Millionen Euro, für die Bank ein bedauerlicher Verlust, der in Wahrheit gar keiner war, weil die Versicherung ihn klaglos ersetzte.

Ein falscher Abzweig, ein falsch gedeuteter Hinweis, eine nicht verfolgte Spur: Irgendwo muss ihr oder den Kollegen vor all den Jahren ein entscheidender Fehler unterlaufen sein. Und plötzlich weiß Katja, was sie zu tun hat. Sie wird die alten Ermittlungsakten anfordern, sie neu lesen, sich Seite um Seite durch sie hindurchgraben, um das möglicherweise übersehene Puzzlestück zu finden. Die Chance mag verschwindend klein sein, aber wenn es ihr gelingt, Wolfs ehemaligen Komplizen doch noch aufzuspüren, hat sie den Köder, den sie braucht. Sie muss sich nur auf die Lauer legen und warten. Früher oder später wird Wolf bei ihm auftauchen, um sich seinen Anteil an der Beute zu holen.

Als Katja auf dem Parkplatz vor der Mordkommission aus ihrem Wagen steigt, hat sich ihre Niedergeschlagenheit in Zuversicht verwandelt. Endlich hat sie einen Ansatz für ihre Ermittlungen gefunden.

11

Sie fährt mit dem Aufzug nach oben. Die Tür zu Kollers Büro steht wie immer offen, aber sein Schreibtisch ist leer. Die OP seiner Frau, schießt es ihr in den Kopf, wahrscheinlich ist er ins Krankenhaus gefahren.

Sie hat Iris Koller bei der Feier zu seinem zwanzigjährigen Dienstjubiläum kennengelernt. Ein lockeres Beisammensein in der Kantine, Kaffee und Kuchen auf seine Kosten. Eine kurze Ansprache des Polizeipräsidenten, lobende Worte für einen der Besten. Iris Koller stand neben ihrem Mann, eine verhuscht wirkende Frau mit blondierten Haaren, die im Licht der Leuchtstoffröhren glänzten, als wären sie lackiert.

Ihre Ehe war kinderlos geblieben, ein einziges Mal hatte Koller darüber gesprochen, in einem der seltenen Momente, in denen er sich Katja gegenüber öffnete. Er hätte seiner Frau gerne Kinder geschenkt, es hatte nicht sein sollen. Er ließ offen, ob es an ihm lag oder an ihr.

Statt Kinder jetzt also Brustkrebs, denkt Katja und fragt sich, wie Iris Koller das ertragen hat, ein halbes Leben an der Seite eines Mannes, der mehr mit seinem Beruf als mit ihr verheiratet ist. Wie soll man das schaffen: eine Beziehung lebendig zu halten, wenn der andere nur zum Schlafen nach Hause kommt und selbst dann nicht da ist, weil er an seine Fälle denkt? Auf wie vieles hat Iris Koller in all den Jahren verzichten müssen, was hat sie dafür bekommen?

Jede Ehe hat ihr Geheimnis, denkt Katja, was zwei Menschen verbindet, lässt sich mit Worten kaum greifen. Die Sehnsucht, sich dauerhaft zu binden, die Überzeugung, den Richtigen gefunden zu haben, die schmerzhafte Erkenntnis, dass es nicht funktioniert, weil der andere nicht der ist, der er vorgibt zu sein, und man selbst nicht die ist, die man gern wäre. So war es jedenfalls bei Peter und ihr. Sie hat versucht, darüber zu reden. Es hat nichts genützt. Am Ende war die Fremdheit größer als die Nähe.

Sie reißt sich von Kollers Schreibtisch los, geht hinüber in ihr Büro – und hält überrascht inne: vor ihr Dutzende von Aktenordnern, auf ihrem Schreibtisch wie auf dem von Dorfmüller, und noch einmal so viele auf dem Boden gestapelt. Auf den Rücken der Ordner weiße Aufkleber, durchnummeriert und mit Datum versehen, und alle mit demselben Betreff: *Soko Wolf*. Die alten Unterlagen, die sie anfordern wollte.

»Was ist hier los, Rudi?«, wendet sie sich an Dorfmüller, der von dem Ordner aufblickt, der aufgeschlagen vor ihm liegt.

»Da bist du ja«, sagt er und runzelt die Stirn, in seinen Augen ein merkwürdiges Unbehagen.

»Was?«, fragt Katja.

Dorfmüllers Blick wandert hinüber zu dem Mann, der auf der anderen Seite des Schreibtisches sitzt, auch er in einen der Ordner vertieft.

Katja erstarrt. »Was soll das?«

»Hallo, Katja«, sagt Peter Schäfer.

»Was machst du hier?«

»Siehst du doch. Ich gehe die alten Akten durch.«

»Ich will eine Erklärung. Sofort!«

»Amtshilfe«, sagt Peter.

»Wie bitte?«

»Offiziell beantragt und genehmigt.«

»Ohne mich zu fragen?«

»Du warst nicht da.«

Sie wendet sich an Dorfmüller. »Heißt das, Koller hat diesem Mist hier zugestimmt?«

»Nicht Koller«, nimmt Peter ihm die Antwort ab. »Das hier kommt von ganz oben.«

»Und wer steckt dahinter?«

»Ich dachte, du kannst Hilfe gebrauchen.«

»Und da hast du zum Telefon gegriffen und deine Kontakte spielen lassen.«

»Es geht hier nicht um meine Kontakte oder deine Befindlichkeiten.«

»Worum dann?«

»Niemand kennt den alten Fall so gut wie ich.«

»Ich war genauso Mitglied dieser verdammten Soko wie du.«

»Aber ich hab sie geleitet. Bei mir sind die Fäden zusammengelaufen.«

»Welche Fäden? Ich kann mich an keine erinnern, die da zusammengelaufen sind.«

»Vielleicht haben wir damals was Entscheidendes übersehen.«

»Und jetzt willst du noch mal nachschauen.«

»Deshalb bin ich hier.« Er gibt sich nicht mal Mühe, die Absicht dahinter zu verbergen: Peter Schäfer, der Mann für alle Fälle, der sich anbietet, nach eigenen Fehlern in der Vergangenheit zu suchen, um den aktuellen Ermittlungen zum Erfolg zu verhelfen. Wenn es gelingt, strahlt er im Licht, wenn es schiefgeht, kann er sich damit rausreden, dass er alles versucht hat. Da wo ich bin, ist die Sonne, Katja! Sie könnte kotzen.

Peter Schäfer lächelt. »Du kennst Martin Wolf so gut wie ich. Es geht ihm um die Beute. Um den Anteil, von dem er seit so vielen Jahren träumt. Mehr als eine Million Euro. Und im Gegensatz zu uns kennt er den Mann, bei dem er sich das Geld holen kann.«

Er ist zu denselben Schlussfolgerungen wie ich gelangt, denkt sie. Trotzdem gibt sie sich ahnungslos. »Du meinst seinen Komplizen?«

»Jetzt komm schon, Katja«, sagt er, und sein Lächeln wird eisig. »Du hast diesen Gedanken doch garantiert auch gehabt. Also lass die Spielchen.«

Sie schaut zu Dorfmüller, der aufsteht und nach seinem Parka greift, den er wie immer über die Stuhllehne gehängt hat. »Wo willst du hin, Rudi?«

»Kleiner Besuch in der Kantine«, sagt er. »Mein Magen braucht Nachschub. Und mein Kopf was Süßes.«

Was natürlich eine Ausrede ist. Rudi hasst Konflikte. Er will nicht hineingezogen werden in die unvermeidliche Auseinandersetzung zweier Alphatiere, in der es um mehr geht als die aktuellen Ermittlungen.

»Soll ich euch was mitbringen?«, fragt er. »Ein Teilchen vielleicht oder ein Stück Kuchen?«

»Rudi!«, sagt Katja.

»Dann eben nicht«, erwidert Dorfmüller und verlässt das Büro.

»Netter Kerl«, sagt Peter. »Er weiß, wie du tickst.«

Sie ignoriert die Provokation, geht stattdessen zum Angriff über. »Das hier ist mein Fall, Peter!«

»Bisher vielleicht, jetzt nicht mehr. Tut mir leid.«

Nichts tut dir leid, denkt sie, du genießt das! Sie stellt sich vor, wie es gelaufen ist: Peter hat sich seinem Polizeipräsidenten gegenüber als ehemaliger Leiter der *Soko Wolf* ins Spiel gebracht. Der Polizeipräsident hat seinen Kollegen in München angerufen, der Schäfers uneigennütziges Hilfsangebot an den zuständigen Staatsanwalt Marquart weitergeleitet hat. Der steht unter Druck durch die Politik. Zwei Tote infolge eines fragwürdigen Hafturlaubs für einen Mörder, der Justizminister verlangt Ermittlungserfolge, so schnell wie möglich und egal, wie. Mit Schäfers Einbindung in den Fall verschafft Staatsanwalt Marquart sich Entlastung. Weil er damit Handlungsschnelligkeit demonstriert und den Willen nach kreativen Lösungen: Wir tun, was wir können, Herr Minister!

Sie würde am liebsten schreien vor Wut, aber was würde das bringen? »Also gut«, sagt sie und versucht, ihren Ärger hinunterzuschlucken. »Du bist dabei. Aber ich führe die Ermittlungen.«

»Natürlich.«

»Und ich treffe die Entscheidungen.«

»Wie schon gesagt: Ich bin nur hier, um zu helfen.«

»Ohne jede Diskussion.«

Er lehnt sich in ihrem Bürostuhl zurück, vor sich eine Reihe alter Ordner, die sie anstarren mit ihren uniform beschrifteten Rücken. Tausende von Seiten, handschriftliche Notizen, akribisch verfasste Berichte. Eine Spurensuche ins Nichts, monatelange Mühe ohne jeden Erfolg.

»Eine Menge Arbeit«, sagt er.

»Die sich nicht gelohnt hat«, erwidert sie.

»Willst du dich nicht endlich setzen?«

»Du sitzt auf meinem Platz.«

»Entschuldigung«, sagt er und erhebt sich. Wechselt auf Dorfmüllers verwaisten Bürostuhl, dessen Gasdruckdämpfer unter seinem Gewicht hörbar nachgibt, während Katja sich auf ihren eigenen Stuhl setzt, Lehne und Sitzfläche noch warm von Peters Körper.

»Dein Polizeipräsident hat dich also freigestellt.«

»Ja.«

»Wie lange?«

»Zwei Wochen. Fürs Erste.«

»Fährst du abends zurück?«

»Die haben mir ein Hotel gebucht. Hier in der Nähe. Fußläufig.«

»Und was sagt deine Frau dazu?«

»Bitte?«

»Alina!«

Er zögert mit der Antwort. Als wäre es ihm unangenehm, darüber zu reden.

»Peter?«

»Gar nichts.«

»Bitte?«

»Sie weiß es nicht.«

Katja ist sprachlos. Er fährt beruflich nach München, wohnt zwei Wochen lang in einem Hotel, und seine Frau weiß nichts davon? Sie fragt sich, was dahintersteckt, und begreift im selben Moment, dass es nur eine Erklärung dafür geben kann. »Ihr habt euch getrennt?«

»Sie ist mit den Kindern zu einer Freundin aufs Land gefahren. Sie nennt es Auszeit.«

»Und wie nennst du es?«

Peters Gesicht verdüstert sich. »Was soll ich dazu sagen? Wir wissen doch beide, worauf solche Umschreibungen hinauslaufen. Am Ende steht die Scheidung, und ich kann von vorne anfangen. Aber worüber soll ich mich beschweren, ich kenne das ja, ich hab das alles schon mal durchgemacht.«

Er sitzt da, seine Tatkraft wie weggeblasen, ein trauriger Mann Anfang vierzig, dem die Frau weggelaufen ist. Seine andere Seite, denkt Katja, der weiche, verletzliche Peter Schäfer, in den sie sich damals mindestens so sehr verliebt hat wie in den entschlossenen, kraftvollen. Merkwürdig, wie leicht sich der hässliche Teil der Vergangenheit beiseiteschieben lässt, all die Verwundungen, die man einander beigebracht hat, die begrabenen Hoffnungen, wie er überlagert wird von den Erinnerungen an das Gute und Schöne. »Tut mir leid«, sagt sie. »Wirklich.«

Ein Moment der Stille zwischen ihnen, dann beginnt er zu erzählen. Wie er sich nach der Trennung von Katja in seine Arbeit vergraben hatte, ein vernarbtes Herz, das sich nicht öffnen konnte. Bis zu jener Nacht, als er Alina kennenlernte. Ein Totschlagsdelikt in einer Diskothek in der Augsburger Innenstadt. Zwei junge Männer, die in Streit geraten waren. Auf der

Herrentoilette war die Sache eskaliert. Der eine hatte den Kopf des anderen gegen einen Spiegel geschlagen und ihm eine der Scherben in den Bauch gerammt. Als der Rettungswagen endlich eintraf, war das Opfer verblutet.

Eine der Tatzeugen war Alina. Gegenseitige Anziehung, schon bei der ersten Befragung. Das Schimmern der Diskokugel auf ihrem Gesicht, das Strahlen in ihren Augen. Als hätte sie irgendetwas in ihm aufgebrochen. Ein paar Tage später eine weitere Befragung im Präsidium, die in eine private Verabredung mündete. Alles Weitere hatte sich wie von selbst ergeben, ohne jeden Druck, das Gefühl einer Befreiung, die Schatten seiner gescheiterten Beziehung mit Katja wie weggewischt. Er hatte sich fallen gelassen, Alina hatte ihn aufgefangen. Nach drei Monaten war sie schwanger geworden, noch vor Emmas Geburt hatten sie geheiratet.

Eine Frau, ein gemeinsames Kind, dazu das wunderschöne Haus am Stadtrand, das Alina geerbt hatte – alles hatte sich wie von selbst zusammengefügt. Plötzlich war es da, das perfekte Leben, das er sich Jahre zuvor schon einmal zusammengeträumt hatte, und er war mittendrin. Leider hielt der Traum nicht lange. Ein Jahr nach Emma kam Paul auf die Welt. Damit begann der Niedergang. Erste Risse, kleine Verwerfungen, die schnell größer wurden. Alina fühlte sich vernachlässigt, warf ihm vor, nicht genug Zeit mit ihr und den Kindern zu verbringen. Die Gespräche zwischen ihnen wurden seltener, kürzer, belangloser. Genau wie der Sex. Zwei, die versuchten, die Entfremdung zwischen sich zu ignorieren, sie wegzuleugnen. Als könnten sie einfach gemeinsam darunter hinwegtauchen.

Aber die Luft reichte nicht aus, nicht bei ihm, nicht bei Alina. Und dann stand plötzlich Jenny in ihrem Garten, seine verlorene Tochter. Für die Kleinen war das kein Problem, für Alina schon. Auch für ihn. Mit Jenny war etwas von außen hinzugekommen, das gnadenlos aufdeckte, wie wenig im Inneren noch stimmte. Und wieder flüchtete er sich in seine Arbeit. Kam nach Hause, wenn Emma und Paul schon schliefen, fuhr los, wenn sie noch schliefen. Bis Alina die Reißleine zog und für sich und die Kinder die Koffer packte.

»Das ist, als ob du über einen zugefrorenen See gehst«, sagt er. »Überall Warnschilder, aber du denkst: Wird schon nicht schiefgehen. Und dann gibt das Eis unter dir plötzlich nach, und du versinkst im eiskalten Wasser.«

»Du bist ein guter Schwimmer, Peter. Warst du schon immer. Jemand wie du geht nicht unter.«

Er schaut sie stumm an, während sie sich fragt, wie er das macht, sie noch immer so zu berühren. Und sich gleichzeitig sagen hört: »Hättest du Lust, heute Abend mit uns zu essen? Jenny würde sich bestimmt freuen.«

12

Sie sitzen zu viert um den Küchentisch. Jenny und ihr neuer Freund Finn haben Pizza gemacht, ein ganzes Blech voll. Kapern, Oliven, Anchovis, auch das ein Rezept von Maria aus dem *Hotel Delfino*. Katja hat Jenny lange nicht mehr so glücklich gesehen. Als wäre schon heute ihr Geburtstag. Und Weihnachten und Ostern. Alles gleichzeitig.

Sie schaut sich den Jungen an. Knochige, breite Schultern, ein magerer, noch nicht ausgewachsener Körper, das Gesicht unter den braunen, gewellten Haaren markant. Augen, die mitlachen, wenn sein voller Mund lacht. Er strahlt Sanftheit und Ruhe aus, ohne dabei schüchtern zu sein. Einer, der sich in unaufdringlicher Weise seiner selbst sicher ist, denkt sie, einer, der es nicht nötig hat, sich in den Vordergrund zu spielen. Und das Wichtigste: Er tut Jenny gut, das kann sie sehen.

Ihr Blick wandert hinüber zu Peter. Er sitzt ihr gegenüber und erzählt Jenny von seinem Urlaub mit Katja in Sirmione. Derselbe See, dasselbe Hotel, dasselbe Zimmer. Die Fahrten in einem gemieteten Cabrio am Ostufer entlang, Steilküste mit Tunneln, das atemberaubende Panorama und neben sich die schönste Frau der Welt.

»Er meint dich, Mama«, sagt Jenny.

»Ja«, erwidert Katja und zwingt sich zu einem Lächeln, während sie die Hitze über dem See spürt, in ihren Ohren die laute Musik aus dem Autoradio, Eros Ramazotti, *Se bastasse una canzone*, und neben ihr Peter, die Haare auf seinen Unterarmen, das Glitzern des Wassers in seiner Sonnenbrille. Alles war da, nichts fehlte, die Zukunft so nah, mit den Händen zu greifen.

Aber statt zuzugreifen, habe ich ihn weggestoßen, denkt Katja. Und trotzdem sitzt er jetzt hier in ihrer Küche und erzählt Anekdoten aus der glücklichsten Zeit ihres Lebens. Jenny hängt an seinen Lippen, genau wie Finn, schon nach zehn Minuten hat Peter ihm das Du angeboten, und alles wirkt so launig und lässig, und Katja hört zu, in sich versunken, wie er die Vergangenheit lebendig werden lässt.

»Cool«, sagt Finn. Vielleicht träumt er von seinem eigenen Führerschein und davon, mit Jenny dieselbe Straße am See entlangzufahren. Und dann: »Aber noch viel cooler ist, dass ihr so gut miteinander klarkommt, wo ihr doch so lange nicht …«

»Finn!«, sagt Jenny.

»Ist doch so«, erwidert er. »Meine Eltern haben das jedenfalls nicht so hingekriegt.«

»Verstehen die sich nicht?«, fragt Peter.

»Geschieden«, sagt Finn. »Seit drei Jahren. Reden nicht mehr miteinander. Warum sollten sie auch? Haben ja bloß zwei gemeinsame Kinder.«

Die Bitterkeit über das Ende einer Familie. Jenny greift nach seiner Hand. Wer könnte ihm das besser nachfühlen als sie, denkt Katja, sie weiß, wie es ist, keine richtige Familie zu haben.

Mit einem Scherz bricht Peter die plötzliche Stille, lenkt das Gespräch zurück in unverfängliche Bahnen. Er weiß, wie so etwas geht, das bringt sein Beruf mit sich, er kennt das aus zahllosen Verhören.

Ein paar Fragen hier, ein paar launige Repliken da, und schon gewinnt die Unterhaltung neuen Schwung, Jenny und Finn erzählen von sich und der Schule, ihr Lachen fliegt über den Tisch.

Was wäre gewesen, wenn sie sich nicht von Peter getrennt hätte, denkt Katja, wenn sie einfach weitergemacht hätte, als wäre nichts passiert? Eine gemeinsame Wohnung, ein höheres Ziel: Vater, Mutter, Kind. Wen interessiert da schon die Wahrheit, und schafft sich die Wirklichkeit nicht ihre eigenen Wahrheiten?

Ein winziges Boot im Delta eines großen Flusses, durchzogen von Hunderten kleinen Inseln. Das Wasser, das sich um sie herum teilt, das Steuer in ihrer Hand, rechts oder links, Katja, entscheide dich! Warum hat sie sich damals nicht einfach treiben lassen, wo doch alle Flüsse zum Meer fließen. Zu Hause sein, eine Heimat finden, endlich ankommen. Andere schaffen das auch. Warum ist sie noch immer auf der Suche nach dem eigenen Ufer, dem eigenen Strand?

»Ich muss los«, sagt Peter.

»Jetzt sei kein Spielverderber«, beschwert sich Jenny. »Ist gerade so schön.«

»Ich muss morgen früh raus. Deine Mutter ist eine strenge Chefin.«

»Wenn du ein paar Tipps brauchst ...«

»Ich komm drauf zurück, versprochen.«

Sie kennen sich nicht mal ein Jahr, denkt Katja, und sind einander so vertraut, als hätten sie ihr ganzes Leben miteinander geteilt. »Ich bring dich noch zur Tür«, sagt sie.

Sie betrachtet ihn, wie er seine Jacke von der Garderobe nimmt und sich in einer einzigen fließenden Bewegung überstreift. Dann stehen sie sich gegenüber, in der geöffneten Wohnungstür, sie hält die Klinke in der Hand und wartet darauf, dass er geht.

»Morgen früh um acht?«, fragt er.

»Ja«, sagt sie. »Um acht.«

Er tritt hinaus in den Hausflur. Sein breiter Rücken im Licht der Deckenbeleuchtung, die Finger mit dem schmalen Ehering auf dem Handlauf des Treppengeländers. Nach der zweiten Stufe hält er plötzlich inne und dreht sich zu ihr um. »Eins noch«, sagt er. »Wegen Wolf. Wir werden ihn kriegen. Ganz sicher!«

Sie nickt und schließt die Tür. Spürt ihre Knie weich werden, lehnt sich gegen den Rahmen und atmet tief durch. Jetzt komm schon, Katja! Sie gibt sich einen Ruck und geht zurück in die Küche. »Feierabend, ihr zwei.«

»Aber …«

»Kein aber. Morgen ist Schule.«

»Kann Finn bei mir …?«

»Kann er nicht!«

»Wieso denn nicht?«

»Du bist noch keine sechzehn.«

»Die zwei Tage.«

»Sechzehn minus zwei ist fünfzehn. Ende der Ansage!«

Zehn Minuten später liegt Katja im Bett. Sie hört, wie Jenny sich im Bad die Zähne putzt und sich den Mund ausspült. Das Zuschlagen ihrer Zimmertür, dann ist es still. Und mit der Stille kommt die Angst. Katja liegt da, allein wie immer, aber die Gespenster warten schon. Gedanken, die in ihrem Kopf herumwimmeln wie Maden in fauligem Fleisch.

Die beiden toten Justizbeamten am Waldrand, Blut und Regen, der eine im Inneren des Transporters, der andere auf dem regennassen Boden davor. Eine alte Frau im schimmernden Satinfutter eines ausgegrabenen Sarges, braune Erde auf hellem Holz. Die Überwachungsfotos ihres Sohnes vor einem Geldautomaten in Holzkirchen, grobkörnig und blass. Die Fahndung nach ihm, die genauso ins Leere laufen wird wie die Observierung seines Bruders. Tausende Seiten alter Ermittlungsakten, abgeheftete Dokumente eines Scheiterns, der Geruch nach Staub und Papier. Ein Mann mit einer Sturmhaube auf dem Rücksitz des Fluchtwagens, die Suche nach einem Phantom. Und schließlich Peter, in ihrem Büro, ihrer Küche, an ihrer Seite. Ungefragt und nicht gewollt.

Hellwach liegt sie da. Und spürt auf einmal Hände, die über ihre Brust streichen, fordernd, gierig. Sie dreht den Kopf zur Seite und blickt in die kalten Augen von Martin Wolf. Pscht!, macht sein Mund, die Lippen gespitzt, ein bisschen Liebe, ein wenig Zärtlichkeit, ich hab mich nach dir gesehnt, so viele Jahre schon, wir gehören zusammen, und nichts kann uns trennen. Ihr Körper versteift sich, Panik überflutet sie, ihre Haut wie Pergament. Erschrocken wendet sie sich ab, starrt durch die Dunkelheit an die Decke, alte Holzbalken, der Geruch nach Stroh, kaltes Mondlicht, das durch Ritzen fällt. Und plötzlich sind da noch mehr Hände, ein weiteres Paar, sie dreht den Kopf auf die andere Seite, und da ist Peter, sein stummer Blick, seine Augen wie Magnete, von denen sie sich nicht losreißen kann. Worte aus einem geschlossenen Mund. Keine Angst, Katja, alles wird gut, ich passe auf dich auf. Das Pergament zerreißt, die brüchige Hülle platzt. Die Hände fahren in sie hinein, von rechts und von links, sie wühlen in ihr herum, pressen sich auf ihre Lunge, legen sich um den pumpenden Muskel in ihrer Brust, dein Herz, Katja, sieh nur, wie schön es schlägt, und reißen es mit einem Ruck heraus.

Katja schnappt nach Luft, schlägt um sich, ihre Finger krallen sich in die Bettdecke. Da ist kein Martin Wolf, kein Peter Schäfer. Ein Traum, versucht sie sich zu beruhigen, nichts weiter. Dabei weiß sie genau, dass es mehr ist: Sie kann sich selbst nicht länger ausweichen. Nicht in die eine Richtung und in die andere auch nicht.

13

»Wo sind die Akten?«, fragt Katja überrascht, als sie gegen halb acht in ihr Büro kommt. Die Ordner, die noch gestern auf den Schreibtischen und dem Boden verteilt waren, sind verschwunden. Die Kaffeemaschine blubbert, gefilterte Tropfen, die in der Glaskanne zerplatzen, ihr Duft erfüllt den Raum.

»Morgen erst mal«, sagt Dorfmüller. Und dann: »Ich hab sie in den Konferenzraum gebracht. Da haben wir mehr Platz. Außerdem ist das hier unser Büro, da hat dein Herrn Schäfer nichts verloren.«

»Er ist nicht mein Herr Schäfer.«

»Du weißt, wie ich das meine.«

Ja, denkt sie, das weiß ich. Es sind die Gesten, die zählen, und das hier ist so eine. Sie ist gerührt von seiner Fürsorglichkeit. Ihr Rudi, der sie kennt wie kein Zweiter, der jede Schieflage sofort erspürt.

»Kaffee?«, fragt er.

»Gern«, sagt sie und schaut ihm beim Eingießen zu. Seine riesigen Hände, mit denen er die Kanne hält, seine langen Finger, die sich vorsichtig um die Tasse legen, die Behutsamkeit, mit der er sie vor ihr auf dem Schreibtisch abstellt. Schwarz und ohne Zucker, so wie sie es mag. Sie nimmt einen Schluck.

Er füllt die zweite Tasse und setzt sich. »Ich mach mir Sorgen um dich, Katja.«

»Das brauchst du nicht.«

»Bist du sicher, dass du die Dinge voneinander trennen kannst?«

Die Frage klingt beiläufig, aber er legt damit den Finger in die Wunde. Obwohl er nicht mal im Ansatz weiß, was damals wirklich passiert ist, kann er sich vorstellen, was Wolfs Flucht in ihr ausgelöst hat.

»Und wenn ich sie nicht voneinander trennen könnte«, erwidert sie. »Würde das irgendwas ändern?«

»Du machst dich angreifbar damit.«

»Ich bin immer angreifbar, Rudi. Bei jedem Fall, in dem wir ermitteln. Wäre ich es nicht, würde ich meinen Job nicht gut machen.«

»Um den Job gut zu machen, brauchst du Distanz.«

»Was wäre die Alternative? Die Leitung der Ermittlungen abzugeben? Vielleicht an Peter?«

»Ich will nur, dass du aufpasst. Dass du dir klar darüber bist, wo die Gefahren liegen.«

Das sagt sich so leicht, denkt sie, die Gefahren! Dabei hat er recht. Ohne Distanz wird sie sich verstricken, den Überblick verlieren. Wird sich in ihrer eigenen Betroffenheit verheddern und keine klaren Entscheidungen mehr treffen können. Und genau darum geht es: klare Entscheidungen zu treffen, eine eindeutige Linie vorzugeben. Ihre Wut, ihr Wunsch nach Vergeltung, die Sehnsucht nach Erlösung – all das muss sie zurückstellen und wieder zur Jägerin werden.

»Die Botschaft ist angekommen«, sagt sie.

»Wie viel davon?«, fragt er zurück.

»Hundert Prozent.«

»Drunter machst du's nicht?«

»Niemals!«

Sie grinsen sich an. Da ist sie wieder: die alte Vertrautheit zwischen ihnen, das gute Gefühl, einander blind vertrauen zu können. Am liebsten würde sie ihn in den Arm nehmen.

»Was macht die Liebe, Rudi?«

»Wächst und gedeiht.«

»So wie das Chaos in deiner Bude?«

»Ich räum jeden Tag auf.«

»Vielleicht sollte ich die Susi mal anrufen. Ein kleines Gespräch von Frau zu Frau.«

»Wieso?«, fragt Dorfmüller irritiert.

»Wegen der Duftbäume in deinem Granada«, erwidert Katja. »Ich bin auf der Suche nach Verbündeten.«

»Ich fürchte, da wirst du woanders suchen müssen.«

»Erzähl mir nicht, dass sie auf diese stinkenden Luftverpester steht.«

»Mirabelle-Cherryblossom«, schwärmt Dorfmüller. »Ihr absoluter Lieblingsduft.«

»Wie hast du das gemacht, Rudi?«

»Liebe«, sagt Dorfmüller und strahlt sie glücklich an. »Da muss man nichts machen.«

Du hast es dir verdient, Rudi, denkt Katja. Das ist der Unterschied zwischen ihnen: Sie hat gesucht und nicht gefunden, er hat einfach gefunden, ohne zu suchen. Sie gönnt es ihm von ganzem Herzen. »Gehen wir rüber«, sagt sie. »Gibt 'ne Menge zu tun.«

Auf dem Flur treffen sie auf Peter Schäfer.

»Gut geschlafen, Frau Sand?«

»Bestens«, lügt sie und hofft, dass er die Schatten unter ihren Augen übersieht, die ihr die schlaflose Nacht eingebracht hat.

Selbst wenn er sie gesehen hat, er geht nicht darauf ein. »Schöner Abend gestern«, sagt er stattdessen.

Sie bemerkt den Anflug von Irritation bei Dorfmüller, ein leichtes Stirnrunzeln unter seinen dünnen Haaren. Sie weiß, was er jetzt denkt: Hab ich dir nicht gerade was von notwendiger Distanz erzählt?

»Ja«, sagt sie knapp zu Peter. »Schöner Abend.«

Sie erreichen den Konferenzraum. Dorfmüller hat sämtliche Ordner auf den Fensterbänken und dem großen Tisch platziert. Rücken an Rücken, meterlang. *Soko Wolf*, die Suche nach der Nadel im Heuhaufen, ein Abtauchen in die Vergangenheit. Zeugenaussagen, Fahndungsberichte, Hinweise aus der Bevölkerung. Eine Mammutaufgabe, die nur zu bewältigen ist, wenn sie sich in diesem unübersehbaren Gestrüpp aus Worten und Sätzen nicht verlaufen.

Katja erklärt Peter und Dorfmüller, wie sie vorgehen will. Drei voneinander abgegrenzte Bereiche, eine klare Struktur: der Überfall auf die Bank mit der Geiselname, die Flucht und der Aufenthalt in der Scheune und schließlich der Versuch, Wolfs Komplizen über die registrierten Geldscheine aus der Beute aufzuspüren. Dorfmüller soll sich um den Überfall kümmern, Peter um die Spur des Geldes, sie selbst wird sich die Flucht vornehmen. »Also los«, sagt sie. »Gehen wir's an.«

Und das tun sie. Sitzen schweigend da, wälzen Akte um Akte, Seite um Seite. Lesen und bewerten, machen sich handschriftliche Notizen, angespannt und in Sorge, den einen wesentlichen Hinweis, der schon einmal übersehen wurde, ein zweites Mal zu übersehen.

Und wenn es diesen Hinweis gar nicht gibt und das entscheidende Puzzleteil überhaupt nicht existiert? Wenn der gesuchte Komplize zwischen all diesen beschriebenen Seiten gar nicht zu finden ist, weil er jede Verbindung zwischen sich und Wolf verwischt hat, weil er nie einen Geldschein aus der Beute in Umlauf gebracht hat, weil er einfach schlauer war als die Polizei?

Was, wenn sie hier ihre Zeit verschwenden, während Wolf in aller Ruhe bei ihm auftaucht und seinen Anteil einfordert?

Der Druck ist gigantisch, denkt Katja, aber es gibt keine Alternative. Sie kann nur das tun, was sie am besten kann: sich fokussieren und alles andere ausblenden.

Sie taucht in die Akten ein, und alles ist wieder da. Dieser Tag, diese Nacht. Geräusche und Gerüche. Zweiundzwanzig

Stunden und ein paar Minuten zwischen dem Eingehen der Nachricht vom Überfall auf die Bank bis zu dem Schuss in Wolfs Oberschenkel. Zweiundzwanzig Stunden und ein paar Minuten, die alles verändert haben.

Sie liest die Aussage einer Anwohnerin schräg gegenüber der Bank, einer alleinstehenden Frau Mitte fünfzig. Ein uniformierter Beamter, der bei ihr und den Nachbarn geklingelt hatte, um sie aufzufordern, sich von den Fenstern fernzuhalten. Sie hatte sich nicht daran gehalten. Ihr heimlicher Blick auf die weiträumig abgesperrte Straße, den Einsatzbus der Polizei mit den dahinter postierten, wartenden Einsatzkräften des SEK, den Eingang der Bank, die Bereitstellung des Fluchtwagens. Der Moment, in dem die beiden maskierten Täter mit einer schwangeren Geisel die Bank verlassen hatten und zu dem dunklen 7er-BMW hinübergegangen waren. Die junge Polizistin, die nach einer kurzen Diskussion mit dem Einsatzleiter ihre Schutzweste ausgezogen und sich den Geiselnehmern im Austausch für die werdende Mutter angeboten hatte.

Das bin ich, denkt Katja und sieht sich vor der Bank stehen in der Hitze des Sommers, eine junge Polizistin, die ihre Schutzweste auszieht. Der Mann, mit dem sie diskutiert, ist der Mann, den sie liebt – und der ihr jetzt gegenübersitzt, hinter einer Wand aus Akten.

Es fällt ihr nicht leicht, sich auf das zu konzentrieren, was sie da liest. Die Worte verschwimmen vor ihren Augen. Die Beschreibung der Zeugin wird überlagert von den Bildern ihrer eigenen Erinnerung. Hanning kommt ihr in den Sinn und das, was er ihr über die Reaktualisierung von Traumata erzählt hat, diesen schmerzlichen Versuch, sich dem Schrecken in einer Wiederbegegnung zu stellen und ihn dadurch zu überwinden. Schweißtropfen, die sich auf ihrer Oberlippe sammeln, ihre Hände sind eiskalt. Ihr Herz beginnt zu rasen, sie schnappt nach Luft.

Dorfmüller merkt besorgt auf. »Alles in Ordnung, Katja?«

»Alles gut, Rudi.«

Sie blickt hinüber zu Peter. Er sagt kein Wort, aber der Ausdruck seiner Augen verrät, dass er weiß, was mit ihr los ist. Er hätte versuchen können, sie zurückzuhalten, damals vor der Bank, wenigstens das. Stattdessen hat er sie in den Fluchtwagen steigen lassen, widerspruchslos, nur um sie Stunden später, als alles vorbei war, in den Arm zu nehmen, sie an sich zu drücken wie ein Vater sein Kind und ihr zuzuflüstern: Ich bin stolz auf dich!

Worauf hätte er stolz sein sollen?, fragt sie sich. Darauf, dass der am Fluchtwagen angebrachte Sender nicht funktioniert hat? Dass sie draufgegangen wäre, wenn sie Wolfs Waffe nicht an sich gebracht und auf ihn geschossen hätte? Dass sie nur deshalb noch lebt, weil sie sich selbst gerettet hat?

Es sind immer die Details, die den Unterschied machen. Vielleicht war es das Gönnerhafte seiner väterlichen Umarmung, das den Wunsch in ihr ausgelöst hat, sich von ihm zu trennen. Vielleicht wäre alles anders gekommen, wenn er ihr nicht zugeflüstert hätte: Ich bin stolz auf dich!

Sie zwingt sich zu einem Lächeln, zwischen ihnen nur der Tisch, keine zwei Meter Abstand und gleichzeitig eine unüberbrückbare Distanz. Sie will nicht, dass er ihre Gedanken liest, und weiß doch, dass er es tut. Er lächelt zurück – schon okay, Katja! – und wendet sich wieder seinen Akten zu.

»Kaffee wäre nicht schlecht«, sagt Dorfmüller und geht hinaus. Kurz darauf kommt er mit der Kaffeemaschine zurück, stöpselt sie ein und brüht frischen Kaffee auf. Das Röcheln der Maschine, das sie an den Speichelsauger am Behandlungsstuhl ihrer Zahnärztin erinnert, die Mine ihres Kugelschreibers, die über ihren Notizblock fährt, und immer wieder: das Umschlagen der Seiten, ein leises Rascheln in der Stille zwischen ihnen.

Die Aussage eines Autofahrers, der damals den Fluchtwagen

auf der Autobahn überholt hat. Sein Blick auf die Beifahrerseite, eingefrorene Zeit: ein maskierter Mann am Steuer, auf der Rückbank Katja und ein weiterer maskierter Mann, der seine Waffe auf das vorbeifahrende Auto richtet. In diesem Moment sei ihm das Herz stehen geblieben, so der Autofahrer, er habe gedacht, jetzt sei er erledigt. Er habe das Gaspedal durchgetreten und gebetet. Mit zweihundert Sachen sei er weitergefahren, bis zur nächsten Ausfahrt, auf dem Standstreifen habe er angehalten, er habe kaum die Hände vom Lenkrad nehmen können, so sehr habe er gezittert.

Das Verrückte an diesen Aussagen: Die Zeugen beziehen das, was sie gesehen haben, nur auf sich selbst. Auf ihre Aufregung, ihre Angst, auf die Gefahr, in der sie im Moment ihrer Beobachtungen vermeintlich schwebten. Als ginge es bei dem Ganzen nicht um Täter und Opfer, sondern um sie. Katja ist in diesen Beschreibungen nicht mehr als ein unerheblicher Teil eines Bildes, in dessen Zentrum nicht das Beobachtete steht, sondern der Beobachtende selbst.

Sie hat das Gefühl, auf der Stelle zu treten. Zeit, die quälend langsam vergeht. Auf Hunderten Seiten Hunderte Variationen des immer Gleichen, ständig wechselnde Perspektiven, die nicht einen einzigen neuen Einblick gewähren. Als sie auf die Uhr schaut, ist es bereits kurz vor zwölf, seit vier Stunden sitzen sie jetzt schon hier, ohne jedes Ergebnis. »Lasst uns eine Pause machen«, sagt sie.

»Und ich dachte schon, du würdest uns nie mehr erlösen.« Dorfmüller atmet erleichtert auf. Und zu Peter: »Heute ist Schnitzeltag in der Kantine. Kann ich nur wärmstens empfehlen.«

»Bin dabei«, sagt Peter und wendet sich an Katja. »Was ist mit dir?«

»Kein Hunger«, sagt sie und wartet, bis die beiden den Raum verlassen haben. Sie will allein sein, das Chaos in ihrem Kopf ordnen. Sie fühlt sich ausgelaugt und leer, die Wiederbegegnung mit der Vergangenheit nagt an ihr. Die Katja, der sie in den Akten begegnet, ist nicht die, die sie kennt. Zwischen all diesen Seiten tritt ihr eine Fremde entgegen, jung und naiv, überzeugt davon, das Richtige zu tun, bereit, jeden Preis dafür zu bezahlen ohne jede Vorstellung davon, wie hoch dieser Preis am Ende sein wird.

Sie hat damals nicht nachgedacht. Ihre Entscheidung, sich gegen die schwangere Frau austauschen zu lassen, entsprang einem Reflex. Noch in dem Moment, als sie in den Fluchtwagen stieg, fühlte sie sich unbezwingbar. Als ihr dämmerte, dass sie sich bedenkenlos ausgeliefert hatte, war es zu spät.

Sie streckt ihren müden Körper, dehnt den Nacken, alles an ihr ist steif, die Muskeln verhärtet. Sie steht auf und tritt in den Flur. Die Rückkehr in die Wirklichkeit. Die Stimmen der Kolleginnen und Kollegen, ihre Betriebsamkeit, ihr Lachen, ihr Ernst. Sie spielt das Spiel mit, grüßt und lächelt, während sie zu Kollers Büro geht.

Er sitzt an seinem Schreibtisch und schaut sie zerknirscht an. »Tut mir leid.«

»Was tut dir leid?«

»Das mit Schäfer. Die haben das über meinen Kopf hinweg entschieden.«

»Vergiss es, Reinhard. Du hättest es nicht verhindern können.«

»Was ist mit der Fahndung nach Wolf?«

»Bislang ergebnislos.«

»Und die Observierung seines Bruder?«

»Dasselbe.«

»Hotels und Pensionen?«

»Sind informiert. Inklusive eines erkennungsdienstlichen Fotos des Flüchtigen zur eindeutigen Identifizierung.«

»Wir sollten die Medien einschalten.«

»Hab ich bereits veranlasst. Print- und Online-Presse, Radio, Fernsehen. Auch die haben Wolfs Foto für eine entsprechende Veröffentlichung. Wir müssen eine Hotline einrichten. Für eingehende Hinweise aus der Bevölkerung. Ich brauche eine Handvoll Kollegen, die das übernehmen können.«

Koller nickt. »Ich kümmere mich darum.« Er schaut sie nachdenklich an.

»Was denn?«, fragt Katja.

»Stimmt es, dass du mal mit Schäfer zusammen warst?«

»Ich hätte ihn fast geheiratet.«

»Aber das hast du nicht.«

»Nein.«

»Und danach?«

»Keinen Kontakt mehr.«

»Obwohl er der Vater deiner Tochter ist?« Koller fährt mit den Fingern über die Schreibtischplatte, folgt ihnen nachdenklich mit den Augen. »Das gefällt mir nicht.«

»Was daran gefällt dir nicht?«

»Diese Vermischung«, sagt er. »Das Berufliche mit dem Privaten. So was tut keiner Ermittlung gut. Und dieser schon gar nicht.«

»Wie gesagt: Du hättest es nicht verhindern können.«

Er hebt den Blick. Der Versuch, in sie hineinzuschauen. Ihre Gelassenheit irritiert ihn. Weil er sie kennt. Weil er genau weiß, dass diese zur Schau gestellte Lockerheit nur Fassade ist. »Es ist unser Fall, Katja, du bist die leitende Ermittlerin.«

»Was willst du mir damit sagen?«

»Du entscheidest! Niemand sonst.«

»Hab ich längst mit ihm geklärt.«

»Wenn er sich nicht zurückhält, kommst du zu mir.«

»Ich krieg das schon hin.«

»Und alles nur, weil Marquart, dieses Arschloch, wieder Punkte sammeln will.«

Er spielt auf ihren letzten Fall an. Die Ermordung der Rentnerin Selma Kiefer kurz vor Weihnachten. Die Umstände der Tat hatten auf den entlassenen Serienmörder Franz Bichler hingedeutet. Die Medien hatten sich auf ihn gestürzt. Aus Verzweiflung über die Falschbeschuldigung hatte er sich erhängt. Was der übereifrige Staatsanwalt Marquart als Schuldeingeständnis gewertet hatte. Nur mit Mühe hatten Koller und Katja ihn dazu bringen können, die bereits angekündigte Pressekonferenz wieder abzusagen.

»Diesmal kann er nichts dafür, Reinhard. Das ist eine Etage über ihm entschieden worden.«

»Aber die Gründe sind dieselben. Ich lass mir nicht vorschreiben, wie wir unseren Job zu machen haben. Von niemandem. Wir sind keine gottverdammten Marionetten!«

Doch, sind wir, denkt Katja, jedenfalls manchmal. Sie betrachtet ihren wütenden Chef. Dass Koller sich so deutlich hinter sie stellt, rührt sie. Vielleicht sind sie und ihre Kollegen die Kinder, die er nie bekommen hat. »Wie geht's deiner Frau?«

»Besser als erwartet. Schlechter, als mir lieb ist.«

»War die OP erfolgreich?«

»Der Professor ist zufrieden. Sie haben alles rausgeschnitten, was rauszuschneiden war. Aber was heißt das schon?«

»Ist doch erst mal eine gute Nachricht.«

»Seit wann gibt es bei Krebs gute Nachrichten?«

Katja legt ihre Hand auf seine Finger, die noch immer über die Schreibtischplatte streichen. Sein Rücken gebeugt, die Schultern eingefallen, an seinem Hinterkopf erste lichte Stellen im Eisgrau seiner Haare. »Deine Frau wird das schaffen, Reinhard. Sie wird wieder gesund, ganz sicher!«

Ihr Handy klingelt, sie nimmt das Gespräch an. »Sand?«

Angespannt hört sie zu und spürt, dass ihr Gesicht sich von Sekunde zu Sekunde mehr verhärtet. Bitte nicht, denkt sie, nicht schon wieder, auch wenn sie weiß, dass das nichts an den

Tatsachen ändert. Sie bedeutet Koller, dass sie einen Stift braucht und Papier. Er schiebt ihr einen Kugelschreiber und einen Notizblock zu, sie notiert hastig einen Namen und eine Adresse, bedankt sich bei dem Anrufer und drückt ihn weg.

»Was?«, fragt Koller.

»Die Zentrale«, sagt Katja. »Ein Toter in Obermenzing. Einem Nachbarn ist aufgefallen, dass seine Haustür stundenlang offen stand.«

»Das, was ich denke?«, fragt Koller.

»Ja«, sagt Katja. »Das, was du denkst.«

14

Sie schaut aus dem Beifahrerfenster von Dorfmüllers Granada. Das gleichmäßige Surren des Sechszylinders, der unvermeidliche Duftbaum unter dem Rückspiegel riecht heute wie eine Mischung aus Kinderlutscher und Toilettenspray. Das muss Mirabelle-Cherryblossom sein, der absolute Lieblingsduft seiner neuen Freundin. Zwei, die sich gefunden haben, denkt Katja. Was es ihr in Zukunft noch schwerer machen wird, ihren Rudi von seinen olfaktorischen Verirrungen zu kurieren.

Peter ist nicht dabei, warum auch, das hier hat nichts mit Wolf zu tun. Er sitzt weiter im Konferenzraum und sichtet die alten Akten.

»Wie war das Schnitzel, Rudi?«

»Paniert«, sagt Dorfmüller. »Dazu Pfeffersauce und Kroketten.«

»So, wie du es magst.«

»Ganz genau.«

Katja stellt sich vor, wie er mit Peter in der Kantine gesessen hat, da, wo auch sie immer sitzt, an einem der Fenstertische mit Blick über die Hansastraße und das Westend. Ein lockeres Plaudern, Peter mit seinem unschlagbaren Charme, zur Schau gestellte Zugewandtheit. Und zwischendurch dieses Lachen, das Leichtigkeit signalisiert, er kann jeden für sich gewinnen.

»Netter Kerl«, sagt Dorfmüller. »Ihr müsst ein tolles Paar gewesen sein.«

Das waren wir, denkt Katja. Der König und seine Königin,

ein Mann, um den sie von allen beneidet wurde. Das Unverständnis der Kollegen, nachdem sie sich von ihm getrennt hatte, die unausgesprochene Frage: Wie kannst du nur freiwillig dein Glück wegwerfen, Katja?

»Ihr werdet also gut miteinander klarkommen?«

»Ich denke schon.«

»Freut mich, Rudi, ehrlich.«

Sie betrachtet ihn von der Seite. Die markanten Linien seines Greifvogelgesichtes, sein dünnes Haar. Er wirkt erleichtert. Wahrscheinlich hat er sich Sorgen gemacht, zwischen die Fronten zu geraten. Ihm zuliebe wird sie sich Peter gegenüber zusammenreißen müssen.

Dorfmüller setzt den Blinker, biegt von der Menzinger Straße in die Stöcklstraße ab und an deren Ende in die Freseniusstraße. Einfamilienhäuser hinter weißen Backsteinmauern, ordentlich beschnittene Hecken, die Gehsteige menschenleer.

»Da drüben ist es«, sagt Katja.

Das Haus, das sie suchen, liegt auf der linken Seite. Vor dem Grundstück zwei Streifenwagen. Uniformierte Kollegen, die den Vorgarten absperren. Dorfmüller geht hinüber zu dem silbergrauen Mercedes Coupé, das in der Garageneinfahrt steht.

»Ein SL 65 mit AMG-Paket«, stellt er fest und streicht andächtig über den Lack. »Zwölfzylinder, Saugrohreinspritzung. Einer der letzten der Baureihe, ich schätze, Baujahr siebzehn oder achtzehn, top gepflegt. Sportfahrwerk, Sonderfelgen, Breitreifen.« Und mit einem bewundernden Blick ins Innere des Wagens: »Designoleder, Applikationen aus Wurzelholz, Lenkrad mit Schaltwippen. Da hat jemand richtig Geld in die Hand genommen. So um die hundertvierzigtausend.«

»Was man von dem Haus nicht sagen kann«, erwidert Katja.

Eine schlichte weiße Fassade, schon lange nicht mehr gestrichen, die Wetterseite mit moosigen Flecken überzogen, genau wie Teile des Daches. Fenster mit Kunststoffrahmen, in der verwitterten hölzernen Haustür ein Klarglaseinsatz, der von innen mit milchiger Folie beklebt ist.

»Alles eine Frage der Prioritäten«, sagt Dorfmüller. »Wie immer im Leben.«

»Wie schön, dass sich deine gerade ändern.«

»Wie kommst du denn jetzt darauf?«

»Na ja, du bist nicht mehr Single.«

»Na und?«

»Auto oder Frau, Susi oder Granada – über kurz oder lang wirst du dich entscheiden müssen.«

»So ein Quatsch!«

»Kein Quatsch. Spätestens beim zweiten Kind ist deine Karre weg.«

»Wie kommst du darauf, dass ich Kinder will?«

»Willst du garantiert, du weißt es nur noch nicht.«

»Wovon zum Teufel redest du?«

»Von dem Tag, an dem du in einem gebrauchten Familienvan zum Tatort kommst, mit zwei schokoladenbeschmierten Kindersitzen auf der Rückbank. Von deiner Zukunft!«

Sie kann ihm beim Denken zuschauen. Dunkle Wolken, die in seinem Kopf aufziehen. Susi, die ihm die Pistole auf die Brust setzt, eine Oldtimerbörse, bei der er blutenden Herzens seinen Granada abgibt.

»Komm schon, Rudi«, sagt sie. »Ich wollte dich nur ein bisschen ärgern.«

»Ärgern?«

»War nur 'n Spaß. In Wahrheit wird sich deine Susi auch einen kaufen. Oder du schenkst ihr einen. Dann könnt ihr am Wochenende mit euren Kindern gemeinsam daran rumschrauben und Duftbaumwettbewerbe abhalten.«

»Sehr witzig.«

Sie grinst ihm zu. »Du musst zugeben, ich hatte dich.«

Gutmütig, wie er nun mal ist, grinst er zurück. »Vielleicht

einen MX5«, sagt er. »Zu Weihnachten oder so. Kriegt man günstig, und man kann damit offen fahren.«

»Super Idee«, sagt Katja. »Vor allem das Offenfahren. Neutralisiert den Gestank des Duftbaums.«

Sie weisen sich aus und betreten das Haus. In der Diele empfängt sie eine Wand aus abgestandener Luft, eine modrige Mischung aus Männerschweiß und tagelang nicht entsorgtem Müll. Kalter Zigarettenrauch, der sich in Möbeln und Tapeten festgesetzt hat. Rechts geht eine kleine Küche ab. Das Weiß der Wände vergilbt, im Spülbecken Stapel ungespülten Geschirrs, die Kochplatten des Herdes umrandet von eingetrocknetem Fett.

Im Wohnzimmer das gleiche Bild. Abgesessene Sitzmöbel, zerschlissene Polster, auf dem Couchtisch ein überquellender Aschenbecher.

Die Anzeichen einsetzender Verwahrlosung, der Besitzer des Hauses muss allein hier gelebt haben. Katja fragt sich, warum Männern der Ort, an dem sie leben, so oft so egal ist.

Der, dem sie diese Frage stellen könnte, kann nicht mehr antworten. Er sitzt auf einem Stuhl, mitten im Raum, die Hände hinter der Lehne mit einem Elektrokabel zusammengebunden, sein aufgedunsener Körper an die Sitzfläche gefesselt, die Fußgelenke an den Stuhlbeinen fixiert.

Katja schätzt ihn auf Mitte vierzig. Er trägt eine Jogginghose aus bordeauxfarbenem Samt, an den Knien ausgebeult und abgeschabt, darüber ein verwaschenes hellblaues Sweatshirt. Über dem Kragenausschnitt an seinem Hals sind die Glieder einer schweren Goldkette sichtbar.

Sein Mund ist geöffnet und fratzenhaft verzogen, schadhafte gelbe Zähne, hinter der fleischigen Zunge der Blick in seinen Schlund. Sein Kopf ist zur Seite gefallen, weit aufgerissene Augen, auf seiner Stirn ein Einschussloch. Ein dünner Blutfluss, der ihm auf die Schulter getropft ist und sie rot eingefärbt hat. An seinem Hinterkopf eine Austrittswunde, ausgefranst und blutverkrustet, die Ränder mit gräulich-weißer Gehirnmasse verklebt.

Sein Mörder hat ihn hingerichtet und zur Schau gestellt, ein Zeichen der Herabwürdigung und gleichzeitig ein Hervorheben der eigenen Überlegenheit, eine Inszenierung für diejenigen, die ihn finden. Also für uns, denkt Katja, eine Art Botschaft an die Polizei: Ihr könnt mir nichts!

Sie wendet sich an Dorfmüller. »Irgendetwas, das ihn identifizieren könnte?«

»Bin dabei«, sagt er und verschwindet in der Diele.

Sie schaut hinaus auf die Terrasse, vergammelte Gartenmöbel, ein rostiger Kugelgrill. Dahinter der Garten, ungepflegt und verwildert. Forsythien, Rhododendren, ungebändigte Frühlingstriebe, die Rasenfläche voller Unkraut. Am Ende des Grundstücks ein verwilderter Damm, über den eine Schallmauer aus Beton verläuft, dahinter die Gleisanlagen der Bahnstrecke nach Ingolstadt.

Das merkwürdige Gefühl einer Wiederbegegnung beschleicht sie, die Ahnung, den toten Mann auf dem Stuhl schon einmal gesehen zu haben. Sie fragt sich, ob es an dem strengen Geruch liegt, der von ihm ausgeht, oder an seinem verzerrten Gesicht. Der Ausdruck seiner starren Augen, die schiefen, verfärbten Zähne, seine angegrauten, fettigen Haare. Wer bist du?

»Werner Glaser«, sagt der zurückkommende Dorfmüller und reicht ihr einen Personalausweis. »Steckte in seinem Portemonnaie in einer Jacke an der Garderobe.«

Sie hält den Ausweis neben den Kopf der Leiche. Das Foto räumt jeden Zweifel aus. Auch die Adresse stimmt. Genau wie ihre Schätzung seines Alters. In drei Wochen wäre Werner Glaser fünfundvierzig geworden. »Personenüberprüfung«, sagt sie zu Dorfmüller und reicht ihm die Plastikkarte zurück.

Ihr Handy klingelt, sie schaut auf das Display. Ihre Mutter. Nicht jetzt, denkt sie und lässt es klingeln.

»Dein Handy klingelt«, sagt Dorfmüller.

»Danke für den Hinweis«, sagt sie, öffnet die Terrassentür und tritt hinaus in den Garten.

»Was gibt's denn, Mama?«

»Wo bist du?«

»An einem Tatort. Können wir später sprechen? Passt gerade nicht so gut.«

»Passt doch nie gut bei dir.«

Das ist typisch für die Gespräche mit ihrer Mutter. Die Narben alter Wunden, in Vorwürfe gegossener Schmerz. Ein erlerntes Muster, jahrzehntelang genährt. Dabei haben sie sich in den letzten Monaten einander angenähert wie nie zuvor.

»Soll ich dich an die Leiche weiterreichen?«, fragt Katja giftig. »Vielleicht kann sie dir das erklären.« Ein dummer Reflex, ein sinnloses Einsteigen auf die Provokation der Mutter. Sie könnte sich auf die Zunge beißen.

»Ich will nur kurz wissen, wie es dir geht«, lenkt Monika Sand ein.

»Danke, gut.«

»Ich hab mit Jenny telefoniert. Sie wirkte sehr glücklich.«

»Sie hat einen neuen Freund.«

»Das meine ich nicht.«

»Sondern?«

»Sie hat mir erzählt, dass du Peter gestern zum Essen eingeladen hast.«

»Hat sich so ergeben.«

»Sie sagt, dass ihr jetzt zusammenarbeitet.«

»War nicht meine Entscheidung.«

»Und wie geht's dir damit?«

»Merkt man mir meine Begeisterung nicht an?«

Sie hört ihre Mutter seufzen. »Es bedeutet Jenny eine Menge, Katja.«

»Ich weiß.«

»Endlich eine richtige Familie zu haben.«

»Mama, bitte, ich …«

»Mir ist natürlich klar, dass es dir schwerfällt.«

Wieder so ein Satz, hinter dem Katja Tadel und Missbilligung wittert. »Was willst du von mir?«, fragt sie gereizt.

»Gönne es ihr, das ist alles.«

»Aber das tue ich doch.«

»Und, Katja …«

»Was?«

»Pass auf dich auf. Bitte!«

Das tue ich seit fast dreißig Jahren, denkt Katja. Sie lauscht in ihr Handy. Monika Sand hat aufgelegt. Katja starrt rüber auf die Schallschutzmauer vor den Bahngleisen. Sie hört einen Zug vorbeirauschen, ein Anschwellen und Abklingen wie das Schlagen von Vogelschwingen.

Warum kann sie nicht aufhören, in den Gesprächen mit ihrer Mutter immer nur das Negative zu sehen? Was ist denn gerade Schlimmes passiert? Gar nichts! Ihre Mutter macht sich einfach nur Sorgen um sie, weil Peter Schäfer ihr auf einmal so nah ist und sie die Vorgeschichte kennt. Weil sie ihre Tochter liebt. Punkt.

Katja tritt zurück ins Wohnzimmer.

Dorfmüller telefoniert und macht sich dabei Notizen. »Danke«, hört sie ihn sagen, dann legt er auf.

»Und?«, fragt sie.

»Glaser ist ein unbeschriebenes Blatt«, erwidert Dorfmüller. »Keine Vorstrafen, keine Schulden beim Finanzamt. Auch die Grundsteuer für sein Haus – immer brav bezahlt.«

»Was hat er beruflich gemacht?«

»Gelernter Kfz-Mechaniker. Aber schon seit Jahren nicht mehr fest angestellt.«

»Von irgendwas muss er doch gelebt haben.«

»Vielleicht hatte er Vermögen.«

»So, wie das hier aussieht?«

»Du vergisst den Mercedes in der Einfahrt. So einen bezahlst du nicht aus der Portokasse. Dazu kommt der Unterhalt. Steuer, Versicherung, Verbrauch. Das Ding säuft wie ein Loch.«

Irgendwas stimmt da nicht, denkt Katja. Kein festes berufliches Einkommen, aber ein Luxusauto vor der Tür. »Wo kommt dieser Glaser her?«, fragt sie.

»Geboren und aufgewachsen in Sachsenkam«, sagt Dorfmüller. »Südlich von Holzkirchen.«

»Ganz in der Nähe von Großhartpenning.«

»Quasi um die Ecke.«

Etwas in Katjas Kopf schlägt Alarm. Das Alter passt. Die Entfernung zwischen den beiden Dörfern auch. Vielleicht kennen sie sich aus der Schule. Oder sie haben zusammen ihre Mofas frisiert. Zwei alte Freunde, die sich später zusammengetan haben, um vor einer Bank einen Geldtransporter zu überfallen. Sie versucht, den Gedanken zu unterdrücken. Das kann nicht sein! Und wenn doch?

Sie blickt hinüber zu dem Toten. Sind diese starren Augen dieselben, die sie vor so vielen Jahren auf der Rückbank des Fluchtwagens angeglotzt haben? Stammte der faulige Geruch, der ihr damals so heftige Übelkeit bereitete, aus diesem aufgerissenen Mund? »Das hört sich jetzt vielleicht verrückt an, Rudi, aber …«

»Tut es nicht«, gibt Dorfmüller zurück. »Ich hab gerade genau dasselbe gedacht.«

»Könnte das alles nicht nur ein Riesenzufall sein?«

»Seit wann glaubt Katja Sand an Zufälle?«

»Also gut«, sagt sie. »Gehen wir's durch. Einfach nur so. Wolf und Glaser überfallen den Geldtransporter. Wolf wird festgenommen, Glaser kommt davon. Mit den zwei Komma sechs Millionen aus dem Überfall. Und der Angst, dass Wolf ihn verpfeift. Aber Wolf hält die Klappe. Was würdest du an Glasers Stelle tun?«

»Abtauchen und die Füße stillhalten, bis der Staub sich gelegt hat. Und bloß nicht auffallen.«

»Und das Geld? Was machst du damit?«

»Ich würde es im Ausland anlegen. Auf mehrere Konten verteilt. Luxemburg oder die Kanalinseln. An irgendeinem Ort, wo man es mit den Regeln nicht so genau nimmt.«

»Und weiter?«

»Ab und zu eine kleine Reise. Barabhebungen, um flüssig zu bleiben.«

»Keine Konten in Deutschland?«

»Vielleicht ein Aktiendepot. Nicht zu groß, nicht zu klein. Im Ausland gekauft und dann in die Heimat transferiert. Regelmäßige Kapitalerträge, die ausreichen, um das Haus zu finanzieren, natürlich ordentlich versteuert. Keine wesentlichen Ausschläge nach oben oder unten, keine großen Sprünge. Ein Leben als Privatier, unauffällig und bescheiden.«

Katja nickt. »Befrag seine Nachbarn über ihn. Ich wette, die werden alle dasselbe sagen: dass er freundlich gegrüßt hat und ansonsten für sich geblieben ist. Keine Gespräche am Zaun, keine Einladungen zum Grillen. Dass sie ihn eigentlich gar nicht kennen. Ein zurückgezogener Kauz, dessen einzige Liebe seinem Mercedes galt.«

»Kommt mir bekannt vor«, sagt Dorfmüller mit einer gewissen Zärtlichkeit, die darauf hindeutet, dass er dabei an seinen Granada denkt.

»Also wäre es denkbar«, sagt Katja. »Selbst wenn es nur eine Hypothese ist.«

»Absolut denkbar«, sagt Dorfmüller.

Schritte auf dem Sandsteinboden in der Diele lassen Katja aufmerken, hochhackige Schuhe, das bekannte Trippeln. »Hallo, Leah«, sagt sie.

»Hallo, ihr zwei«, sagt Dr. Leah Levy. Und mit Blick auf den an den Stuhl gefesselten, toten Werner Glaser: »Willkommen in der Hölle.« Sie stellt ihre Arzttasche ab, zieht ihren beigefarbenen Kaschmirmantel aus und wirft ihn nachlässig auf das Sofa. Dann streift sie sich Latexhandschuhe über und beginnt mit der Untersuchung.

Katja und Dorfmüller stehen wortlos daneben. Die Gerichtsmedizinerin durch Fragen zu unterbrechen, hat keinen Sinn.

Routiniert arbeitet sich Leah Levy an dem toten Körper entlang, überprüft die Wundmale an den Stellen, wo sich das Elektrokabel in Glasers Haut gedrückt hat, an den Füßen, dem Bauch, den Armen. Dann nimmt sie sich das Einschussloch auf seiner Stirn vor, ermittelt den Durchmesser, untersucht es auf Schmauchspuren. Als Nächstes drückt sie auf Muskeln, prüft die Gängigkeit der Gelenke, um den Grad der Leichenstarre festzustellen. Schließlich misst sie die Körpertemperatur. Ihre Beobachtungen und Erkenntnisse spricht sie in ein Diktafon.

Nach einer Viertelstunde zieht sie sich die Latexhandschuhe von den Fingern und wendet sich an Katja und Dorfmüller. »Also los, Zeit für eure Fragen.«

»Über die Todesursache brauchen wir nicht zu sprechen«, sagt Katja. »Die ist klar.«

»Klarer geht's nicht.«

»Todeszeitpunkt?«

»Ausgeprägter Rigor Mortis. Irgendwann gestern. Später Abend, Mitternacht, so was um den Dreh. Genauer kann ich das jetzt noch nicht sagen.«

»Erzähl uns was über die Schusswunde.«

»Leichte Schmauchspuren, aber nicht aufgesetzt. Eine Entfernung von anderthalb Metern etwa. Deshalb auch der Durchschuss.«

»Und das Kaliber?«

»Tja«, sagt Levy. »Um ehrlich zu sein, erinnert mich das an was.«

Katja schaut sie ernst an. »Großhartpenning. Die Morde an den zwei Justizbeamten.«

Levy nickt.

»Was ist mit den Fesseln, Leah?«

»Ausgeprägte Wundmale mit multiplen Hämatomen. Er muss sich heftig gewehrt haben. Über einen längeren Zeitraum.«

»Was auf so was wie ein Verhör schließen lässt«, sagt Katja. »Der Täter hat ihn an den Stuhl gebunden, um an Informationen zu gelangen. Ein Versteck, Geld, die Nummer eines Bankkontos – irgendwas in der Art.«

»Zwei Komma sechs Millionen«, sagt Dorfmüller. »Aus einem Überfall auf einen Geldtransporter vor mehr als sechzehn Jahren.«

»Ihr glaubt, dass der Tote Wolfs ehemaliger Komplize ist?«, fragt Levy.

»Spricht jedenfalls einiges dafür«, sagt Katja.

»Was im Umkehrschluss bedeutet, dass er von Wolf erschossen wurde.«

»Ganz genau.«

»Die Frage ist nur, ob er ihm vor seinem Tod verraten hat, was er wissen wollte.«

»Natürlich hat er das.«

»Bis auf die Hämatome weist Glasers Körper keinerlei Spuren von Folterung oder zusätzlicher Gewalt auf.«

»Wolf weiß genau, wie man Menschen erfolgreich zum Reden bringt.«

»Was macht dich da so sicher?«

»Hätte Glaser den Mund gehalten, hätte Wolf ihn nicht getötet«, erwidert Katja. »Weil er dann nie erfahren hätte, was mit der Beute passiert ist und wie er an seinen Anteil kommt.«

Schweigend blicken die drei auf den toten Körper des Mannes vor ihnen. Stille, die wie ein bleiernes Gewicht über ihnen liegt, nur unterbrochen durch das Vorbeirauschen eines Zuges auf der Bahnstrecke München–Ingolstadt hinter der Schallmauer am Ende des Gartens.

»Ich hoffe, dass wir uns irren«, sagt Katja schließlich.

»Irren?«, fragt Dorfmüller.

»Dass Werner Glaser nicht der Mann ist, nach dem wir in den Akten gesucht haben. Dass nicht Wolf ihn getötet hat, sondern jemand anders. Aus irgendeinem Grund, den wir nicht kennen.«

»Warum sollten wir das hoffen?«

»Weil Wolfs Komplize der einzige Trumpf ist, um an Wolf zu kommen.«

»Du meinst deinen Plan, ihn als Lockvogel zu benutzen?«

»Den meine ich«, erwidert Katja müde. »Denn wenn Wolf das hier zu verantworten hat, dann ist er uns zuvorgekommen. Dann hat er sich seinen Anteil geholt oder zumindest Zugriff darauf verschafft. Damit besitzt er genug Geld, um sein Äußeres zu verändern und sich einen gefälschten Pass zu besorgen. Er wird unerkannt ins Ausland gehen, und wir werden ihn nie wiedersehen.«

15

»Ihr glaubt also, dass dieser Glaser Wolfs Komplize war?« Peter Schäfers Blick wandert zwischen Katja und Dorfmüller hin und her. Seine Stimme klingt nüchtern und sachlich. Er lässt sich seine Aufregung nicht anmerken. Genau wie früher, denkt Katja, je aussichtsloser die Situation, desto ruhiger und besonnener seine Reaktion. Sie hat das immer an ihm bewundert, seine Vorgesetzten bewerteten es als Führungsstärke.

»Ja«, sagt Katja. »Das glauben wir.«

»Aber einen Beweis dafür hast du nicht.«

Keinen konkreten Beweis, aber die Bestätigung von Einschätzungen. Die Verdichtung von Verdachtsmomenten. Dorfmüller und sie haben die Nachbarn befragt. Das Ergebnis war genau wie von Katja vorhergesagt. Glaser wurde als zurückgezogen beschrieben, nach außen freundlich, dabei distanziert, einer, dem man nicht nahekommen konnte, weil er nichts von sich preisgab.

»Glaser und Wolf sind in zwei benachbarten Dörfern aufgewachsen. Und sie sind ähnlich alt. Es wäre ein Wunder, wenn sie sich nicht kennen würden.«

»Selbst wenn«, sagt Peter. »Das macht sie nicht automatisch zu Komplizen.«

»Die Spusi sucht zurzeit nach dem Projektil«, entgegnet Katja. »Wenn sie es findet, wird die kriminaltechnische Untersuchung nachweisen, dass der Schuss auf Glaser aus derselben Waffe abgegeben wurde wie die tödlichen Schüsse auf die beiden Justizbeamten, da bin ich mir sicher.«

»Sicher«, wiederholt Peter Schäfer sarkastisch. »Na ja, immerhin.« Er lehnt sich in seinem Bürostuhl zurück. »Sollte sich deine Einschätzung bestätigen, wäre wenigstens klar, dass wir mit unseren Überlegungen auf der richtigen Spur waren.«

Wieder so eine typische Peter-Schäfer-Bemerkung, denkt Katja. Dieses zwanghafte Herausstreichen der eigenen Überlegenheit. Damals hat sie das für Souveränität gehalten. »Dafür können wir uns nichts kaufen, Peter!«

»Natürlich nicht. Entschuldige.«

Sie sitzen da und schauen wortlos auf die Aktenrücken vor sich. Der meterlange Beleg für das Scheitern einer Ermittlung. Das Grundproblem ihres Berufes: immer hinterherzulaufen, in der Hoffnung, den längeren Atem zu haben. Erst dann eingreifen zu können, wenn alles längst zu spät ist. Die Endgültigkeit eines Mordes, ein ausgelöschtes Leben, das für immer ausgelöscht bleiben wird. Die vermeintliche Aufgabe: den zu finden, der die Tat begangen hat. Damit er vor Gericht gestellt und dafür bestraft werden kann. Auf der einen Seite der Waage die Schuld, auf der anderen die Sühne. Die verhängte Strafe ist die Kompensation für ein erlittenes Unrecht, mit Gerechtigkeit hat sie nichts zu tun. In Wahrheit geht es um Abschreckung. Ich bin ein Instrument der Abschreckung, denkt Katja, mehr nicht.

»Und jetzt?«, fragt Peter. Und setzt lächelnd hinter: »Ich warte auf eine Ansage. Du bist der Boss.«

»Wir suchen ihn weiter«, gibt Katja so ruhig wie möglich zurück, ohne auf seine Süffisanz einzugehen. »In den Akten.«

»Und was bitte soll das bringen? Da doch längst alles klar ist. Oder habe ich dich falsch verstanden?«

»Noch besteht die Chance, dass nicht alles klar ist.«

»Du meinst, falls wir ihn nicht finden.«

»Genau das meine ich.«

Peter zieht die Augenbrauen hoch. Ein klares Zeichen, dass er nicht überzeugt ist. Was er natürlich zeigen muss. Erst weist er auf ihre Entscheidungsgewalt hin, dann untergräbt er sie. Einer wie er kann sich nicht unterordnen, konnte er noch nie. Einer, der sich für einen geborenen Anführer hält und immer alles an sich reißen will. Sie wäre untergegangen neben ihm, die Frau an seiner Seite, Mutter einer kleinen Tochter, unsichtbar geworden hinter seiner Dominanz. Kein Leben auf Augenhöhe, und schon gar keine Königin. Hoffentlich ist das hier bald vorbei, denkt sie, verlass mein Leben und fahr zurück nach Augsburg!

Sie schaut auf ihre Uhr. Kurz vor drei. »Kaffee wäre gut«, sagt sie zu Dorfmüller und lächelt ihm zu.

»Ist auf dem Weg«, lächelt Dorfmüller zurück und schaltet die Kaffeemaschine ein, während sein Blick sagt: Ich bin auf deiner Seite, Katja.

Ihre dampfenden Kaffeetassen neben sich, machen sie sich an die Arbeit, genau wie heute morgen, durchforsten die Aktenordner, schweigend und konzentriert, fokussiert auf den einen entscheidenden Namen: Werner Glaser.

Seite um Seite, Ordner um Ordner, dazwischen Schlucke kalt gewordenen Kaffees. Drei Körper an einem langen Tisch, die sich in den Scheiben der Fenster spiegeln. Nach zweieinhalb Sekunden ist es endlich so weit.

»Ich hab ihn«, sagt Katja.

Dorfmüller und Peter blicken auf.

»Ein Vernehmungsprotokoll. Verfasst sechs Tage nach Wolfs Festnahme. Von der Kollegin Sandra Wegner.«

»Die Sandra«, sagt Peter. »Ich erinnere mich.«

Katja überfliegt die betreffenden Seiten. Liest, was da steht, und fasst es gleichzeitig für die Kollegen zusammen. »Werner Glaser war in einer Kfz-Werkstatt in Holzkirchen angestellt, die Firma eines gewissen Josef Weill. Er hatte tatsächlich Kontakt zu Wolf, den er aus seiner Jugend kannte. Die beiden sind zeitweise zusammen zur Schule gegangen. Zur Tatzeit war er krankgeschrieben. Heiserkeit und Fieber, ein viraler Racheninfekt, attestiert durch seinen Hausarzt Doktor Schelling in Holzkirchen.«

»Lebte er allein?«, fragt Peter.

Katja nickt. »Eine Zweizimmerwohnung in Föching, einem kleinen Dorf nördlich von Holzkirchen.«

»Also kein belastbares Alibi.«

»Nein«, sagt Katja. »Nur seine Aussage, dass er drei Tage lang im Bett gelegen und Antibiotika geschluckt hat.«

»Nächste Frage«, sagt Peter. »Hat der Mann neben dir im Fluchtwagen gehustet?«

Katja überlegt. »Nicht, dass ich mich daran erinnern könnte. Aber seine Augen hinter der Sturmhaube waren gerötet. Und er hat auffallend geschwitzt.«

»Scheiße!«, entfährt es Dorfmüller.

»Weiter«, sagt Peter mit diesem bestimmenden Beigeschmack in der Stimme, den er schon damals hatte. Diesen dominierenden Unterton, der ihn zu einem natürlichen Anführer machte. Katja wirft ihm einen scharfen Blick zu. Er hebt entschuldigend die Hände.

»Die Kollegin Wegner hat ihn in der Vernehmung mit drei Anrufen konfrontiert«, fährt Katja fort. »Eingegangen auf Martin Wolfs Festnetzanschluss, wenige Tage vor dem Überfall.«

»Und was hat Glaser dazu gesagt?«

»Er hat behauptet, dass er Wolf ein Auto verkaufen wollte, einen 89er Ford Escort.«

»Die Serie mit der neuen HSC-Maschine«, wirft Dorfmüller ein. »Hat den alten Kent-Motor ersetzt. Gleiche Leistung und Hubraum, aber andere Reihenfolge von Ein- und Auslassventilen und ein modifiziertes Kurbelwellenlager. Ein echter Fortschritt.«

»Rudi!«

»Ich meine ja bloß.«

»Ein Kundenfahrzeug«, fährt Katja fort. »Angeblich ein

Schnäppchen. Glaser hat Wegner gegenüber behauptet, Wolf habe sich die Sache überlegen wollen, aber dann sei es wegen des Überfalls und seiner anschließenden Verhaftung nicht mehr dazu gekommen.«

»Klingt für mich eher nach einer faulen Ausrede«, sagt Peter.

»Sehe ich auch so.«

Katja fragt sich, ob die Kollegin Wegner die Aussage damals überprüft hat. Und ist sich sicher, dass sie das nicht getan hat. Denn sonst wäre Glasers angebliches Alibi in sich zusammengefallen. Ist es aber nicht. Warum also ist die Kollegin nach Glasers Vernehmung nicht aktiv geworden und hat nachgebohrt? Zumal die Suche nach Wolfs Komplizen in der *Soko Wolf* oberste Priorität besaß.

»Denkst du, was ich denke?«, wendet sie sich an Peter.

»Wenn du mir sagst, was du denkst.«

»Das hier könnte der Fehler sein, den wir damals gemacht haben.«

»Vorausgesetzt, Glaser ist tatsächlich unser Mann.«

»Es gibt nichts, was dagegenspricht.«

»Du glaubst, dass Sandra Wegner seine Aussage seinerzeit nicht überprüft hat?«

»Genau das glaube ich.«

»Und jetzt fragst du dich: warum?«

»Ja, das tue ich.«

»Und was ändert das am Sachverhalt? Gar nichts! Entweder ist Glaser Wolfs Komplize gewesen oder nicht. Was wir hier machen, ist reine Zeitverschwendung!«

»Ach ja?«

»Bitte!«, sagt Dorfmüller vorsichtig.

»Absolut«, sagt Peter. »Anstatt hier alte Akten zu wälzen, sollten wir den Fokus lieber auf die Suche nach Wolf legen.«

»Das ist längst in die Wege geleitet, Peter! Bahnhöfe, Flughäfen, Autovermietungen – die Kollegen sind mit Hochdruck dran. Sämtliche Polizeidienststellen in Deutschland haben sein Foto. Genau wie die Medien. Fernsehsender, Tageszeitungen, Online-Presse. Wahrscheinlich kennt inzwischen die halbe Republik sein Gesicht.«

»Wie schön für die Republik. Herzlichen Glückwunsch.«

»Ich will mich ja nicht einmischen«, sagt Dorfmüller leise. »Aber vielleicht könntet ihr den Ton zwischen euch ein bisschen ...«

»Was ist mit Hotels und Pensionen?«, setzt Peter nach.

»Sind alle informiert. Koller hat zehn Kollegen abgestellt, die rund um die Uhr nichts anderes machen, als sämtlichen eingehenden Hinweisen nachzugehen.«

»Ist nur bis jetzt nichts rausgekommen!«

»Willst du mich kritisieren?«

»Ich will, dass wir dieses Arschloch kriegen.«

»Was glaubst du, was ich will? Ihn laufenlassen?«

»Wenn das hier so weiterläuft wie bisher, wird genau das passieren!«

Dorfmüller haut mit der Hand auf den Tisch. »Schluss jetzt. Sofort!«

Katja schaut ihn überrascht an. So heftig hat sie ihn noch nie erlebt. Er ist aufgesprungen, seine Augenwinkel zucken, er hat rote Flecken im Gesicht. Dann wird ihm klar, was er gerade getan hat. Beschämt faltet er seine schlaksigen Glieder zusammen und setzt sich wieder. »Entschuldigung«, murmelt er, »aber das musste einfach mal gesagt werden.«

»Schon okay«, sagt Katja.

»Alles gut«, ergänzt Peter.

Aber nichts ist gut, gar nichts! Sosehr Peter sich ihr gegenüber im Ton vergriffen hat, so sehr trifft zu, was er gesagt hat: Sie sind keinen Schritt weiter. Im Gegenteil!

Sie versucht, sich vorzustellen, was gestern Abend in dem Haus in der Freseniusstraße passiert ist. Sie kann die abgestandene Luft riechen, den kalten Zigarettenrauch. Vielleicht hat Glaser noch am Nachmittag mit seinem Mercedes Coupé eine Ausfahrt gemacht. Aus Langeweile. Um die Zeit totzuschlagen, von der er mehr hat, als ihm lieb ist. Ein zu Geld gekommener Verbrecher, der seinen Reichtum nicht offen zeigen darf.

Irgendwann später hat er zu Abend gegessen. Ein kleiner Spaziergang zum Griechen in der Verdistraße. Gyros oder Souvlaki, dazu ein Glas Retsina. Oder er war auf ein Helles im Bierstüberl gegenüber der S-Bahn-Station Obermenzing. Wie auch immer, jetzt sitzt er zu Hause auf dem Sofa in seinem Wohnzimmer und raucht. Wahrscheinlich schaut er Fernsehen, so wie jeden Abend, einen dieser schlechten Krimis oder eine Quizsendung. Was sollte er auch sonst tun? Mag sein, dass er sich bemitleidet. Für den goldenen Käfig, in den ihn seine mit der Ermordung eines Geldtransportfahrers bezahlten Millionen getrieben haben. Oder er sitzt einfach nur da, dumpf und taub für jede Art von Gefühlen, die er sich über die Jahre längst ausgetrieben hat. Ein dahintropfendes Leben, so gleichförmig und armselig, dass es den Namen Leben kaum verdient.

Plötzlich klingelt es, und er ist hellwach. Weil es so gut wie nie klingelt an seiner Haustür, und schon gar nicht so spät am Abend.

Er fragt sich, wer das sein könnte, ein Nachbar vielleicht oder die Polizei. Aber warum die Polizei? Sind sie ihm nach all den Jahren trotz seiner Vorsicht doch noch auf die Spur gekommen? Er will das nicht glauben, aber ausschließen kann er es auch nicht. Obwohl er so lange unerkannt geblieben ist, bleibt er doch ein Flüchtiger. Einen Moment lang spürt er so etwas wie Erleichterung. Die Bürde des Versteckens, diese ewige Verschleierung, jetzt wird er sie endlich los. Und dann? Schlagzeilen, ein Prozess und anschließend lebenslange Haft, so wie der andere, den sie damals geschnappt haben.

Er zögert. Was, wenn er einfach nicht aufmacht und so tut, als wäre er nicht da? Unmöglich! Sein Mercedes steht draußen in der Einfahrt, und das Licht im Haus brennt.

Er erkennt, dass er in der Falle sitzt. Langsam geht er hinüber in die Diele und weiter zur Haustür. Hinter der Milchglasfolie zeichnen sich schemenhaft die Konturen eines Mannes ab. Glaser erkennt ihn sofort, auch wenn er ihn jahrelang nicht gesehen hat. Sein Herz beginnt zu rasen, das kann nicht sein. Aber es ist so. Langsam drückt er die Klinke herunter.

Und dann steht der andere vor ihm, mit diesem eigentümlichen schiefen Grinsen im Gesicht und dem gefährlichen Unterton in der Stimme.

Hallo, Werner. – Hallo, Martin. – Willst du mich nicht reinlassen? – Natürlich.

Glaser tritt zur Seite, Wolf schlüpft an ihm vorbei ins Haus, die Tür fällt hinter ihm ins Schloss. Die beiden mustern sich, alte Freunde, ehemalige Komplizen einer Tat, die sie in entgegengesetzte Richtungen geschleudert hat, den einen in ein verwahrlostes Haus in Obermenzing, den anderen in eine Zwölfquadratmeterzelle in der JVA Straubing; der eine im Besitz einer Millionenbeute, der andere mit nichts als seiner Wut im Bauch.

Bist fett geworden, Werner. – Danke, war ich früher auch schon. – Das viele Geld scheint dich bequem gemacht zu haben. – Weiß nicht, keine Ahnung. – Im Knast hat man eine Menge Zeit zum Nachdenken. – Ich wüsste nicht, worüber. – Ich hab mich immer wieder gefragt, ob ich dir vertrauen kann. Ob mein Anteil noch da ist oder ob du drauf geschissen hast, weil: der Martin, der kommt ja eh nie mehr raus. – Bist doch rausgekommen, stehst ja vor mir.

An dieser Stelle wird das Bild unscharf. Weil nicht klar ist, was dazu geführt hat, dass Wolf seinen Komplizen von einst gefesselt und gefoltert hat. Was eben nur Sinn macht, wenn

Glaser sich geweigert hat, Wolf zu verraten, wo der geforderte Anteil geblieben ist oder was er damit gemacht hat. Aber warum sollte er das verheimlichen wollen?

Denk nach, Katja! Kann Glaser die Hälfte der Beute einfach versteckt haben? Im Keller oder auf dem Dachboden? In einer der beiden mit Geldscheinen gefüllten Reisetaschen, die Wolf und er damals in den Kofferraum des Fluchtwagens geworfen haben, bevor sie mit ihrer neuen Geisel losgefahren sind?

Aber würde Glaser wirklich so viele Jahre eine Reisetasche voller Geld in seinem Haus aufbewahren? Für den höchst unwahrscheinlichen Fall, dass Wolf nach Verbüßung seiner lebenslangen Haftstrafe und der anschließenden Sicherungsverwahrung irgendwann wieder in Freiheit gelangt?

Katja würde das an Glasers Stelle nicht getan haben. Wesentlich wahrscheinlicher ist, dass er das erbeutete Geld tatsächlich im Ausland gewaschen und auf verschiedenen Konten angelegt hat – und zwar die ganze Summe, die kompletten zwei Komma sechs Millionen.

Sie mahnt sich zu Konzentration. Weiter im Tatablauf! Wolf will sein Geld, aber Glaser weigert sich, ihm die Namen der betreffenden Banken und die Ziffernfolgen der Konten samt der hinterlegten Passwörter zu nennen. Also greift Wolf zu härteren Maßnahmen. Fesselt ihn mit einem Elektrokabel an den Stuhl, um ihm die gewünschten Informationen abzupressen.

Und wieder weist das Bild schwarze Flecken auf. Leah Levy hat auf Glasers Körper zwar Hämatome infolge der Fesselung mit dem Kabel festgestellt, aber Folterspuren konnte sie nicht nachweisen. Was bedeutet, dass schon Wolfs Androhung von zusätzlich ausgeübter Gewalt ausgereicht haben muss, Glaser zum Einknicken zu bringen. Komm schon, Werner, du weißt doch, wie ich ticke, also spuck's aus, sonst muss ich dir wehtun! – Bitte, Martin! – Sehr wehtun, richtig wehtun, und glaub mir, das willst du nicht!

Katja lässt die Szene erneut vor ihrem inneren Auge vorbeiziehen, ein Schnelldurchlauf aus Schmerz und Angst, gipfelnd in einem Schuss in die Schläfe des wehrlosen Werner Glaser, nachdem er Wolf die Nummern der Konten und die Passwörter verraten hat. Zum Dank hat Wolf ihn erschossen. Um sich in Ruhe das Geld zu holen.

So könnte es gewesen sein, denkt Katja. Aber irgendetwas daran stimmt nicht. Als wären die einzelnen Teile, aus denen sie das mögliche Tatgeschehen in ihrem Kopf zusammengebaut hat, ineinander verkantet oder verschoben. Das, was sie sieht, ist nicht das, was ist.

»Schon nach sechs«, sagt Peter. »Lass uns Feierabend machen.«

»Keine Lust mehr?«, gibt sie gereizt zurück. »Nur weil wir nicht weiterkommen?«

»Was, wenn Glaser gar nicht der gesuchte Komplize ist?«

Wut baut sich in ihr auf, der innere Zwang, zu widersprechen und sich gleichzeitig zu rechtfertigen. »Du denkst, dass ich mich irre?«

»Bitte, Katja, ich hab einfach Hunger. Lass uns zusammen essen gehen und morgen früh weitermachen.«

»Ist vielleicht nicht die schlechteste Idee«, springt Dorfmüller ihm vorsichtig bei, ehe Katja ihn mit einem Blick zum Schweigen bringt.

Ihr Handy klingelt. Waldberger von der Spusi. Sie hat ihn gebeten, sie anzurufen, sobald sie was haben. Egal, was, egal, wann.

»Habt ihr was?«

»Allerdings«, sagt Waldberger am anderen Ende der Leitung. »Einen Fingerabdruck an der Haustür, rechts oberhalb der Klinke.«

Die Anspannung zieht ihr von den Schultern in den Nacken. »Habt ihr ihn identifiziert?«

»Haben wir.«

»Und? Lag ich richtig mit meinem Verdacht?«

»Goldrichtig.«

»Keine Zweifel?«

»Nicht die geringsten.«

Sie bedankt sich und beendet das Gespräch. In ihrem Mund ein säuerlicher Geschmack, hinter ihren Schläfen ein schmerzhaftes Pochen.

»So viel zum Thema Irren«, sagt sie zu Schäfer.

»Ich verstehe nicht«, erwidert er.

»Die Spusi hat Abdrücke gesichert.«

»Dafür werden die Kollegen bezahlt.«

»Einer davon gehört Martin Wolf!«

16

Sie fährt die Südliche Auffahrtsallee hoch, rechts von ihr der Kanal, das Wasser grünlich schimmernd, vor ihr das Nymphenburger Schloss, die Hauptfassade liegt im Schatten der Abendsonne.

Sie parkt ihren Wagen, steigt aus. Sie weiß nicht, warum sie das hier tut, sie hat nicht darüber nachgedacht, das Bedürfnis war plötzlich da, und mit jedem gefahrenen Meter wurde es größer.

Sie schaut hinüber zum Haus ihrer Kindheit, überquert die Straße, geht durch den Vorgarten und klingelt. »Hallo, Mama«, sagt sie.

Monika Sand lächelt. »Komm rein.«

Keinerlei Verwunderung, keine Fragen, stattdessen eine Selbstverständlichkeit, die Katja überrascht. Als hätte ihre Mutter mit ihrem Besuch gerechnet.

Katja sitzt auf dem Sofa im Wohnzimmer, schaut hinaus in den Garten, alles ist so wie immer. Die Zeit ist spurlos über das Haus hinweggegangen, jedes Möbelstück, jedes Bild an seinem altbekannten Platz, genau wie die alten Teppiche. Die Wände über die Jahre ein paarmal neu gestrichen, in der immer gleichen Farbe, die Stäbe des Eichenparketts mehrfach abgeschliffen und neu versiegelt, ein glänzend lackiertes Fischgrätmuster.

Müdigkeit breitet sich in ihr aus, eine tief sitzende Erschöpfung, sie hört ihre Mutter in der Küche hantieren. Tee und Gebäck, denkt sie, Kandiszucker in einer silbernen Schale. Sie greift nach der Wolldecke neben sich, legt sie über ihren Körper, schließt die Augen. Sie gleitet davon, schwebend, fliegend, sie hört die Stimme ihres Vaters, sein kehliges Lachen, sie spürt seine Hand auf ihrem Haar, ihrem langen dunkelblonden Kinderhaar, seine sorgfältig geschnittenen Fingernägel, sie fühlt sich aufgehoben und beschützt.

Als sie aufwacht, die Wolldecke hochgezogen bis zum Kinn, liegt die Dämmerung über dem Garten, ein Farbspiel aus rosa und violetten Tönen. Ihre Mutter sitzt ihr gegenüber in dem geblümten Ohrensessel, dem Lieblingsplatz des verstorbenen Vaters. Sie hat die Stehlampe neben dem Sofa eingeschaltet, der gefaltete Schirm ist eingefasst mit einer Borte aus braunem Samt. Auf dem Couchtisch die Teekanne, geschwungene Füße aus Metall, daneben zwei leere Tassen, die Schale mit dem Kandiszucker, ein Teller mit Butterkeksen und Florentinern.

»Wie spät ist es, Mama?«

»Kurz nach halb neun.«

»Einfach eingeschlafen«, sagt Katja. Anderthalb Stunden, weggeglitten ins Nichts, irgendwo zwischen Kindheit und Jetzt.

»Tief und fest«, sagt ihre Mutter. Und dann: »Den Tee hab ich noch mal frisch aufgegossen. Wenn du magst.«

»Gerne.«

Monika Sand beugt sich nach vorne, gießt ein. Katja nimmt ein Stück Kandiszucker, lässt es in ihre Tasse fallen, schaut ihm beim Schmelzen zu.

»Diamanten«, sagt ihre Mutter und lächelt.

»Bitte?«

»So hast du den Kandis als Kind genannt. Und dich anschließend beschwert, dass er nicht so süß ist wie der übliche Zucker.«

Katja schaut in ihre Tasse. Ein zerfließender Edelstein, hart und fragil zugleich. Der Übergang von einem Zustand in einen anderen, eine unaufhaltsame Veränderung. Alles vergeht, denkt Katja, nichts bleibt.

»Jenny hat morgen Geburtstag«, sagt ihre Mutter.
»Ja«, erwidert Katja und spürt einen Kloß in ihrem Hals.
»Und nicht irgendeinen. Ihren sechzehnten.«
»So wie du das sagst, hört sich das an wie ein Abschied.«
»Manche verabschieden sich schon früher.«

Auch wenn sie die Bemerkung überflüssig findet, ihre Mutter hat recht. Katja hat sich schon mit zehn verabschiedet. Jahrzehntelang ist sie nicht zurückgekehrt. Hat die Entfernung zwischen ihnen vergrößert, jeden Tag ein Stückchen mehr, zwei auseinanderdriftende Planeten, obwohl sie beide in derselben Stadt lebten. Der Wunsch, die Frau, die sie geboren hat, zu bestrafen. Was sie ihrem toten Vater kein bisschen nähergebracht hat. Und jetzt sitzt sie hier, auf dem Sofa in ihrem Elternhaus, und fragt sich, warum sie sich der Veränderung so lange verweigert hat, wieso sich der Knoten so schwer entwirren lässt.

»Erinnerst du dich an damals, Mama?«
»An welches Damals? Unseres oder deins?«
»Den Prozess.«
»Martin Wolf?«
»Ja.«
»Natürlich erinnere ich mich.«

»Du kannst dir nicht vorstellen, wie erleichtert ich war, als das Strafmaß verkündet wurde. Lebenslang – ich dachte, er wird im Gefängnis verfaulen. Ich habe geglaubt, dass mich das Urteil befreien würde, aber das hat es nicht.«

»Befreien von was?«
»Von dem, was passiert ist.«
»Du hast mir nie erzählt, was passiert ist.«
»Ich habe es nie einem Menschen erzählt. Niemandem!«
»Das war schon immer dein Problem«, sagt ihre Mutter.
»Was?«, fragt Katja.
»Dass du alles immer nur mit dir selbst ausmachst.«

Ja, das tue ich, denkt Katja, immer. Und was hat es gebracht?

Einsamkeit und Verlorenheit. Verletzungen, anderen und mir selbst gegenüber. Also, komm schon, sag es ihr, jetzt! Erzähl ihr alles, damit sie es versteht. Damit du es selbst endlich verstehst.

Sie öffnet den Mund, aber die Worte und Sätze, die schon so lange bereitliegen, die nur darauf warten, endlich ausgesprochen zu werden, verdrehen sich in ihrem Kopf, eine in sich verschlungene Kette aus Buchstaben und Silben. Also schließt sie den Mund wieder, lässt unausgesprochen, was Erlösung bedeuten würde, schweigt weiter, und der kostbare Moment vergeht, löst sich auf in der Dämmerung, die aus dem Garten hereinweht, rosa und violett und schwer wie Blei.

»Hast du dich deswegen von Peter getrennt?«, fragt ihre Mutter nach einer endlosen Weile. »Weil du nicht mit ihm reden konntest?«

»Vielleicht, kann sein, ich weiß es nicht. Ich weiß gar nichts mehr, Mama.«

Und wieder ein ellenlanges Schweigen. Zwei Frauen, die in die wachsende Dunkelheit schauen. Sprachlos, entrückt in ihre gemeinsame Vergangenheit.

»Es war nie wirklich leicht mit dir«, sagt ihre Mutter schließlich. »Du warst schon als kleines Kind so. Ich hab dich angesehen und mich gefragt, was in deinem Kopf vor sich geht. Ich hab nie eine Antwort bekommen. Dein Vater hat darüber gelacht. Lass sie, hat er gesagt, Gedanken sind Privatsache. Vielleicht habt ihr euch deshalb so gut verstanden. Weil er dich einfach gelassen hat.«

Und wieder spürt Katja die Hand ihres Vaters in ihrem Haar, sieht in seine lachenden Augen, während er sie in die Luft wirft und wieder auffängt, sie riecht den Duft seines Aftershaves. Und dann dieses wunderbare Gefühl, wenn er sie auf dem Boden absetzt und ihren Kinderkörper an sich drückt, nicht zu locker, nicht zu fest, genau richtig. Das war der Unterschied zwischen ihren Eltern: Er hat nie etwas von ihr gefordert, das sie ihm nicht geben wollte. Er hat gewartet, langmütig und voller Geduld, bis sie von selbst auf ihn zukam.

»Ich konnte das nicht«, sagt ihre Mutter. »Ich habe es versucht, aber es passte nicht zu mir. Ich war immer zu ungeduldig. Vielleicht war ich auch einfach nur eifersüchtig. Auf diese unerträgliche Leichtigkeit zwischen euch. Und dann war er plötzlich nicht mehr da, und ich war allein mit dir. Und du hast mich büßen lassen dafür. Ich konnte nichts dagegen tun. Halt es einfach aus, habe ich mir gesagt, du musst es aushalten, dann wird es besser. Aber es wurde nicht besser. Und irgendwann wurde mir klar: Ich habe nicht nur meinen Mann verloren, ich habe auch meine Tochter verloren.«

»Tut mir leid, Mama.«

»Das braucht es nicht. Wir sind, wer wir sind. Punkt. Ich bin ich, du bist du, so einfach ist das. Und ehrlich gesagt, war es mir irgendwann auch egal. Dann eben nicht, dachte ich. Denn wenn du etwas von mir hast, dann deine Sturheit. Was also hätte ich dir vorwerfen sollen?« Und kurz darauf, mit einer an ihr ganz unüblichen Sanftheit: »Darf ich dir was sagen?«

»Alles, was du willst, Mama.«

»Ich hab inständig gehofft, dass es was wird mit euch. Dass du Peter heiratest. Und nicht um seinetwillen.«

»Sondern?«

»Er war ein so starker Charakter. Zwei gleichwertige Willen. Ich dachte: Wenn einer dich aufbrechen kann, dann er.«

»Warum hätte er mich aufbrechen sollen?«

»Um dich von dir selbst zu befreien. Entschuldige, wenn ich das so offen … Aber das ist, was ich damals gedacht habe.«

»Und heute? Denkst du das immer noch?«

Ihre Mutter schaut sie an, unverstellt, auf ihren Lippen die Andeutung eines Lächelns. »Ich hab mir immer ein Enkelkind gewünscht.«

»Hast du bekommen.«

»Und was für eins, das beste der Welt. Und dafür bin ich sehr dankbar. Dir, dem lieben Gott, wem auch immer.«

Katjas Handy klingelt. Sie schaut auf das Display. Jenny! »Ja, mein Schatz?«

»Wo bist du?«

»Bei Oma.«

»Nicht dein Ernst. Zum Streiten?«

»Eher das Gegenteil.«

»Zeiten und Wunder?«

»Wir arbeiten dran.«

Eine kurze Pause. Worte, die zurechtgelegt werden müssen. Katja ahnt, was jetzt kommt. »Ich nehme an, du bist bei Finn«, sagt sie.

»Woher weißt du das?«

»Bin ich deine Mutter oder nicht?«

»Und weiter?«

»In ein paar Stunden hast du Geburtstag, und jetzt würdest du gerne wissen, ob du …«

»Und? Darf ich?«

»Nein, darfst du nicht!«

»Mama!«

»Um elf bist du zu Hause.«

»Mama!«

»Keine Diskussion.«

Sie hört, wie Jenny sie wegdrückt. Jetzt ist sie stinksauer, denkt Katja, sie verflucht den Tag, an dem ich sie auf die Welt gebracht habe. Und der arme Finn muss versuchen, die Wogen zu glätten.

»Ich kenn noch jemanden, der so stur ist wie du und ich«, sagt Katja zu ihrer Mutter.

»Oh ja«, sagt Monika Sand. »Allerdings!« Und greift ansatzlos ihr vorheriges Gespräch wieder auf. »Du musst die Dinge voneinander trennen, sonst wirst du verrückt.«

»Was meinst du damit?«

»Ich stelle mir das so vor«, sagt Monika Sand. »Was auch immer damals passiert ist, mit Peter und diesem Wolf – es ist vorbei, Geschichte, verstehst du? Dass er ausgebrochen ist und zwei Justizbeamte erschossen hat, ist etwas Neues. Wenn du das eine mit dem anderen verbindest, wirst du ihn nicht erwischen. Weil dich das Alte behindert, weil es dir im Kopf herumkriecht und dich davon abhält, klar zu denken. Das Gleiche gilt für Peter. Ich weiß, wie sehr du es hasst, mit ihm zusammenarbeiten zu müssen. Aber wenn du einfach nur den Kollegen in ihm siehst …«

»Er ist nicht einfach nur ein Kollege«, unterbricht Katja sie heftig.

Monika Sand starrt sie an. »Mein Gott, Kind, du liebst ihn noch immer?«

Katja antwortet nicht. Ihr Kopf schreit Nein, aber ihr Herz blutet still vor sich hin.

17

Das Geschenkpapier ist noch von Weihnachten. Ein bescheidener Rest in einer Ecke ihres Schlafzimmerschrankes, Tannenzweige und Elche auf rotem Grund. Eigentlich geht das nicht, sie schämt sich, dass sie nicht daran gedacht hat, mit dem Geschenk auch neues Papier zu besorgen. Jenny wird es so deuten, als wäre ihrer Mutter dieser für sie so besondere Geburtstag egal, eine lästige Pflichterfüllung, nicht mehr. Aber das stimmt nicht. Nichts, was Jenny betrifft, ist ihr egal, ihre Tochter ist ihr das Wichtigste auf der Welt.

Sie nimmt die weißen Sneakers aus der Schachtel, betrachtet sie. Ein beißender Geruch steigt ihr in die Nase, das Leder ist chemisch imprägniert, die Gummisohlen sind mit Weichmachern behandelt. Ein paar Tage lang wird Jenny sie nach dem Ausziehen mit einem feuchten Lappen abreiben, um sie weiter wie neu aussehen zu lassen, dann wird es ihr egal werden. Schmutz wird sich in den Nähten festsetzen, der Chemiegestank wird von Schweiß überlagert werden, und aus einem Geburtstagsgeschenk wird ein Gebrauchsgegenstand geworden sein.

Der Lauf der Dinge, denkt Katja, das Besondere wird normal, alles ist Veränderung unterworfen. Früher hat sie das geliebt. Alles Neue war ihr willkommen. Seit ein paar Jahren ist das anders. Sie hat sich eingerichtet in ihrem Leben zwischen Kind und Beruf, ohne Liebesbeziehung zu einem Mann, kein Hadern mehr mit der Einsamkeit. Das Auf und Ab der Gefühle nichts weiter als sanfte Wellen in einem träge dahinströmenden Fluss.

Sie weiß, dass sie sich damit etwas vormacht, aber genau das will sie.

All ihre Energie fließt in ihren Beruf. Jeder neue Mordfall fordert alles von ihr, jedes Nachlassen kommt einem Aufgeben gleich, jedes Weniger ist eine Niederlage, ihr Erfolg als Ermittlerin hängt am seidenen Faden bedingungsloser Hingabe. Aber die fremden Toten, an die sie ihr Leben verschwendet, saugen sie aus. Immer öfter spürt sie das Schwinden ihrer Kräfte, immer häufiger die Momente, in denen sie sich ausgelaugt fühlt und leer.

Irgendwann wird ihre große Stärke zu einer Schwäche geworden sein. Und dann? Und was ist mit Jenny, für die immer weniger übrigbleiben wird von dem, was auch früher schon zu wenig war?

Sie wendet das Geschenkpapier hin und her. Die Rückseite ein sattes Grün. Passt zum Frühling, denkt sie, und zu Jenny irgendwie auch. Und für eine Sekunde spielt sie mit dem Gedanken, die Tannenzweige und Elche zu verstecken. Was spätestens beim Auspacken auffliegen würde. Dann hat sie eine Idee. Sie nimmt mehrere Blätter Papier aus dem Druckerschacht, klebt sie überlappend mit Alleskleber zu einem großen Bogen zusammen. Sie schlägt die Schachtel mit den Schuhen darin ein. Dann schneidet sie aus dem alten Geschenkpapier kleine Blumen aus und Stängel mit Blättern. Die Blüten klebt sie mit der roten, die Stängel und Blätter mit der grünen Seite nach oben auf die eingepackte Schachtel. Sie betrachtet ihr Werk. Wunderschön, aber was fehlt, ist eine Schleife. Kein Schmuckband mehr da, also nimmt sie kurzerhand die roten Schnürsenkel aus ihren alten Wanderschuhen. Zusammengeknotet reicht die Länge gerade aus.

Sie schaut auf ihre Uhr. Kurz vor elf. Jenny wird sauer sein, wenn sie kommt. Sie wird es ihre Mutter spüren lassen und sofort ins Bett wollen. Ihr Geburtstag wird sie angeblich nicht interessieren. Anstoßen um Mitternacht? So ein Scheiß! Mit Finn ja, aber mit dir, Mama? Katja wird einen kurzen Stich spüren, aber sie wird sich nichts anmerken lassen. Stattdessen wird sie auf das Geschenk deuten, das wie zufällig auf dem Esstisch liegt, und darauf hinweisen, dass das ja auch bis morgen früh warten kann. Jenny wird sich künstlich aufregen: Das ist Erpressung, Mama! Und Katja wird lächelnd erwidern: deine Entscheidung. Jenny wird auftauen, von jetzt auf gleich, wird Katja von ihrem neuen Freund vorschwärmen, und sie wird das nicht wie die junge Frau tun, die sie auf eine merkwürdige, unbestimmte Art schon so lange ist, sondern sie wird dabei wieder zu dem kleinen Mädchen werden, das sie früher war. Die kleine Jenny mit den kühnen Vergleichen und der Neigung zum Übertreiben; die kleine Jenny, die ihre Worte mit ausladenden Gesten begleitet, während ihre Augen strahlen.

Katja gießt sich ein Glas Whisky ein, den winzigen Rest, den Rudi bei seinem letzten Besuch in der Flasche übriggelassen hat. Das holzige Aroma in ihrem Mund, die Wärme in ihrer Kehle. Ihre Mutter hat sie vorhin beim Abschied in den Arm genommen, voller Herzlichkeit und Wärme. Und Katja hat sich fallen lassen in diese Umarmung. Keine alten Wunden mehr, keine Vorwürfe, kein Vater, der so lange als dunkler Schatten zwischen ihnen stand. Nur sie beide, zwei Frauen, Mutter und Tochter, und ihre Gefühle füreinander.

Danke, Mama, denkt sie und schaut erneut auf ihre Uhr. Zehn nach elf. Unruhe macht sich in ihr breit. Sie tritt ans Fenster, öffnet es, schaut hinunter auf die Straße. Parkende Autos im Licht der Straßenlaternen, die Lampenköpfe von schimmernden Kränzen aus feuchter Luft umhüllt, ihr Atem dampfend in der kalten Nacht.

Wo bleibst du?, fragt sie sich stumm und ertappt sich bei dem Gedanken, dass irgendetwas passiert ist. Angepöbelt in der U-Bahn, angefahren von einem betrunkenen Autofahrer, ausgeraubt von gewalttätigen Jugendlichen, oder schlimmer noch …

Hör auf, Katja, das ist Unsinn, mütterliche Panik, nichts weiter! Jenny weiß, was sie tut, sie würde sich niemals unbedacht einer Gefahr aussetzen.

Wahrscheinlich hat sie einfach nur die Zeit vergessen, hat sich mit Finn verplaudert oder herumgeknutscht und deshalb die vorgesehene U-Bahn verpasst. Jetzt steht sie auf dem Bahnsteig und wartet auf die nächste. Nichts spricht dafür, dass etwas Schlimmes passiert ist. Aber wieso ruft sie nicht an, um Bescheid zu sagen, dass sie sich verspäten wird? Andererseits: Warum sollte sie? Jetzt reg dich doch nicht auf, Mama, die paar Minuten. Und wenn doch etwas …?

Katja starrt auf den Sekundenzeiger ihrer Armbanduhr, der unbestechlich und gnadenlos über das Zifferblatt huscht. Minute um Minute vergeht, ihre Hände reglos auf dem Fenstersims, Kälte, die ihr in die Glieder kriecht, bis sie sich irgendwann aus ihrer Erstarrung löst und das Fenster schließt. Es ist jetzt zwanzig nach elf.

Dann klingelt es. Endlich! Katja atmet auf, aber an der Wohnungstür hält sie inne. Jenny hat einen Schlüssel, wieso also dieses Klingeln?

Sie drückt auf den Lautsprecher der Gegensprechanlage. »Hallo?«

»Mach auf, Mama.«

Grenzenlose Erleichterung, in die sich sofort Verärgerung mischt. Komm schon, Katja, beherrsch dich, deine Tochter hat in einer halben Stunde Geburtstag, versau ihn ihr nicht!

Sie drückt den Türöffner. Jennys Schritte auf der Treppe, das Knarren der Stufen, anders als sonst. Langsamer, schwerer, ohne die übliche Leichtigkeit.

Langsam öffnet Katja die Tür – und schaut in die Mündung einer Pistole.

18

»Hallo, Katja.«

Das kann nicht sein, sie hat doch eben noch Jennys Stimme gehört, das war sie, nicht er. Und trotzdem steht Martin Wolf jetzt vor ihr mit seinem schiefen Grinsen, die Lippen auf einer Seite hochgezogen.

Er tritt auf sie zu, sie weicht zurück. Sie weiß, dass das falsch ist, sie darf ihn nicht in die Wohnung lassen, wenn er reinkommt, sitzt sie in der Falle. Aber er hat die Überraschung auf seiner Seite und in seiner Hand eine Pistole, die keinen Widerspruch zulässt.

Ihre Augen treffen sich, er fixiert sie mit stahlblauer Härte, das Grinsen in seinem grauhäutigen Gesicht wie einzementiert. Mit der freien Hand drückt er die Tür hinter sich zu. Leise fällt sie ins Schloss, in Katjas Kopf tausendfach verstärkt, ein Brüllen in einer Echokammer.

»Habe ich nicht gesagt, dass wir uns wiedersehen werden?«, fragt er. »Habe ich doch, oder?«

Sie reagiert nicht, steht da wie betäubt, glotzt ihn an.

»Ich weiß gar nicht, wie ich dich ansprechen soll«, fährt er fort. »Frau Sand? Katja? Ich glaube, wir gehen zum Du über, was meinst du? Nach allem, was wir gemeinsam erlebt haben.«

Sie rührt sich noch immer nicht, die Waffe in seiner Hand, der Finger am Abzug, er macht die Regeln, sie hat keine Chance.

»Dann also Du«, sagt er. »Wo ist denn der Sekt? Schon bereitgestellt?« Und als sie nicht reagiert: »Ich warte!«

Sie löst sich aus ihrer Erstarrung und wendet sich zögernd der Küche zu.

»Jetzt mach schon«, fordert er. »Ich bin nicht hier, um dich zu erschießen.«

Ihre Hand auf dem Griff des Kühlschranks, die Kälte, die ihr aus dem Inneren entgegenschlägt, sie fasst die Flasche am Hals. Die geriffelte Metallfolie unter ihren Fingern, der darunterliegende Draht, mit dem der Korken gesichert ist.

»Und nicht die Gläser vergessen«, sagt er. »Ich mag es nicht, aus der Flasche zu trinken.«

Sie öffnet einen der Oberschränke wie in Trance, nimmt zwei Sektgläser heraus.

»Ich denke, wir gehen ins Wohnzimmer«, sagt Wolf. »Da ist es gemütlicher als hier.«

Sie geht voraus, er folgt ihr. Während sie die Flasche und die Gläser auf dem Couchtisch abstellt, schaut er sich um, sie kann es aus den Augenwinkeln sehen.

»Schön habt ihr's hier«, sagt er. »Eine Mutter und ihre Tochter, ein behagliches Nest.« Und dann: »Aber bitte, setz dich, wir wollen doch nicht die ganze Zeit stehen.«

Seine aufgesetzte Höflichkeit ein Hohn. Sie setzt sich auf das Sofa, die Hände in den Stoff gekrallt, er auf einen Fußhocker, auf den sie sonst ihre Beine legt, abends, in der Hand ein Glas Rotwein, um runterzukommen von ihrem Job.

»Es gibt eine Menge zu besprechen«, sagt er und drückt den Rücken durch. »Zu gemütlich ist da nicht gut.« Er betrachtet sie. Der Spott in seinen kalten, erfrorenen Augen. Sie sieht ihm an, wie er es genießt, sie zu quälen.

»Nur damit das nicht zwischen uns steht«, sagt er lächelnd. »Mir ist klar, dass du mich am liebsten töten würdest, am besten mit der hier.« Er streicht mit den Fingern sanft über den Lauf seiner Pistole. »Aber glaube mir, das wäre nicht gut. Es wäre sogar verhängnisvoll, jedenfalls für dich.«

Erneut eine Pause, ein künstlicher Seufzer, bevor er fortfährt, die Stimme gesenkt, fast ein Raunen, er betont jedes einzelne Wort. »Denn wenn ich tot bin, was wird dann aus Jenny?«

Als hätte er ihr einen Pflock mitten ins Herz gebohrt! Ihr Körper eine einzige Verkrampfung, Organe und Muskeln wie von stählernen Bändern umschlossen, mein Kind, mein einziges Kind, die Luft gefangen in ihrer eingeschnürten Lunge, kein Einatmen mehr und kein Ausatmen, Jenny, meine Jenny, ein Erstarren in Angst, das Stillstehen der Zeit.

Du darfst es ihm nicht zeigen, denkt sie. Neben ihrer grenzenlosen Angst fühlt sie Wut, einen Hass, der sie auffrisst und von innen verbrennt. Nichts von alldem darf er sehen oder spüren, kein Zucken ihrer Augen oder ihres Mundes, keine unwillkürlichen Bewegungen, sie muss sich einen Rest von Selbstkontrolle bewahren, egal, wie, muss ihr Inneres vor ihm verbergen, auch wenn das schier unmöglich ist.

»Respekt«, spottet er. »Du machst das wirklich gut, wenn man bedenkt, um was es hier geht. Und jetzt wirst du mir zeigen, wie gut.«

Er betrachtet die Pistole zwischen seinen Fingern, auf seinen Lippen ein bösartiges Lächeln, dann legt er sie auf den Couchtisch, schiebt sie Katja entgegen und hebt langsam die Hände.

»Nimm sie dir«, sagt er mit gespielter Arglosigkeit. »Das ist dein Moment. Jetzt darfst du endlich tun, was du damals nicht konntest.«

Sie spürt ein Zucken im rechten Arm, das kaum bezwingbare Verlangen, nach der Waffe zu greifen, sie auf ihn zu richten und abzudrücken, alles in einer einzigen, fließenden Bewegung. Doch dann sieht sie Jenny vor sich, weinend und voller Verzweiflung – Mama, bitte! –, und sie zwingt sich dazu, die Bewegung zu stoppen.

Martin Wolf lacht. »Glückwunsch«, amüsiert er sich. »Was für eine beeindruckende Selbstbeherrschung.« Und setzt hinterher: »Wir machen Folgendes: Ich lasse sie einfach da liegen, falls du es dir anders überlegst. Was ich allerdings nicht glaube. Denn wer sollte dir dann sagen, wo deine Kleine sich befindet? Ich meine, stelle es dir nur mal vor: eine Holzkiste, in der Erde vergraben, hat es alles schon gegeben. Wie lange reicht da die Luft? Ein paar Stunden, höchstens einen Tag, nicht länger. Oder ganz klassisch: ein dunkler Kellerraum. Schreie, die ungehört von den Wänden zurückgeworfen werden. Und dazu dieser furchtbare Durst. Wie lange hält sie das durch: drei Tage, vielleicht vier? Und all das nur, weil dein Hass größer war als deine Vernunft? Nein, das passt nicht zu dir, ganz und gar nicht.«

Er lässt die Hände sinken, greift mit der rechten in die Innentasche seiner Jacke, zieht Jennys Handy hervor.

»Du fragst dich sicher, wie ich das gemacht habe, ihre Stimme unten an der Haustür. Du musst zugeben, das war keine schlechte Idee. Und so simpel.«

Er drückt die Wiedergabetaste einer aufgezeichneten Sprachnachricht: »Mach auf, Mama.«

Sie stellt sich vor, wie er Jenny das Handy vor das verängstigte Gesicht gehalten hat – Komm schon, Kleine! Wahrscheinlich musste er die Aufnahme wiederholen, weil ihre Stimme so gezittert hat.

»Sie hat das wirklich tapfer gemacht«, sagt er. »Das saß gleich beim ersten Mal. Da merkt man, dass sie die Tochter einer Polizistin ist.«

Katja hat noch immer kein Wort gesagt. Erst konnte sie nicht, jetzt will sie nicht. Sie schaut ihm in die Augen und durch ihn hindurch, während ihr Kopf davondriftet. Sie versucht, sich zu erinnern, sie sucht nach dem Panzer, der sie all die Jahre abgeschirmt hat, der sie unempfindlich gemacht hat gegen den Mann, der ihr jetzt gegenübersitzt. Sie spürt den alten Schmerz in sich aufwallen, die Panik, die Demütigung. Sie lässt sich davon überfluten, bis der Damm bricht und die Grenze erreicht ist, hinter der nur noch Leere auf sie wartet. Sie wird seine Worte verschlucken. Er wird gegen sie anreden wie gegen eine Wand, sein Gift wird an ihrer Haut herunterlaufen, ohne sie zu durchdringen. Die Leere wird sie schützen!

Martin Wolf schaut auf seine Uhr. »Noch zwei Minuten, dann ist es so weit.« Er nimmt die Sektflasche vom Couchtisch. »Du gestattest?« Er schält die Metallfolie vom Flaschenhals, dreht die Drahtsicherung auf, hebt sie vom Korken. »Ich schlage vor, wir stoßen an, und dann erzähle ich dir alles.«

Wieder ein Blick auf seine Uhr. Ihr ist, als könnte sie den Sekundenzeiger vorrücken hören.

»Sieben, sechs, fünf«, zählt er herunter, »drei, zwei, eins – Bingo!«

Er lässt den Korken knallen, überquellender Schaum, der sich in den Gläsern verflüssigt, die Pistole auf dem Couchtisch, silbrig glänzend und verlockend. Der Drang, nach ihr zu greifen, ist jetzt fast übermächtig, die metallischen Konturen verschwimmen vor ihren Augen.

»Entweder wir stoßen an, oder du drückst ab«, sagt er lächelnd und hebt sein Glas.

Sie hebt das ihre, sie muss sich dazu zwingen, ihre Hand zittert, sie hat Angst, es zu zerdrücken in ihrer Machtlosigkeit. Sie ist ihm vollkommen ausgeliefert. Er weiß es und genießt es.

»Happy birthday, Jenny«, sagt er mit gespieltem Überschwang. »Auf ein junges, hoffnungsvolles Leben. Auf all das, was noch vor dir liegt.«

Die Gläser klirren leise aneinander, er nimmt einen Schluck, dann einen zweiten.

Katja stellt ihr Glas ab. Sie kann das nicht, mit ihm zu trinken auf ihre Tochter, die er irgendwo da draußen festhält. Der Hass auf ihn wächst mit jeder Sekunde, sein unrasiertes Kinn, die fahle, stumpfe Haut, seine fettigen Haare.

»Ich weiß, was du jetzt denkst«, sagt er. »Was für ein hässlicher Mann! Was ja auch kein Wunder ist. Der Knast hat noch keinen schöner gemacht. Zu wenig Sonne, zu wenig Bewegung. Geh in den Zoo, da kannst du sehen, was jahrelanges Eingesperrtsein anrichtet. Der Blick wird leer, wenn er nicht in die Weite schweifen kann. Man schaut nicht nach vorne, da gibt's ja nichts zu sehen, nur nach hinten auf das, was war. Bis man begreift, dass einem das nichts nützt. Dass es einen nur schlaff macht und müde. Die Körperhaltung, die Art, wie man geht, nur noch ein gebücktes Schlurfen. Vergangenes Leben ist totes Leben, Katja, im Knast brauchst du einen Plan, sonst bist du verloren. Also hab ich mir einen gemacht. Ihn ausgearbeitet, an ihm gefeilt, vom ersten Tag an.«

Und das ist das Ergebnis, denkt Katja, zwei tote Justizbeamte und ein entführtes Mädchen. Nur dass dieses Mädchen nicht irgendeines ist, sondern meine Tochter. Du wirst dafür bezahlen, Martin Wolf, das schwöre ich dir!

Er stellt sein leeres Glas ab und nimmt sich ihres. Ein genüsslicher Schluck, er lässt den Sekt in seinem Mund perlen, bevor er ihn hinunterschluckt, sein Adamsapfel unter der faltig gewordenen Haut hüpft auf und ab.

»Mein Bruder hat mir erzählt, dass du ihn observieren lässt. Er sagt, er hätte nie gedacht, dass er irgendwann in seinem kleinen Leben kostenlos von der Polizei eskortiert werden würde. Selbstverständlich haben wir uns darauf vorbereitet, dass ihr seinen Festnetzanschluss und sein Handy abhören lasst. Wenn man jahrelang Zeit zum Überlegen hat, denkt man auch an so was. Ihr könnt euch diese überflüssige Mühe also sparen. Aber warum langweile ich dich mit derlei Dingen, die dir sowieso klar sind?« Er macht eine Pause, lächelt ihr gönnerhaft zu. »Allerdings gibt es das eine oder andere, das wir unbedingt klären müssen.«

Sie fragt sich, wieso er das alles tut. Nur um sich an ihr zu rächen für die Jahre in Straubing? Auch wenn in jedem seiner Sätze der Spaß an ihrer Qual mitschwingt – sie kann das nicht glauben, so tickt er nicht, das wäre zu einfach. Was also will er von ihr?

»Du hast schöne Augen«, sagt er in die Stille. »Sanft und entschieden zugleich. Voller Trauer und Geheimnis. Unergründlich.«

Sie zuckt erschrocken zusammen.

»Keine Angst«, sagt er und hebt beschwichtigend die Hände. Der Rest des Sektes in seinem Glas schwappt hin und her. »Nur ein kleines Kompliment von Mann zu Frau, nichts weiter. Ich bin geschäftlich hier, nicht zu meinem Vergnügen. Abgesehen davon bist du nicht mein Typ. Ich habe es gerne üppiger, wenn du verstehst, was ich meine, mollig und robust. Aber das muss warten, es gibt Wichtigeres.«

Er stellt das Sektglas ab, fährt mit dem rechten Daumen behutsam über die Finger seiner linken Hand. Sammelt sich, ehe er sie wieder anblickt, kalt und nüchtern, keine Spur mehr eines Lächelns auf seinem schmallippigen Mund. »Sagt dir der Name Glaser etwas? Werner Glaser?«

Sie antwortet nicht, aber ihre Augen zucken.

»Verzeih die überflüssige Frage«, sagt er. »Natürlich weißt du, wer er ist, du warst ja bei ihm, gemeinsam mit deinem Kollegen. Ich weiß, kein schöner Anblick, beileibe nicht, der fette Werner, gefesselt an einen Stuhl und mausetot. Ich nehme an, du denkst, ich hätte ihn … Aber das habe ich nicht. Mir ging es genau wie dir. Ich komme da hin, um mir meinen Anteil zu holen – die verdammten Jahre im Knast müssen ja für irgendwas gut gewesen sein –, und muss feststellen: Ich bin zu spät. Irgendjemand war vor mir da, höchstens eine Stunde, nicht mehr, der gute Werner war noch warm, das Blut auf dem Boden noch feucht. Du kannst dir vorstellen, dass ich sauer war, aber nicht: wie sauer! Zwei Stunden früher, und der Werner hätte mir gesagt, was er stattdessen jemand anderem verraten hat. Ich hab mich gefragt, wie das sein kann, ich meine, damals hat niemand von euch den Werner gefunden. Ihr habt euch in Grund und Boden ermittelt, aber der Name Glaser tauchte nie auf. Und plötzlich, nur einen Tag, nachdem ich raus bin, steht da einer bei ihm auf der Matte und kassiert meinen Jackpot. Und anschließend, kaum dass ich wieder weg bin, taucht ihr auf. Und jetzt frage ich dich: Wie kann das sein? Das ist doch kein Zufall, da besteht ein Zusammenhang, das geht gar nicht anders. Die Frage ist: welcher? Für mich gibt es da nur eine Antwort: Einer von euch hat den Werner erschossen. Einer, der wusste, dass der Werner damals mein Komplize war. Einer, der die Gunst der Stunde genutzt hat, um meinen Anteil abzukassieren.«

In Katjas Kopf herrscht Chaos. Was für eine abstruse Geschichte erzählt Wolf ihr da? Er behauptet, Werner Glaser nicht getötet zu haben, obwohl seine Fingerabdrücke an der Haustür gefunden wurden. Stattdessen beschuldigt er einen ihrer Kollegen.

»Du glaubst mir nicht?«, fragt Wolf. »Schau dir die Waffe an, na los, nimm sie dir!« Sein Ton ist schärfer geworden, duldet keinen Widerspruch.

Katja greift nach der Pistole.

»Eine Beretta 21 A Bobcat«, sagt Wolf, »Kaliber .22 LR. Ein echtes Schätzchen. Damit hab ich die beiden Justizbeamten erledigt. Aber der Werner ist mit einer anderen Waffe getötet worden. Wenn eure Techniker das Projektil finden, werden sie dir genau das bestätigen.«

Sie glotzt auf die Pistole. Eine Beretta 21 A Bobcat, genau wie er gesagt hat, illegal erworben bei irgendeinem Hehler in München oder wer weiß, wo, die Seriennummer ist herausgefeilt. Sie starrt Wolf an. Ihre Augen fragen: Was für eine miese Scheiße läuft hier, was zum Teufel willst du von mir?

Er nimmt ihr die Pistole aus der Hand. »Ich will mein Geld, Katja! Die eins Komma drei Millionen, auf die ich seit all den Jahren warte. Und du wirst sie mir beschaffen! Wie du das machst, interessiert mich nicht.«

Er fesselt sie mit seinem Blick, die Kälte darin lässt sie frösteln. Sie weiß, was er jetzt sagen wird, aber sie will es nicht hören.

»Wenn du deine Kollegen einweihst oder deine Vorgesetzten, ist deine Kleine tot. Wenn du mich zu verarschen versuchst, egal, wie, ist deine Kleine tot.« Er richtet die Pistole auf Katjas Stirn. »Ich setz ihr das Ding hier zwischen die Augen und blas ihr den Schädel weg. Hast du verstanden?«

Katja reagiert nicht, ihr Atem ein wildes Rasen, ihr Kopf ein einziges Schreien – Jenny, Jenny, Jenny! Verschwommen sieht sie, wie Wolf sich nach vorne beugt, sein Gesicht ganz nah an ihrem, der Gestank nach Alkohol und Zigaretten. »Ob du mich verstanden hast?!«

Sie nickt, kaum mehr als ein Reflex.

»Freut mich«, sagt er. »Ganz ehrlich.« Seine Stimme trieft vor falscher Freundlichkeit. »Dann sind wir uns also einig. Ich brauche dich, du brauchst mich. Geld gegen Leben, mein Anteil gegen deine Tochter!«

Zweiter Teil

DAZWISCHEN

Das Mädchen lag auf einem Handtuch am Strand. Winzige Wellen, die sich in den Kieseln verliefen, ein ständiges, leises Glucksen. All diese Steine, ausgeblichen von der Sonne, abgeschliffen vom Wasser und der Zeit, keiner wie der andere, jeder eine eigene Unendlichkeit. Der See schimmernd in der Nachmittagssonne, spiegelglatt, wie lackiert. Am Ostufer die aus dem Wasser wachsenden Berge, hellgraue Felsformationen, darüber das satte Grün der Wiesen, das dunkle Laub der Wälder. An die Hänge gepresste Dörfer, die Türme der Kirchen, Dächer aus gebranntem Ton.

Seit einer Woche waren sie jetzt hier, eine Mutter und ihre dreizehnjährige Tochter, das kleine Hotel am Ufer, das Zimmer, das nach Kernseife roch und gestärkten Laken. Die Mutter hatte sich hingelegt wie jeden Tag um diese Zeit, eine Stunde nach dem Essen. Ihr Meckern in den Ohren des Mädchens: Ich verstehe nicht, wie du dich freiwillig in dieser Glut an den Strand legen kannst, du wirst dir einen Sonnenstich holen oder einen Hitzschlag.

Das Mädchen sah sich beim Atmen zu, den Kopf gesenkt, seine Brüste zarte Knospen, gespannte Haut unter dem Bikinitop. Sein Bauch, der sich hob und senkte, im Nabel sammelte sich Schweiß, die Scham ein kleiner Hügel unter dem gemusterten Stoff. Bis jetzt hatte es sich keinen Sonnenstich geholt und keinen Hitzschlag.

Das Mädchen fragte sich, ob es je selbst ein Kind bekommen würde. Es versuchte, sich den Schmerz vorzustellen, von dem seine Mutter so oft sprach. Immer dann, wenn es Streit gab zwischen ihnen, wenn sie Verständnis und Hilfe einforderte. Du weißt nicht, was es heißt, ein Kind aus sich herauszupressen, sagte die Mutter, wie es dich zerreißt, ich wäre am liebsten gestorben. Als habe sich das Mädchen mit seiner Geburt schuldig gemacht und müsse diese Schuld in einer Währung abzahlen, die von der Mutter Liebe genannt wurde.

Das Mädchen fragte sich: Was ist das, Liebe? Die Behauptung einer Frau, die ihm mit jedem Tag immer fremder wurde und ständig wiederholte: Du liebst mich nicht, warum liebst du mich nicht?

Wie anders dagegen der Vater, damals, als er noch da war. Sein gleichmäßiger Atem, wenn das Mädchen an seine Brust gelehnt dasaß und seinen Geschichten lauschte, lebendig und bunt. Die Welt, wie er sie sah, eine Ansammlung von Wundern, kaum zu verstehen, flirrende Ahnungen im grenzenlosen Reich der Vorstellung. Ein Geschenk, großzügig und frei, ohne die Forderung nach Rückzahlung. Jetzt war er tot. Er hatte seine Tochter zurückgelassen, allein mit der Mutter.

Das Mädchen bemühte sich um Mitleid. War das nicht auch eine Form von Liebe? Zumindest ein Gefühl, das nicht mit Schuld und Verantwortung verbunden war. Die Mutter zu bemitleiden, hieß immerhin, etwas für sie zu empfinden. Und wenn das Mädchen etwas für sie empfand, musste es sich nicht so schuldig fühlen.

Aber es empfand kein Mitleid. Nur diese unerträgliche, stetig wachsende Fremdheit zwischen ihnen. Ein Gefühl des Unbehagens, das immer öfter in Abneigung umschlug. Das Mädchen fragte sich, wie das sein konnte. Warum freute es sich nicht darauf, nach der Schule nach Hause zu kommen, wie die anderen Mädchen aus seiner Klasse?

Das Haus am Kanal. Das Haus, in dem das Mädchen sein ganzes bisheriges Leben verbracht hatte. Die Zimmer, die

Möbel, der Geruch nach Familie. Seit der Vater nicht mehr da war, war auch das Haus nicht mehr da. Es stand, wo es immer gestanden hatte, aber es existierte nicht mehr.

Das Mädchen dachte: Ich habe dich nicht gebeten, mich auf die Welt zu bringen, Mama, es war deine Entscheidung, du hast mich nicht gefragt.

Sosehr es sich auch bemühte, seine Mutter zu lieben, es gelang ihm nicht. Es schämte sich. Und je mehr es sich schämte, desto mehr wuchs sein Zorn. Der Krebs hatte ihm erst den Vater genommen, und jetzt wütete er zwischen seiner Mutter und ihm.

Warum liebst du mich nicht?

Weil du schuld bist, Mama, dachte das Mädchen und meinte sich selbst damit.

Das Sonnenlicht drang durch seine geschlossenen Lider, ein flammendes Orange, wie der Blick in eine brennende Kerze. Seine Schultern brannten, die Kiesel unter dem Handtuch drückten ihm in den Rücken, die Sehnsucht nach seinem Vater fraß es auf.

Papa!

Er antwortete nicht. In der Ferne das Kreischen von Kindern, der Motor eines Bootes, das wiederholte Aufschlagen des Rumpfes auf dem Wasser. Dann wieder Stille. Die Schläfrigkeit eines Nachmittags am See.

Und dann, wie aus dem Nichts, mitten in diese schläfrige Stille hinein fühlte das Mädchen, wie sich etwas in seinem Unterleib sammelte, wie es zu fließen begann, langsam und zäh, der Bikinistoff zwischen seinen Beinen saugte sich voll. Es legte seine Hand auf die sich ausbreitende Nässe, schlug blinzelnd die Augen auf und starrte auf einen blutverschmierten Finger.

Das allererste Mal, dachte das Mädchen. Nicht, dass es überrascht gewesen wäre, seine Mutter hatte sich bemüht, es darauf vorzubereiten, mehrfach, das Mädchen aber hatte ihre ungelenken Gesprächsversuche abgewehrt. Lieber hatte es mit den Freundinnen in der Schule darüber geredet. Das Spannen seiner wachsenden Brüste, die Haut, die sich veränderte, der Körper, der Geruch seiner Achseln. Diese Mischung aus Angst und Neugier. Nichts blieb, wie es war, alles verwandelte sich, in ihm und um es herum. Oder war das nur eine neue, andere Art, auf die Dinge zu schauen?

Das Mädchen spürte Stolz und Scham zugleich, eine merkwürdige Verwirrung, ein Kribbeln, als würde sich das Flirren der heißen Luft über den Kieseln in seinen Körper übertragen.

Das Mädchen wandte sich um. Niemand in der Nähe. Hinter ihm die Terrasse des Hotels, menschenleer, vor ihm der See, wellenlose, schimmernde Glätte.

Das Mädchen trat ins Wasser, die Kiesel unter seinen Füßen, das aus ihm herausströmende Blut. Jetzt fließt ein Teil von mir durch diesen See, dachte es, und weiter ins Meer und durch das Meer auf die andere Seite der Welt.

Das Mädchen begann zu schwimmen, sein Körper schwerelos über dem dunklen Grund des Sees. Es sah sich von unten durchs Wasser gleiten, ein heller Schemen im Gegenlicht. Ein von Luftblasen umströmter Körper, der einen dünnen roten Faden hinter sich herzog, darüber das Blau des Himmels wie ein nicht eingelöstes Versprechen, mit den Händen zu greifen und unerreichbar weit weg.

Ab jetzt würde es selbst Kinder bekommen können, dachte das Mädchen, so wie seine Mutter es vor dreizehn Jahren bekommen hatte, ein kleines, schreiendes Bündel Mensch. Geboren zu werden, hieß, abhängig zu sein, Gebären hieß, Macht zu haben. Es gab nur einen Menschen, dem es freiwillig Macht über sich eingeräumt hatte, und dieser Mensch war tot.

Das Mädchen schwamm über den See und schwor sich, niemals selbst ein Kind zu bekommen. Unter keinen Umständen. Niemals!

19

Katja sitzt reglos da, in sich das Gefühl vollkommener Lähmung. Die Stille ist unerträglich. Martin Wolf hat sie mit seinen Worten an sich gekettet. Ein paar Sätze nur, ein lächelnd dahingesprochenes Urteil: Dann sind wir uns also einig. Ich brauche dich, du brauchst mich. Geld gegen Leben, mein Anteil gegen deine Tochter!

Sie kann ihn noch immer riechen, seinen fauligen Atem, seinen säuerlichen Schweiß. Ihre Wohnung ist wie vollgesogen von seinem Gestank.

Hätte sie es ahnen können? Spätestens, als seine Fingerabdrücke an Glasers Haustür gefunden worden waren, hätte sie gewarnt sein müssen. Du hast Jenny nicht geschützt, Katja, du hast zugelassen, dass dieses Monster dein Kind in seine Gewalt bringt!

Ihr Blick wandert hinüber zum Esstisch. Die Stängel und Blüten, die sie aus dem alten Geschenkpapier ausgeschnitten und auf das Druckerpapier geklebt hat, in das sie Jennys Geschenk eingeschlagen hat, die rote Schleife aus den Schnürsenkeln ihrer Wanderschuhe.

Wut springt sie an, nagt an ihr mit Zähnen und Krallen, reißt ihr das Fleisch in Fetzen aus der Brust, ihre Seele eine offene Wunde. Sie hätte ihn erschießen sollen, damals in der Scheune, die Kugel hätte sein Herz treffen müssen, nicht seinen Oberschenkel. Aber die Angst vor der Schuld war größer gewesen als der Wunsch nach Vergeltung. Eine Millisekunde zwischen Impuls und Entscheidung, der Kopf, der über das Gefühl siegte, dieser verdammte Verstand, der ihr schon immer im Weg stand. Der ewige Zwang, nachdenken zu müssen, sich zu rechtfertigen, vor sich selbst, vor den anderen.

Hass überfällt sie, der verzweifelte Wunsch, selbst zur Mörderin zu werden, nachzuholen, was sie damals versäumt hat: diesen Mann endlich auszulöschen, der sie schon so lange verfolgt, der sich in ihr eingenistet und sie vergiftet hat, der ihr Leben seit Jahren bestimmt, auch wenn sie sich das nie eingestehen wollte.

Hör auf, denkt sie, aber sie kann nicht. Der Hass verschlingt sie, die Wut frisst sie auf. In ihrem Kopf ein Rauschen, das immer lauter wird, ein wilder Taumel aus Gefühlen und Gedanken, richtungslos und nicht zu greifen. Ein Sturz aus einem Flugzeug, ein Fallschirm, dessen Seile sich ineinander verdrehen und verhaken, eine Spirale aus Angst. Ungebremst rast sie der Erde entgegen, schneller und immer schneller, schwindelnd, sich um sich selbst drehend …

Dann ist es vorbei, ebenso unvermittelt, wie es begonnen hat. Sie findet sich an die Wohnzimmerwand gelehnt wieder, die Fingernägel in ihren Oberarmen verkrallt, in ihren Armbeugen Rinnsale aus Blut. Mit den Schultern hat sie das Bild hinter sich heruntergerissen, ein Aquarell, das sie vor Jahren in einer Galerie in Haidhausen gekauft hat, ein Bergsee in einer Alpenlandschaft. Der Rahmen ist zerbrochen, das Glas zersprungen, um sie herum liegen Scherben.

Sie löst sich von der Wand, sie ist wie betäubt. Ein Alleinsein, wie sie es noch nie gefühlt hat. Grenzenlose Leere, in ihr und um sie herum, kein Außen mehr und kein Innen.

All die Toten, die sie in den letzten Jahren gesehen hat. Leichen mit aufgerissenen Augen und verdrehten Gliedmaßen. Erdrosselte oder erschossene Körper, auf Dielenböden oder Teppichen, in Parks oder Hinterhöfen, von Blut überströmt oder vom Regen durchtränkt, aufgedunsen von der Hitze oder dem Wasser der Isar. Frauen und Männer, aus ihren kleinen oder großen Leben gerissen, in diese Endgültigkeit befördert, die alles gleichmacht. Und sie steht stumm daneben, schaut in dieses bodenlose Nichts und fragt sich: warum?

Wenn sie nichts unternimmt, wird ihr Kind sterben!

Sie reißt die Fenster auf, die Kühle der Nacht strömt herein, eine leichte Brise. Wenigstens seinen Gestank vertreiben, seine Stimme aus ihrem Kopf verbannen, sein widerliches Grinsen.

Denk nach, Katja!

Martin Wolf will seinen Anteil an der damaligen Beute. Sie soll ihm das Geld beschaffen. Was bedeutet, dass er es nicht hat. Glaser muss es für ihn aufbewahrt haben. Bis zu dem Tag, an dem er es sich holen würde. Als der Tag kam, war Glaser angeblich schon tot und das Geld verschwunden.

Wenn Wolf die Wahrheit gesagt und seinen ehemaligen Komplizen tatsächlich tot in seinem Haus vorgefunden hat, dann kann das kein Zufall gewesen sein. Glasers Mörder muss von Wolfs Flucht gewusst haben und gehandelt haben, bevor Wolf handeln konnte. Aber wie hat er davon erfahren und von wem? Und woher wusste er, wer Glaser war?

Vor allem aber: Warum hat Wolf ausgerechnet sie zu seinem Werkzeug gemacht? Was lässt ihn daran glauben, dass sie ihm seinen Anteil an der Beute beschaffen kann? Wo ist der verdammte Zusammenhang?

Das Wasser, in dem sie fischt, ist trüb. Aufgewirbeltes Sediment, das ihr jede Sicht nimmt. Sie taucht durch einen schlammigen Morast, blind und orientierungslos, sie tastet sich mit den Händen voran, in der Hoffnung, auf einen Hinweis zu stoßen, den sie greifen kann. Sie weiß: Wenn sie danebengreift, wird sie ihre Tochter nie wiedersehen!

Erneut spürt sie diesen unbezähmbaren Wunsch, Wolf zu töten. Er hat sie zu sich in die Dunkelheit gezogen. Mit einem Schlag hat sie die Gewissheit verloren, auf der richtigen Seite zu stehen. Als hätte sie eine unsichtbare Grenze überschritten. Sie ist nicht besser als die Mörder, die sie jagt.

Sie muss das Gift in sich loswerden, mit irgendjemandem reden. Sie schaut auf ihre Uhr. Kurz vor drei. Peter, denkt sie und verwirft den Gedanken sofort wieder. Der Macher in ihm würde über den Vater siegen. Er würde sofort den gesamten Polizeiapparat aktivieren, das »ganz große Besteck«, wie er das nennt, und das muss sie auf jeden Fall vermeiden. Eine undichte Stelle, eine Durchstecherei an die Presse, und Wolf würde davon erfahren. Was für Jenny einem Todesurteil gleichkäme.

Dorfmüller kommt ihr in den Sinn, der treue Rudi. Aber auch diese Option scheidet aus. Damit würde sie ihn in Teufels Küche bringen. Weil er sich zwischen ihr und den Kollegen entscheiden müsste. Und selbst wenn er den Alleingang gutheißen würde, zu dem Wolf sie verurteilt hat: In seiner Aufrichtigkeit wäre er niemals in der Lage, seine Betroffenheit vor Peter oder Koller zu verstecken.

Es gibt nur einen Menschen, dem sie sich anvertrauen kann.

Kurz darauf jagt sie am Steuer ihres Wagen durch die menschenleere Stadt Richtung Westen, die weißen Streifen der Fahrbahnmarkierungen fliegen an ihr vorbei, die fahlen Lichtkegel der Straßenlaternen. Die dunklen Fensterhöhlen in den Häuserfassaden rechts und links wie blicklose Augen, eine leblose Wüste aus Stein, übergossen mit Stille, das Schweigen der Nacht.

Erst als sie den Motor vor dem Haus ihrer Kindheit ausschaltet, bemerkt sie, wie sehr ihr Atem rast. Sie schließt die Augen, versucht, sich zu beruhigen, es gelingt ihr nicht. Sie greift nach ihrem Handy. Das Freizeichen dröhnt in ihren Ohren, einmal, zweimal, dreimal, gedehnte Ewigkeit, bitte, geh dran, denkt sie, dann endlich die Stimme ihrer Mutter, erschrocken und verwundert, noch halb im Schlaf.

»Katja?«

»Mama!«

»Weißt du, wie spät es ist?«

»Natürlich weiß ich, wie spät es ist.«

»Ist irgendwas passiert?«

»Sonst würde ich dich nicht mitten in der Nacht anrufen.«

»Wo bist du?«

»Vor deiner Tür.«

»Warte, ich komme runter.«

Katja steigt aus, überquert die Straße, der rissige Asphalt unter ihren Füßen, die Zeit läuft rückwärts, mit jedem Schritt wird sie jünger. Als sie das Vorgartentor öffnet, ist sie wieder das kleine Kind, das sie nie sein wollte, ein schutzloses Mädchen, zerbrechlich und dünn.

Ihre Mutter öffnet die Haustür, ihr Haar zerzaust, sie hat sich einen Morgenmantel über ihr geblümtes Nachthemd geworfen. Einen Moment lang steht sie einfach nur da, ohne jedes Begreifen, erschrocken über das, was sie in Katjas Gesicht sieht. Dann breitet sie die Arme aus. »Komm her zu mir, komm!«

Das leise Ticken der Standuhr im Flur, der leere Sessel des Vaters im Schein der Stehlampe, das Zittern der Büsche im Nachtwind, draußen im dunklen Garten. Sie sitzen auf dem Sofa, die Sätze fallen aus Katja heraus wie Ziegel aus einer einstürzenden Mauer. Wie sie auf Jenny gewartet hat, um ihr zum Geburtstag zu gratulieren, und wie stattdessen Martin Wolf aufgetaucht ist. Wie er die Waffe, mit der er die beiden Justizbeamten erschossen hat, vor sie auf den Couchtisch gelegt hat. Wie er sie mit dem Angebot verhöhnt hat, ihn zu erschießen, um ihr im selben Atemzug lächelnd zu offenbaren, dass er Jenny in seine Gewalt gebracht hat. Wie er ihr schließlich seine teuflische Rechnung präsentiert hat: Geld gegen Leben, mein Anteil gegen deine Tochter!

Als sie fertig ist, erfüllt Schweigen das Wohnzimmer. Das

Gesicht ihrer Mutter ist maskengleich, ohne jeden Ausdruck. Sie hat den Rücken gebeugt, die Hände liegen wie festgewachsen auf ihren Knien.

»Was soll ich jetzt machen?«, fragt Katja in die Stille.

»Tun, was er verlangt.«

»Und meine Kollegen?«

»Ohne deine Kollegen!«, sagt Monika Sand, und es klingt nicht wie ein Rat, eher wie eine Feststellung oder mehr noch ein Befehl.

»Es geht hier um Jennys Leben, Mama!«

»Das nichts mehr wert ist, wenn dieser Mistkerl rauskriegt, dass du deine Kollegen eingeweiht hast.«

»Ich hab dich eingeweiht.«

»Und das war richtig so.« Die Augen ihrer Mutter verengen sich zu schmalen Schlitzen. »Ich war am Boden zerstört, als du Peter verlassen hast«, sagt sie. »Ich dachte, er kann dich retten, er macht dich gesund. Das war meine Hoffnung damals. Es hat lange gedauert, bis ich verstanden habe, warum das nicht ging für dich. Er hat dich alleingelassen, im entscheidenden Moment war er nicht da. Genau wie Papa. Dasselbe verlorene Vertrauen. Eine Wiederholung. Andere Vorzeichen, aber dieselbe Katastrophe. Und dann deine Schwangerschaft. Wie du versucht hast, deine Zweifel vor mir zu verstecken. Ich habe trotzdem gesehen, wie du darum gerungen hast, ob du Jenny bekommen sollst oder nicht. Du hast dich dafür entschieden, und glaub mir, das war die beste Entscheidung deines Lebens. Ich war so stolz auf dich, als dieses winzige Bündel Mensch auf deinem Bauch lag. Deine kleine Jenny! Du hast dich durchgekämpft in deinem Job und sie großgezogen, allein, ohne jede Hilfe. Du hast dich nicht ein einziges Mal darüber beschwert, anders als ich damals. Dein Vater war ein wunderbarer Mann, sanft und liebevoll. Aber ich war stärker als er. Das war unser Problem. Du hast das gespürt, schon als kleines Kind. Also hast du ihn vor mir verteidigt. Und dagegen hatte ich keine Chance. Weil du von Anfang an noch viel stärker warst als ich.«

Monika Sand hält inne, schaut Katja durchdringend an, so als wollte sie ihre Tochter beschwören.

»Warum erzählst du mir das alles, Mama?«

»Weil es jetzt an dir liegt. Du bist die Einzige, die Jenny da rausholen kann!«

»Wie soll ich das schaffen?«

»Du bist ein Teil von mir, du bist stark. Also wirst du es schaffen!«

Nicht die geringste Spur von Zweifel in ihrem Blick, nur die ungebrochene Überzeugung, dass ihre Tochter ihr Kind retten wird, egal, um welchen Preis, wie auch immer.

Woher nimmst du das, denkt Katja, was macht dich so sicher? »Und dann?«, fragt sie.

Monika Sand zögert keine Sekunde mit der Antwort. In ihren Augen eine Kälte und Entschlossenheit, wie Katja sie noch nie an ihr gesehen hat. »Dann erschießt du das Schwein!«

20

Den Rest der Nacht verbringt sie in ihrem alten Kinderzimmer. Die Nachttischlampe mit den Bienen und Schmetterlingen, Schatten, die an der Wand tanzen. Ihr Körper eine einzige Verkrampfung, ihr Herz ein Muskel aus Angst. Sie zählt die Schläge, bis die Erschöpfung sie endlich in einen kurzen, traumlosen Schlaf treibt.

Als sie am nächsten Morgen um halb acht in ihren Wagen steigt, fragt sie sich, wie sie das schaffen soll. Sie sieht Jenny vor sich, ein spielendes Kind in einem Sandkasten, ein kleines Mädchen auf einem Fahrrad, ausgelassen und stolz, eine Tochter an der Schwelle zum Frausein, verliebt und glücklich, überwältigt von der Macht ihrer Gefühle. Die ganze Fahrt über zermartert sie sich den Kopf, sucht nach einer Lösung, wägt ab. Die Kollegen zu informieren, heißt, Jennys Leben aufs Spiel zu setzen; ihnen zu verheimlichen, was passiert ist, bedeutet Lüge und Verrat.

Du musst dein Kind retten, Katja!

Sie ruft im Gymnasium an. Ein überraschender Todesfall in der Familie, die verwitwete Schwester meiner Mutter, ein schwerer Verlust. Sie muss mit ihrer Tochter nach Norddeutschland. Die üblichen Dinge regeln, die Beerdigung vorbereiten. Ausgerechnet heute, wo Jenny Geburtstag hat. Sie wird einige Tage nicht in die Schule kommen können. Ich wäre Ihnen dankbar, wenn Sie Jennys Lehrer und Mitschüler informieren könnten, sagt sie zu der Sekretärin. Und bitte keine Anrufe. Jenny braucht jetzt Zeit für sich, um das alles zu bewältigen, ich bin sicher, ihre Freundinnen und Freunde werden das verstehen.

Die Lüge schmeckt bitter.

Als sie im Büro auftaucht, zerschlagen und voller Zweifel, sind Dorfmüller und Peter schon da. Arglos, ohne jede Ahnung.

»Wie geht's meiner Kleinen?«, fragt Peter. »Ist sie gut in ihr neues Jahr gekommen?«

»Na klar«, lügt Katja. »Sie war ganz aufgedreht.«

»Kein Wunder«, sagt Peter und lächelt. »Sechzehn – das ist was ganz Besonderes, da bist du kein Kind mehr, ab jetzt gehört sie zu den Erwachsenen.«

Sie ist schon lange erwachsen, denkt Katja und zwingt sich dazu, sein Lächeln zu erwidern. Nach oben gezogene Mundwinkel, behauptete Leichtigkeit, ein mühsam verborgener Betrug. Sie streicht sich das Haar aus der Stirn, ungewollt, nicht kontrolliert. Sie kennt diese Gesten von Verdächtigen in Verhören, kurz bevor ihr Widerstand erlahmt und die Wahrheit aus ihnen herausbricht. Sie spürt Dorfmüllers Blick auf sich, sie fühlt sich gläsern und ausgeliefert. Lass die beiden nichts merken, fleht sie innerlich, Rudi nicht und Peter schon gar nicht.

»Ich muss dir was zeigen«, sagt Peter. Seine Hand verschwindet in der Hosentasche, er zieht ein quadratisches Kästchen hervor, auf der Oberseite der eingravierte Name eines Juweliers, goldgeprägte Schreibschrift auf dunkelbraunem Grund. Er klappt es auf, hält es ihr hin. Silbernes Satinfutter, darin eine goldene Kette mit einem Schmuckanhänger. Ein springender Delfin, auf seinem Rücken drei kleine Brillanten.

Katja versteht die Bedeutung sofort. Der Gardasee, das Hotel *Delfino*, Vater, Mutter, Kind, für jeden von ihnen ein funkelnder Stein, die Familie, die sie hätten sein sollen, aber nie waren. Die Botschaft dahinter: Jetzt sind wir eine! »Wunderschön«, sagt sie und meint das Gegenteil.

»Wird sie's verstehen?«, fragt Peter erwartungsvoll.

»Natürlich«, sagt Katja und spürt einen säuerlichen Geschmack im Mund, Abscheu auf der Zunge, vor sich selbst und vor ihm. Was denkt er sich dabei, wie kann er es nur wagen? Gleichzeitig hat sie Mitleid mit dem Vater in ihm, der einfach nur gutmachen will, was er nicht verschuldet hat.

Er versucht, einen Schritt auf mich zuzumachen, denkt sie. Aber die Zeit lässt sich nicht zurückdrehen, wir tragen mit uns herum, was passiert ist. Und das, was nicht passiert ist. Das Glück stößt einem zu, genau wie das Unglück. Zufall oder Schicksal, Entscheidungen und ihre Konsequenzen. Keiner von uns ist ein unbeschriebenes Blatt, was einmal geschrieben ist, bleibt geschrieben, überschreiben lässt es sich nicht. »Wirklich lieb von dir«, sagt sie. »Sie wird sich wahnsinnig darüber freuen.«

»Ich wollte es ihr heute Abend geben«, sagt er. »Ich komme dann so gegen sieben vorbei.«

»Heute Abend?«, fragt sie erschrocken.

»Haben wir so ausgemacht, sie und ich.«

»Das wusste ich nicht.«

»Hast du ein Problem damit?«

»Natürlich nicht«, weicht sie aus. »Warum sollte ich? Es ist nur …«

»Nur was?«

»Sie will schon seit Tagen bei ihrem neuen Freund übernachten. Ich hab ihr gesagt, erst wenn du sechzehn bist. Jetzt ist sie sechzehn.«

»Dann komme ich morgen.«

»Da ist sie auf einem Konzert. Olympiahalle. Keine Ahnung, wer da singt. Ein paar Mädchen aus ihrer Klasse haben zusammengelegt und ihr ein Ticket geschenkt. Eine Überraschung zu Jennys Geburtstag. Sie haben mich eingeweiht, damit ich dafür sorge, dass sie sich nichts anderes vornimmt.«

Was für eine beschissene Ausrede, denkt sie, was für ein

lächerlicher Unsinn. Aber sie muss dabeibleiben, sie kann nicht zurück. »Ich kann verstehen, dass du enttäuscht bist«, sagt sie. »Ist echt blöd gelaufen. Ich werde ihr den Kopf waschen und sie bitten, dass sie dich anruft, okay?«

Der verwundete Ausdruck in seinen Augen überrascht sie. Hinter der Fassade des ewigen Machers die Angegriffenheit des verlassenen Ehemannes, die Suche nach Halt. Sie darf sich davon nicht einwickeln lassen, nicht jetzt, nicht so. Sie bemüht sich, seinem Blick standzuhalten, ihr Lächeln kommt ihr aufgesetzt vor, eine billige Komödie, er darf sie nicht durchschauen, auf keinen Fall. Also tritt sie auf ihn zu, umarmt ihn, wartet darauf, dass er die Umarmung erwidert, riecht sein Aftershave, noch immer dasselbe wie früher, betörend und schwer, bis sie endlich die Erwiderung seiner Hände auf ihrem Rücken spürt, den Druck seiner Finger zwischen ihren Schultern.

Sie schaut zu Dorfmüller hinüber. Hilf mir Rudi, denkt sie, hol mich da raus.

»Ich will ja nicht stören«, sagt Dorfmüller, als hätte er ihre Gedanken gelesen, »aber vielleicht können wir uns jetzt, da das Familiäre zwischen euch geklärt ist, den Ermittlungen zuwenden.«

»Ja, sicher«, sagt Peter und löst sich aus der Umarmung.

Katja wirft Dorfmüller einen dankbaren Blick zu. »Irgendwas Neues?«

»Allerdings«, erwidert er und nimmt einen Stapel Computerausdrucke von seinem Schreibtisch, grobkörnige Schwarzweißfotos von Überwachungskameras mit eingeblendeten Timecodes. U-Bahn-Stationen, Rolltreppen, die große Halle des Hauptbahnhofs, der Taxistand in der Bayerstraße.

»Wir haben versucht, Wolfs weiteren Fluchtweg zu rekonstruieren«, sagt er. »Soweit das möglich war.« Er breitet die Ausdrucke vor Katja aus. »Um fünfzehn Uhr siebzehn kommt er mit der S3 aus Holzkirchen am Hauptbahnhof an. Hier.«

Dorfmüller deutet auf eine Aufnahme, die Martin Wolf beim Aussteigen auf einem der Gleise im Tiefgeschoss zeigt. Das nächste Bild: Wolf auf der Rolltreppe. Dann erscheint er in der Bahnhofshalle, den Blick nach oben gerichtet zu den Informationstafeln. Schließlich verlässt er den Bahnhof an der Südseite und steigt in ein bereitstehendes Taxi.

»Habt ihr den Fahrer schon ermittelt?«, fragt Katja.

»Natürlich«, sagt Peter, beleidigt über die Frage, das kurze Aufbrechen seiner Verletzlichkeit ist wie weggefegt. Er ist jetzt wieder ausschließlich Ermittler.

»Und?«, fragt Katja.

»Ein gewisser Taifun Öçan. Angestellter Fahrer bei einem Taxiunternehmer aus Milbertshofen.«

»Hast du mit ihm gesprochen?«

»Er konnte sich an unseren Freund erinnern.«

Typisch, denkt Katja, er nennt Wolf »unseren Freund«. Er will ihn kleinreden, versucht, die erfolglose Fahndung nach dem Mehrfachmörder zu einer lösbaren Aufgabe herunterzustutzen, als wäre es nur eine Frage der Zeit, bis Martin Wolf ihnen ins Netz geht. Und dazu ein unausgesprochen mitschwingendes: Jetzt komm schon Katja, wir schaffen das! Niemals an den eigenen Fähigkeiten zweifeln, männliche Selbstgewissheit, die Überheblichkeit des erfolgsverwöhnten Anführers. So hat er das schon damals gemacht, bei der Leitung der *Soko Wolf*. Und was hat es ihnen gebracht? Absolut nichts.

»Wohin ging die Fahrt?«, fragt sie.

»Hasenbergl«, sagt Peter.

»Zu seinem kleinen Bruder.«

»Hast du was anderes erwartet?«

Katja überlegt. »Wo und wann hat dieser Öçan ihn dort abgesetzt?«

»Am *mira*-Einkaufszentrum in der Schleißheimer Straße. Gegen fünf.«

»Da hat die Nachtschicht von Jürgen Wolf noch nicht angefangen. Also hat er seinen Bruder dort getroffen. Frische Klamotten, Wegwerfhandys für die Kommunikation. Möglicherweise ein Unterschlupf, vielleicht ein Fluchtfahrzeug.«

»Jetzt mal den Teufel nicht an die Wand, Katja.«

»Ich sage nur, was ich an Martin Wolfs Stelle in so einer Situation machen würde. Der ist nicht blöd, der weiß, wie so was geht, der hat sämtliche Eventualitäten durchdacht, Tag für Tag, monatelang, allein in seiner Zelle.« Sie wendet sich an Dorfmüller. »Besitzt sein Bruder ein Auto?«

Dorfmüller nickt. »Einen Opel Astra, Münchner Kennzeichen.«

»Ist er damit gefahren, seit die Kollegen ihn überwachen?«

»Weiß ich nicht.«

»Dann ruf sie an, Rudi, frag nach.«

Dorfmüller greift nach seinem Handy, wählt eine Nummer, erkundigt sich, welches Team zurzeit mit der Observierung von Jürgen Wolf betraut ist, lässt sich eine weitere Nummer geben, spricht mit den Kollegen, die in einem Zivilfahrzeug vor seiner Wohnung sitzen, legt schließlich auf und schüttelt den Kopf. »Er hat seinen Wagen seit dem Beginn der Überwachung nicht benutzt.«

»Wenn er ihn tatsächlich seinem Bruder überlassen hat, dann muss Martin Wolf irgendwann tanken«, sagt Peter.

»In München gibt es Hunderte Tankstellen«, erwidert Katja. »Willst du die alle überprüfen?«

»Zumindest die im Hasenbergl und in der Nähe.«

Katja sieht sich auf dem Sprungturm eines Freibades stehen, zehn Meter unter ihr ein leeres Becken. Sie will nicht springen, aber sie muss. Ihr Körper im freien Fall. Das Merkwürdige daran: Der Aufprall bleibt aus.

»Auch wenn ich mich wiederhole«, sagt sie und spürt die ungewollte Schärfe in ihrer Stimme. »Martin Wolf hat sich das alles genauestens überlegt. Der weiß, dass jede Tankstelle Überwachungskameras hat. Wenn sein Bruder ihm seinen Wagen gegeben hat, dann hat er ihn vorher vollgetankt. Und das garantiert nicht in der Nähe seines Wohnortes.«

Sie denkt: Du spielst deinen Kollegen die engagierte Ermittlerin vor und betrügst sie dabei, du lenkst sie ab und verrätst alles, was dir heilig ist. Und damit schützt du ausgerechnet den Mann, den du am liebsten töten würdest.

»Hast du vielleicht eine bessere Idee?«, bellt Peter sie an.

»Bitte«, versucht Dorfmüller zu schlichten. »Hat doch keiner was davon, dass ihr euch so …«

»Dass wir uns was?«, unterbricht Peter ihn.

»Nichts«, rudert Dorfmüller zurück.

»Dann ist ja gut.« Peter wendet sich an Katja.

»Ich auch nicht«, erwidert Katja. Hinter ihren Schläfen macht sich ein schmerzhaftes Pochen breit, ihr Körper wehrt sich gegen ihre Unaufrichtigkeit, die Angst um Jennys Leben treibt sie immer tiefer in die Lüge hinein. Sie wendet sich zum Gehen.

»Wo willst du hin?«, fragt Peter.

»Nach Straubing.«

»Was willst du da?«

»Mit einem Mitgefangenen von Wolf reden.«

»Ich begleite dich.«

»Tust du nicht!«

»Ich werde ganz bestimmt nicht hier sitzen und Däumchen drehen.«

»Musst du ja nicht«, gibt sie zurück. Und dann, als wäre es das Selbstverständlichste der Welt: »Du wolltest doch Tankstellen überprüfen, schon vergessen?«

21

Sie treten in einen der Innenhöfe: Katja, Hanning und ein Justizbeamter. Vor ihnen eine Rasenfläche, geteilt durch einen Weg, der von zwei Seiten auf ein kreisrundes Blumenbeet zuläuft, eine Rotunde voller Blüten, violett, rot, gelb. Sechs weiße Bänke, abblätternder Lack, freigelegtes, aufgequollenes Holz, vom Regen und der Sonne grau geworden. Vergitterte Zellenfenster im hellen Putz der Gefängnismauern, rötlich gedeckte Dächer. Darüber der Himmel, strahlend blau, ein warmer Frühlingstag.

Ein kurzer Anruf während der Fahrt hat genügt. JVA-Direktor Kohlmaier frisst ihr inzwischen aus der Hand. Ein weiteres Gespräch mit dem Strafgefangenen Hanning? Aber natürlich, Frau Sand, kein Problem. Ein gemeinsamer Spaziergang im Hof, außerhalb der Freigangzeiten? Nun gut, ausnahmsweise, allerdings nur in Begleitung eines Beamten, aus Sicherheitsgründen, dafür haben Sie doch sicher Verständnis.

Sie setzen sich, Hanning an ihrer Seite, die verwaschene blaue Anstaltshose, das dazugehörige graue Sweatshirt. Der Justizbeamte nimmt auf einer der gegenüberliegenden Bänke Platz, die rechte Hand liegt auf seinem Holster, für alle Fälle.

Hanning zieht einen Streifen Toilettenpapier aus der Tasche und beginnt, seine goldumrandete Brille zu putzen, sorgfältig und ohne Worte, als wäre es völlig normal, hier draußen mit ihr zu sitzen. Dabei weiß er genau, dass das alles andere als normal ist. Sie fragt sich, ob er ihr die Unruhe anmerkt, ihre Verletzlichkeit. Anders als bei ihren letzten Besuchen geht es nicht länger um ein Kräftemessen zwischen ihnen, hier geht es um das Leben ihrer Tochter. Hanning einzuweihen, bedeutet, sich ihm rückhaltlos auszuliefern, ohne jeden Schutz. Sie hat Angst davor, aber die Verantwortung für Jenny lässt ihr keine Wahl.

Rette deine Tochter, Katja!

»Ein Gespräch unter freiem Himmel«, sagt Hanning nicht ohne Verwunderung, während er weiterhin seine Brille putzt und sie dann prüfend gegen die Sonne hält. »Wie haben Sie das geschafft?«

»Ich war einfach nur freundlich.«

»Und das hat Kohlmaier Ihnen abgenommen?«

»Das spielt doch keine Rolle«, erwidert Katja. »Solange er glaubt, dass ich ihm Ärger machen könnte.«

»Könnten Sie ihm denn Ärger machen?«

»Nicht wirklich.«

Hanning setzt sich die Brille wieder auf. Um seinen Mund der Anflug eines Lächelns. »Ich stelle fest: Sie haben verstanden, wie es funktioniert.«

»Was meinen Sie?«

»Die Berechenbarkeit der Menschen.«

»Ich bemühe mich«, sagt Katja. »Aber ich bin nicht so gut darin wie Sie.«

Noch immer lächelnd, schließt er die Augen, legt den Kopf in den Nacken, die Sonne warm auf seiner hellen Haut. »Sie glauben, dass ich Sie manipulieren will?«

Sein markantes Profil vor dem gleichförmigen Muster aus verputzten Mauern und vergitterten Fenstern, alle im selben Abstand zueinander, der Grundriss identischer Gefängniszellen, der sich in den Fassaden widerspiegelt.

»Wollen Sie mich manipulieren?«, fragt sie zurück.

»Nein«, sagt er. »Jedenfalls nicht so, wie Sie vielleicht denken.«

»Wie denke ich denn?«

»In den Kategorien von Macht und Ohnmacht«, sagt er.

»Das macht es einerseits leicht, Sie auszurechnen, und andererseits schwer, Sie wirklich zu erreichen.«

»Warum sollten Sie versuchen wollen, mich zu erreichen?«

»Um Ihnen zu helfen. Und genau da setzt Ihr Misstrauen ein. Sie können sich einfach nicht vorstellen, dass ich Ihnen helfen will, eben weil Ihre Welt nur aus Macht und Ohnmacht besteht.« Noch immer sind seine Augen geschlossen, sein Gesicht ein sonnenbeschienenes Relief, maskengleich und undurchschaubar. »Sie müssen sich nicht schlecht fühlen deswegen«, fährt er fort. »Die meisten Menschen machen es so wie Sie – schwarz oder weiß, pro oder contra, entweder oder. Das verzweifelte Bemühen, die Welt in Kategorien einzuteilen. Die Unfähigkeit, die eigene objektive Machtlosigkeit als subjektive Freiheit zu begreifen.«

»Was hat Ohnmacht mit Freiheit zu tun?«

»Die Freiheit liegt im Dazwischen. In den Millionen von Grautönen zwischen dem Schwarz und dem Weiß.«

»An irgendetwas muss man sich orientieren!«

»Muss man das wirklich?« Er lässt die Frage einen Moment lang in der Luft hängen, als hätte er sie sich selbst gestellt, ehe er weiterspricht. »Es gibt keine Wahrheit, und schon gar keine, an der man sich festhalten könnte. Das, was wir Wahrheit nennen, wird durch unsere Wahrnehmung bestimmt, und diese Wahrnehmung ändert sich ständig. Was gestern noch eindeutig zu sein schien, kommt uns heute vage vor, Aussagen sind nur Momentaufnahmen, gesteuert von Gefühlen, Gerüchen, Stimmungen, beeinflusst von Erinnerungen oder Prägungen. Das Objektive in der Welt ist ein Konstrukt, die Wirklichkeit nichts weiter als eine Illusion.« Wieder eine kurze Pause, in der er seine Augen öffnet und ihr den Kopf zudreht, das Wasserblau um seine Pupillen ein unergründlicher See. »Was glauben Sie, Frau Sand, ist das Böse grundsätzlich böse, oder ist es nur eine Spielart des Guten? Und ist umgekehrt das Gute nur eine Variante des Bösen? Sie leben in einer Welt der Gleichungen, und in dieser Welt gibt es genau zwei Variablen: das Gute und das Böse. In Ihrer Gleichung ist das Böse der zu verurteilende Täter und das Gute das schützenswerte Opfer. Damit sich das Böse nicht ungehindert ausbreiten kann, wird es sanktioniert. Das nennt man Strafe. Deshalb bin ich hier, Frau Sand, nicht etwa, weil ich der bin, der ich bin.«

Katja spürt Ungeduld in sich. Sie ist nicht gekommen, um mit ihm über Gut oder Böse zu diskutieren, sie braucht ihn, um zu verstehen, was in Martin Wolf vorgeht. Gleichzeitig fühlt sie sich merkwürdig schwindelig, aus dem Gleichgewicht gebracht. Was er sagt, verwirrt sie. Vielleicht liegt es an der Ruhe, in der er es sagt, oder an der Umgebung. Gut und Böse, Macht und Ohnmacht, Wahrheit und Freiheit. Wie kann er so reden, wenn um ihn herum Mauern sind, die er – wenn überhaupt – erst in vielen Jahren hinter sich lassen wird?

»Jetzt sind Sie verwirrt«, sagt er. »Das tut mir leid.« Und nach einer kurzen Pause: »Sie kennen doch das alte Lied: *Die Gedanken sind frei, wer kann sie erraten? Sie fliegen vorbei wie nächtliche Schatten.*«

Sie schaut ihn ernst an. »Ist es das, worum es Ihnen geht – diese Schatten?«

Er nickt. »Nicht die Schatten selbst. Das Dazwischen, Frau Sand, wie schon gesagt: die unendliche Vielfalt an Grautönen.«

Katja versucht, den Strom seiner Gedanken nachzuvollziehen. Vielleicht hat er recht. Vielleicht hat er sich aus seinem äußeren Gefängnis in eine innere Freiheit gerettet, vielleicht steht er aber auch einfach nur kurz davor durchzudrehen. Ein schmaler Grat, denkt sie, unklare Ränder, die Übergänge sind fließend.

Der Druck in ihr ist unerträglich. Und er wächst mit jeder Sekunde. Sie muss das Thema wechseln, sofort! »Wollen Sie nicht wissen, warum ich hier bin?«, fragt sie.

»Ich wollte nicht unhöflich sein«, erwidert er. Und wieder ist da dieses Lächeln in seinem Gesicht. »Aber wenn Sie so viel Wert darauf legen: Warum sind Sie hier?«

Sie schaut hinüber zu dem Justizbeamten auf der anderen Seite des kreisrunden Beetes. Noch immer ruht seine rechte Hand auf seinem Holster, den linken Arm hat er auf die Lehne der Bank gelegt. Den Kopf der Sonne zugedreht, döst er vor sich hin. Sie weiß, dass er sie nicht hören kann, anders als seine Kollegen bei ihren vorhergehenden Besuchen. Genau das ist der Grund, warum sie das Treffen mit Hanning unbedingt draußen stattfinden lassen wollte.

»Ich hatte gestern Abend Besuch«, sagt sie leise.

»Ach ja?« Hanning gibt sich gelangweilt, aber die Anspannung in seinem Körper verrät, dass das nur vorgespielt ist.

»Er war bei mir«, sagt Katja.

»Martin Wolf?«

»Wer sonst!«

»Und was wollte er?«

Katja berichtet vom Durchforsten der alten Ermittlungsunterlagen, von der Auffindung von Glasers Leiche, von seiner Identifizierung als Wolfs ehemaliger Komplize. Sie erzählt davon, wie sie auf Jenny gewartet hat und wie statt ihr plötzlich Martin Wolf vor der Tür stand. Wie er die Waffe, mit der er zwei Menschen erschossen hat, vor sie auf den Couchtisch gelegt hat. Wie er sie eingeladen hat, ihn zu erschießen, nur um ihr im selben Atemzug mitzuteilen, dass er ihre Tochter in seine Gewalt gebracht hat. Wie er schließlich von ihr verlangt hat, ihm seinen Anteil an der damaligen Beute wiederzubeschaffen, falls sie Jenny lebend wiedersehen wolle.

Während sie spricht, knapp und präzise, so wie sie es in ihrem Job gelernt hat, schaut sie Hanning unverwandt an. Er hat versucht, dich zu verbrennen, denkt sie, und du bist so verrückt, dich ihm komplett zu öffnen, ihn in dich hineinkriechen zu lassen, ihm alle Macht der Welt über dich zu geben.

»Jetzt verstehe ich, warum wir hier draußen sitzen«, sagt er, »und nicht im Besuchsraum, wo die Wände Ohren haben.«

»Ist das alles, was Ihnen dazu einfällt?«, entfährt es Katja.

Hanning schaut hinüber zu dem Justizbeamten. »Sie sollten sich Ihre verständliche Sorge nicht so deutlich anmerken lassen, sonst wird unser Aufpasser da drüben noch hellhörig.«

»Ich bin als Mutter hier, nicht als Polizistin.«

»Aber Sie müssen als Polizistin funktionieren, um der Mutter zu ihrem Recht zu verhelfen. Sie wollen Ihre Tochter zurückbekommen, und dazu müssen Sie Wolf verstehen, begreifen, was in ihm vorgeht.«

»Warum sagen Sie es mir nicht einfach?«

»Eine Haftstrafe folgt ihren eigenen Gesetzen, Frau Sand. Zeit ist im Gefängnis etwas ganz anderes als draußen. Entweder man resigniert, oder man wird verrückt. Oder man entscheidet sich dazu, sich mit dem auseinanderzusetzen, was man getan hat. Dazu muss man stark sein, man muss es wollen, sonst funktioniert es nicht. Im Gefängnis bestimmt das Bewusstsein das Sein, nicht umgekehrt. Martin Wolf besitzt keine höhere Bildung, aber er ist sehr intelligent. Ich glaube kaum, dass er jemals bereit oder in der Lage wäre, seine eigene Schuld anzuerkennen. Moral ist keine Kategorie für ihn. Er wird von seinen Instinkten gesteuert. Dass er gemordet hat, stellt er nicht infrage, das gehört für ihn dazu. Der einzige Fehler, den er gemacht hat, besteht für ihn darin, dass er sich hat festnehmen lassen, dass Sie ihn festgenommen haben. Das verzeiht er weder Ihnen noch sich selbst. Natürlich hat er sich wie jeder Strafgefangene gefragt, wie er die Haft innerlich überleben kann. Seine Strategie war von Anfang an eine doppelte: nach außen hin Anpassung, nach innen das Schmieden eines Fluchtplanes. Auch darin folgt er seinem Instinkt. Er hat eine Flamme in sich angezündet, heimlich, im Verborgenen, und er hat diese Flamme jahrelang genährt. An diesem inneren Feuer hat er sich gewärmt, das hat ihn all die Jahre überstehen lassen. Er hat einen Fluchtplan gefasst, an dem er sich festgehalten hat, und diesen Plan hat er ständig neu durchdacht, verfeinert, in Gedanken perfektioniert. Denken Sie daran, wozu er verurteilt wurde: lebenslängliche Haft unter Feststellung der besonderen Schwere der Schuld. Ihm war klar, dass er nach den üblichen fünfzehn Jahren nicht entlassen werden würde. Der Tod seiner Mutter war die eine und einzige Chance, die sich ihm je bieten würde. Um sie nutzen zu können, musste er sich als Mustergefangener präsentieren. Das war die zwingende Voraussetzung, um für die Beerdigung seiner Mutter begleiteten Freigang zu erhalten. Anpassung und Verstellung, Frau Sand, über Jahre. Wissen Sie, wie viel Disziplin dafür notwendig ist, wie viel Willenskraft? Sie halten ihn für einen egozentrischen Narzissten, der einzig von Hass und dem Wunsch nach Rache getrieben ist. Damit unterschätzen Sie ihn. Er weiß genau, was er tut, und er tut es mit Kälte und Schlauheit. Was ihn so gefährlich macht, ist genau das: diese Mischung aus Instinkt und Kalkül. Er hat jeden seiner Schritte minutiös vorausgeplant, bis ins kleinste Detail. Nur in einem entscheidenden Punkt hat er sich verspekuliert.«

»Glaser«, wirft Katja ein.

Hanning nickt. »Er hat geglaubt, dass er sich nach seiner Flucht seinen Anteil an der Beute einfach nur abholen müsste. Und dann kommt er ins Haus seines ehemaligen Komplizen, und dieser Komplize ist tot. Damit war alles plötzlich umsonst, weil der zweite Teil seiner Flucht, der Weg in eine sorglose Zukunft, auf einen Schlag versperrt war.«

»Sie glauben also nicht, dass er Glaser getötet hat.«

»Es macht keinen Sinn, Frau Sand. Dann wäre er nicht zu Ihnen gekommen. Und er hätte nicht Ihre Tochter entführt. Das Risiko, das er damit eingeht, ist erheblich. Sie sagen, Glaser wurde vor seiner Ermordung gefoltert?«

»Jedenfalls deutet alles darauf hin.«

»Was, wenn es nur darauf hindeuten soll?«

»Sie meinen, das Ganze ist eine Inszenierung?«

»Der erste Eindruck, den Sie haben, wenn Sie den Tatort betreten. Dieser jungfräuliche Moment. Der Ort, die Gerüche, das Bild. Von dort geht alles aus, Ihre gesamte Ermittlung.«

»Der Mörder versucht, Wolf die Tat in die Schuhe zu schieben?«

»Das Bild, Frau Sand. Alles scheint zu passen. Wolf fesselt Glaser an den Stuhl, um von ihm die Herausgabe der halben Beute zu erpressen. Den Ort zu erfahren, an dem sie versteckt ist, die Nummer des Kontos, auf dem er sie deponiert hat. Aber was, wenn Glaser das Geld gar nicht mehr hatte?«

»Worauf wollen Sie hinaus?«

»Zwei Fliegen mit einer Klappe, ein doppelter Gewinn.«

»Hören Sie auf, mit mir zu spielen!«

»Denken Sie nach, Frau Sand!«

Er mustert sie. Neugierig und gnadenlos. Wie ein Lehrer, der seiner Lieblingsschülerin eine Rechenaufgabe gestellt hat und jetzt nicht enttäuscht werden will. Macht und Ohnmacht, denkt sie, auch er kommt nicht um Konstrukte herum, in Wahrheit ist er genauso gefangen wie ich.

»Das würde bedeuten, dass der Mörder Wolfs Anteil hat«, sagt sie. »Dass er Glaser getötet hat, um zu verhindern, dass er dieses Geheimnis an Wolf ausplaudert, wenn der bei ihm auftaucht.«

»Sehr gut, Frau Sand. Und jetzt gleichen Sie das mit dem ab, was Wolf Ihnen erzählt hat. Kriechen Sie in seinen Kopf.«

Sie ruft sich Martin Wolfs Gesicht vor Augen, seine blasse Haut, seine verfärbten Zähne, das schiefe Grinsen. Sie sieht ihn vor sich, wie er mit dem Gefühl eines bevorstehenden Triumphes Glasers Haus betritt, in der Nase den so lange vermissten Geruch des Geldes. Dann eine erste Irritation: Wieso ist die Haustür nicht geschlossen? Langsam geht er durch den Flur. Ein Blick in die leere Küche, warum ist es so still? Dann der

Blick auf den erschossenen Glaser, sein in den Nacken gefallener Kopf, sein totenstarrer Blick an die Zimmerdecke. Vollkommene Überraschung, das unerwartete Ende eines Planes, minutenlange Erstarrung angesichts des Unbegreifbaren. Wut und Hass. Alles umsonst! Dann die Frage, was zum Teufel passiert ist und was das alles zu bedeuten hat. Der Wechsel von der Wut in die Kälte. Jemand ist ihm zuvorgekommen. Jemand, der ihm die Tat in die Schuhe schieben will. Jemand, der verhindern will, dass er bekommt, was ihm zusteht.

»Okay«, sagt Katja. »Er begreift, dass er zu spät gekommen ist.«

»Und was bedeutet das?«, fragt Hanning.

»Ich weiß es nicht.«

»Dass er beginnt, sich Fragen zu stellen.«

»Was für Fragen?«

»Nach dem Zusammenhang zwischen seiner Flucht und Glasers Ermordung.«

»Und weiter?«

»Kann das ein Zufall sein?«

»Natürlich nicht.«

»Richtig, Frau Sand, natürlich nicht! Und welche Schlussfolgerung zieht Wolf daraus?«

»Dass der Mörder von seiner Flucht wusste. Aber das ist doch längst klar, wir drehen uns im Kreis.«

»Sie drehen sich im Kreis. Weil Sie nicht hinschauen!«

»Warum sagen Sie mir nicht einfach, was ich übersehe.«

Hanning mustert sie durchdringend. »Die entscheidende Frage lautet: Warum kommt er ausgerechnet zu Ihnen, Frau Sand?«

»Und die Antwort?«

»Sie sitzen an der Quelle«, sagt Hanning. »Sie haben Zugriff auf Informationen, an die er niemals gelangen kann.«

Katja starrt ihn an, sein Gesicht verschwimmt vor ihren

Augen. Sie versteht ihn nicht. Was will er ihr sagen? Warum quält er sie so? Alles in ihrem Kopf dreht sich, ihre Schläfen pochen, die Sonne sticht auf sie herunter, die Mauern mit den vergitterten Zellenfenstern stürzen auf sie zu, die Angst um ihr Kind frisst sie auf.

»Wie sind Sie auf Glaser gekommen?«, fragt Hanning unbarmherzig weiter.

»Was spielt das für eine Rolle?«

»Wie?«, beharrt Hanning. Jede Beiläufigkeit ist aus seinen Zügen gewichen. Er folgt einer Spur.

»Wir haben die alten Ermittlungsakten angefordert und systematisch durchforstet«, sagt Katja. »Wir haben nach einem Fehler gesucht, nach irgendetwas, das wir seinerzeit möglicherweise übersehen haben.«

»Das heißt, Sie hatten Glaser schon damals auf dem Schirm?«

»Eine Kollegin aus der ehemaligen Sonderkommission, die Wolfs Kontakte überprüfen sollte. Freunde, Bekannte, Kollegen.«

»Und einer von denen war Glaser.«

»Ja«, sagt Katja.

»Hat sie mit ihm gesprochen?«

»Laut der Akten gab es eine Vernehmung.«

»Und was kam dabei heraus?«

»Er lag zur Tatzeit angeblich zu Hause im Bett. Krankgeschrieben wegen eines viralen Racheninfektes.«

»Was, wie Sie inzwischen wissen, nicht stimmte.«

»Nein.«

»Woraus im Umkehrschluss folgt, dass Ihre Kollegin sein angebliches Alibi damals nicht überprüft hat.«

»Nein.«

»Warum nicht?«

»Das weiß ich nicht.«

»Dann finden Sie es heraus«, sagt Hanning. »Das ist die Fährte, der Sie folgen müssen!«

22

Alles kommt in ihr hoch. Lachen und Weinen, Geräusche und Gerüche, im Schnelldurchlauf zurückgespulte Zeit. Die Stunden und Tage, die Monate, die Jahre – all das, was sie mit Jenny erlebt hat bis jetzt, bis gestern, bis Martin Wolf sie ihr gestohlen hat.

Sie fährt auf der A92 zurück nach München. Die Hände um das Lenkrad gekrampft, sieht sie ihr Kind vor sich, wie es auf ihrem Bauch liegt, dieses winzige Etwas, keine halbe Stunde alt, blutig noch und schleimverschmiert, sie hört es schreien, dieser Schrei nach Leben, ich bin da, Mama! Sie spürt die Liebe, von der sie überwältigt wird, während dieses kleine Bündel Mensch mit den Armen und Beinen rudert und sich ins Leben hineinschreit.

Sie spürt den Drang, das Schreien ihres Kindes zu erwidern, aber aus ihrer Kehle kommt nur ein Krächzen, die Tachonadel vor ihr klettert höher und höher, hundertdreißig, hundertvierzig, sie bemerkt es nicht.

Sie erinnert sich daran, wie sie Jenny erst abtreiben wollte und sich dann entschied, sie nach der Geburt wegzugeben. Aber als sie auf ihrem Bauch lag, schutzlos und blutverschmiert, im grellen Licht der Kreißsaallampen, war das alles wie weggeblasen – da war nur noch eins: Liebe!

Und diese Liebe wuchs mit jedem Tag. Ihre Mutter hat recht gehabt: Jenny zu bekommen, war die beste Entscheidung ihres Lebens. Eine Entscheidung, die sie nie bereut hat, nicht einen einzigen Tag, eine Entscheidung, für die sie bis heute dankbar ist. Jenny großzuziehen, bedeutete immer auch, sich in ihr zu erkennen. Die Frage nach dem übergeordneten Sinn stellte sich nicht mehr, Jenny selbst war dieser Sinn.

Und jetzt? Wo bist du, Jenny, kleine, große Jenny, was hat er mit dir gemacht? Sie will sich das nicht vorstellen, aber sie muss es sich vorstellen, die Bilder drängen sich gegen ihren Willen in ihren Kopf, sie kann nichts dagegen tun.

Sie sieht ihre Tochter in einem Keller, es ist feucht und kalt, Jenny zittert, sie liegt auf einer vergammelten Matratze, ihr Mund mit silbrigem Klebeband verschlossen, auch ihre Hände und Fußgelenke sind damit umwickelt. Zusammengeschnürt liegt sie da, reglos vor Entsetzen, in ihren Augen nichts als nackte Angst.

Dann plötzlich sieht Katja eine Kiste vor sich, aus Kiefernbrettern grob zusammengezimmert, lehmigen Waldboden, darin die Füße von Martin Wolf, seine Hände am Stiel eines Spatens, mit dem er feuchte Erde auf die Kiste schaufelt. Immer höher türmt sich die Erde auf der Kiste, die in einer ausgehobenen Grube steht, ein hölzerner Sarg, an der Stirnseite ein Loch, aus dem ein Staubsaugerschlauch heraushängt, frische Luft für den im Inneren zusammengekrümmten Körper ihrer Tochter. Jenny, ihre Jenny, um Atem ringend, lebendig begraben, ich komme, mein Schatz, ich hol dich da raus.

Aber wohin soll sie kommen, fragt sich Katja, während die Tachonadel immer weiter klettert, hundertfünfzig, hundertsechzig, und was, wenn sie zu spät kommt. Martin Wolf ist unberechenbar, ein Mann, der mehrere Menschen auf dem Gewissen hat, der sechzehn Jahre im Gefängnis gesessen hat und ebenso lange keine Frau mehr …

Der Gedanke schnürt ihr die Brust zu, raubt ihr den Atem. Was, wenn er Jenny missbraucht hat, irgendwo, in einer Hütte, einem Kellerloch oder draußen im Wald? Sie sieht es in ihrem Inneren, sie will sich das nicht anschauen müssen, aber ihre

Vorstellung überwältigt sie. Seine Hände in Jennys Haar, auf ihrer Brust, er reißt ihr die Kleider vom Leib, sein fauliger Atem in ihrem Gesicht, der Wunsch, sie zu besitzen, der Drang, ihr wehzutun, stellvertretend für ihre Mutter, die ihm damals in den Oberschenkel geschossen hat und verantwortlich ist für die endlosen Jahre im Knast, sein vergeudetes Leben.

Die Leitplanken fliegen an ihr vorbei, die Hügel und Wälder, erst jetzt fällt ihr auf, wie schnell sie fährt, die Tachonadel bei über hundertachtzig. Sie wechselt auf die rechte Spur, nimmt den Fuß vom Gaspedal, ihr rechtes Bein verkrampft bis hoch zum Knie, ihr Herz ein einziges Schlagen und Klopfen, ihre Ohren rauschen.

Vor ihr das Hinweisschild auf einen Parkplatz. Moosburger Au West. Ein kleiner Pavillon mit Toiletten, dunkelgraue Mülltonnen neben einbetonierten Picknickbänken und -tischen. Sie sitzt da, auf dem blau lackierten Rohrgeflecht, zwischen den Fugen der Steinplatten wächst Unkraut. Autos, die an ihr vorbeirasen, das Sirren der Reifen auf dem Asphalt, ein nicht endender rauschender Strom.

Und wenn es längst zu spät ist, wenn Wolf sich nicht die Mühe gemacht hat, ein Versteck für Jenny zu finden, sie am Leben zu erhalten? Was, wenn er sie getötet hat? Für ihn macht es keinen Unterschied, im Gegenteil, es erleichtert ihm vieles, der Druck auf Katja besteht ja weiterhin, und sein Ziel erreicht er trotzdem.

Sie sieht ihr Kind unter einem Laubhaufen im Wald, ihr abgelegter, lebloser Körper, ein starrender toter Blick ins Nichts. Blätter in ihren Haaren, Erde auf ihren Wangen, ihre bleiche Haut, unter der kein Blut mehr fließt.

Hör auf damit, Katja! Um Jennys willen muss sie dieses Gift aus ihrem Kopf verbannen. Ihre Tochter lebt! Sie wird sie aus den Klauen dieses Monsters befreien, und dann wird sie ihn den Preis bezahlen lassen, den er verdient.

Sie fühlt sich hohl und leer, wie ein ausgelaufenes Gefäß. Das Gute und das Böse, von dem Hanning gesprochen hat, das Schwarz und das Weiß. Die Freiheit, die in den Grautönen dazwischen liegt. Es gibt keine Wahrheit, Frau Sand! Die Worte ihrer Mutter: Dann erschießt du das Schwein! Katja ist bereit dazu. So weit hat Martin Wolf sie gebracht, wie einfach muss es für ihn gewesen sein.

Plötzlich ist ihr kalt, ihre Hände und Füße fühllos und fremd. Als hätte sich ihre Körpertemperatur schlagartig gesenkt, das Blut in ihren Adern ein starrer Fluss aus Eiskristallen. Kaltblütig, denkt sie, so sagt man doch. Keine Gefühle mehr, nur die Klarheit des Hasses, eine Entschlossenheit, der sich alles andere unterordnet.

Den Rest der Fahrt verbringt sie damit, ihre weiteren Schritte zu überdenken. Sie muss Peter und Dorfmüller weiter im Dunkeln lassen, genau wie Koller. Sie muss sich auf die Akten konzentrieren, so wie Hanning gesagt hat, auf Sandra Wegner und die Frage, warum sie Glasers Alibi nicht überprüft hat. Wieso ist das damals nicht aufgefallen, weder ihr noch Peter, wie konnte ihnen das durchrutschen?

Sie versucht, sich an die ehemalige Kollegin zu erinnern. Das Bild ist vage. Eine junge Frau, so alt wie sie, Mitte zwanzig. Hängende Schultern unter strohblonden Haaren, traurige, unstete Augen in einem schmalen Gesicht. Die ständige Angst, etwas falsch zu machen, der permanente Druck, sich als Ermittlerin beweisen zu müssen. Einer dieser Menschen, die Unsicherheit durch Fleiß kompensieren. Ihre Bewegungen waren eckig, sie sprach immer eine Spur zu schnell. Das gab ihr etwas Hektisches, Gehetztes. Dazu ihre Stimme. Die Stimme eines kleinen Mädchens. Die wird das nicht lange machen, hatte Katja gedacht, die wird zerrieben werden von diesem Job. Jetzt fragt sie sich: Was ist aus ihr geworden?

Als sie eine halbe Stunde später aus dem Aufzug tritt und zu ihrem Büro geht, beschäftigt sie die Frage noch immer. Sandra Wegner war seinerzeit von einem Tag zum anderen aus der *Soko Wolf* verschwunden. Wenn Katja sich richtig erinnert, hatte sie sich unter dem Druck der ausbleibenden Ermittlungsergebnisse versetzen lassen. Peter hatte den Kollegen den Sachverhalt in knappen Worten erklärt. Niemand hatte sich gewundert, keiner hatte nachgefragt. Auch Katja nicht. Im Gegenteil. Sie hatte schon bei ihrer ersten Begegnung mit Sandra gewusst, dass die Kollegin in der *Soko Wolf* nicht gut aufgehoben war.

»Katja!«

Sie hält inne.

Koller winkt sie durch die offene Bürotür zu sich. Die Erkenntnis, jetzt auch noch ihn anlügen zu müssen, lässt sie zögern, aber er winkt erneut. »Setz dich«, sagt er.

»Wie geht's deiner Frau?«, fragt sie.

»Besser«, erwidert er. »Die Ärzte sind zufrieden.«

Die Art, wie er das sagt, macht ihr klar, dass ein weiteres Nachfragen sinnlos ist. Er will nicht über seine Frau sprechen und über sich selbst schon gar nicht. Stattdessen mustert er sie mit diesem Blick, der unbedingte Aufrichtigkeit einfordert und dem sie doch nichts als Lügen entgegensetzen kann.

»Seid ihr weitergekommen?«

»Nicht wirklich.«

»Gib mir irgendwas!«, fordert er. »Da draußen ist die Hölle los und da oben auch.«

»Marquart?«, fragt Katja.

Koller nickt, die Lippen aufeinandergepresst, die Lider zu schmalen Schlitzen zusammengezogen. »Das geht jetzt hoch bis in die Staatskanzlei. Die Medien pushen den Fall wie verrückt, und die Politik reagiert. Die üblichen Reflexe, aber diesmal gehen sie einen Schritt weiter. Der Justizminister hat sich eingemischt. Ein Fernsehinterview, in dem er schnelle Ermittlungserfolge in Aussicht gestellt hat. Ich hab Marquart angerufen und gefragt, was er dem Minister erzählt hat und ob die sie noch alle haben. Weißt du, was er geantwortet hat?«

»Dass er sich seine Karriere nicht von uns kaputtmachen lässt.«

»Er weiß, wie man droht, ohne die Drohung auszusprechen.«

»Der Typ ist ein Vollidiot!«

»Auch das weiß er. Aber er hat kapiert, dass es darauf nicht ankommt. Weil die über ihm noch größere Idioten sind als er selbst. Und genau das macht ihn so gefährlich.«

»In einem Kochtopf entweicht der Druck nach oben, bei uns wird er nach unten weitergegeben.«

»Ich hab die Spielregeln nicht gemacht.«

»Wir brauchen Zeit, Reinhard!«

»Die haben wir nicht. Ich muss ihm irgendwas liefern. Also?« Er schaut sie abwartend an.

Sie weiß, dass es jetzt auf jedes Wort ankommt. Das, was sie sagt, und das, was sie nicht sagt. Der Ton, in dem sie es sagt, und die Art, wie sie es formuliert. Dabei darf sie nichts preisgeben, was Jenny gefährden könnte. Die Scham schnürt ihr die Kehle zu. Er vertraut ihr zu einhundert Prozent, und sie muss dieses Vertrauen missbrauchen. Sie sagt: »Wir müssen davon ausgehen, dass Wolf sich mit seinem kleinen Bruder getroffen hat.«

»Ich denke, der wird rund um die Uhr überwacht.«

»Bevor die Observierung begonnen hat.«

»Geld, frische Klamotten, ein Auto?«

»Genau das«, erwidert Katja. »Entweder sein eigenes oder ein geklautes. Schäfer und Dorfmüller überprüfen zurzeit die Tankstellen rund ums Hasenbergl.«

Er nickt. Auf diese Art, die ihr sagt, dass er nicht an den Erfolg dieser Maßnahme glaubt. Genau wie sie. Wieder einmal wird ihr klar, wie sehr sie seine Art des Denkens übernommen hat. Er hat ihr alles in diesem Job beigebracht. Was sie ist, ist sie durch ihn. »War nicht deine Idee, oder?«, fragt er.

»Nein«, sagt sie.

»Schäfer«, sagt er.

»Ja.«

»Kommst du mit ihm klar?«

»Ich bemühe mich.«

»Kämpf nicht mit ihm«, sagt Koller. »Das bringt nichts.« Und dann: »Ich kann ihn nicht in die Wüste schicken. Nicht in der Situation, nicht bei dem Druck, unter dem wir stehen.«

»Politik, Reinhard.«

»Zum Kotzen!«

Er verfällt in Schweigen, klopft mit dem kleinen Finger und dem Daumen seiner linken Hand auf den Schreibtisch, ein Zeichen von Ratlosigkeit, sie kennt das von ihm, er sucht nach einem Ausweg.

»Was ist mit Glaser?«, fragt er. »Wie ist da der Stand der Dinge?«

»Unverändert«, sagt sie.

Die Stille zwischen ihnen. Bleischwer. Mit Händen zu greifen.

Ihr Handy klingelt. »Entschuldigung«, sagt sie zu Koller und nimmt das Gespräch entgegen. Sie lauscht der Stimme am anderen Ende der Leitung. Was sie hört, überrascht sie nicht, sie hat damit gerechnet. Als sie auflegt, weiß sie, dass jetzt alles noch viel komplizierter wird. »Die Spusi«, sagt sie zu Koller.

»Und?«, fragt er zurück.

»Die Kollegen haben das Projektil in Glasers Haus gefunden und mit den Projektilen vom Mord an den Justizbeamten verglichen.«

»Und das Ergebnis?«

»Die Kaliber stimmen nicht überein.«

»Sicher?«

»Absolut.«

Koller nimmt seine Hand vom Schreibtisch, fährt sich damit über das rasierte Kinn. Seine Bartstoppeln knistern leise unter den darüberstreichenden Fingern.

»Drei Morde«, sagt er. »Zwei unterschiedliche Tatwaffen. Hast du dafür eine Erklärung?«

»Nein«, entgegnet Katja und hört Wolf in ihrem Kopf sagen: Ich war das nicht, während die Pistole, mit der er die beiden Justizbeamten erschossen hat, vor ihr auf dem Couchtisch liegt, zum Greifen nah und gleichzeitig unerreichbar weit weg.

»Sein Bruder könnte ihm eine zweite Waffe besorgt haben«, mutmaßt Koller. »Nur: Warum sollte er das tun?«

»Ich weiß es nicht, Reinhard.«

»Warum sollte er für den dritten Mord eine andere Pistole benutzen? Der einzige Grund, der mir einfällt: Er will verhindern, dass wir einen Zusammenhang herstellen. Gleichzeitig hinterlässt er seine Fingerabdrücke am Tatort und zwingt uns damit, genau diesen Zusammenhang herzustellen. Ergibt das für dich Sinn, Katja?«

Sie zuckt mit den Schultern, als hätte sie sich nicht längst dieselbe Frage gestellt. »Nicht wirklich.«

»Für mich auch nicht«, erwidert er. »Das passt einfach nicht zu Wolf.«

»Was passt denn zu ihm?«

»Sag du's mir.« Er schaut sie jetzt offen an.

Er kennt dich, denkt sie, er spürt, dass du ihm was vormachst, aber er weiß nicht, was, und er weiß nicht, warum. Er will sie testen, ihr die Gelegenheit geben, zur Wahrheit zurückzukehren. Sie muss ihm das Gefühl geben, dass alles ist wie immer. Dass es nichts gibt, was sie vor ihm verbirgt. »Martin Wolf ist alles zuzutrauen«, erwidert sie. »Auch eine zweite Waffe. Vielleicht ist es tatsächlich so, wie du gesagt hast, auch wenn es scheinbar keinen Sinn macht: Er benutzt die andere

Pistole, um von sich abzulenken, und das mit den Fingerabdrücken ist ihm einfach unterlaufen, ein blöder, unabsichtlicher Fehler.«

Kollers Blick ruht weiter auf ihr. Sie sieht ihm an, dass ihre Worte ihn nicht überzeugen. Aber was soll er ihr entgegnen? Indem sie seine eigenen Überlegungen wiederholt hat, hat sie ihn ins Leere laufen lassen.

Der Ekel vor sich selbst verursacht ihr Übelkeit. Der Wunsch, ihm alles zu sagen, wird immer stärker. Wenn es eine Gelegenheit gibt, der Lüge zu entfliehen, dann jetzt.

Ihre Erstkommunion fällt ihr ein, sie war acht Jahre alt. Die Herz-Jesu-Kirche in der Lachnerstraße, ihre erste Beichte, ihre nackten Knie auf dem harten Holz des Beichtstuhles. Tagelang vorher hatte sie sich mit der Frage herumgequält, was sie dem Pfarrer im entscheidenden Moment sagen sollte, aber ihr war einfach nichts eingefallen. Also hatte sie ihren Vater gefragt. Er hatte sie in den Arm genommen und gesagt: Erzähl ihm einfach, deine Sünde bestehe darin, dass du versucht hast, dir eine auszudenken, obwohl du gar keine begangen hast. Das hatte sie getan. Mit dem Ergebnis, dass der wütende Pfarrer sie hochmütig genannt und ihr aufgetragen hatte, zur Buße zehnmal das Ave Maria aufzuschreiben: Gegrüßet seist du, Maria, voll der Gnade, der Herr ist mit dir. Du bist gebenedeit unter den Frauen, und gebenedeit ist die Frucht deines Leibes, Jesus. Heilige Maria, Mutter Gottes, bitte für uns Sünder jetzt und in der Stunde unseres Todes. Amen.

Ihr Vater hatte gelacht, als sie ihm davon berichtete. Er fand, zehn Ave Marias seien ein kleiner Preis dafür, bei der Wahrheit geblieben zu sein: Denn merk dir, Katja, wer andere anlügt, belügt am Ende nur sich selbst.

Koller blickt sie schweigend an, sie zwingt sich, ihm standzuhalten. Ihm auszuweichen, käme dem Eingeständnis ihrer Unaufrichtigkeit gleich.

Für dich, Jenny, denkt sie, nur für dich, und hofft, dass endlich diese verdammte Skepsis aus seinen Augen verschwindet.

»Was ist mit der Beute?«, fragt er schließlich. »Die Millionen von damals. Wenn wir wissen, was Glaser damit gemacht hat, haben wir eine Chance, Wolf zu schnappen, wenn er sich das Geld holt.«

Wenn ich rausfinde, wo das Geld ist, denkt sie, dann gebe ich es ihm und kriege meine Tochter zurück. Und dann wird er für all das mit seinem Leben bezahlen!

»Ich tue, was ich kann«, sagt sie und erhebt sich. Der erste Satz, den sie heute zu Koller gesagt hat, der nicht gelogen ist. Ein schlechter Scherz. Sie könnte lachen darüber und heulen. Beides gleichzeitig.

23

Ihr Büro ist verwaist. Nur Peters Aftershave hängt noch darin, eine Ahnung nur, wie ein Schatten längst vergangener Tage.

Die Tankstellen im Hasenbergl, denkt Katja, Dorfmüller und er sind unterwegs, um sich Überwachungsbänder anzusehen. Umso besser, dann stört sie niemand bei dem, was sie vorhat.

Sie setzt sich an ihren Computer, beginnt hastig zu tippen, durchforstet die internen Datenbanken. Kurz darauf hat sie die Informationen, die sie braucht. Das Bild setzt sich allmählich zusammen.

Sandra Wegner stammt aus München. Der Vater betreibt eine kleine Messebaufirma, die Mutter kümmert sich um die Buchhaltung. Nach der Mittleren Reife absolviert ihre Tochter eine Ausbildung zur Polizistin. Ihre erste Dienststelle ist die Polizeiinspektion 14 im Westend. Parallel zu ihrer Arbeit macht sie an der Abendschule ihr Abitur nach und nimmt ein Studium an der Polizeifachhochschule in Fürstenfeldbruck auf. Zweieinhalb Jahre später ist sie Kriminalkommissarin.

Ehrgeiz, Fleiß, das Überwinden von Widerständen. Was Katja da liest, entspricht exakt ihrer Erinnerung an die damalige Kollegin. Bei der *Soko Wolf* treffen sich ihre Wege. Doch dann verlässt Sandra Wegner von einem Tag zum anderen die Ermittlungsgruppe. Eine Woche später reicht sie ihren Abschied aus dem Polizeidienst ein, ohne Angabe von Gründen. Verzichtet auf Beamtenstatus und Karriere. Warum?

Katja gräbt weiter. Und was sie findet, treibt ihr den Schreck in die Glieder: Sandra Wegner ist gestern am frühen Abend tot in ihrer Wohnung in Gräfelfing aufgefunden worden.

Sie greift zum Telefon, ruft bei der zuständigen Polizeiinspektion 46 in Planegg an, lässt sich mit dem zuständigen Kollegen verbinden. Er informiert sie über das, was passiert ist: Sandra Wegner sei vorgestern nicht zu einer Verabredung mit einer Freundin erschienen und habe auch nicht auf wiederholte Anrufe auf ihrem Mobiltelefon reagiert. In ihrer Sorge sei die Freundin zu ihr nach Hause gefahren, aber Sandra Wegner habe trotz mehrfachem Klingeln nicht geöffnet. Die Freundin sei daraufhin ums Haus herum in den Garten gegangen. Durch das Schlafzimmerfenster der Erdgeschosswohnung habe sie Sandra Wegner leblos auf dem Bett liegen sehen und die Polizei alarmiert. Der Notruf sei um neunzehn Uhr zweiundvierzig eingegangen.

Die zu der angegebenen Adresse geschickte Streife habe die Wohnung durch die Feuerwehr aufbrechen lassen, ein hinzugezogener Notarzt habe Sandra Wegners Tod konstatiert, der laut seiner Einschätzung irgendwann in der vorhergehenden Nacht eingetreten sein müsse. Neben dem Bett habe man mehrere leere Blister eines Schlafmittels gefunden, dazu eine halb volle Wasserflasche. Spuren von Gewaltanwendung seien ebenso wie ein gewaltsames Eindringen in die Wohnung nicht festzustellen gewesen, ein dahingehendes Fremdverschulden könne aus polizeilicher Sicht ausgeschlossen werden. Die heute vorgenommene Autopsie habe dasselbe Ergebnis erbracht: Tod infolge einer von der Verstorbenen bewusst zu diesem Zweck herbeigeführten Medikamentenüberdosierung, also Suizid.

Selbstmord, hallt es in Katja nach, als sie aufgelegt hat. Die Alarmglocken in ihrem Kopf schrillen. Glaser wird getötet, und Sandra Wegner bringt sich um. Und beide sterben in derselben Nacht.

»Sandra Wegner – ist das dein Ernst?«

Sie fährt herum.

Peter steht hinter ihr, in der Hand einen Stapel DVDs mit Überwachungsbildern, den Blick ungläubig auf ihren Computermonitor gerichtet.

»Reine Routine«, wiegelt sie ab und schließt hastig das Programm. »Wegen der damaligen Vernehmung von Glaser. Sein angebliches Alibi, das sie nicht überprüft hat.«

»Die Sache hat sich doch längst erledigt«, erwidert er. »Wir wissen, was wir wissen müssen: Glaser war Wolfs Komplize, Wolf hat ihn umgebracht und sich seinen Beuteanteil geholt, fertig!«

Bloß nicht darauf eingehen, denkt sie, keine Bemerkung machen, die Anlass für Nachfragen liefert, keine Erklärung abgeben, die sie noch tiefer in die Bredouille bringt. »Du weißt doch, wie ich bin«, sagt sie und zwingt sich zu einem Lächeln. »Ich muss immer alles dreimal hinterfragen.«

Er scheint sich damit zufriedenzugeben, aber seine Augen erzählen etwas anderes. Sie sieht Skepsis darin und Misstrauen.

»Wie war's in Straubing?«, fragt er.

»Hätte ich mir sparen können«, sagt sie.

»Warst du in Wolfs Zelle?«

»Natürlich«, lügt sie. »Was glaubst du?«

»Und?«

»Wie diese Zellen so sind. Der Geruch nach Männerschweiß. Tabak und Filter für Selbstgedrehte. Zeitschriften, Kreuzworträtsel, Pornohefte. Nichts, was uns irgendwie weiterbringen würde.«

»Hast du was anderes erwartet?«

»Nein«, sagt sie. »Habe ich nicht.« Sie schaut ihn an. Den Mann, den sie geliebt hat wie keinen zuvor und keinen danach. Den Mann, der ihr ganzes Leben war. Es gab eine Zeit, da hat sie allein der Duft seines Aftershaves glücklich gemacht. Jetzt riecht sie nur den Gestank ihrer eigenen Lüge. Sie muss das

Thema wechseln, unbedingt. »Was ist mit den Tankstellen?«, fragt sie. »Seid Ihr fündig geworden?«

»Wird sich zeigen«, sagt er.

»Und Rudi?«

»Noch unterwegs.«

Er belauert mich, denkt sie. Er spürt, dass irgendwas nicht stimmt, aber er kann es nicht greifen.

»Ich war eben bei Koller«, sagt sie. »Er ist ziemlich nervös. Es gibt Druck von oben. Der Justizminister hat seine Liebe für Pressekonferenzen entdeckt, der Staatsanwalt hat die Schrauben angezogen.«

»Heißt?«

»Wir brauchen Ermittlungsergebnisse. Am besten gestern.«

»Und konkret?«

»Koller will, dass wir Glasers Konten überprüfen. Er glaubt, dass wir nur so an Wolf rankommen.«

»Was, bitte, soll das bringen?«

»Er sagt: Wenn wir wissen, was aus der Beute geworden ist, können wir Wolf schnappen, sobald er versucht, sich seinen Anteil zu holen.«

»Wir wissen beide, dass er den längst hat.«

»Du gehst davon aus, aber du weißt es nicht.«

»Komm schon, Katja, du denkst doch dasselbe.«

»Was macht dich da so sicher?«

»Ich kenne dich!«

»Tust du das wirklich?« Und dann: »Oder ist das auch wieder nur etwas, das du glaubst, aber nicht weißt?« Den letzten Satz hat sie mit erhobener Stimme herausgeschleudert, ungewollt schrill und feindselig. Sie bereut es sofort.

Peter starrt sie an, in seinen Augen ein gefährliches Funkeln. »Ich sage doch, ich kenne dich. So wie du hier reagierst, oder besser: überreagierst. Unangemessen und unbeherrscht, genau wie früher.«

»Du hast mich auch früher schon nicht gekannt!«

»Was soll das werden, Katja? Die große Abrechnung? Hatten wir doch schon längst.«

»Ich bin nicht mehr die, die ich damals war.«

»Nein?«, spottet er. »Wer dann? Oder weißt du das gar nicht? Na ja, woher solltest du es auch wissen, hast es ja noch nie gewusst.«

»Werd nicht unverschämt, Peter!«

»Weißt du, was der Unterschied ist zwischen dir und mir? Wenn ich mich für jemanden entscheide, dann stehe ich dazu. Dann bin ich da und kümmere mich, ohne Wenn und Aber. Dann haue ich nicht einfach so ab, wenn's mal schwierig wird.«

»Es war die ganze Zeit über schwierig!«

»Kann ja sein. Aber nicht mit uns. Mit dir!«

»Da ist er wieder. Der heilige Peter. Der sich ständig selbst im Spiegel anschaut und dabei begeistert feststellt: Mann, was für ein toller Typ!«

»Ich wusste es«, sagt er. »Ist ja klar. Du kannst es natürlich nicht lassen!«

»Ich hab nicht damit angefangen.«

»Jetzt liegt es auch noch an mir? Wer wird hier unverschämt?« Er blickt sie wütend an.

Unter normalen Umständen würde sie jetzt einlenken, aber das hier sind keine normalen Umstände. Seine Wut kommt ihr gelegen. Weil sie ihn von seinem Misstrauen ablenkt.

Sie muss an ihren Besuch bei Hanning denken. Ihr ständiges Gefühl, von ihm manipuliert zu werden. Sie hat von ihm gelernt. Jetzt und hier ist sie diejenige, die manipuliert.

»Mein Fall, meine Regeln«, sagt sie. »Du hast dich darauf eingelassen, also beschwer dich nicht.« Damit steht sie auf und verlässt das Büro. »Und denk an die Konten von Glaser«, sagt sie im Rausgehen, ohne sich noch einmal zu ihm umzudrehen.

24

Was, wenn Peter sich nicht zufriedengibt mit ihrer Ausrede, denkt sie, während sie ihren Wagen startet. Wenn er sich wie sie durch die Datenbanken wühlt und auf Sandra Wegners Selbstmord stößt? Er wird denselben Schluss ziehen wie sie: Das kann kein Zufall sein! Vor allem aber wird er sich fragen, warum sie ihm nicht davon erzählt hat.

Du hättest es ihm sagen sollen, Katja!

Jetzt ist es zu spät. Sie hat einen kleinen Vorsprung, den sie nutzen muss.

Der Steinbrechweg in Kleinhadern. Georg Wegner, Messebau. Und seine Frau Renate, die für die Buchhaltung zuständig ist. Fragen zu ihrer gemeinsamen Tochter, die nie gestellt worden sind. Wenn jemand Antworten darauf hat, dann die beiden.

Als sie von der Willibaldstraße in die Kleinhaderner Straße abbiegt, klingelt ihr Handy. Das Display der Freisprecheinrichtung zeigt eine unbekannte Nummer an. Noch bevor sie das Gespräch angenommen hat, weiß sie, wer sie anruft.

»Hallo, Katja«, sagt Martin Wolf. »Wollte mich nur mal nach dem Stand der Dinge erkundigen.«

Da ist dieser spöttische Unterton in seiner Stimme, eine klebrige Haut aus Vertraulichkeit um einen Kern aus Hass. Sofort ist die Panik in ihr wieder da, die unerträgliche Sorge um ihr Kind, die Hilflosigkeit gegenüber diesem Mann, der seine Macht über sie so gnadenlos ausspielt.

Sie fährt rechts ran. Eine Bushaltestelle. Wartende Fahrgäste, die sie anstarren. Sie fühlt sich wie ein rohes Stück Fleisch, das er genussvoll zerteilt, nackt liegt sie da, während er ihren schutzlosen Körper mit einer Gabel auf einem Teller fixiert und mit einem Messer die Fasern ihrer Muskeln durchtrennt. Um sich dann, eins nach dem anderen, die blutigen Stücke in seinen Mund zu schieben. Was wird von ihr übrigbleiben?

»Katja?«, fragt er nach.

»Es gibt so was wie eine Spur«, sagt sie so gelassen wie möglich, während sie verzweifelt um Fassung ringt, um einen letzten Rest von Kraft.

»Was für eine Spur?«, fragt er.

»Ich bin da an etwas dran.«

»Und was heißt das?«

Sie darf sich ihm nicht kampflos ausliefern, sie muss ihm eine ernstzunehmende Gegnerin sein in diesem perversen Spiel, in dem sie alles verliert, wenn er nicht alles gewinnt. »Ich tue, was ich kann!«

»Das hoffe ich sehr«, sagt er. »Und da bin ich nicht der Einzige.«

Ein überflüssiger Hinweis, plump in seiner Direktheit, aber wirksam. Er versucht, sie einzuschüchtern. Sie muss die Machtverhältnisse zwischen ihnen umdrehen, ihm das Gefühl geben, dass sie nicht die Einzige ist, die etwas zu verlieren hat. »Wollen Sie mir drohen?«, fragt sie.

»Muss ich doch gar nicht«, gibt er zurück. »Das ist ja das Schöne daran.«

»Vielleicht überschätzen Sie Ihre Möglichkeiten.«

»Hier geht's um deine Tochter, nicht um meine.«

»Und um eine Menge Geld, auf das Sie scharf sind. Und das nur ich Ihnen besorgen kann.«

»Nicht besorgen kann, Katja – besorgen werde!«

»Ich will mit ihr sprechen«, sagt sie.

»Willst du mich ärgern?«, fragt er.

»Jetzt!«, beharrt sie.

»Du bist nicht in der Position, Forderungen zu stellen«, entgegnet er. Kalt und schneidend scharf. Die gespielte Vertraulichkeit ist aus seiner Stimme verschwunden.

»Wir haben einen Deal«, sagt Katja. »Das Leben meiner Tochter gegen Ihr Geld. Sie haben das, was ich will, und ich besorge Ihnen das, was Sie brauchen. Und dann tauschen wir das eine gegen das andere. Ein Geschäft auf Augenhöhe, nicht mehr und nicht weniger.«

»Das sehe ich ein bisschen anders«, erwidert er und gibt sich mitleidig. »Geld kann man ersetzen, das Leben eines Menschen nicht.«

»Sie sind darauf angewiesen, und das wissen Sie. Ohne Ihr Scheißgeld haben Sie keinerlei Zukunft. Weder hier noch irgendwo im Ausland. Sie brauchen mich. Unbedingt. Also, halten Sie den Ball flach!«

Einen Moment lang herrscht Stille, sie wartet auf einen Wutausbruch, aber stattdessen fängt er an zu lachen.

»Du bist echt goldig«, sagt er. »Gefällt mir, wie du versuchst, den Spieß umzudrehen. Hat was Rührendes an sich.«

Er versucht, Überlegenheit zu demonstrieren, aber sie spürt die darunterliegende Verunsicherung. Ich hab dich, denkt sie und schweigt.

Sein Lachen versiegt. Sekundenlang geschieht nichts, dann sagt er: »Ich melde mich wieder.«

Er legt auf, die unbekannte Nummer verschwindet vom Display. Und sie sitzt da und fragt sich, ob sie zu weit gegangen ist. Hat sie gerade mit dem Leben ihrer Tochter gespielt? Ihre Machtlosigkeit macht sie verrückt. Das Gefühl, in einem Spinnennetz gefangen zu sein und sich mit jeder Bewegung weiter darin zu verstricken, aussichtlos, wie festgeklebt.

Im Rückspiegel erscheint ein Bus der Münchner Verkehrsgesellschaft. Der Fahrer betätigt die Lichthupe. Sie steuert ihren

Wagen aus der Haltebucht. Kein Innehalten, die Welt dreht sich weiter, sie rennt hilflos dagegen an, sie würde so gerne die Laufrichtung ändern.

Ein paar Minuten später steht sie vor dem Haus im Steinbrechweg. »Georg Wegner, Messebau«, ein Schild im Vorgarten, der Rasen sauber geschnitten, die Fassade verklinkert. Zwischen den Fugen der Steinplatten in der Einfahrt keinerlei Unkraut.

Sie drückt auf die Klingel und wartet. Und springt in der Zeit zurück. Stellt sich die beiden vor, Georg und Renate, ein frisch verheiratetes Paar, die Hoffnung auf eine strahlende Zukunft. Die Gelegenheit für einen Hauskauf, der Kredit zwingt zur Sparsamkeit, sie ist schwanger, er hat sich vor Kurzem selbstständig gemacht. Je geringer die Kosten, desto kleiner das Risiko, seine Firma braucht nicht viel Platz, nur ein kleines Büro für die Buchhaltung und die Doppelgarage als Lager. So könnte es angefangen haben, und so ist es dann geblieben. Überschaubarer Wohlstand, vom Mund abgespart, große Sprünge waren nie vorgesehen, Mitschwimmen im Strom, bescheiden und unauffällig, der Rasen stets sauber getrimmt. Dann kam ihre Tochter. Sandra. Eine glückliche Kindheit, ein von den Eltern übernommenes Weltbild. Den eigenen Platz finden, ohne anzuecken, alles richtig machen, vor allem das. Persönlicher Ehrgeiz ja, aber in Maßen, und nie vergessen, woher man kommt.

Die Haustür wird geöffnet. Ein Mann Anfang sechzig erscheint, eine ausgebeulte Strickjacke über einem Freizeithemd, dazu eine Jeans, Sandalen mit Gummisohlen und Korkbett, hinten offen zum Hineinschlüpfen, praktisch und bequem.

»Herr Wegner?«

»Ja.«

»Mein Name ist Sand, Kriminalpolizei München.«

Dass sie für die Mordkommission arbeitet, lässt sie weg, das würde ihn nur nervös machen und auf falsche Gedanken bringen.

»Aber die Polizei war doch schon hier«, sagt er und blickt auf den Dienstausweis, den sie ihm entgegenhält.

»Es gibt da noch ein paar Fragen«, erwidert sie. »Reine Routine, nichts Besonderes.«

Wie oft hat sie diese Sätze schon gesagt, zur Beruhigung von Angehörigen, oder um Verdächtige in Sicherheit zu wiegen. Aber das hier ist etwas anderes, hier geht es um sie selbst. Sie gibt vor, Teil einer Ermittlung zu sein, von der sie eigentlich nur durch Zufall erfahren hat. Sie missbraucht ihren Status als Polizistin, um einem Mehrfachmörder seine verschwundene Beute wiederzubeschaffen. Sie steht jetzt auf der anderen Seite, jenseits des Rechts, ob freiwillig oder nicht, spielt dabei keine Rolle.

»Ist Ihre Frau auch zu Hause?«

»Ja.«

Sein Gesicht eine einzige offene Wunde. Dunkle Augenringe, die Haut unter den grau melierten, schütteren Haaren aschfahl.

»Kann ich kurz reinkommen?«

Er zögert, er will das nicht, aber ihr Dienstausweis ist stärker als sein Widerstand. »Bitte«, sagt er und macht einen Schritt zur Seite, sein Rücken gebeugt.

Sie betritt den Flur, hellgraue Keramikfliesen, darauf ein abgetretener Läufer. Dazu dieser eigenartige Geruch nach Trauer und Verlassenheit, den sie schon so oft gerochen hat, der Eindruck völliger Leere.

Sie folgt Georg Wegner ins Wohnzimmer. Seine Frau sitzt in einem Sessel, die wässrigen Augen in den Garten gerichtet. Wie vor dem Haus ist auch hier der Rasen makellos, Büsche und Sträucher, Hibiskus und Rhododendron, gestaffelt und sorgfältig gestutzt, zum Nachbargrundstück hin eine Hainbuche.

Renate Wegner scheint durch all das hindurchzuschauen, in sich zusammengesunken sitzt sie da, schweigend, wie weggetreten, in einer anderen Welt.

»Reni«, sagt ihr Mann leise und legt ihr eine Hand auf die Schulter. »Da ist die Kriminalpolizei, eine Frau Sand.«

»Sand?«, fragt Renate Wegner.

»Ja«, sagt ihr Mann.

Sie wendet Katja langsam den Kopf zu. Lockiges, braun gefärbtes Haar über einem maskengleichen Gesicht, vergangene Schönheit, die straffe Haut weich geworden mit dem Alter. Derselbe Schmerz wie in den Zügen ihres Mannes, ein für immer verlorenes Glück.

Eltern, die ihr Kind überlebt haben, denkt Katja, etwas Schlimmeres kann es nicht geben. Was, wenn ihr dasselbe widerfährt, durchzuckt es sie, wenn sie Jenny nie wiedersieht oder nur, abgedeckt von einem weißen Tuch, leblos und nackt auf einem Obduktionstisch?

»Sand«, wiederholt Renate Wegner und schaut sie dabei an. »Unsere Sandra hatte mal eine Kollegin, die so hieß, damals, als sie noch bei der Polizei war.«

»Ja«, sagt Katja. »Wir kannten uns.«

»Eine Sonderkommission«, erinnert sich Renate Wegner. »Wie lange ist das jetzt her? Fünfzehn Jahre?«

»Über sechzehn«, sagt Katja.

»Ein Überfall auf einen Geldtransporter. Sie haben es damals im Fernsehen gebracht und groß in der Zeitung. Der Täter hieß Wolf, richtig?«

»Martin Wolf.«

»Die Beute war verschwunden, genau wie sein Komplize.«

»Deshalb die Sonderkommission.«

»Die Sandra war so stolz damals«, sagt Renate Wegner. »Dass sie dabei sein durfte. Dass man sie in diese Sonderkommission berufen hatte. Und dann plötzlich, von einem Tag zum anderen, taucht sie hier auf, am Boden zerstört, und alles ist vorbei.«

Sie versinkt in Gedanken. Ein Wegdriften ins Nichts. Auch

ihr Mann schweigt. Steht neben ihr, die Hand auf ihrer Schulter, reglos, wie festgewachsen.

»Was ist denn damals vorgefallen?«, fragt Katja in die Stille hinein. Und dann: »Es wäre wichtig für mich.«

»Sie waren doch dabei«, sagt Sandras Vater.

»Wir waren mehr als zwanzig Kollegen«, sagt Katja. »Ich kannte Ihre Tochter kaum. Ich erinnere mich nur, dass sie an einem Montag nicht mehr da war.«

Renate Wegner wendet ihr überrascht den Kopf zu. »Die haben Ihnen nicht gesagt, was passiert ist?«

»Nein.«

»Und Sie haben nicht nachgefragt?«

»Es war eine schwierige Situation. Extrem belastend. Hunderte von Hinweisen, denen man nachgehen musste. Da war keine Zeit für so was.«

Renate Wegner atmet tief durch, die Hände in ihrem Schoß aneinandergepresst, die Finger ineinander verhakt. »Die Sandra war mit Leib und Seele Polizistin«, sagt sie. »Sie wollte nie irgendwo anders hin als zur Kripo. Die Sache hat ihr das Herz gebrochen.«

»Welche Sache?«

»Sie hat einfach nur versucht, ihren Job zu machen, so gut wie möglich. Sie hat nie Drogen genommen, niemals! Nicht als Jugendliche und später auch nicht. So etwas passte nicht zu ihr. Wir kannten unser Mädchen besser als jeder andere, das hätten wir doch bemerkt!«

»Entschuldigung, Frau Wegner, aber ich kann Ihnen nicht folgen. Wovon sprechen Sie?«

»Sie wollten doch wissen, was damals passiert ist.«

»Ja natürlich. Aber was hat das mit Drogen zu tun?«

»Jemand hat sie ihr untergeschoben. In ihrem Spind versteckt.«

Katja traut ihren Ohren nicht. »Wie bitte?«

»Kokain«, erwidert Renate Wegner. »Um sie da wegzukriegen. Um sie loszuwerden!«

In Katjas Kopf bricht ein Sturm los. Eine Intrige gegen Sandra Wegner? Das kann nicht sein! Und wenn doch? Jedenfalls würde es erklären, warum sie Glasers Alibi damals nicht überprüft hat. Weil sie es nicht mehr überprüfen konnte! »Nur um das zu verstehen«, sagt sie und versucht, sich ihre Aufregung nicht anmerken zu lassen. »Sie wollen sagen, dass Ihre Tochter das Opfer einer Verschwörung geworden ist?«

»Das sage nicht ich«, erwidert Renate Wegner. »Das hat sie gesagt!«

»Wir haben das nicht für möglich gehalten«, mischt sich Georg Wegner ein. »Nicht in diesem Land. Nicht in einer Behörde wie der Polizei.«

»Mein Mann hat sich damals regelrecht zerstritten mit ihr«, fährt Renate Wegner fort. »Das war furchtbar für sie, dass ihr der eigene Vater nicht geglaubt hat.«

»Unter den Kollegen hieß es damals, sie habe sich versetzen lassen«, sagt Katja.

»Und das hat niemanden gewundert?«

»Das war ja nicht unüblich. Es gab viele, die sich überfordert fühlten. In so einer Sonderkommission herrscht starker Druck. Die Vorgesetzten, die Staatsanwaltschaft, die Medien – alle erwarten, dass man Ergebnisse liefert.«

Wieder ein kurzes Schweigen. Die trauernden Eltern, eingeschlossen in ihren Schmerz. Katja, die unbehaglich danebensteht. Das Gefühl, zwei unschuldige Menschen zu betrügen.

»Katja, oder?«, sagt Renate Wegner wie aus dem Nichts.

»Bitte?«

»Ihr Vorname. Katja. Sie sind die, die ihn damals verhaftet hat. Diesen – wie hieß er noch gleich? – Wolf. Deswegen habe ich mich an Ihren Namen erinnert. Sie waren in seiner Gewalt und haben ihn angeschossen.«

»Ja«, sagt Katja.

»Sandra hat uns davon erzählt. Sie hat Sie bewundert.«

»Ich wüsste nicht, wofür.«

»Für Ihren Mut. Dass Sie anschließend einfach weitergemacht haben, als ob nichts geschehen wäre. Dass Sie sich nicht haben krankschreiben lassen nach allem, was Sie erlebt haben.«

»Ist mein Job.«

»Sie war beeindruckt von Ihnen. Wie Sie das geschafft haben.«

Oder auch nicht, denkt Katja bitter, in Wahrheit hat das damals niemanden interessiert, nicht mal sie selbst. Sie hat einfach funktioniert. Fraglos, widerspruchslos. Hat in sich verschlossen, was mit ihr geschehen ist. Hat es abgelegt an einem dunklen Ort und gehofft, dass es nicht wieder hochkäme. Aber der Ort war nicht dunkel genug. Es kam wieder hoch. Und es blieb. Bis heute.

»Sie haben gesagt, im Spind Ihrer Tochter seien Drogen sichergestellt worden, Kokain. Wer hat das gefunden?«

»Der Leiter der Sonderkommission«, erwidert Renate Wegner. »Peter Schäfer.«

Katjas Atem beginnt zu rasen. Als würde in ihrem Kopf etwas explodieren. Gedankenfetzen, die wie die Splitter einer Bombe durch ihren Schädel rasen. Bruchstückhafte Erinnerungen, die keinen Sinn ergeben. Warum hat sie damals von alledem nichts mitbekommen? Warum hat Peter ihr nie etwas davon erzählt? »Und wie ging es dann weiter?«, fragt sie und hat Mühe, sich ihre Verwirrung nicht anmerken zu lassen.

»Er hat sie vor die Wahl gestellt«, sagt Renate Wegner.

»Welche Wahl?«

»Eine offizielle Untersuchung oder ihre sofortige Kündigung.«

»Und sie hat sich für die Kündigung entschieden?«

»Was hätte sie sonst tun sollen?«

Pest oder Cholera, denkt Katja. Eine in die Ecke gedrängte

Kollegin, die sich entscheiden musste zwischen einer internen Untersuchung, die zwangsläufig in einem öffentlichen Skandal enden würde, und einer Vertuschung, die das Ende ihrer Karriere bedeutete.

»Sie hat das nie verwunden«, sagt Renate Wegner. »Das hat ihr das Leben versaut!«

»Lass gut sein, Reni«, sagt ihr Mann. »Das hilft doch jetzt auch nicht.«

»Wissen Sie, was das Schlimmste an alldem ist?«, fährt Renate Wegner an Katja gewandt fort. »Nicht, dass sie tot ist. Viel schlimmer ist dieses Gefühl, das Kind, das ich geboren habe, im Stich gelassen zu haben, ihr nicht geholfen zu haben, ihr nicht gut genug zugehört zu haben, die Signale nicht bemerkt zu haben.«

Wir glauben, das alles in der Hand zu haben, denkt Katja, dabei stößt uns das meiste zu. Ungeplant, ungewollt, ohne eigenes Zutun. Das Glück genauso wie das Unglück.

Vor dem Fenster, draußen im Garten das Wiegen der Sträucher im Wind, die Blüten des Apfelbaumes zittern, das Leben ein Wunder, und hinter dem Wunder lauert der Tod.

»Das alles tut mir sehr leid«, sagt sie. »Wirklich. Trotzdem müsste ich Sie noch ein paar Dinge fragen.«

»Fragen Sie«, sagt Georg Wegner.

»Was hat Ihre Tochter beruflich gemacht – nach der Kündigung?«

»Sie war in einem Baumarkt angestellt. Hat sich da hochgearbeitet. Vom Verkauf in die Verwaltung. Personalabteilung.«

»War sie zufrieden damit?«

»Am Anfang hat sie gehadert. Später nicht mehr. Es war, was es war. Ein Job, nicht mehr.«

»Und privat?«

»Sie lebte allein. Erst in Aubing, später dann in Gräfelfing.«

»Keine feste Partnerschaft?«

»Nein«, sagt Georg Wegner. Seine Lippen pressen sich aufeinander, die Mundwinkel verhärten. »Sie hat davon geträumt, aber es hat sich nicht ergeben. Sie hatte das Gefühl, dass ihr die Zeit davonläuft. Eine Frau Ende dreißig, die meisten Männer in ihrem Alter sind verheiratet, haben Kinder, ein Nest. Und sie sitzt allein in einer Zweizimmerwohnung in Gräfelfing.«

»Könnte das so etwas wie eine Erklärung sein für das, was sie getan hat?«

Er schaut sie verwundet an. »Glauben Sie wirklich, dass es das gibt, eine Erklärung?«

»Vielleicht nicht umfassend«, erwidert sie vorsichtig. »Aber es wäre ein Ansatz.«

»Meine Tochter ist tot, und Sie reden von Ansätzen!«

»Ich versuche nur, mir ein Bild zu machen.«

Dabei hat sie sich dieses Bild längst gemacht. Sie will nicht wissen, ob Sandra Wegner einen Grund dafür hatte, sich selbst zu töten, sie will hören, dass es keinen Grund dafür gab. Weil sie nicht an Zufälle glaubt. Nicht in diesem Fall! Es gibt eine Verbindung zwischen Werner Glaser und Sandra Wegner. Sie hat ihn damals befragt, er hat sie belogen. Bevor sie herausfinden konnte, dass sein Alibi falsch war, musste sie ihren Job aufgeben. Die Spur verläuft im Sand, mehr als sechzehn Jahre lang passiert nichts. Bis Martin Wolf die Flucht aus der Haft gelingt, indem er zwei Justizbeamte ermordet. Die Ermittlungen führen zu Glaser. Endlich hat man Wolfs damaligen Komplizen gefunden. Aber bevor man ihn festnehmen und vernehmen kann, wird er ermordet. Und am selben Tag schluckt Sandra Wegner Schlaftabletten.

»Frau Sand!«, reißt Georg Wegner sie aus ihren Gedanken.

Sie starrt ihn an.

»Meine Frau hat Sie etwas gefragt.«

»Entschuldigung«, gibt sie zurück. »Tut mir leid, ich war in Gedanken.« Und zu Renate Wegner: »Ja?«

»Haben Sie Kinder?«

»Eine Tochter.«

»Wie alt?«

»Sechzehn.«

»Wenn ich Ihnen einen Rat geben darf«, sagt Renate Wegner. »Von einer Mutter, die gerade ihr Kind verloren hat, an eine Mutter, die ihres noch hat.«

»Ja?«

»Passen Sie auf sie auf. An jedem Tag, in jeder Sekunde, immer und überall.«

Katjas Brust zieht sich schmerzhaft zusammen, ihr Herz eine offene Wunde.

»Ich versuche es«, erwidert sie. »So gut ich kann.«

25

Dieses unerträgliche Gefühl, die Kontrolle zu verlieren – über sich, über die Situation, über alles. Sie handelt nicht mehr, sie reagiert nur noch. Die Ereignisse treiben sie vor sich her. Anstatt ihre Gedanken zu steuern, wird sie von ihnen gesteuert. Martin Wolf ist in ihren Kopf gekrochen. Er bestimmt, was sie denkt, was sie fühlt. Er sitzt an einem unbekannten Ort und greift sie von innen an. Und sie lässt es geschehen. Die Sorge um ihr Kind macht sie wehrlos. Hinter ihr ein Messebauer und seine Frau, die ihre Tochter verloren haben, vor ihr ein dunkler Abgrund. In ihr nur Angst und Wut, übermächtig, kaum zu ertragen.

Kaum ist sie sie in ihren Wagen gestiegen, klingelt ihr Handy. Dorfmüller.

»Was gibt's, Rudi?«

»Nichts Gutes.«

»Seid ihr mit den Tankstellen weitergekommen?«

»Nein, sind wir nicht. Komplette Fehlanzeige.«

»Was ist mit Glasers Konten? Hat Peter sich die angeschaut?«

»Weiß ich nicht. Er sitzt bei Koller. Zusammen mit Staatsanwalt Marquart.«

»Wie bitte?«

»Besser, du kommst her. Sofort!«

Als sie zwanzig Minuten später über den Flur geht, ist Kollers Bürotür geschlossen. Die Tür, die sonst immer offen steht. Kein gutes Zeichen.

Dorfmüller erwartet sie in ihrem Büro. Steht am Fenster, die

Schultern gesenkt, die riesigen Hände in den Hosentaschen vergraben. »Wo zum Teufel warst du?«, fragt er.

»Unterwegs«, sagt sie.

Seine Augen unter den schütteren Haaren traurig und enttäuscht. Er schaut sie an mit diesem Rudi-Blick, der sagt: Ich will dir helfen, aber du lässt mich nicht, ich stehe an deiner Seite, aber du wendest dich ab!

Er macht mir ein Angebot, und ich tue weiter so, als wäre nichts, denkt sie. Er will sich um mich kümmern, aber ich lasse ihn nicht. Dabei würde ich nichts lieber tun als das: ihm mein Herz ausschütten, ihm alles erzählen. »Also«, sagt sie stattdessen, erschrocken über die Kälte in ihrer Stimme. »Was ist los?«

Er dreht sich vom Fenster weg, geht rüber zu seinem Schreibtisch und reicht ihr einen Computerausdruck. »Das ist los!«

»Was ist das?«, fragt sie.

»Lies es einfach«, sagt er und wirkt erschöpft dabei.

Sie schaut auf das Papier in ihrer Hand. Der Ausdruck eines Artikels in der Online-Ausgabe der *Abendzeitung*. Verfasst von einer Sophie Weiss, wer auch immer das ist. Schon die mit zwei Fotos von ihr und Wolf garnierte Headline macht ihr klar, dass sie ein ernstes Problem hat: *Der Mörder und die Kommissarin*, liest sie. Und darunter: *Wie falscher Ehrgeiz polizeiliche Ermittlungen behindert.*

In dem anschließenden Text gibt die Autorin Katja zum Abschuss frei. Ausführlich schildert sie ihre Beteiligung an den Ereignissen beim damaligen Überfall auf einen Geldtransporter und die folgende Geiselnahme. Zwar wird ihr persönlicher Mut herausgestellt, sich anstelle einer schwangeren jungen Frau in die Hände der Geiselnehmer begeben zu haben. Zudem habe sie mit Martin Wolf einen der beiden Geiselnehmer festnehmen können. Aber Wolfs Komplize sei mit der Beute entkommen. Die Autorin fragt sich, ob man Katja aufgrund ihrer erheblichen psychischen Belastung nicht schon seinerzeit aus der *Soko Wolf* hätte abziehen müssen. Stattdessen sei sie weiter an den Ermittlungen beteiligt gewesen, die in der Folge ins Leere gelaufen seien. Klar sei: Hätte man schon damals Werner Glaser als Wolfs Komplizen ermittelt, hätte man auch die verschwundene Beute sicherstellen können. Was Wolfs Anreiz zu seiner Flucht erheblich vermindert hätte. Mit anderen Worten: Sowohl die beiden von ihm erschossenen Justizbeamten als auch Werner Glaser könnten heute noch leben. Dass ausgerechnet die persönlich verstrickte Hauptkommissarin S. die Leitung der aktuellen Ermittlungen an sich gerissen habe, müsse als Versuch gewertet werden, ihr Scheitern von einst vergessen zu machen. Dabei gelte sie in Kollegenkreisen als überfordert, ihr laste der Ruf an, sich nicht im Griff zu haben, zudem sei sie für Alleingänge und mangelhafte Kommunikation bekannt: *»Hier verhindern ganz offensichtlich persönlicher Ehrgeiz, mangelnde Distanz und fehlende Kompetenz die erfolgreiche Ergreifung eines flüchtigen Vierfachmörders!«*

Katja muss sich zwingen, nicht loszuschreien. »Wie lange ist das schon im Netz?«, fragt sie.

»Knapp zwei Stunden«, sagt Dorfmüller.

Katja begreift. »Marquart bekommt einen wütenden Anruf von ganz oben: Haben Sie das schon gelesen? Hat er nicht. Also holt er es nach und ruft seinerseits Koller an. Das gleiche Spiel, nur eine Etage tiefer. Und eine Stunde später sitzen die beiden mit meinem alten Freund Peter Schäfer zusammen und beraten über meine Hinrichtung.«

»So ungefähr«, sagt Dorfmüller.

»Irgendeine Idee, wie ich da rauskomme?«, fragt sie, obwohl sie die Antwort kennt.

»Nein«, sagt Dorfmüller. Und dann: »Du kannst dich auf mich verlassen. Ganz egal, wie die Sache ausgeht. Immer!« Er versucht zu lächeln, auch wenn es ihm nicht mal ansatzweise gelingt.

»Danke, Rudi.« Sie spürt seinen Blick im Rücken, als sie das Büro verlässt.

Vor Kollers Tür hält sie kurz inne. Sie drückt die Klinke herunter, ohne zu klopfen. Drei Köpfe, die sich ihr zuwenden, ein mitten im Satz unterbrochenes Gespräch. Sie schließt die Tür hinter sich, steht einfach nur da, schaut die drei Männer an und sagt: »Also?«

Peter Schäfer weicht ihrem Blick aus und schweigt. Staatsanwalt Marquart schaut Koller an. Auffordernd und abwartend.

Er schiebt ihm den schwarzen Peter zu, denkt Katja, niemand weiß besser als er, wie so was geht. Sich niemals aus der Deckung wagen. Im richtigen Moment den Mund halten und die anderen machen lassen. Und anschließend, wenn die Schlacht geschlagen ist, Krokodilstränen weinen und die Lorbeeren einsammeln.

»Du weißt, was passiert ist?«, fragt Koller.

»Hab's gerade gelesen.«

»Und was sagst du dazu?«

»Was soll ich dazu sagen? Totaler Unsinn. Ohne jede sachliche Grundlage. An den Haaren herbeigezogen.«

»Du und ich wissen das, aber die Öffentlichkeit glaubt, was da steht.«

»Ich bin Hauptkommissarin bei der Mordkommission. Ich bin genau wie du ausschließlich der Lösung dieses Falles verpflichtet, nicht der Öffentlichkeit.«

»So einfach ist das nicht.«

»Doch, Reinhard, so einfach ist das.«

Sie schaut ihn durchdringend an, versucht, ihn mit ihrem Blick zu zwingen. Und sieht in seinen Augen das Dilemma, in dem er steckt. Er weiß, dass ich recht habe, denkt sie, aber das spielt keine Rolle. Hier geht es nicht darum, recht zu haben, hier geht es darum, ein politisches Problem zu lösen. Sie ist das

Bauernopfer, das es dazu braucht. Er tut ihr leid. Sie weiß, dass er sie schützen möchte, und sie weiß, dass er das nicht kann. Weil die Kräfte, die auf ihn wirken, größer sind als jeder Entscheidungsspielraum, den er hat.

Er schweigt. Was soll er ihr auch sagen. In seinen Augen eine Traurigkeit, die wehtut. Er hat ihr immer den Rücken freigehalten, hat jeden Druck von ihr abgelenkt und auf seine Schultern genommen. Er hat sie machen lassen, und der Erfolg hat ihm und ihr recht gegeben.

»Sie müssen den größeren Zusammenhang sehen, in dem das alles steht«, sagt Staatsanwalt Marquart. »Hier geht es nicht um Ihre tatsächlichen Fähigkeiten, hier geht es um die öffentliche Meinung. Das Bild, das die Bevölkerung von den ermittelnden Behörden hat, das Bild der Polizei als Ganzes. Wenn die Stimmung kippt, dann ist die Ergreifung des flüchtigen Martin Wolf unser kleinstes Problem. Dann wirken da plötzlich ganz andere Kräfte.«

»Kräfte«, wiederholt Katja angewidert.

»Ja«, sagt Marquart spitz, »Kräfte! Da wird plötzlich das gesamte System infrage gestellt, da steht auf einmal die politische Ordnung auf dem Prüfstand. Die Frage der Sicherheit. Die Frage, ob der Staat den Schutz seiner Bürger noch gewährleisten kann.«

»Das interessiert mich nicht«, sagt Katja. »Mich interessiert einzig und allein die Festnahme eines flüchtigen Mehrfachmörders.«

»Nur leider kommen Sie genau damit nicht weiter. Oder haben Sie irgendeine Spur, die erfolgversprechend wäre?«

»So eine Ermittlung ist kein Wunschkonzert, Herr Marquart!«

»Natürlich nicht. Trotzdem braucht man dafür einen Dirigenten. Jemand, der die Fäden in der Hand hält und die richtigen Einsätze gibt.«

»Und das kann ich nicht? Wollen Sie das damit sagen?«

»Jetzt kommen Sie schon, Frau Sand, das ist weder der Ort noch der richtige Zeitpunkt für persönliche Eitelkeiten.«

»Damit kennen Sie sich ja bestens aus.«

»Wie bitte?«

»Franz Bichler«, sagt Katja. »Sie erinnern sich? Kaum ein halbes Jahr her. Entlassener Sexualstraftäter und Serienmörder, der sich das Leben genommen hat, als er erneut unter Mordverdacht geriet. Was für Sie einem Schuldeingeständnis gleichkam. Den Sie der Öffentlichkeit in einer eilig anberaumten Pressekonferenz zum Fraß vorwerfen wollten. Einen unschuldigen Toten, wohlgemerkt! Ohne jeden Beweis. Nur, um den Fall abschließen und sich selbst auf die Schulter klopfen zu können.«

»Katja!« Koller will sie zurückhalten, aber sie lässt sich nicht bremsen.

»Sie sollten mir dankbar sein, Herr Marquart«, sagt sie voller Abscheu. »Ich habe Ihre alberne Pressekonferenz in letzter Sekunde verhindert und Ihnen damit den Arsch gerettet.«

Der Staatsanwalt starrt sie an. Die Muskeln um seine Augen zucken. Sie kann ihm ansehen, wie es in ihm arbeitet. Er steht unmittelbar davor, sich zu einer unbedachten Äußerung hinreißen zu lassen, aber dann gewinnt der Politiker in ihm die Oberhand. »Dann stimmt das ja doch, was in dem Artikel über Sie steht«, sagt er, und sein Mund verzieht sich zu einem spöttischen Lächeln. »Die Art, wie Sie mit anderen umgehen. Dass Sie sich nicht im Griff haben.«

»Bitte«, versucht Koller die Wogen zu glätten. »Ich bin sicher, Frau Sand wollte damit nicht …«

»Doch«, unterbricht Katja ihn. »Wollte ich!«

»Und dazu noch erschreckende Respektlosigkeit einem Vorgesetzten gegenüber und offensichtlich nicht vorhandene Teamfähigkeit«, setzt Marquart mit beißender Ironie hinterher.

»Beindruckend, Frau Sand, Glückwunsch!« Wieder lächelt er ihr zu.

Und sie lächelt zurück. Voller Verachtung. Sie weiß, dass sie verloren hat, das war ihr auch vorher schon klar, aber sie wird ihm nicht das Gefühl geben, dass es ihr etwas ausmacht.

Schweigen macht sich in dem Büro breit, dessen Tür sonst immer offen steht. Der Duft von Peters Aftershave weht sie von der Seite an, sie schaut zu ihm hinüber. Bislang hat er kein Wort gesagt, hat einfach nur zugeschaut, wie sie sich selbst um Kopf und Kragen geredet hat, kein mitfühlender Blick, keine Geste des Beistands, nur ein teilnahmsloses Zuhören, das mehr sagt als jeder unterstützende Einwand. Es ist ihm egal, denkt sie, vielleicht freut er sich sogar über ihre selbstzerstörerischen Sätze.

Dann wird ihr plötzlich klar, warum er nichts sagt. Marquart hat ihn als Zeugen der Anklage hinzugezogen, als jemanden, der die in dem Artikel genannten Vorwürfe gegen ihre Person bestätigen sollte. Was er getan hat. Um jetzt den Lohn dafür zu kassieren. Koller hat sich erfolglos gewehrt – er saß von Anfang an auf verlorenem Posten. Ein abgekartetes Spiel. Du bist raus, Katja, ich übernehme!

»Herr Koller«, sagt Marquart in die Stille hinein. »Vielleicht setzen Sie die Kollegin über den aktuellen Stand der Dinge in Kenntnis. Damit sie weiß, woran sie ist.«

Das weiß ich auch so, denkt Katja. Sie betrachtet ihren Chef. Wie er so dasitzt, die Ellenbogen auf die Tischplatte gestützt, die Hände übereinandergelegt, den Blick gesenkt. Er sammelt sich, das alles fällt ihm furchtbar schwer. Er will nicht sagen, was er sagen muss, aber er hat keine andere Wahl. Die Macht des Faktischen, wie Marquart das mit gespieltem Bedauern nennen würde. Oder: Es ist, wie es ist, wie Peter sagen würde, wenn er etwas dazu sagen würde.

Jetzt mach schon, Reinhard, denkt sie, bring es hinter dich!

»Du weißt, wie sehr ich dich schätze«, sagt Koller mit gepresster Stimme. »Du bist meine beste Ermittlerin. Seit Jahren. Niemand weist eine so hohe Aufklärungsquote auf wie du.«

Auch wenn er das ernst meint, klingen seine Worte wie auswendig gelernt.

»Dieser Artikel schadet dem Ansehen unserer Behörde«, fährt er stockend fort. »Und er hat Wellen geschlagen. In der Staatskanzlei herrscht helle Aufregung, der Justizminister fordert Konsequenzen. Er hat Staatsanwalt Marquart die Anweisung erteilt, die Ermittlungen in andere Hände zu legen.«

Aus den Augenwinkeln sieht sie, wie Marquart und Peter sich einen Blick zuwerfen. Kaum merklich, aber eindeutig. Das gegenseitige Bestätigen eines Triumphes. Zwei Männer, die sich an einer Frau rächen. Der eine dafür, dass sie ihn damals verlassen hat, der andere dafür, dass sie ihn nie ernstgenommen hat. »Ich gehe davon aus, dass die Nachfolgefrage bereits geklärt ist«, sagt sie.

»Das ist richtig«, sagt Marquart. »Schnell und unkompliziert.«

»Jemand von außerhalb. Mit großer fachlicher Erfahrung und Führungskompetenz«, spottet sie. »Und natürlich jemand, der den Fall kennt, der sich nicht erst einarbeiten muss.«

»Auch das ist richtig.«

»Ich nehme an, der betreffende Kollege hat keine Einwände geäußert.«

»Nein, hat er nicht.«

»Also wurde die Sache auf dem kurzen Dienstweg zwischen München und Augsburg telefonisch abgeklärt. Mit ausdrücklicher Zustimmung des Justizministers.«

»So läuft das nun mal.«

»Gratuliere«, sagt sie zu Peter. »Und viel Erfolg.«

»Danke«, gibt Peter zurück. Ohne jede Regung. Nüchtern und professionell.

So sind die Regeln, denkt sie, die eine geht, der andere kommt. Ab jetzt wird er die Ansagen machen, und er wird es genießen. Wahrscheinlich träumt er bereits davon, im nächsten Schritt Koller zu beerben. Leiter der Mordkommission München. Und wer weiß, was dann noch alles auf ihn wartet. Sie könnte kotzen!

»Da ist noch etwas, Katja«, sagt Koller.

»Ja?«

Er sucht nach den richtigen Worten und findet sie nicht. Also übernimmt Marquart für ihn.

»An höherer Stelle war man der Meinung, es könne nicht schaden, Sie fürs Erste aus der Schusslinie zu nehmen.«

»Was soll das heißen?«

»Ein kleiner Urlaub. Zwei, drei Wochen. Durchschnaufen, sich erholen, zur Ruhe kommen.«

»Verstehe«, sagt sie, und die Übelkeit in ihr wächst. »Mir den Fall wegzunehmen, reicht nicht. Ich soll entsorgt werden. Klappe zu, Affe tot.« Und zu Koller: »Und du machst diese Scheiße mit, Reinhard?«

Koller antwortet nicht. Sitzt da wie ein Häufchen Elend. Und sie begreift, dass sie nicht die Einzige ist, die hier gedemütigt wird. Marquart hat ihn vor vollendete Tatsachen gestellt. Der Hinweis auf den Minister hat jeden Widerstand im Keim erstickt. Und Peter schaut zu und profitiert. Sollte ihn jemand fragen, was er von alldem hält, wird er mit den Schultern zucken und sagen: Wir sind alle nur Rädchen im Getriebe. Das sind politische Entscheidungen, daran kann ich nichts ändern, darauf habe ich keinerlei Einfluss.

»Dann bleibt mir nur noch, Ihnen einen schönen Tag zu wünschen«, sagt sie und gibt sich nicht länger Mühe, ihre Abscheu zu verbergen. »Ich bin sehr gespannt, ob Sie Martin Wolf schnappen werden.«

26

Sie sitzt in der Kantine. Derselbe Fenstertisch wie immer, der Blick hinaus auf die gegenüberliegenden Gebäude. Vor ihr eine Tasse Kaffee und ein belegtes Brötchen, mittelalter Gouda, an den Rändern hochgebogen und dunkel verfärbt. Schimmernde Fettaugen wie Schweißflecken auf der Stirn eines Verdächtigen während einer Befragung.

Sie trinkt nicht, sie isst nicht, sie sitzt einfach nur da und versucht nachzuvollziehen, was da eben in Kollers Büro passiert ist. Staatsanwalt Marquart hat sie gezwungen, Peter die Leitung der Ermittlungen zu übertragen. Hat sie mit sofortiger Wirkung beurlaubt. Was bedeutet, dass sie nicht länger Zugriff auf polizeiliche Informationen besitzt. Aber die braucht sie, um herauszufinden, was mit Wolfs Anteil an der Beute geschehen ist, wo die Millionen geblieben sind, die sie ihm bringen muss, um Jenny zurückzubekommen. Keine Informationen, kein Geld, denkt sie – und begreift, dass sie gerade die einzige Chance verloren hat, das Leben ihrer Tochter zu retten.

Die Erkenntnis trifft sie wie ein Keulenschlag, ihre Knie schlagen unkontrolliert von unten gegen die Tischplatte, Arme und Hände zittern. Ihre Wut ist ebenso groß wie ihre Verzweiflung, ihre Hilflosigkeit macht sie rasend. Aber anstatt loszuschreien, bricht sie in sich zusammen, still und leise, unsichtbar für die wenigen Kollegen, die an den Nachbartischen plaudernd und plappernd den Feierabend herbeisehnen.

Sie blickt auf, als sie Schritte hört, das Heranziehen eines Stuhls. Peter! Er setzt sich ihr gegenüber an den Tisch.

»Tut mir leid, Katja«, sagt er. »Ehrlich.«

Und schaut sie dabei an mit dieser Unschuldsmiene, die sie fassungslos macht. Der eingeübte Gesichtsausdruck eines Mannes, der gelernt hat, alles seinem persönlichen Erfolg unterzuordnen. Sie fragt sich, wie er das macht, dabei weiß sie es doch. War er früher schon so? Auch darauf kennt sie die Antwort. Sie möchte ihm am liebsten ins Gesicht schlagen, ihm seine Verlogenheit aus der Brust reißen. Aber damit würde sie nur bestätigen, was in dem Artikel über sie steht: dass sie eine überforderte Hauptkommissarin ist, die sich nicht im Griff hat.

»Tut mir leid, Katja«, wiederholt sie angewidert. »Genau dasselbe hast du damals schon zu mir gesagt. Nach Wolfs Festnahme. Als du mir erklärt hast, dass der Sender des Fluchtwagens nicht funktioniert hat.«

Will sie ihn provozieren? Wahrscheinlich. Was hat sie davon? Nichts. Fühlt er sich provoziert? Da ist ein winziges Zucken um seine Augen, für den Bruchteil einer Sekunde, dann ist es vorbei. Derselbe Gesichtsausdruck wie vorher. Einer wie er verliert nicht die Beherrschung.

»Ich hab es damals so gemeint«, erwidert er ruhig. »Und ich meine es heute so.«

»Schon komisch«, sagt sie. »Immer wenn irgendwas schiefgeht, kommst du davon. Und nicht nur das. Am Ende stehst du immer auf der richtigen Seite. Als Sieger.«

»Liegt vielleicht daran, dass ich mich nicht so aus dem Fenster lehne wie du.«

»Oder daran, dass du andere Prioritäten hast als ich. Dass dir die Macht wichtiger ist als die Wahrheit.«

Wieder ist da ein kaum wahrnehmbares Zucken um seine Augen, länger als beim ersten Mal, und wieder behält er die Kontrolle. »Ich kann verstehen, dass du verletzt bist, aber das ist kein Grund, wild um dich zu schlagen.«

»Weißt doch, wie ich bin«, sagt sie voller Sarkasmus. »Kennst mich doch so gut.«

Er ist klug genug, nicht darauf einzugehen. Schaut sie stattdessen weiter an mit diesem aufgesetzten Blick, der Verständnis vorgaukeln soll und Mitgefühl und doch nur Überheblichkeit signalisiert.

Du hältst dich für einen guten Schauspieler, denkt sie, und bist doch bloß ein Schmierenkomödiant. »Ich war bei den Eltern von Sandra Wegner«, sagt sie.

»Ach ja?«, gibt er zurück.

»Ich nehme an, du weißt, was passiert ist.«

»Sollte ich das?«

»Jetzt tu doch nicht so. Du hast mitgekriegt, dass ich Sandra Wegner überprüft hab, und es hat dir nicht gefallen. Jede Wette, dass du da nachgeforscht hast.«

Er antwortet nicht. Was nichts heißen muss und alles heißen kann.

»Sie hat sich umgebracht, Peter. Mit Schlaftabletten. In derselben Nacht, in der Glaser getötet wurde.«

»Na und?«

»Hältst du das für einen Zufall? Ich nicht!«

Sein Blick verändert sich. Plötzlich ist da Unsicherheit, Sorge, vielleicht sogar so etwas wie Angst. »Ist nicht unsere Baustelle«, sagt er ausweichend. »Und deine schon gar nicht. Nicht mehr.«

»Merkwürdig ist es trotzdem.«

»Jedenfalls danke für die Info«, sagt er knapp. »Ich werde dem nachgehen.«

Hoffentlich, denkt sie und fragt sich, wie es zwischen ihnen so weit kommen konnte. Von der Liebe, die sie einander vor Jahren entgegengebracht haben, ist nur noch Misstrauen geblieben. Auf beiden Seiten. »Entschuldige, wenn ich das frage«, sagt sie. »Aber was ist mit Glasers Bankverbindungen? Konten,

Anlagen, Wertpapierdepots. Hast du die inzwischen überprüft?«

»Dazu kann ich mich leider nicht äußern.«

»Jetzt komm schon, das ist doch lächerlich.«

»Du bist raus, Katja!«

»Hab ich begriffen«, entgegnet sie. »Ich würde es trotzdem gerne wissen.«

Er ignoriert ihre Bitte, lässt sie einfach so an sich abtropfen, wechselt abrupt das Thema.

»Wegen Jennys Geburtstag«, sagt er. »Du weißt schon, ihr Geschenk.«

»Wenn du willst, gebe ich es ihr.«

Er zögert. Ein goldener Anhänger. Ein Delfin mit drei Brillanten darin. Als ginge es darum, einen Trumpf aus der Hand zu geben. »Warum geht sie nicht dran, wenn ich sie anrufe?«

»Hab ich dir doch gesagt. Wolke sieben. Mit ihrem Freund.« Sie schaut ihn offen an. Glaub es mir einfach, denkt sie, auch wenn es gelogen ist.

Noch immer zögert er.

»Sie weiß, wie das ist«, sagt Katja. »Sie kennt das von mir. Du steckst in einer Ermittlung, und alles andere muss sich hintanstellen. Sie wird dir nicht böse sein.«

Auch wenn er nicht überzeugt ist, nickt er. Aber noch immer ist da dieses Misstrauen in seinem Blick. Er und sie stehen jetzt auf unterschiedlichen Seiten. Sie sind keine Freunde mehr, und sie werden keine Freunde mehr werden. Er hat mich verraten, denkt sie, vorhin bei Koller, ohne mit der Wimper zu zucken. Es ist traurig, aber es nützt nichts, darüber zu jammern. So ist er, so war er schon immer. Bereit, eine Chance zu ergreifen, wenn sie sich bietet, bereit, auf den fahrenden Zug aufzuspringen, ganz egal, ob jemand anders dabei unter die Räder kommt.

Er tut ihr leid. Ein Mensch, der sich selbst immer an die erste Stelle setzt. Ein Mensch, der in den anderen nur Verschiebemasse sieht, austauschbare Puppen, die er für sich tanzen lässt. Was er im Leben erreicht hat, scheint ihn zu bestätigen. Am Ende wird er allein sein und das alles bereuen. Aber dann wird es zu spät sein.

Er legt das Schmuckkästchen vor sie auf den Tisch. »Also gut«, sagt er und steht auf, seine schlanken, schönen Hände auf der Lehne seines Stuhles. »Sie kann mich jederzeit anrufen, wenn sie von ihrer Wolke sieben wieder runter ist.«

»Ich werd's ihr sagen.«

Er wendet sich zum Gehen.

»Peter?«

»Was?«

»Da wäre noch was – nur eine Kleinigkeit, nichts Großes.«

»Ja?«

»Unsere alten Ermittlungen. Die *Soko Wolf*. Sandra Wegners Eltern haben mir erzählt, warum sie plötzlich nicht mehr zum Dienst erschienen ist.«

»Ach ja?«

»Sie sagen, du hättest Kokain in ihrem Spind gefunden.«

»Und weiter?«

»Du hättest sie vor die Wahl gestellt. Kündigung oder Skandal.«

»Wo ist das Problem?«

»Wieso gab es keine offizielle Untersuchung?«

»Was hätte das gebracht?«

»Ihr Eltern sagen, die Drogen seien ihr untergeschoben worden. Um sie mundtot zu machen und loszuwerden.«

»Eine Verschwörung?«

»Ihre Worte, nicht meine.« Sie betrachtet ihn. Er scheint irritiert zu sein, seine Kiefer mahlen, sie hat einen wunden Punkt getroffen. Aber er fängt sich sofort wieder.

»Das ist doch albern«, sagt er und gibt sich den Anschein von Gelassenheit. »Ich hab das seinerzeit natürlich sofort gemeldet. Es gab eine interne Diskussion. Kurz und schmerzlos. Die Beteiligten waren sich einig, dass unter dem gewaltigen Ermittlungsdruck und dem großen öffentlichen Interesse an Wolfs Prozess ein diskreter Umgang mit der Angelegenheit absolut geboten und alternativlos sei. Ich hab nur das getan, was man mir aufgetragen hat: einen reibungslosen Fortgang der Ermittlungen zu gewährleisten und das Problem zu lösen. Im Sinne der beteiligten Behörden.«

»Du weißt, dass Sandra Wegner niemals Drogen genommen hätte.«

»Ich weiß nur, was ich in ihrem Spind gefunden habe.«

»Sie war an Glaser dran, und sie war ehrgeizig. Hätte sie nur ein bisschen mehr Zeit gehabt, wäre sie ihm auf die Schliche gekommen.«

»Wie gesagt, ich habe das getan, was man mir befohlen hat.«

»Und anschließend ist die Glaser-Spur versickert. Im Nichts. Einfach so.«

»Du warst doch dabei. Hast du dich darum gekümmert? Hast du nicht.«

»Du hast die *Soko Wolf* geleitet, Peter. Es hätte dir auffallen müssen.«

»Jeder macht mal Fehler, selbst ich. Manchmal dauern die Dinge eben länger. Bedauerlich, aber nicht zu ändern. Und so wie ich das sehe, hat sich die Sache ja inzwischen geklärt.«

»Vielleicht machst du es dir zu einfach.«

»Vielleicht bin ich einfach pragmatischer als du. Jeder auf seine Weise, Katja. Hauptsache, am Ende kommt etwas Zählbares dabei heraus.«

»Fragt sich nur: was?«

»So wie sich die Dinge entwickelt haben, wirst du das wohl oder übel mir überlassen müssen.«

»Sieht ganz so aus«, sagt sie, angeekelt von dieser absurden Situation. Noch heute Morgen war sie diejenige, die ihm Anweisungen erteilt hat, jetzt ist er es, der ihr Informationen verweigert, die über das Leben ihrer Tochter entscheiden können. Und sie kann nichts daran ändern.

»Versau es bloß nicht!«, sagt sie leise, aber er hat sich bereits umgedreht. Sein breiter Rücken verschwindet im Flur hinter dem Ausgang der Kantine. Sie bleibt zurück, gedemütigt und voller Angst.

Dabei ist doch alles ganz klar, denkt sie. Sie muss einfach nur stärker sein als er. Und stärker als Martin Wolf. Vor allem das. Sie muss ihr Kind retten, alles andere spielt keine Rolle!

27

Es gibt keine andere Möglichkeit. Sie hat es sorgfältig durchdacht, nachdem Peter die Kantine verlassen hat und sie weiter allein dasaß an ihrem Tisch am Fenster, bis einer der Mitarbeiter ihr mitteilte, dass man jetzt schließen werde.

Rudi ist der Einzige, der ihr helfen kann!

Wieso ist dieser verdammte Artikel ausgerechnet jetzt erschienen? Und woher hat diese Sophie Weiss ihre Informationen? Sie fragt sich das, während sie ihren Wagen in Richtung Thalkirchen steuert. Die Dämmerung beginnt, sich über die Stadt zu senken, erst rötlich schimmernd, dann blau, ein langsames Verlöschen.

Wieso ausgerechnet jetzt?

Sie aktiviert ihre Freisprecheinrichtung, sucht im Adressmenü nach der Nummer von Ferdinand Kneissl, einem Lokalreporter der *Abendzeitung*. Er hat ihr seinerzeit geholfen, die Pressekonferenz zu verhindern, auf der Staatsanwalt Marquart den toten Franz Bichler als Mörder präsentieren wollte. Sie hatte ihm gesteckt, dass Bichler für einen der Morde, die ihm zur Last gelegt wurden, ein Alibi besaß. Er hatte das in einem Artikel veröffentlicht, online, und dem ehrgeizigen Marquart waren die Hände gebunden. Rudi war sprachlos gewesen, diese Art von Trick hatte er ihr nicht zugetraut. Sie sich selbst auch nicht.

»Kneissl«, meldet sich der Reporter nach dem dritten Klingeln.

»Sand hier«, sagt Katja.

Es dauert einen Moment, bis er sich gefasst hat. »Das ist ja 'ne Überraschung«, sagt er.

»Was meinen Sie, wie überrascht ich war, als ich diesen Artikel heute gelesen habe.«

»Kann ich mir denken.«

»Hätte mich gefreut, wenn Sie mich gewarnt hätten.«

»Als ich's mitgekriegt habe, war's schon zu spät.«

»Was da drinsteht, ist totaler Unsinn«, sagt sie. »Nichts davon stimmt.«

»Sie wissen doch, wie das läuft«, erwidert er. »Eine anonyme Quelle, ein angeblicher Insider, und schon hat man eine Story, mit der man glänzen kann.«

»Auf meine Kosten!«

»Irgendeiner muss die Rechnung bezahlen. Vor einem halben Jahr war es Marquart, jetzt sind Sie es.«

»Wer ist diese Sophie Weiss?«

»Jungredakteurin. Frisch von der Journalistenschule. Seit drei Monaten bei uns. Brutal ehrgeizig.«

»Verstehe«, sagt Katja. »Immer auf der Suche nach einem Skandal. Und dann klingelt das Telefon, und sie leckt Blut.«

»Sie leckt es nicht, Frau Sand, sie trinkt es. Eimerweise. Kann gar nicht genug davon bekommen.«

»Und die Chefredaktion fährt auf sie ab. Weil sie so emsig ist und so engagiert.«

»Glauben Sie mir«, sagt Kneissl. »So eine wollen Sie nicht in Ihrem Team haben.«

Zwischen den beiden entsteht eine Pause. Er kann diese Sophie Weiss nicht leiden, denkt Katja, weil sie den Laden aufmischt und ihn damit herausfordert. »Ich frage mich, wer ihr diesen verlogenen Mist über mich erzählt hat«, sagt sie. »Wer diese anonyme Quelle ist.«

»Was springt für mich dabei raus?«, fragt er lauernd zurück.

»Nichts.«

»So wenig?«

»Jedenfalls nicht jetzt. Vielleicht später.«

»Ein Investment in die Zukunft?«

»Die Pflege eines guten Verhältnisses. Ist nicht zu unterschätzen, so was.« Komm schon, denkt sie, beiß an!

Aber er schweigt. Lässt sie am ausgestreckten Arm verhungern.

Ihr wird klar, dass sie ihm etwas bieten muss. »Es wäre wirklich wichtig für mich«, sagt sie. »Um ehrlich zu sein, bin ich drauf angewiesen.«

Sie muss nicht deutlicher werden, er begreift es sofort. »Die haben Sie kaltgestellt?«

»Das haben Sie gesagt.«

»Aber Sie dementieren es nicht.«

»Nein, tue ich nicht.«

»Also eine Intrige«, fügt er die ausgelegten Fäden zusammen. »Jemand aus dem inneren Zirkel der Polizei, der eine ehrgeizige Jungjournalistin instrumentalisiert hat, um Münchens erfolgreichste Mordermittlerin loszuwerden.«

»Ich weiß ja nicht, wie Sie das sehen«, sagt Katja. »Aber für mich hört sich das nach einer echten Story an.«

»Ich glaube kaum, dass sie mir freiwillig ihre Quelle preisgeben wird.«

»Muss sie doch nicht«, sagt Katja. »Sind Sie noch in der Redaktion?«

»Bin ich.«

»Und die geschätzte Kollegin?«

»Ist schon weg.«

»Ist doch perfekt«, sagt Katja. »Es sei denn, sie hat ihre Notizen mit nach Hause genommen. Aber das lässt sich ja mit einem Blick auf ihren Schreibtisch klären.«

»Ist das eine Aufforderung?«

»Nur ein Vorschlag.«

»Ich ruf Sie zurück.«

»Ich freu mich drauf.«

Sein Name verschwindet vom Display. Sie merkt, dass ihre Hände schwitzen, das Lenkrad ein feuchter Kranz. Vor ihr die Wallfahrtskirche Sankt Maria Thalkirchen, wie auf ein geheimes Zeichen hin schalten sich die Straßenlaternen ein. Mach schon, Kneissl, denkt sie und zählt die Sekunden. Kurz darauf hält sie vor dem Mietshaus, in dem Dorfmüller wohnt. Das schwarze Vinyldach seines goldfarbenen Granadas, auf den Scheiben und dem Lack kein Stäubchen, selbst die Felgen glänzen.

Als sie den Motor ausschaltet, meldet sich Kneissl endlich.

»Und?«, fragt sie.

»Schäfer«, sagt er.

»Peter Schäfer?«

»Genau der.«

Ein Stich mitten in ihr Herz, ein Schmerz, der sie lähmt. Sie möchte losschreien vor Wut und bleibt stumm. Und stellt fest, dass sie nicht mal verwundert ist. Kneissl hat ihr genau den Namen geliefert, den sie erwartet hat.

»Wer ist der Typ?«, fragt er.

»Der Chef der Augsburger Mordkommission«, sagt sie. »Hat seinerzeit die zuständige Sonderkommission geleitet und ist heute Nachmittag zum Leiter der aktuellen Ermittlungen im Fall Wolf benannt worden.«

»Jetzt wird ein Schuh draus«, sagt Kneissl trocken.

»Aber keiner für die Öffentlichkeit.«

»Wie bitte?«

»Sie müssen den Ball flach halten.«

»Sie liefern mir hier eine Bombenstory, und ich soll nicht darüber berichten?«

»Nur ein paar Tage. Bis ich die kompletten Hintergründe habe. Dann melde ich mich wieder, und Sie kriegen den ganzen Rest. Exklusiv!«

»Ich verlass mich drauf, Frau Sand.«

»Machen Sie das«, sagt sie und drückt das Gespräch weg.

Ganz still sitzt sie da, die Hände auf dem Lenkrad, den Rücken ins Polster des Sitzes gedrückt. Sie wartet darauf, dass das Rasen ihres Herzens nachlässt und sich ihr Atem beruhigt. Sie darf sich nicht von ihren Gefühlen davontreiben lassen, nicht jetzt!

Langsam kehrt die Kälte in sie zurück, die Nüchternheit, die sie so dringend braucht. Sie steigt aus, die Abendluft riecht nach Frühling. Familien, die hinter erleuchteten Fenstern beim Abendessen sitzen, wieder ein Tag, der seinem Ende zugeht, und morgen ein neuer, das Leben ein langer, ruhiger Fluss. Man treibt dahin. Wenn es gut läuft, ist man zufrieden, wenn nicht, träumt man davon, dass es besser wird. Wovon sie selbst träumt, hat sie sich nie gefragt. Sie hat sich das Träumen versagt. Es gab immer nur das, was getan werden musste. Daran hat sie sich festgehalten wie an einem Geländer. Vielleicht war ich mir nicht wichtig genug, denkt sie, vielleicht hätte ich mich mehr um mich selbst kümmern sollen.

»Hallo?«, hört sie Dorfmüllers Stimme aus der Gegensprechanlage, ein Kreis aus kleinen Löchern in einer Metallplatte über den Klingeln.

»Ich bin's«, sagt sie leise.

Ein paar Sekunden lang passiert nichts, dann ertönt der Summer der Haustür.

Als sie das letzte Mal hier war, ist sie seinem Hilferuf gefolgt. Er war verzweifelt, weil Susi sich zu einem Besuch angekündigt und er begriffen hatte, dass seine Wohnung absolut nicht vorzeigbar war. Ein Chaos aus Zeitschriften, Büchern, Klamotten. Aus der Küche hatte es verführerisch nach Curry und Huhn gerochen. Er hatte fieberhaft Staub gesaugt, während sie einen schwarzen Müllsack gefüllt und in letzter Sekunde nach unten geschleppt hatte. Auf der Treppe war ihr die Susi bereits entgegengekommen. Sie hatten einander freundlich gegrüßt. Katja hatte schmunzeln müssen und dabei gedacht: Die ist die Richtige für den Rudi!

Sie hat ihm seinen Hintern gerettet. Jetzt muss er ihren retten.

Er steht in der Wohnungstür und schaut sie stumm an. Hinter ihm ruft die Susi: »Wer ist denn da?« Dann steht sie auch schon neben ihm und blickt Katja überrascht an.

»Meine Chefin«, sagt Dorfmüller. »Die Frau Sand.«

»Katja«, sagt Katja.

»Susi«, sagt Susi. »Schön, Sie persönlich kennenzulernen. Obwohl – eigentlich kenne ich Sie ja schon, so oft wie der Rudi von Ihnen redet.«

»Jetzt übertreib nicht«, sagt Dorfmüller.

»Ist doch so«, sagt Susi. Und zu Katja: »Wollen Sie nicht reinkommen? Sie können mitessen, wenn Sie mögen. Ist gleich fertig und reicht auch für drei.«

Sie ist drall und jung und schön, denkt Katja. Eine, die nicht lang fackelt. Eine, die zupackt, wenn es drauf ankommt. »Danke«, sagt sie und schüttelt den Kopf.

»Was gibt's denn?«, fragt Dorfmüller.

»Können wir kurz reden?«

»Drehen wir 'ne Runde«, sagt er und zieht seinen Autoschlüssel aus der Tasche.

28

»Bis zur Stadtgrenze und zurück«, sagt er und steuert den Granada auf die Wolfratshauser Straße. »Mehr ist nicht drin.«

»Wird reichen.«

»Nicht, weil ich nicht will, aber sonst verkocht der Susi alles.«

»Hab ich verstanden«, sagt Katja. Und nach einem Moment des Schweigens: »Sieht so aus, als wüsste sie, wie sie dich zu nehmen hat.«

»Schätze, das tut sie.«

»Sie macht dich wirklich glücklich, oder?«

»Absolut«, sagt Dorfmüller, und ein Lächeln umspielt seine Lippen.

Sie erinnert sich daran, wie er in der Metzgerei Zoller eine Leberkässemmel gekauft hat, während sie im Wagen gewartet hat. Die Susi hat ihn angelacht, und er hat zurückgelacht, und jetzt sind sie ein Paar, und er macht sich Sorgen, dass ihr das Essen verkochen könnte.

Der Sechszylinder schnurrt leise vor sich hin, die Straße ein leeres, langes Band, Bundesstraße 11 nach Wolfratshausen und weiter Richtung Alpen, am Kochelsee vorbei und am Walchensee, bis runter nach Krün, kurz vor Mittenwald.

»Das war ein echter Schock heute«, sagt Dorfmüller.

»Ja«, erwidert Katja. »Aber einer, der inszeniert war.«

»Vermutest du.«

»Weiß ich.«

»Woher?«

»Ich will dich nicht in Verlegenheit bringen.«

»Bin ich doch schon«, sagt er. »Spätestens seit dem Moment, in dem ich dir die Tür aufgemacht hab.«

»Ich wäre dir nicht böse gewesen, wenn du es nicht getan hättest.«

»Das eine sind die da oben«, erwidert er. »Das andere sind du und ich.«

»Danke, Rudi.«

»Also?«, fragt er.

»Peter«, sagt sie.

»Kein Scheiß?«

»Kein Scheiß!«

Er blickt sie kurz an, als wollte er sich versichern, dass sie ihm auch wirklich keinen Unsinn erzählt, schaut wieder nach vorne und nickt. Dann tritt er das Gaspedal durch. Unvermittelt und heftig. Der Sechszylinder heult auf, der Granada schießt auf der einspurigen Straße nach vorne, die Tachonadel klettert auf siebzig, dann auf achtzig. Mitten in Solln. Bäume und Häuser, die gefährlich nah an ihnen vorbeifliegen.

»Bitte, Rudi!«, sagt sie.

Er nimmt den Fuß wieder vom Gas.

»Entschuldige«, sagt er. »Musste kurz sein.«

Mein Rudi, denkt sie. Aufrecht und geradeaus. Immer an ihrer Seite, auch wenn er nicht alles gutheißt, was sie tut. Drängt sich nie in den Vordergrund. Hält die Klappe, wenn es sein muss. Greift nur ein, wenn es nicht anders geht.

»Du weißt schon, dass ich ihn nicht leiden kann«, sagt er.

»Ist mir nicht entgangen.«

»Von Anfang an nicht.«

»Hauptsache, er merkt es nicht«, sagt sie. »Sonst hast du ein Problem.«

»Der ist doch viel zu eitel, um das zu merken.«

»Täusch dich bloß nicht«, sagt sie. »Der kriegt alles mit.«

Eine Weile ist es still im Wagen, beide sind in Gedanken versunken. Katja sieht Rudi an, wie es in ihm arbeitet.

Er schüttelt ungläubig den Kopf. »Ich versteh das einfach nicht. Ihr habt ein Kind zusammen, er ist der Vater deiner Tochter.«

»Vielleicht deswegen. Er hat mir nie verziehen, dass ich ihn verlassen habe.«

»Männer!«, sagt er angewidert.

»Frauen sind nicht besser«, erwidert sie. Und schränkt grinsend ein: »Bis auf deine Susi natürlich.«

»Sehr witzig.«

»Meine ich ernst, Rudi. Auf die kannst du zählen. Die ist ein echter Treffer.«

»Ja«, sagt Dorfmüller. »Ist sie.«

Ein paar Minuten später passieren sie die Stadtgrenze. Hinter dem Ortsschild von Pullach im Isartal fährt Dorfmüller rechts ran. Der Motor läuft weiter, ein leises Blubbern. »Okay«, sagt er. »Die Hälfte der Zeit ist um.«

»Ja«, erwidert sie leise.

»Das war doch nicht alles, Katja. Das mit Schäfer hättest du mir auch am Telefon erzählen können. Deswegen bist du nicht zu mir nach Hause gekommen.«

»Nein, bin ich nicht.«

»Warum dann?«

Sie antwortet nicht. Starrt vor sich hin und überlegt verzweifelt, ob sie ihm das wirklich antun kann. Ohne ihn ist sie aufgeschmissen. Ihn zum Mitwisser zu machen, bringt ihn in eine Zwickmühle, aus der er nicht mehr rauskommt. Wenn er ihr helfen will, muss er das System verraten. Ein Entweder-oder. Kein Dazwischen. Und was, wenn er anders reagiert als erwartet? Wenn er zu Koller rennt und ihm alles erzählt?

»Glaubst du, ich mach mir keine Gedanken?«, fragt er. »Ich sehe doch, was mit dir los ist, ich bin doch nicht blind. Schon als du heute morgen ins Büro gekommen bist, wusste ich, dass irgendwas passiert ist. Aber nein, kriege ich zu hören, alles in Ordnung, Rudi! Also halte ich den Mund. Aber jetzt reicht es, Katja, jetzt halte ich ihn nicht mehr! Entweder du sagst mir jetzt, was Sache ist, oder du steigst aus und gehst zu Fuß nach Hause!«

Sie antwortet noch immer nicht.

Seine riesigen Hände kneten das Lenkrad. Wenn er nicht aufpasst, wird es ihm unter den Fingern zerbrechen. »Entschuldige«, sagt er. »Das mit dem zu Fuß nach Hause nehme ich zurück.«

Sie schaut ihn an. Die Straßenlaternen werfen Schlaglichter auf sein Gesicht, die dürren Haare wie Leuchtstäbchen in der Dunkelheit. Also gut, denkt sie und sagt: »Wenn du mich verpfeifst, bringe ich dich um.«

»So schlimm?«

»Schlimmer!«

»Ich nehme an, es geht um Jenny«, sagt er, den Blick starr vor sich auf das Armaturenbrett gerichtet. Der Motor im Leerlauf, der Tacho bei null, der Drehzahlmesser bei immer gleichen elfhundert Umdrehungen pro Minute.

»Wie kommst du darauf?«, fragt sie.

»Kann nicht anders sein«, erwidert er. »Sonst würdest du mir nicht drohen.«

»Und wenn es tatsächlich so ist?«

Er wendet ihr den Kopf zu. Er will nicht denken, was er denkt, sagen seine Augen, aber er kann nicht anders. »Er hat sie sich geschnappt, richtig?«

»Erst musst du dich entscheiden, Rudi!«

»Das hab ich längst getan.«

»Wenn ich es dir erzähle, gibt es kein Zurück mehr.«

»Mit dir gab es noch nie ein Zurück, Katja. Immer nur nach vorne. Hab ich immer bewundert an dir.« Sein Mund verzieht sich zu einem Lächeln. Der Versuch, Zuversicht auszustrahlen.

»Fahr los«, sagt sie und schaut auf den vom Rückspiegel herunterhängenden Duftbaum. Orange-Myrrhe, Lavendel-Citrus oder was auch immer da vor sich hin baumelt – zum ersten Mal ist ihr die Mischung egal.

Sie wartet, bis er gewendet hat und den Granada zurück Richtung Norden steuert. Dann beginnt sie zu erzählen. Von Wolfs Besuch bei ihr und wie er sich mit einem Trick Zutritt zu ihrer Wohnung verschafft hat. Wie er ihr einen Deal vorgeschlagen hat, der nichts weiter war als eine Erpressung. Wie er ihr seine Pistole zugeschoben und sich an ihrer Hilflosigkeit berauscht hat.

Sie redet lange, sachlich und nüchtern, erwähnt jedes Detail. Sie beschönigt nichts und bauscht nichts auf.

Dorfmüller hört sich alles schweigend an, was sollte er dazu auch sagen? Aber die Wut steht ihm ins Gesicht geschrieben. Erst als er den Granada wieder vor dem Mietshaus in Thalkirchen geparkt und den Motor ausgeschaltet hat, wendet er sich ihr zu. »Mir ist klar, dass ich als Polizist so was nie laut äußern dürfte«, sagt er. »Aber du hättest ihn damals erschießen sollen!«

»Wenn ich gekonnt hätte, hätte ich es getan.«

»Was willst du jetzt machen?«

»Ich brauche deine Hilfe.«

»Wie?«

»Der Weg des Geldes«, sagt sie. »Das, was Glaser damals mit der Beute gemacht hat. Wo und wie er sie versteckt hat. Ausländische Konten, Wertpapiere, was auch immer da infrage kommt.«

»Ich dachte, Schäfer kümmert sich darum.«

»Aber tut er das wirklich? Jetzt ist er der Boss. Jetzt entscheidet er selbst, worum er sich kümmert.«

»Du traust ihm nicht über den Weg, oder?«

»Kein bisschen.«

Dorfmüller lehnt seinen gewaltigen Schädel gegen die kunstlederbezogene Kopfstütze des Fahrersitzes. Er denkt nach. Dann sagt er: »Du willst, dass ich das übernehme.«

»Ja«, erwidert sie. »Aber so, dass er es nicht mitkriegt.«

»Was soll das bringen, Katja?«

»Peter glaubt, dass Wolf Glaser erschossen hat. Er will nur eins: ihn so schnell wie möglich schnappen, den Fall abschließen und die Lorbeeren dafür einstreichen. Das ist alles, was ihn interessiert. Den Verbleib der Beute zu klären, ist für ihn nur ein Mittel zum Zweck, um dieses Ziel zu erreichen. Im Gegensatz zu ihm weiß ich, dass Wolf es nicht war. Sonst hätte er das Geld längst und hätte nicht Jenny entführen müssen, damit ich es ihm beschaffe. Was nur funktionieren kann, wenn ich rauskriege, was aus der Beute geworden ist. Und das geht nicht ohne dich. Der Dreckskerl hat mich in der Hand, Rudi, und die Zeit läuft mir davon. Wenn ich nicht liefere, ist Jenny tot! Und wenn Peter schneller ist als ich und Wolf schnappt, bevor ich Jenny da rausgeholt habe, ist sie auch tot. Irgendwo verhungert, verdurstet oder erstickt. Weil er die Entführung einfach leugnen wird. Und ich sie ihm nicht beweisen kann.«

»Hört sich nach einer Nachtschicht an«, sagt Dorfmüller und schaut an der Hausfassade empor zu den erleuchteten Fenstern seiner Wohnung.

»Tut mir echt leid um dein Essen, Rudi.«

»Sei nicht albern.«

»Wird sie's verstehen?«

»Auf jeden Fall«, sagt er. »So ist das eben in unserem Job. War das Erste, was ich ihr gesagt habe.« Er startet erneut den Motor.

Sie öffnet die Beifahrertür. »Du rufst mich an, ja?«

»Sobald ich was hab. Und jetzt raus mit dir!«

Sie steigt aus und schaut dem davonfahrenden Granada hinterher. Zwei kleiner werdende Rücklichter in der Nacht. Zertifizierte Originalersatzteile, die er im Internet gekauft hat.

Er riskiert eine Menge für mich, denkt sie. Ohne Zögern, ohne überflüssige Fragen oder Kommentare. Tut, was getan werden muss, einfach so, ohne Rücksicht auf die Konsequenzen, die das für ihn haben kann. Seine Selbstverständlichkeit rührt sie.

Während sie zu ihrem Wagen geht, kehrt die Angst zurück. Die alles verschlingende Sorge um ihr Kind. Wo bist du, Jenny, was hat Wolf mit dir gemacht? Sie hat ein Lebenszeichen von ihm verlangt, er hat bis jetzt nicht reagiert. Warum nicht? Will er sie hinhalten, sie quälen, oder kann er nicht, weil Jenny schon längst nicht mehr …

Hör auf, Katja!

Sie zieht ihr Handy aus der Tasche, drückt die Kurzwahltaste ihrer Mutter.

Monika Sand meldet sich nach dem ersten Freizeichen. »Katja?«

»Kann ich bei dir schlafen, Mama?«

»Ich hab dir dein Bett schon gemacht.«

29

Sie schaut auf den Schirm der Nachttischlampe. Die Bienen und Schmetterlinge, auf die sie schon als Kind gestarrt hat, wenn sie nicht einschlafen konnte. Papa, wo bist du? Wie oft hat sie sich damals gefragt, ob sie lieber eine Biene oder ein Schmetterling wäre. Die eine hat einen Stachel, der andere verwandelt sich, bevor er zu dem wird, was er ist. Ihr Vater hatte zu ihr gesagt: Man sucht sich nicht aus, wer man ist.

Sie hat mit ihrer Mutter im Wohnzimmer gesessen, sie haben geredet. Mehr als zwei Stunden lang. Die Sorge um Jenny, die quälende Ungewissheit, die Verzweiflung darüber, zum Warten verdammt zu sein. Bis Katja das Thema abrupt beendet hat: Es gibt nichts, was wir tun können, Mama, also hör auf damit!

Nach einem langen Schweigen fing Monika Sand an, über die alten Zeiten zu sprechen. Die ersten Jahre, als Katjas Vater noch lebte, und die Jahre danach. Die Fremdheit zwischen ihnen, die verzweifelten Kämpfe. Die Verbohrtheit einer Tochter, die Sturheit einer Mutter. All dieser sinnlose Schmerz, die Wunden, die sie sich gegenseitig zugefügt haben. Und wofür das alles?

Ihr toter Vater hat sie wie ein Schatten begleitet. Ihr ganzes Leben lang. Sie hat ihn gesucht, in den Dingen und den Menschen. Nur in sich selbst nicht. Deshalb hat sie ihn so lange nicht gefunden. Jetzt weiß sie, dass sie ihn in sich getragen hat. Er war bei ihr. Die ganze Zeit.

Vielleicht bin ich beides, denkt sie, eine Biene und ein

Schmetterling. Eine kleine, hungrige Raupe, die sich verpuppt hat, um am Ende die Flügel eines Schmetterlings und den Stachel einer Biene zu tragen.

Draußen vor dem Fenster die Schwärze der Nacht. Die Zeit rast vorbei und steht still, beides gleichzeitig. Kurz nach drei. Noch immer keine Nachricht. Weder von Wolf noch von Dorfmüller.

Neben der Lampe liegt die Pistole ihres Vaters, von deren Existenz sie bis heute nichts wusste. Er hat sie nach dem Einzug in das Haus am Kanal gekauft. Zum Schutz gegen Einbrecher. Am Ende ihres Gespräches ist ihre Mutter aufgestanden und in den Keller gegangen. Wo willst du hin, Mama? Nur was holen, das du brauchen könntest. Ein paar Minuten später ist sie zurückgekommen und hat ihr die Pistole in die Hand gedrückt. Eingeschlagen in einen öligen Lappen. Von Papa, hat sie gesagt, für alle Fälle.

Katja greift nach der Pistole, wiegt sie in ihren Händen. Eine Beretta 80, Kaliber .22. Sie zieht das Magazin heraus. Es ist vollständig geladen.

Sie sieht Wolf vor sich. Und Jenny. Ein dunkler Raum, er hat einen Arm um ihren Hals gelegt, ihre Augen sind starr vor Angst. Wenn Katja danebentrifft, ist ihre Tochter tot. Sie zieht den Abzug durch, das Mündungsfeuer ein heller Blitz, die Kugel reißt Wolfs Kopf nach hinten, er schaut sie an, grinsend wie immer, dann löst sich der Griff um Jennys Hals, und er sinkt in sich zusammen, auf seiner Stirn ein kleines, blutendes Loch.

Sie legt die Pistole zurück auf den Nachttisch, sie spürt ihr Herz schlagen, sie ist jetzt hellwach. Ihr Blick geht zum Fenster, sie sehnt den Morgen herbei.

Um sich abzulenken, versucht sie, in ihrem Kopf die Fakten zu sortieren, geht in Gedanken den Ablauf der letzten Tage durch. Wann was passiert ist und wie es passiert ist.

Martin Wolf erschießt bei seiner Flucht zwei Justizbeamte.

Sie nimmt mit Dorfmüller die Ermittlungen auf. Peter taucht aus Augsburg auf, wird ihr ungefragt zur Seite gestellt. Erfolglos gehen sie die alten Ermittlungsakten durch. Sie werden in das Haus von Werner Glaser gerufen, finden ihn tot vor. Erschossen mit einer zweiten Tatwaffe. Wieder gehen sie die alten Ermittlungsakten durch. Und stoßen auf Glasers Namen. Er war damals vernommen worden, aber die Spur wurde nicht weiterverfolgt. Am Tatort finden sich Wolfs Fingerabdrücke. Peter geht davon aus, dass er auch in diesem Fall der Täter ist. Er glaubt, dass Wolf zu Glaser gefahren ist, um sich seinen Anteil an der Beute zu holen. Aber warum sollte er ihn erschießen? Ein toter Glaser kann ihm nicht verraten, wo sein Geld ist. Und wenn Glaser es ihm verraten hat, muss Wolf ihn nicht mehr töten, weil er von ihm nichts zu befürchten hat. Sein ehemaliger Komplize kann ihn nicht bei der Polizei anzeigen, weil er damit selbst auffliegen würde.

Trotzdem beharrt Peter auf seiner Theorie. Was er nicht weiß: Wolf hat sich inzwischen Jenny geschnappt, um Katja zu erpressen. Sie soll ihm seinen verschwundenen Anteil an der Beute beschaffen. Den Mord an Glaser will er nicht begangen haben.

Wenn Wolf Glaser nicht erschossen hat, dann kommt als Täter nur jemand infrage, der sich Wolfs Anteil an der Beute unter den Nagel gerissen hat.

Jemand, der von den Ermittlungen gegen Glaser wusste und befürchten musste, dass Katja ihm auf die Schliche käme, wenn sie Glaser lebend in die Hände bekäme.

Um die Frage zu klären, warum Glaser ihnen damals durchs Netz geschlüpft ist, hat Katja die ehemalige Kollegin Sandra Wegner überprüft. Die sich in der Nacht von Glasers Tod das Leben genommen hat. Bei einem Besuch von Wegners Eltern hat sie erfahren, warum Sandra von einem Tag zum anderen die Sonderkommission verlassen hat. In ihrem Spind war Kokain gefunden worden. Peter hatte sie vor die Wahl gestellt:

fristlose Kündigung oder eine offizielle Untersuchung. Sandra hatte sich für die Kündigung entschieden.

Zur selben Zeit erscheint in der Online-Ausgabe der *Abendzeitung* ein Artikel, der Katja zum Abschuss freigibt. Als sie zurück in die Mordkommission kommt, wird sie von der Leitung der Ermittlungen entbunden. Zu ihrem Nachfolger wird ausgerechnet Peter Schäfer ernannt.

Eben jener Peter Schäfer, der als ehemaliger Leiter der *Soko Wolf* Drogen in Sandra Wegners Spind gefunden und sie zu einer Kündigung gezwungen hat. Der das vor den Kollegen erfolgreich vertuscht und die Glaser-Spur nicht weiterverfolgt hat. Der Jahre später wie aus dem Nichts aus Augsburg aufgetaucht ist und mit seinen Kontakten dafür gesorgt hat, dass er in die aktuellen Ermittlungen eingebunden wurde. Der als Mitglied des Ermittlungsteams über jeden von Katjas Schritten im Bilde war. Der dabei war, als sie auf der Suche nach Wolfs Komplizen von einst die alten Ermittlungsakten überprüft hat. Der wusste, dass sie Glaser näher kam.

Und schließlich Peter Schäfer, der einer Journalistin der *Abendzeitung* heimlich Informationen geliefert hat, die dafür gesorgt haben, dass Katja beurlaubt und er selbst zum Leiter der Ermittlungen berufen wird. Womit er alle Fäden in der Hand hält. Er kann die Ermittlungen nach Belieben steuern und manipulieren. Genau wie damals.

Ihre Gedanken machen ihr Angst. Sie will das nicht weiter durchspielen, aber sie muss. Peter und immer wieder Peter, an jeder entscheidenden Stelle taucht er auf. Früher wie heute. Ein Zufall, der kein Zufall sein kann!

Ihr Handy klingelt, sie schaut auf das Display. Rudi.

»Ich hoffe, ich hab dich nicht geweckt«, sagt er.

»Höre ich mich an, als ob ich geschlafen hätte?«

»Nicht wirklich.«

»Wo bist du?«

»Wo wohl? An meinem Schreibtisch im Büro.«

»Und außer dir?«

»Es ist drei Uhr siebzehn, Katja«, sagt er. »Wer sollte um die Zeit hier sein außer einem Bekloppten wie mir, der seinen Arsch für dich riskiert?«

»Bist du weitergekommen?«, fragt sie ungeduldig.

»Sonst würde ich nicht anrufen.«

»Und? Was hast du rausgekriegt?«

Sie hört ihn tief durchatmen. »Als Erstes habe ich sämtliche Ordner durchwühlt, die die Spusi in Glasers Haus sichergestellt hat«, sagt er.

»Mit Erfolg?«

»Mit halbem Erfolg. Es gab zwar Schreiben von verschiedenen Banken – eine aus Liechtenstein, eine Investmentbank in Luxemburg und ein Geldinstitut in Panama-City. Aber keine Kontonummern, Bankauszüge oder Passwörter. Das alles muss Glaser in seinem Laptop gespeichert haben, aber der ist, wie du weißt, mit seinem Tod ja bedauerlicherweise verschwunden.«

»Und weiter?«

»Ich hab Schlesinger angerufen.«

»Wer zum Teufel ist Schlesinger?«

»Arbeitet bei der KTU. IT-Abteilung. Ein echter Freak.«

»Bist du wahnsinnig?«, regt sie sich auf. »Was, wenn er nicht dichthält?«

»Er wird dichthalten«, sagt Dorfmüller. »Hundertprozentig.«

»Was macht dich da so sicher?«

»Seine Leidenschaft für alte Autos.«

»Ich verstehe nicht.«

»Er fährt seit drei Jahren einen 74er Ford Capri. Quasi der deutsche Mustang. Zweite Serie. Originallackierung in Signalorange. Echt schickes Teil.«

»Na und?«

»Ich hab ihn irgendwann mal drauf angesprochen. Gewissermaßen von Liebhaber zu Liebhaber. Stolz, wie er ist, erzählt er mir ganz im Vertrauen, dass er die Karre in einer Polizeiversteigerung geschossen hat. Kannte den zuständigen Kollegen, der das organisiert hat. Eine abgekartete Sache. Zwei fünf für den Capri, was für so ein Modell ein echter Witz ist, und fünfhundert für den Kollegen. Tja, hätte er mal besser nicht so offen geredet damals.«

»Komm zum Punkt, Rudi!«

»Erst wollte er nicht, aber der Hinweis auf die Sache mit dem Capri hat ihn schließlich überzeugt. Also hat er seinen Hintern herbewegt.«

»Und dann?«

»Wir hatten die Namen der Geldinstitute, und wir hatten Glasers Namen. Dazu seine persönlichen Daten. Schlesinger meinte, das reiche ihm.«

»Wozu?«

»Er hat angefangen zu zaubern. Auf dem Laptop, den er mitgebracht hat. Hack it like Beckham! Nach einer halben Stunde hatte er die Kontonummern. Eine weitere Stunde später die dazugehörigen Passwörter. Genauer gesagt: *das* Passwort, weil Glaser so blöd war, bei allen Konten dasselbe zu verwenden.«

»Wo ist dein Freund Schlesinger jetzt?«

»In seinem Bett. Hab ihn nach Hause geschickt.«

»Und du bist noch dageblieben?«

»Logisch. Musste mir noch die internationale Zinsentwicklung der letzten sechzehn Jahre anschauen.«

»Warum?«

»Um herauszufinden, wie viel Glaser ursprünglich angelegt hat.«

»Und was ist dabei rausgekommen?«

»Ziemlich genau die Hälfte der Beute.«

Katja überlegt. Die Puzzlesteine fügen sich wie von selbst zusammen, die Schlussfolgerung erschreckt sie.

»Was bedeutet, dass er die andere Hälfte entweder bei sich zu Hause aufbewahrt hat oder sie kurz nach dem Überfall weitergegeben hat.«

»Warum sollte er das tun?«, fragt Dorfmüller.

»Vielleicht wurde er dazu gezwungen: Du gibst mir die Hälfte, und ich halte dafür die Klappe!«

»Du meinst, jemand hat ihn erpresst?«

»Ja«, sagt sie. »Derselbe Typ, der ihn erschossen hat – um zu verhindern, dass das alles rauskommt.«

»Scheiße, Katja!«

»Besser könnte ich's auch nicht sagen, Rudi – Scheiße!«

Dritter Teil

DANACH

Und dann war das Mädchen plötzlich eine junge Frau. Endlich war das Glück zu ihr gekommen. Eine kleine Wohnung, ein Beruf, ein Mann. Vor allem das. Sie liebte ihn, er war ihr Zuhause. Gemeinsam mit ihm war alles möglich.

Sie schaute ihn an, heimlich, wenn er schlief. Sie roch an seiner Haut, die nach Erde und Meer duftete, fuhr mit den Fingern über die blauen Adern an seinen Oberarmen, spürte das Pochen seines Pulses. Sie pustete gegen die Haare auf seiner Brust, ihr Atem ließ sie zittern wie Blätter im Wind.

Dass sie sich in ihn verliebt hatte, lag an der Art, wie er sich bewegte. Leicht und sicher, ohne jede Aufregung, niemals ein Schwanken. Wenn sie neben ihm herging, ihre Hand in seiner, fühlte sie sich aufgehoben. Sie fragte sich, warum das so war. Und gab sich selbst die Antwort: weil es so sein musste. Und immer seltener dachte sie an ihren verstorbenen Vater.

Sie legte sich in seine Hände. Sie war sich sicher: Sollte sie in Not geraten, würde er sie beschützen. Als es so weit war, musste sie sich selbst retten. Er war nicht da.

Von da an war es zu spät für alles andere: das gemeinsame Kind, die gemeinsame Familie, die gemeinsame Zukunft. Ab jetzt würde alles nur noch Vergangenheit sein.

Er merkte es lange nicht, und sie wollte es nicht wahrhaben. Sie spielte Komödie. Für ihn, für sich selbst, für die Welt um sie herum. Sie wartete auf seine Fragen, und als die ausblieben, vergaß sie die Antworten.

Irgendwann gab es keine mehr.

Dann hielt sie das Bild in den Händen: ausgedruckte Ultraschallwellen auf dünnem Papier. Schwarzweiße Schatten, die einen Körper formten. Ein neues Leben in ihr. Sie lag auf einer Liege in einem Untersuchungsraum und dachte: Jetzt ist mein Leben vorbei.

Sie erzählte niemandem davon, nicht ihm, nicht den anderen. Sie spürte das Kind in sich wachsen und wollte es nicht. Sie entschloss sich, es wegmachen zu lassen. Am Ende würde es das Kind nie gegeben haben.

Als es so weit war, brachte sie es nicht über sich. Sie konnte es vielleicht aus ihrem Körper entfernen lassen, in ihrem Kopf würde es ewig bleiben. Aber auch wenn sie es austrug – behalten wollte sie es nicht. Sie entschied sich, es nach der Geburt wegzugeben.

Dem Mann, der sie nicht gerettet hatte, sagte sie: Es ist vorbei. Er verstand das nicht, er flehte sie an, er bedrängte sie. Da war die Wohnung, die sie erst vor Kurzem gemeinsam besichtigt hatten, voller Sonne und Licht, da war sein Antrag, dem sie zugestimmt hatte, ohne jedes Zögern, da war so vieles. Willst du das alles wegwerfen, fragte er.

Sie wollte nichts wegwerfen, sie liebte ihn noch immer, aber sie hatte sich entschieden.

Sie arbeiteten zusammen, also sahen sie sich weiterhin jeden Tag. Und er sah ihren wachsenden Bauch. Er sagte: Es ist auch mein Kind, ich habe ein Recht darauf. Sie sagte: Wir sind nicht verheiratet. Und dachte an ihren Vater, der kurz vor seinem Tod zu ihr gesagt hatte: Man sucht sich nicht aus, wer man ist.

Der Mann, den sie noch immer liebte, ließ sich in eine andere Stadt versetzen. Erst da begriff sie, wie sehr er ihr fehlte. Es gab jetzt nur noch sie und das in ihr wachsende Kind.

Sie begann zu zweifeln. An sich, an der Welt, an allem, was ihr etwas bedeutete. Sie stellte fest, dass es nichts gab, was ihr etwas bedeutete.

Sie fühlte sich wie tot. Was immerhin so etwas wie ein Gefühl war. Denn eigentlich fühlte sie gar nichts mehr.

Das Kind in ihrem Bauch begann sich zu regen. Seine winzigen Arme und Beine schlugen gegen die Innenseite ihres Körpers. Manchmal spürte sie sogar seinen Herzschlag. Es wollte nicht tot sein, es wollte leben. Nicht einmal das brachte sie zum Weinen. Dabei hätte sie so gerne geweint. Wenigstens das.

Sie nahm an Umfang zu, ihre Arme quollen auf, in ihren Beinen sammelte sich Wasser. Sie stellte sich nackt vor den Spiegel in ihrer kleinen Wohnung und betrachtete sich. Sie kannte die Frau nicht, die sie da sah. Sie war sich vollkommen fremd.

Sie versuchte, ihren Bauch zu verstecken, zog weite Kleider an und übergroße Pullover. Ihr Gesicht konnte sie nicht verstecken. Ihre Mutter sah ihr ihren Zustand an. Sie sagte: Wenn du selbst ein Kind hast, wirst du begreifen, was du mir angetan hast.

Sie versuchte, die Worte ihrer Mutter zu überhören. Es gelang ihr nicht. Das alte Gift wirkte weiter. Mit dem Tod ihres Vaters war die Liebe zu ihrer Mutter erloschen. Als sie sich ihre fehlenden Gefühle endlich eingestanden hatte, war sie erleichtert gewesen. Bis sie erkannte, dass sie nicht nur ihren Vater verloren hatte.

Die letzten Wochen vor der Geburt waren unerträglich. Sie konnte sich kaum noch bewegen. Das Kind in ihr wuchs und wuchs und wurde ihr fremder mit jedem Tag. Sie fragte sich: Warum diese Strafe?

Sie war voller Sehnsucht, aber ohne jedes Gefühl. Nichts mehr, das sie geben konnte. Sie hatte den Mann, den sie liebte, verlassen. Sie war eine Wüste, ein ausgetrockneter See. Wer aus ihr trinken wollte, den ließ sie verdursten.

Dann war es so weit. Der Schmerz war gnadenlos, trotz der Spritze, die man ihr gegeben hatte. Er kam in Wellen. Er fraß sich wie Feuer an ihren Nervenenden empor. Er zerriss sie.

Dann ebbte er ab. Um kurz darauf mit erneuter Wucht zuzuschlagen, stärker und grausamer als zuvor.

Und dazu diese Bilder in ihr, gegen die sie sich nicht wehren konnte, die sich in ihr Gehirn brannten, ihre Seele. Das, was geschehen war, was an ihr klebte, ein giftiger, alles vernichtender Schleim. Die Augen des Teufels, der Gestank der Hölle.

Und mitten in dieser Hölle ein Schrei. Durchdringend und grell. Ein neues Leben, blau angelaufen und blutverschmiert. Ein Mädchen wie sie. Sie legten es ihr auf den Bauch. Winzige Hände auf ihrer Haut, ein Wunder aus Fleisch und aus Blut.

Und plötzlich war alles anders. Kein Hass mehr und keine Wut. Nur noch Liebe, woher diese Liebe, ein unvorstellbares Glück.

Sie hatte immer gedacht, mit dem Tod wäre alles vorbei. Vielleicht auch schon vorher. Plötzlich wusste sie: Es gab ein Danach. Es begann in diesem Moment. Und es würde schöner und kostbarer sein als alles, was sie bislang erlebt hatte.

30

»Kaffee?«, fragt ihre Mutter.

»Gerne«, sagt Katja.

Sie sitzen am Küchentisch. Monika Sand hat Frühstück gemacht. Aufgebackene Brötchen, gekochte Eier, frisch gepresster Orangensaft. »Du siehst nicht gut aus«, sagt sie.

»Wie man eben aussieht, wenn man kaum geschlafen hat.«

»Heute Nacht hat dein Handy geklingelt.«

»Tut mir leid, wenn ich dich geweckt hab, Mama.«

Ihre Mutter zieht den Morgenmantel über dem geblümten Nachthemd zurecht. Die grauen Haare sind unfrisiert, die Nachtcreme in ihrem ungeschminkten Gesicht glänzt fettig. Sie sieht alt aus. Eingefallen. »War er das?«

»Nein.«

»Sondern?«

»Dorfmüller.«

»Und? Irgendwas Neues?«

»Ja«, sagt Katja schmallippig.

»Du willst nicht drüber reden.«

»Nein.«

»Dann eben nicht«, sagt ihre Mutter. In ihrer Stimme Enttäuschung.

Katja kann sie verstehen. Sie will helfen, denkt sie, und ich lasse sie nicht.

Sie essen schweigend, eine besorgte Mutter und ihre nicht minder besorgte Tochter. Jenny sitzt zwischen ihnen, nicht da und doch dabei. Seit zwei Tagen ist sie jetzt schon in Wolfs

Händen. Zeit, die davonläuft ohne jede Aussicht auf Rettung. Wie soll man diese Unerträglichkeit aushalten?

»Du hast nicht zufällig ein Foto von uns?«

»Bitte?«

»Eins von früher«, sagt Katja. »Peter und ich.«

»Was willst du damit?«

»Hast du oder nicht?«

Monika Sand steht auf, ihr Rücken gebeugt. Ihr Blick sagt: Warum lässt du mich außen vor? Aber sie spricht es nicht aus, verlässt stattdessen wortlos die Küche. Ihre schlurfenden Schritte. Katja hört, wie sie sich im Wohnzimmer zu schaffen macht, Schubladen aufzieht und zuschiebt. Papier, das knistert, Fotos aus längst vergangenen Tagen. Dann kommt sie zurück, in der Hand zwei Alben, stoffbezogen, wie es damals üblich war. Sie legt sie schweigend auf den Küchentisch.

Katja schlägt sie auf, ein kleines Mädchen mit einer Schultüte in der Hand, eine Reise zurück in der Zeit. Ihr Vater und sie, er liest ihr vor, sie hängt an seinen Lippen. Für das Kind, das sie war, bedeutete er alles, ihre Mutter daneben, nichts weiter als ein geduldetes Anhängsel. Es ist ihr ins Gesicht geschrieben, auch sie wird es gesehen haben, spätestens, als sie das Foto eingeklebt und mit einem Datum versehen hat. Gewusst hat sie es sowieso.

Katja blättert sich durch ihre Kindheit und Jugend, Fotos vom Gardasee, Maria und Luigi, die Terrasse des Hotels *Delfino*. Eine unglückliche Tochter, eine nicht weniger unglückliche Mutter. In ihren Mienen der Schatten des verstorbenen Vaters, immer da, wie in sie eingebrannt.

»Irgendwie traurig«, sagt Katja.

»Ja«, sagt ihre Mutter.

»Warum war das so, Mama, warum haben wir das nicht besser hingekriegt?«

»Ich weiß es nicht.«

Sie streicht ihrer Mutter über den Unterarm. Ihre weiche, schlaffe Haut. Zum ersten Mal fällt ihr die Ähnlichkeit ihrer Hände auf. Dieselben langen Glieder, die Form der Fingernägel, die Wölbung der Knöchel.

Sie schlägt das zweite Album auf. Die Zeit danach. Ihre Zeit. Peter und sie. Zwei glückliche Menschen, jung und voller Elan. Vor ihnen das Leben, die ganze Welt.

»Hast du ihn gemocht, Mama?«

»Am Anfang schon.«

»Später nicht mehr?«

»Ich habe gesehen, dass er dir nicht gutgetan hat. Er hat dich überrollt. Es gab dich nicht mehr. Nur noch euch. Und dieses ›euch‹, das war er.«

»Das hast du mir nie gesagt.«

»Hättest du mir denn zugehört?«

»Nein«, sagt Katja.

»Siehst du«, sagt ihre Mutter. Und dann: »Das Glück will nicht, dass man es stört.«

»Wie sich herausgestellt hat, war es kein Glück, Mama.«

»Das weiß man leider immer erst hinterher.«

»Ich will wissen, was du von ihm gehalten hast.«

Monika Sand lässt sich Zeit mit der Antwort. Sie wägt ihre Worte sorgfältig ab. Dann sagt sie: »Es gibt Menschen, die andere benutzen und sich anschließend darüber beklagen, ausgenutzt worden zu sein.«

»So hast du ihn gesehen?«

»Ja«, sagt ihre Mutter. »Und so sehe ich ihn immer noch.«

Katja schaut sie traurig an. »Was wäre passiert, wenn ich ihn nicht verlassen hätte?«

»Ihr hättet geheiratet und eine Familie gegründet. Du hättest dich um Jenny gekümmert und er sich um seine Karriere. Ihr hättet ein Reihenhaus gekauft, irgendwo weit draußen. Du hättest stundenlang in euren winzigen Garten gestarrt und darauf gewartet, dass er nach Hause kommt. Irgendwann hättest du es nicht mehr ausgehalten und wärst gegangen.«

»Du meinst, es wäre schiefgegangen?«

»Auf jeden Fall. Nur dass du dann heute nicht da wärst, wo du bist.«

»Was meinst du damit?«

»Dass du alles richtig gemacht hast. Mit deinem Job genauso wie mit Jenny. Du hast dein Kind allein großgezogen, trotz aller Schwierigkeiten. Und du warst nie von jemandem abhängig, Gott sei Dank, vor allem nicht von einem Mann.«

»Manchmal hätte ich gerne einen.«

»Mein Gott.« Monika Sand lacht auf. »Wer hätte das nicht gerne.« Und dann, wieder ernst: »Aber erst holst du dein Kind zurück!«

»Ja, Mama.«

Katja schaut ihre Mutter an. Eine kurz aufflackernde Hoffnung. Zwei Hände, die einander gleichen. Sie löst eine der Aufnahmen aus dem Album. Peter und sie neben ihrem gemieteten Cabriolet. Ein Parkplatz am Ufer des Gardasees, dahinter das glitzernde Wasser. Er hatte einem italienischen Touristen seine Kamera in die Hand gedrückt und ihn gebeten, das Foto zu machen. Sein Arm um ihre Schulter, in der Hand seine Sonnenbrille. Ein vollkommener Moment, mehr Glück ging nicht.

31

Als sie in Gräfelfing aus ihrem Wagen steigt, knickt sie das Foto in der Mitte, genau zwischen Peter und ihr. Den Teil, auf dem sie zu sehen ist, klappt sie nach hinten. Es geht hier um ihn, nicht um sie.

Sie betrachtet das Haus, in dem Sandra Wegner ihre letzten Jahre verbracht hat. Beton und Klinker, drei Etagen, auf der Vorder- und der Rückseite Balkone. Auf dem Klingelschild sechs Namen. Sie beschließt, sich von unten nach oben zu arbeiten.

Nach einer Stunde ist sie so weit wie am Anfang. Sandra Wegner wird von den anderen Mietern als höflich, aber distanziert beschrieben. Eine zurückgezogen lebende Frau, die so gut wie nie Besuch empfing. Mit der man jahrelang Tür an Tür gelebt hat, ohne irgendetwas über sie zu erfahren. Die man erst wahrgenommen hat, als sie tot auf ihrem Bett lag.

Dazu die üblichen Ausflüchte: Man habe ja keine Ahnung gehabt, dass sie mit ihrem Leben gehadert hat, sicher, man hätte sich kümmern müssen, möglicherweise hätte man ein solch tragisches Ende verhindern können. Aber wie soll man jemandem helfen, der keinerlei Anzeichen seiner inneren Not nach außen dringen lässt?

Katja kennt dieses Bedürfnis, sich zu rechtfertigen. Die Angst vor der Mitschuld, diese Sorge, schlecht dazustehen, vor sich selbst oder den Nachbarn. Und gleichzeitig diese zwanghafte Neugier nach den Details, diesen merkwürdigen Kitzel im Angesicht der Gewalt. Wie oft hat sie das in ihrem Job als

Mordermittlerin schon erlebt. Man war dabei, aber nicht beteiligt, zwischen sich und dem Abgrund nicht mehr als eine Wand oder eine Wohnungstür. Man hat nichts gesehen und nichts gehört, aber plötzlich spürt man sich selbst, weil ein anderer sich nicht mehr spürt. Als würde der fremde Tod dem eigenen Leben eine besondere Bedeutung verleihen.

Katja zeigt ihnen das halbe Foto. Der lächelnde Peter auf einem Parkplatz am Gardasee. Keiner der Nachbarn kann sich an ihn erinnern, niemand hat ihn mit oder bei Sandra Wegner gesehen.

Katja ist hin- und hergerissen. Einerseits die Enttäuschung über die drohende Erfolglosigkeit, andererseits die Erleichterung, dass sich ihr Verdacht nicht zu bestätigen scheint.

Zwei Wohnungen fehlen ihr noch. Und wieder ein Stockwerk nach oben, Treppenstufen aus Travertin, der Handlauf des Geländers mit schwarzem Kunststoff überzogen. Das Drücken auf eine Klingel, Schritte von drinnen, das Öffnen einer Wohnungstür.

Vor ihr steht eine Frau Mitte vierzig. Braun gelockte Haare mit ersten grauen Strähnen darin. Ein weiches, offenes Gesicht, um die Augen Lachfältchen.

»Frau Meisner?«

»Ja?«

»Sand, Kripo München. Es geht um eine Nachbarin von Ihnen aus dem Erdgeschoss. Sandra Wegner. Nur ein paar Fragen. Wird nicht lange dauern.«

»Bitte, kommen Sie rein.«

Frau Meisner ist Lehrerin für Deutsch und Biologie, hat einen Sohn in der sechsten Klasse des Kurt-Huber-Gymnasiums, ihr Mann arbeitet als Software-Entwickler. Sie war auf einer Schulung, als man Sandra Wegner fand, zwei Tage in der Akademie für Lehrerfortbildung und Personalführung in Dillingen an der Donau. »Sie hat mir irgendwie leidgetan«, sagt sie. »Sie war so einsam. Auf eine merkwürdige Art verbittert. Als würde sie mit etwas in sich kämpfen. Wissen Sie, was ich meine?«

»Ja«, sagt Katja. »Aber bringt man sich deswegen um?«

Frau Meisner blickt sie an, in ihren fröhlichen Augen ein trauriger Schatten. Was sie sagt, klingt wie eine Feststellung und eine Frage zugleich: »Wenn man den Kampf verloren glaubt.«

»Hat sie ihn denn verloren?«

»Man kann nicht in andere Menschen hineinschauen.«

»Nein«, sagt Katja. »Das kann man nicht.«

Sie blickt sich im Wohnzimmer der Lehrerin um. Alte Erbstücke und moderne Möbel, Bücher und Gesammeltes, ein buntes Durcheinander, ungeplant angeschwemmt. Die Strandgüter eines Lebens, die Dinge, die man liebt. Gegensätze, die sich nicht ausschließen. Nichts passt zueinander, und doch gehört irgendwie alles zusammen.

»Warum lächeln Sie?«, fragt Frau Meisner.

»Ist schön bei Ihnen«, sagt Katja. »Gemütlich. Sieht aus, als wären Sie zufrieden mit Ihrem Leben.«

»Ich schon. Mein Mann hätte es allerdings gerne ein bisschen ordentlicher.«

»Gibt doch Schlimmeres als Unordnung.«

»Solange er darüber lachen kann.«

»Kann er denn darüber lachen?«

»Dafür sorge ich schon.« Frau Meisner grinst. »Mein Sohn behauptet, ich würde nicht nur ihn, sondern auch seinen Vater erziehen wollen.«

Katja zieht das Foto aus der Tasche, hält es der Lehrerin entgegen. »Kennen Sie diesen Mann? Haben Sie den schon mal hier gesehen?«

»Darf ich?« Frau Meisner nimmt ihr die Aufnahme aus der Hand. »Ist schon eine Weile her, dass das Bild gemacht wurde, oder?«

»Vor über sechzehn Jahren«, sagt Katja.

»Dann sieht er heute deutlich älter aus.«

»Er ist Anfang vierzig. Fährt einen Wagen mit Augsburger Kennzeichen.«

Frau Meisner betrachtet das Foto aufmerksam, dann nickt sie. »Vor drei Tagen«, sagt sie. »Am Abend, bevor ich zu meiner Fortbildung gefahren bin. Ich hab auf dem vorderen Balkon heimlich eine geraucht, tue ich manchmal, meine Männer schimpfen mit mir, aber ich mach's trotzdem.«

»Und da ist er Ihnen aufgefallen?«

Frau Meisner nickt. »Als er das Haus verließ. Zehn, halb elf, irgendwas um den Dreh. Er hatte es eilig. Sein Wagen stand unter einer Straßenlaterne, deswegen konnte ich sein Gesicht erkennen. Um ehrlich zu sein, dachte ich: Junge, siehst du gut aus!«

»Und Sie sind sich sicher?«, fragt Katja und bemüht sich, ihre Aufgeregtheit zu verbergen. Lass es nicht wahr sein, denkt sie, bitte nicht!

»Ziemlich«, sagt Frau Meisner. »Und das mit dem Augsburger Kennzeichen stimmt auch.«

Die Bestätigung einer Erwartung. Verdachtsmomente, die sich in Bruchteilen von Sekunden zu einem erschreckenden Bild zusammensetzen. Ein Durcheinander widerstreitender Gefühle. Konsequenzen, die sich in Katjas Bewusstsein schieben, auch wenn sie sie nicht wahrhaben will.

»Sind Sie das?«, fragt Frau Meisner.

»Bitte?«, fragt Katja zurück.

Die Lehrerin hat das Foto umgedreht, deutet auf die junge Frau auf der Rückseite.

»Ja«, sagt Katja wie hinter einem Schleier. »Das bin ich.«

Frau Meisner faltet die Aufnahme auseinander. Katja und Peter, sein Arm um ihre Schulter, in seiner Hand eine Sonnenbrille, hinter ihnen das gemietete Cabrio vor dem glitzernden Wasser des Sees. »Ein schönes Paar«, sagt sie.

»Hat leider nicht funktioniert«, erwidert Katja und nimmt ihr das Foto aus der Hand.

Dann klingelt ihr Handy. Eine unterdrückte Nummer. Panik steigt in ihr auf, ihre Hände beginnen zu zittern. »Entschuldigung«, sagt sie. »Da muss ich drangehen. Könnte ich irgendwo ungestört ...? Ist was Berufliches.«

»Natürlich«, sagt Frau Meisner und öffnet die Balkontür.

Katja tritt hinaus. Ein weiß gestrichener Holztisch, zwei dazugehörige Stühle. Tomatenstauden, ein kleiner Zitronenbaum. Unter ihr der Garten, den Sandra Wegner sich mit ihrem Nachbarn geteilt hat. In ihrem Ohr die verhasste Stimme, vorgegebene Freundlichkeit, mit Spott getränkt, wie ein Schlag in die Magengrube.

»Hallo, Katja, wollte nur mal hören, wie es so läuft.«

Reiß dich zusammen, denkt sie, lass ihn nicht mit dir spielen! Er darf nicht das Gefühl haben, dass er sie in der Hand hat, sie muss ihm etwas entgegensetzen. Jenny ist sein Faustpfand, also braucht sie auch eins. Je größer der Druck, den er aufbaut, desto größer muss ihr Gegendruck sein.

»Geben Sie mir Ihre Nummer«, sagt sie. »Dann halte ich Sie auf dem Laufenden.«

»Du kannst es einfach nicht lassen, oder?«

Sie muss in ihrer Rolle bleiben, Stärke zeigen. Egal, was passiert, sie darf nicht einknicken! »Ich hab Ihnen doch gestern schon gesagt, wie es läuft. Sie brauchen mich. Ohne mich kein Geld!«

»Dir ist schon klar, dass du gerade mit dem Leben deiner Tochter spielst?«

»Sie spielen damit, nicht ich«, erwidert sie. »Und an Ihrer Stelle wäre ich verdammt vorsichtig. Wenn ihr auch nur ein Haar gekrümmt wird, gehen Sie leer aus.«

»Merkst du, wie ich zittere? Ich hab richtig Angst vor dir.« Er gibt sich amüsiert, aber sie spürt die darunterliegende Wut.

»Und ich schätze, da bin ich nicht der Einzige. Na los, Töchterlein, zeig deiner Mutti mal, wie viel Angst du hast.«

»Mama?«, hört sie Jenny flehen. Ihre schluchzende Stimme wie ein Messer in ihrer Brust. Bis jetzt war ihre Entführung eine Vorstellung in Katjas Kopf, jetzt ist sie grausame Wirklichkeit. Sie sieht die beiden vor sich, sie kann Jennys Angst riechen und spüren, wie er sich daran aufgeilt.

»Also«, sagt Wolf genüsslich. »Wie stehen die Aktien, Frau Sand?«

»Ich brauche mehr Zeit.«

»Du willst mich hinhalten?«

»Es ist nicht so leicht, wie Sie denken.«

»Was ich denke, geht dich einen Scheißdreck an.«

Der Hass in ihr wird übermächtig, sie hat sich nicht länger im Griff. »Wissen Sie, was ich mit Ihnen mache, wenn ich Sie kriege, Wolf?«

»Weißt du, was ich mit deiner Tochter mache, wenn ich mein Geld nicht kriege?«, gibt er kalt zurück. »Wäre echt schade drum, wo sie's so gut bei mir hat. Hast du doch, Jennylein, oder?« Und wieder ein Schluchzen aus dem Hintergrund, ein leises Wimmern.

Katja muss sich zwingen, nicht laut loszuschreien. »Ich tue, was ich kann«, sagt sie gepresst.

»Dann tu mehr. Und besorg mir endlich die Kohle!«

Er legt auf, ein leises Klicken in einem luftleeren Raum.

Und sie steht da, in der einen Hand das Telefon, die andere Hand um das Balkongeländer gepresst, sie drückt zu, so fest sie kann, ihre Beine drohen nachzugeben. Unter ihr der geteilte Garten, ein kurz geschnittener Rasen, eingefasst von Ziersträuchern und einer Hecke aus Kirschlorbeer. Was sie sieht, verschwimmt vor ihren Augen, sie hört das Gurren von Tauben, das Scharren von Vogelkrallen auf dem Rand der Regenrinne über ihr, aus einem nahen Baum das Keckern von Elstern, in ihrem Kopf das leise Wimmern ihrer Tochter, Jenny, meine Jenny, das boshafte Grinsen von Wolf, Speichelfäden in seinen Mundwinkeln, die Bilder, die Töne, die falschen und die echten, sie begreift das nicht, sie kann das nicht auseinanderhalten, das alles fließt ineinander, ein zäher Brei, eine klebrige Masse.

Eine Hand legt sich auf ihre Schulter. »Alles in Ordnung mit Ihnen, Frau Sand?«

Sie fährt herum. Vor ihr das besorgte Gesicht von Frau Meisner, daneben die Tomatenstauden, der Zitronenbaum, dahinter das Wohnzimmerfenster, Spiegelungen im Glas.

»Keine Sorge«, erwidert Katja und ringt sich mühsam ein Lächeln ab. »Alles gut.«

32

Sie fühlt sich beobachtet, als sie in ihren Wagen steigt, schaut hinauf in den dritten Stock. Frau Meisner steht auf dem vorderen Balkon ihrer Wohnung und schaut auf sie herunter. Sie raucht. Jetzt bloß freundlich lächeln, denkt Katja, den Eindruck von Harmlosigkeit erwecken, so tun, als ob. Sie winkt der Lehrerin zu. Es fällt ihr nicht leicht. Dann fährt sie los, die Straße hinunter bis zur nächsten Ecke, langsam und ohne Eile, biegt rechts ab und steuert ihr Auto in die nächste freie Parkbucht.

Sie muss nachdenken, die Dinge einordnen. Verstehen, was nicht zu verstehen ist. Zulassen, was sie nicht glauben will, auch wenn sie es glauben muss. Weil das, was sie gehört hat, sie dazu zwingt. Frau Meisner hat ihn gesehen. Ihn, der älter geworden ist, aber immer noch genauso gut aussieht wie früher. Sie hat ihn eindeutig auf dem Foto wiedererkannt, und selbst wenn sie sich geirrt hätte, das Augsburger Kennzeichen macht jeden Zweifel zunichte.

Da ist dieser Zusammenhang zwischen ihm und Sandra Wegners Tod. Der Zeitpunkt seines Besuches bei ihr. Warum war er da? Was wollte er von der ehemaligen Kollegin?

Und wieder ist sie bei den Zufällen, die keine sein können. Martin Wolf flüchtet, und Peter taucht auf, um Dorfmüller und ihr bei den Ermittlungen zu helfen. Dann wird Wolfs ehemaliger Komplize Werner Glaser erschossen. Sie versuchen, den Weg der Beute zurückzuverfolgen, und der Online-Artikel erscheint, der zu Katjas Beurlaubung führt. War das Peters eigentliches Ziel: dafür zu sorgen, dass sie von dem Fall abgezogen wird? Ihren Platz einzunehmen, um die Ermittlungen manipulieren zu können? Was, wenn er selbst hinter der Verschwörung gegen Sandra Wegner steckt; wenn ihr Suizid gar keiner war; wenn er sie gezwungen hat, die Unmengen von Tabletten zu schlucken, die sie das Leben gekostet haben? Wenn er Glaser erschossen hat, um zu verschleiern, dass Wolfs Komplize ihn kannte? Um zu verhindern, dass rauskäme, dass er selbst die Hälfte der Beute kassiert hat?

Du bist verrückt, denkt sie, du versuchst, ihm etwas anzuhängen, zu dem er niemals in der Lage wäre. Er ist vielleicht eitel und ehrgeizig. Sicher sogar. Und noch sicherer ist er bereit, andere für die eigene Karriere zu opfern. Aber wäre er wirklich fähig, Menschen zu töten, nur um sich persönlich zu bereichern?

Sie erinnert sich an den Moment von Martin Wolfs Festnahme. Das Mondlicht über der Scheune. Sein blutiger Oberschenkel, sein hasserfüllter Blick, als man ihn, auf einer Trage liegend, in den Rettungswagen schob. Peter, der sie im Schein der Blaulichter in den Arm nahm. Ich bin so stolz auf dich, Katja! Und sie, die dem Tod nur entkommen war, weil Wolf für den Bruchteil einer Sekunde unaufmerksam gewesen war. Ihr Kopf an der Schulter des über alles geliebten Mannes, sein vertrauter Duft in ihrer Nase und gleichzeitig diese ungeheure Fremdheit zwischen ihnen, und in dieser Fremdheit die unausgesprochene, alles zerstörende Frage: Warum hast du mich nicht gerettet?

Peter hatte es ihr erklärt. Seine Begründung war ebenso einfach wie unbefriedigend gewesen. Der am Fluchtwagen angebrachte Sender hatte versagt. Damit war die Sache für ihn erledigt. Für sie war damit alles andere erledigt: ihr Vertrauen, ihre Beziehung, ihre gemeinsame Zukunft. Nur ihre Liebe nicht.

Warum hast du mich nicht gerettet?

Jetzt, in ihrem Wagen, in der Parkbucht einer Wohnstraße in

Gräfelfing, nur wenige Hundert Meter von dem Haus entfernt, in dem Sandra Wegner gestorben ist, stellt sie sich eine neue Frage: Was, wenn der am Fluchtwagen angebrachte Sender manipuliert war? Wenn er versagt hat, weil er versagen sollte. Weil Peter nicht wollte, dass man Wolf und Glaser schnappt. Weil er sich sonst nicht die Hälfte der Beute hätte holen können, später, nachdem er Sandra Wegner weggemobbt hatte und der Weg frei war für ihn.

So ist das, denkt sie, die eine Verschwörungstheorie gebiert eine zweite, dann eine dritte und immer so weiter. Und am Ende hat man sich in einem unentrinnbaren Netz verfangen. Da ist Widerwillen in ihr und Ekel – vor ihm, vor sich selbst, sie fühlt sich von ihren eigenen Gedanken vergiftet. Wo ist die Grenze, Katja, wer legt sie fest?

Sie aktiviert die Freisprecheinrichtung und ruft Dorfmüller an. »Wo steckst du, Rudi?«

»An meinem Schreibtisch.«

»Kannst du reden?«

»Hörst doch, dass ich das kann.«

»Das meine ich nicht«, sagt sie.

»Das weiß ich«, erwidert er.

»Ist er bei dir?«

»Nein.«

»Und was macht er gerade?«

»Einen auf dicke Hose. Sitzt mit Marquart in Kollers Büro. Strategiebesprechung, Koordinierung des weiteren Vorgehens. Wie man das eben so nennt, wenn die Dinge ins Leere laufen.«

»Was ist mit der Überprüfung von Glasers Konten?«

»Ich dachte, das hätten wir heute Nacht geklärt.«

»Du hast ihm doch nichts davon erzählt?«

»Ich bin nicht lebensmüde, Katja.«

»Sitzt er da dran? Kümmert er sich darum?«

»Höchstpersönlich. Hat mir verboten, mich da einzumischen.

Ich soll die Überwachung von Wolfs Bruder im Blick behalten und mir weitere Tankstellen vornehmen. Er nennt das: den Radius erweitern.«

»Mit anderen Worten: Du sollst ihn nicht stören.«

»Ich sag doch, er will die Dinge ins Leere laufen lassen.«

»Scheiße, Rudi!«

»Du wiederholst dich, Katja.«

Sie stellt sich das vor: Peter mit Marquart und Koller. Blumige Worte, markige Sprüche. Marquart, der das alles gierig aufsaugt, weil er weiß, dass er damit die da oben füttern kann. Inhaltsleere Blaupausen für sinnlose Pressekonferenzen. Und Reinhard Koller, der resigniert danebensitzt, an seine frisch operierte Frau denkt und langsam begreift, dass mit Katja auch er selbst kaltgestellt worden ist.

»War Susi sauer, als du nach Hause gekommen bist?«, fragt sie.

»Begeistert war sie jedenfalls nicht.«

»Ich weiß nicht, wie ich dir danken soll, Rudi.«

»Am besten, du fängst gar nicht erst damit an«, sagt er, und sie kann ihm sein ganz spezielles Grinsen anhören. »Sonst kannst du nicht mehr damit aufhören.«

Ein Moment des Schweigens. Die stille Übereinkunft, auf derselben Seite zu stehen. Als würde er sie umarmen und sie von dem Druck befreien, unter dem sie steht.

»Bist du weitergekommen?«, fragt er.

»Leider ja«, erwidert sie.

»Heißt?«

»Er war da.«

»Wo?«

»Bei Sandra Wegner. In der Nacht, in der sie gestorben ist.«

»Halleluja«, sagt Dorfmüller trocken. Und dann: »Also kein Selbstmord.«

»Ich weiß es nicht.«

Sie ist so unglaublich müde. Ihre Suche nach dem verschwundenen Geld ist wie ein Kampf gegen sich selbst. Getrieben von Wolf, getrieben von der Angst um ihr Kind. Sie wird gejagt von ihrer eigenen Vergangenheit, von den Schatten einer unglücklichen Liebe. Ihre Gedanken lassen sie schaudern, ihre Schlussfolgerungen lähmen sie.

»Und jetzt?«, fragt Dorfmüller.

»Er ist verheiratet«, sagt Katja. »Seine Frau heißt Alina, sie hat ihn vor Kurzem verlassen und ist mit den beiden Kindern bei ihrer Schwester untergeschlüpft.«

»Ich verstehe nicht«, sagt Dorfmüller.

»Ich brauche ihre Adresse. Die der Schwester.«

»Gib mit zehn Minuten. Ich rufe dich zurück.«

Ein Verrat, denkt sie, schändlich und feige. Und wenn sie sich irrt, wird sie mit diesem Verrat auch Dorfmüller befleckt haben. Sie benutzt ihn, sie zwingt ihn dazu, sich selbst zu schaden.

Sie hat nur Vermutungen, keinerlei Beweise. Von Koller hat sie gelernt, immer auch die andere Seite mitzudenken. Zwei Schritte vor, ein Schritt zurück. Sich die Dinge von außen anzuschauen, skeptisch zu bleiben, sich selbst und den Fakten gegenüber. Jeder Annahme eine Gegenannahme entgegenzustellen. Sich nicht von der vermeintlichen Folgerichtigkeit der eigenen Gedanken mitreißen zu lassen.

Du musst Abstand halten, hat Koller ihr eingetrichtert. Du darfst dich nicht verstricken. Wenn du dich verstrickst, wirst du den Fall niemals lösen. Dann bist du verloren. Rettungslos.

Genauso fühle ich mich, denkt sie, rettungslos verloren.

33

Dorfmüller ist schneller als angekündigt, schon nach sieben Minuten ruft er zurück. Alinas Schwester heißt Jewgenija. Sie ist mit einem Landwirt verheiratet, Michael Huber. Ein Bauernhof in Ried. Ein Dorf im Landkreis Aichach-Friedberg, südöstlich von Augsburg. Zweiundfünfzig Hektar bewirtschaftete Ackerfläche, etwas weniger als der bayerische Durchschnitt. Winterweizen und Wintergerste. Dazu eine Milchwirtschaft. Dreißig Kühe, das übliche Fleckvieh. Die A8 bis Odelzhausen, durch den Ort durch, dann links über Pfaffenhofen an der Glonn weiter bis Ried. Der Huber-Hof liegt südlich vom Dorf, im Ortsteil Sirchenried.

Dorfmüllers Angaben sind wie immer präzise. Katja hat keine Mühe, den Hof zu finden. Ein großes Bauernhaus, der Kuhstall, eine Scheune für die Landmaschinen und das Heu.

Sie steigt aus dem Wagen. Es ist kurz nach zwölf, die Luft riecht nach Dung und Natur, die Sonne strahlt. Der Himmel über ihr ist von einem so kräftigen Blau, dass es in den Augen wehtut. So muss sich Heimat anfühlen, denkt sie, wenn man eine hat. Die einzige Heimat, die sie hat, ist ihr Kind. Ein verlorenes Paradies, Wolf hat es ihr weggenommen. Wenn sie Jenny nicht rettet, wird sie für den Rest ihres Lebens eine Vertriebene sein.

Eine Frau kommt auf sie zu, älter als Alina, aber die Gesichtszüge sind ähnlich, die dunklen Haare, die Art, sich zu bewegen, geschmeidig und entschlossen zugleich.

»Wer sind Sie?«

Kein »Hallo« oder »Grüß Gott«, einfach nur eine direkte Frage, unwirsch vielleicht, aber nicht unfreundlich. Eine Frau ohne Umschweife, denkt Katja, eine, die kein Theater macht.

»Mein Name ist Sand«, sagt sie. »Katja Sand.«

Jewgenija mustert sie skeptisch. »Die Katja?«

»Ja«, sagt Katja. »Und Sie müssen Jewgenija sein.«

»Was wollen Sie hier?«

»Ich suche Ihre Schwester.«

»Die ist nicht da.«

»Ich nehme an, sie holt ihre Tochter von der Schule ab. Und den Kleinen aus dem Kindergarten.«

Jewgenija geht nicht darauf ein, fragt stattdessen: »Hat er sie geschickt?«

»Nein«, sagt Katja. »Wenn er wüsste, dass ich hier bin, hätte ich ein Problem.« Eine Antwort, die sagt: Ich weiß, was los ist. Und ganz nebenbei: Ich bin auf eurer Seite.

»Was für ein Problem?«, fragt Jewgenija.

»Ein ernstes«, sagt Katja.

»Und deswegen sind Sie gekommen?«

»Ja«, erwidert Katja. »Deswegen.«

»Ich nehme an, Sie wollen auf sie warten.«

»Wenn Sie nichts dagegen haben.«

In Jewgenijas Gesicht zeigt sich der Anflug eines Lächelns. »Wo Sie schon mal hier sind.«

Sie sitzt am Tisch in der Küche, Jewgenija bereitet das Mittagessen vor. Selbstverständliche, immer gleiche Bewegungen, leicht und unaufgeregt. Ein vorgegebener Rhythmus, ein einfaches Leben, in dem man tut, was getan werden muss. Auch wenn Katja niemals so leben wollte, beneidet sie in diesem Moment die Frau vor sich am Herd.

»Wollen Sie mitessen?«, fragt Jewgenija und beginnt, den Tisch zu decken.

»Danke.« Katja winkt ab. »Nett von Ihnen.«

»Einer mehr oder weniger. Macht keinen Unterschied.«

»Ist wirklich nicht nötig.«

Sie hört Motorengeräusche, das Öffnen und Zuschlagen von Autotüren, Kinderstimmen, das Lachen einer Frau: Nicht so ungeduldig, ihr zwei!

Dann stürmen Emma und Paul herein, verspielt wie junge Hunde, ein Schulrucksack, der in die Ecke fliegt, das Balgen um die Plätze am Tisch, erst dann bemerken sie Katja.

»Hallo, Emma«, sagt sie. »Hey, Paul. Erinnert ihr euch?«

Emma schaut sie mit großen Augen an. »Du bist Jennys Mama.«

»Das stimmt.«

»Ist sie auch da?«

»Nein.«

»Warum nicht?«

»Sie hat leider keine Zeit«, sagt Katja, ein Kloß in ihrem Hals. »Sie ist in der Schule.«

»Aber die ist doch vorbei.«

»Deine Schule schon«, sagt Katja. »Ihre nicht. Die dauert länger.«

»Was machst du hier?«, fragt Paul.

»Eure Mutter besuchen.«

In der Tür taucht Alina auf, hält überrascht inne, als sie Katja bemerkt. Sie schaut sie an, schweigend, eine Hand am Türrahmen, wie festgewachsen. In ihren Augen Misstrauen und Verunsicherung. Ein kurzer, zorniger Blick zu ihrer Schwester: Wieso hast du sie hereingelassen?

»Er weiß nicht, dass ich hier bin«, sagt Katja.

Der Satz löst Alina aus ihrer Erstarrung. Das Misstrauen bleibt. »Hände waschen«, sagt sie zu ihren Kindern.

»Wir sitzen doch schon am Tisch«, erwidert Emma.

»Ihr habt gehört, was die Mama gesagt hat«, mischt Jewgenija sich ein.

Emma erhebt sich murrend, ihr kleiner Bruder tut es ihr nach. Die beiden verlassen die Küche.

»Was soll das?«, fragt Alina.

»Ich würde gerne mit dir reden«, sagt Katja.

»Ich wüsste nicht, worüber.«

»Ich wäre nicht hier, wenn es nicht dringend wäre.«

»Und wenn ich nicht will?«

Dieses wütende Funkeln in ihren Augen, ihr durchgestreckter Rücken, die geballten Hände. Sie hasst mich, denkt Katja, sie macht mich verantwortlich für das Scheitern ihrer Ehe. Alles war gut, bis Jenny in ihrem Leben auftauchte und mit ihr die Vergangenheit ihres Mannes. Wer weiß, welche Lügen oder Märchen er ihr bis dahin erzählt hat. Das Wesentliche wird er ihr verschwiegen haben. Und dann steht da, wie aus dem Nichts, dieses fünfzehnjährige Mädchen, mit dem Zug gekommen aus Italien, nachdem seine Großmutter ihm erzählt hat, wer sein Vater ist. Steht da und nennt ihn Papa und seine beiden Kinder seine Geschwister. Ein Schock! Alina muss Angst gehabt haben um ihre kleine Familie, um das, was sie sich mit Peter aufgebaut hat. Vielleicht hatte sie in diesem Moment das Gefühl, alles verloren zu haben. Was blieb ihr da anderes übrig, als die unerwünscht Hinzugestoßene als Stieftochter aufzunehmen, sie in den Urlaub nach Frankreich mitzunehmen, einen Urlaub, der von vorneherein zum Scheitern verurteilt war. Wahrscheinlich hat Alina dieses Scheitern heimlich bejubelt, aber die Bindung zwischen Jenny und Peter wurde fester, und dann war da ja noch Katja. Plötzlich gab es zwei Mütter und einen Vater. Die Spannung zwischen einer gegenwärtigen und einer vergangenen Liebe. Ich war von Anfang an nicht einfach nur die Exfreundin ihres Mannes, denkt Katja, ich war eine Konkurrentin, die ihr kleines Paradies bedrohte.

»Es tut mir leid«, sagt sie.

»Was tut dir leid?«, fragt Alina.

»Ich wünschte, Jenny hätte das alles nie erfahren.«

»Hat sie aber.«

»Nicht von mir«, sagt Katja. »Für das, was danach geschehen ist, kann ich nichts.«

»Bis zu diesem Tag war alles gut«, sagt Alina. »Er hat sich um die Kinder gekümmert, um mich, er war für uns da, wir waren eine Familie.« Ihre Züge verhärten, ihr Gesicht gleicht einer steinernen Wand. »Und plötzlich gab es nur noch Jenny. Und immer öfter redete er von dir.«

Arme Alina, denkt Katja. Sie fühlte sich betrogen von einer Vergangenheit, die nicht ihre war. Die Gegenwart erschien ihr wie eine Lüge. Und plötzlich gab es keine Zukunft mehr für sie.

Katja schaut hinüber zu Jewgenija, die noch immer am Herd steht und sich unsichtbar macht, weil sie nicht hineingezogen werden will in diese Auseinandersetzung, in deren Zentrum ein abwesender Mann steht. Ihre Blicke treffen sich. Katja schüttelt den Kopf, und Jewgenija versteht. Eine kaum merkliche Geste der Zustimmung. Warum ist ihre Schwester nicht zufrieden mit der Gegenwart, warum will sie auch noch die Vergangenheit ihres Mannes besitzen?

»Ich will dir nichts Böses«, sagt Katja. »Ich bin nicht dein Feind. Ich würde einfach nur gerne mit dir reden. Es gibt Dinge, die ich wissen muss, es ist wirklich wichtig, ich bin darauf angewiesen.«

Alina antwortet nicht, also wendet sich Katja wieder Jewgenija zu, bittet sie mit den Augen um Hilfe. Und Jewgenija reagiert.

»Sie ist extra hergekommen«, sagt sie zu ihrer Schwester. »Aus München.« Und dann, nach einer kurzen Pause: »Ich gebe den Kleinen was zu essen, und ihr unterhaltet euch. Kann nie schaden zu reden.«

Alina zögert, dann nickt sie widerwillig. »Draußen, sagt sie. »Nicht hier.«

Die Kinder kommen zurück, spritzen sich mit ihren noch nassen Händen gegenseitig Wasser ins Gesicht. Jewgenija beordert sie an den Tisch, sie setzen sich bereitwillig, es fällt ihnen leichter, der Tante zu folgen als ihrer überforderten Mutter.

Alina steuert die Scheune an. Sie setzen sich auf gepresste Strohballen. Der Geruch nach Heu und Schmieröl, die grobstolligen Reifen eines Traktors, die Sonne, die zwischen den Ritzen der Holzwände hereinfällt. Muster aus Licht und Schatten. Die Welt ist eine andere auf dem Land.

»Es gibt Leerstellen, die ich füllen muss«, sagt Katja.

»Leerstellen«, wiederholt Alina, ohne zu begreifen, was damit gemeint ist.

»Es geht um Geld«, präzisiert Katja. »Eine Menge davon.«

Alina blickt sie ratlos an. Sie versteht nicht.

»Der Name deiner Schwester«, sagt Katja.

»Was ist damit?«

»Jewgenija. Hört sich russisch an.«

»Ist russisch.«

»Und wieso, ich meine …«

»Unsere Eltern sind Russlanddeutsche, die nach dem Zusammenbruch der Sowjetunion nach Deutschland ausgewandert sind. Jewgenija war drei, und meine Mutter war schwanger mit mir.«

»Wo leben sie?«

»Kempten im Allgäu.«

»Und was machen sie beruflich?«

»Meine Mutter ist Hausfrau, mein Vater Ingenieur. Aber sein Diplom wurde hier nicht anerkannt. Er war in einer Kartonagenfabrik angestellt. Hat sich über die Jahre mühsam hochgearbeitet. Trotzdem reicht die Rente nicht, und deshalb geht meine Mutter noch nebenbei putzen.«

Das passt nicht, denkt Katja. Nicht zu dem, was Peter ihr erzählt hat. Das Haus in Augsburg, das mit Alinas vorzeitig ausgezahltem Erbe finanziert wurde. Das Ferienhaus seiner Schwiegereltern in Südfrankreich.

»Stimmt es, dass du Peter in einer Diskothek kennengelernt hast?«

»Hat er dir das erzählt?«

»Ja.«

Alinas Gesicht verschattet sich. Der Schmerz der Erinnerung an diesen Moment, in dem sich das Fenster in eine glückliche Zukunft geöffnet hat. Die Hoffnung auf das, was möglich sein könnte, auch wenn man sich erst ein paar Minuten kannte. Allein die Vorstellung lässt das Herz höherschlagen. »Ich war mir sicher, dass er der Richtige ist«, sagt Alina traurig. »Die ganze Zeit über, von Anfang an.«

Genau wie ich damals, denkt Katja. Peter hatte diese Illusion genährt, er hatte sie umgarnt, sie umschmeichelt, sie hatte sich nie so sehr selbst gespürt wie in den ersten Monaten an seiner Seite. »Hast du eine Ausbildung?«, fragt sie.

»Ich hab studiert«, sagt Alina. »BWL. Nach dem Bachelor hab ich Peter kennengelernt. Wir haben geheiratet, dann kam Emma. Den Master hab ich verschoben. Und dann war Paul da, und alles andere hatte sich erledigt.«

»Du kannst ihn immer noch machen.«

»Wie denn? Als alleinerziehende Mutter von zwei Kindern.«

»Ich hab's auch geschafft«, sagt Katja. »Das Leben hört nicht auf, nur weil man Kinder großzieht. Vielleicht fängt es damit sogar erst richtig an. Bei mir war's jedenfalls so.«

Alina schaut sie offen an. In ihren Augen Skepsis. Das alte Misstrauen kehrt zurück. »Was willst du von mir?«

Katja zögert, dann sagt sie: »Du wirst ihm nicht erzählen, dass ich hier war und wir miteinander gesprochen haben.«

»Warum sollte ich?«

»Ich muss mich darauf verlassen können. Hundertprozentig.«

»Kannst du«, sagt Alina.

Katja nickt. Dann fragt sie: »Gibt es einen Ehevertrag zwischen euch?«

»Ja«, sagt Alina. »Er hat darauf bestanden.«

»Ich nehme an, das Haus in Augsburg gehört nicht dir.«

»Nein.«

»Besaß er das schon, als ihr zusammengekommen seid?«

»Ja.«

»Und das Ferienhaus in Südfrankreich?«

»Gab's auch schon vorher.«

»Deine Eltern haben nichts dazu beigesteuert?«

»Wie denn? Die kommen ja auch so schon kaum klar.«

Katja atmet tief durch. Alles ist genau so, wie sie befürchtet hat. Die Konturen schärfen sich, das Bild wird immer klarer. Peter hat sie belogen. Um jede Art von Nachfrage im Keim zu ersticken. Um zu verschleiern, was ihn in Erklärungsnot bringen würde. »Was ich dich jetzt frage, kommt dir vielleicht komisch vor«, sagt sie. »Aber weißt du über sein Vermögen Bescheid? Wie viel Geld er hat, wo und wie er es angelegt hat?«

»Warum willst du das wissen?«

»Ich will nicht, ich muss!«, erwidert Katja.

»Hat er Schweinereien gemacht? Irgendetwas Ungesetzliches?«

Katja antwortet nicht, blickt sie einfach nur an.

»So schlimm?«, sagt Alina und klingt nicht überrascht dabei. Und fügt nach einem Moment des Schweigens hinzu: »Er hat diese andere Seite, unberechenbar und beängstigend. Sie kommt, und sie geht, wie aus dem Nichts. Du fragst ihn, was los ist, und er schaut dich einfach nur an mit diesem merkwürdigen Blick, und du denkst: Nimm deine Beine in die Hände und lauf. Hau ab, so schnell du kannst!«

»Kommt mir bekannt vor«, sagt Katja.

Vor ihr auf dem Boden vereinzelte Halme, die sich aus den

Strohballen gelöst haben, Reifenprofile und Ölflecken auf der gestampften Erde. Alina und ich, denkt sie, die Jüngere und die Ältere. Die Liebe zum selben Mann und das, was aus dieser Liebe wurde.

»Also«, sagt sie. »Was ist mit seinem Vermögen?«

»Ich weiß es nicht«, erwidert Alina. »Ich hab mich nie darum gekümmert, es war immer genug da. Das Einzige, was mir dazu einfällt: Er hat immer gesagt: Niemand muss wissen, was wir haben.«

Katja braucht Gewissheit, und Alina kann sie ihr liefern. Aber dazu muss sie mitspielen. »Du hast doch einen Schlüssel, oder?«

»Einen Schlüssel?«

»Zu eurem Haus.«

»Ja, natürlich, aber …«

»Und in eurem Haus gibt es Unterlagen.«

»Was meinst du?«

»Aktenordner«, sagt Katja. »Schreiben von der Bank, Kontoauszüge, Wertpapierstände. All so was.«

Alina schaut sie erschrocken an.

»Er ist in München«, sagt Katja. »Er wird es nicht erfahren.«

Es dauert einen Moment, bis Alina sich gefasst hat. »Du verlangst eine Menge von mir«, sagt sie leise.

34

Das Haus liegt am Ende einer Stichstraße in einem der westlichen Vororte von Augsburg. Katja parkt ihren Wagen hinter dem von Alina neben der hohen Backsteinmauer, die den Vorgarten einfasst. Wer sich so einmauert, hat entweder Angst oder etwas zu verbergen, denkt sie und erinnert sich, wie sie das erste Mal hier war. Der mit Basaltquadern gepflasterte Weg zum Hauseingang, vorbei an sorgfältig gestutzten Büschen und einem frisch gemähten Rasen. Dunkelgrüne Fensterrahmen in einer blassgelben Fassade, in der Garageneinfahrt ein schwarzer Geländewagen. Über der Klingel eine in den Putz eingelassene, handgemachte Fliese. Unter der schimmernden Glasur sein Name und der seiner Frau und seiner Kinder. Der Stich, den ihr das versetzt hatte. Dieses Gefühl: Er hat es geschafft. Und die Frage: Was wäre, wenn da mein Name stände und der von Jenny?

Merkwürdig, wie man sein ganzes Leben mit sich herumträgt, denkt sie, alles, was je geschehen ist, abgelegt in irgendeiner dunklen Ecke des Gehirns, einem versteckten Winkel des Herzens. Man glaubt, es wäre längst vergessen, manches scheint nie passiert zu sein, und dann schaut man auf eine glasierte Fliese, und alles ist wieder da.

Die Luft im Haus riecht abgestanden, geschlossene Fenster, halb heruntergelassene Jalousien. Peter war seit Tagen nicht mehr hier. Die Zimmer strahlen eine merkwürdige Leere aus, die Abwesenheit der Kinder, das Ende einer Familie.

Katja beginnt zu schwitzen. In ihr macht sich das unangenehme Gefühl breit, etwas Verbotenes zu tun, die Sorge, erwischt zu werden, auch wenn es weder Grund noch Anlass dafür gibt.

Alina scheint es genauso zu gehen, sie schleicht über den Holzfußboden wie eine Fremde, obwohl sie jahrelang hier gewohnt hat, obwohl sie das Haus eingerichtet hat und ihre Kinder hier ihr ganzes bisheriges Leben verbracht haben. »Er darf nicht merken, dass wir hier gewesen sind«, sagt sie.

»Das wird er nicht«, erwidert Katja.

Sie gehen hinüber in sein Arbeitszimmer. Auch wenn Peter nicht weiß, dass sie da sind, ist er anwesend. Katja betrachtet Alina. Ihre Angst, ihre Vorsicht, die Art, wie sie sich bewegt. Keine Beziehung auf Augenhöhe, denkt sie, eher die eines Kindes zu einem strafenden Vater. Die Illusion eines Emporgehobenwerdens, das in Wahrheit nichts anderes ist als eine freiwillige Unterwerfung.

Auch sie hat sich damals kleingemacht vor Peter, sie muss es sich eingestehen. Er war der Ersatz für den verlorenen Vater, der sie mit seinem Tod im Stich gelassen hat. Deshalb ihre unbedingte Liebe, alle Hoffnung dieser Welt. Mit ihm würde ihr das nicht passieren, hatte sie geglaubt, einen zweiten Verlust würde es nicht geben. Und dann gab es ihn eben doch, als sie sich wiederfand mit Wolf und seinem Komplizen, nachts, allein in dieser dunklen Scheune, und er nicht kam.

Sie fühlt sich unbehaglich, als sie das Arbeitszimmer betritt. Automodelle auf hölzernen Regalböden, die Türen einer Schrankwand, ein Ledersessel mit Fußbank. Vor dem Fenster ein Schreibtisch, vier verchromte Beine unter einer Platte aus Nussbaum. Darauf gerahmte Fotos von Peter und seinen beiden Kindern, eine Porträtaufnahme von Alina, ein winziges Foto von Jenny, aufgenommen in einem Passfotoautomaten in der U-Bahn, später zurechtgeschnitten. Die unerwartet hinzugekommene Tochter.

Katjas Blick geht in den riesigen Garten, dessen Größe sie

schon bei ihrem ersten Besuch eingeschüchtert hat, derselbe kurz geschnittene Rasen wie vor dem Haus, die riesige Kastanie, die Kinderschaukel an einem der unteren Äste.

Alina öffnet eine Schranktür. Dahinter werden beschriftete Rücken von Aktenordnern sichtbar: *Haus*, *Südfrankreich*, *Bank*, *Familie*.

»Ich will das nicht«, sagt sie. »Mach du das.«

Katja kann ihren Widerwillen verstehen. »Was hat er dir erzählt?«, fragt sie. »Woher das alles kommt, das Haus hier und das in Südfrankreich, der ganze Wohlstand?«

»Von seinen Eltern«, erwidert Alina. »Dass er eine Menge geerbt hat nach ihrem Tod.«

»Und das hast du geglaubt?«

»Warum hätte ich es nicht glauben sollen?«

»Ja«, sagt Katja. »Warum nicht?«

Es gibt diese Art von Lügen, die man nicht infrage stellt. Weil es bequem ist, sie zu glauben. Und je einfacher sie sind, desto weniger zweifelt man sie an. Auch sie hat ihm geglaubt, als er die Lüge einfach umgedreht und Alina zur Erbin erklärt hat. Die Methode Peter Schäfer, denkt sie, eine simple Masche. Es kommt nicht darauf an, was man sagt, sondern wie man es sagt. Mit dieser unbeirrbaren Selbstverständlichkeit, die Autorität verleiht. Ruhig und sachlich und ganz und gar von sich überzeugt. Glaub dir selbst, dann glauben dir auch die anderen. So hat er es schon damals gemacht. Darauf hat er sein ganzes Leben aufgebaut. Und seine Karriere.

Während Alina sich in den Sessel setzt und ihre Hände anstarrt, zieht Katja einen Ordner nach dem anderen aus dem Schrank, stapelt sie auf dem Schreibtisch und beginnt, sich hindurchzuarbeiten, Seite um Seite. Sie studiert Kopien von Grundbuchauszügen, geht Kontoauszüge durch, Depotberichte, Wertpapieraufstellungen. Die wichtigen Dokumente fotografiert sie mit ihrem Smartphone. Über eine Stunde geht das so, schweigend, lesend, blätternd – bis sie jeden infrage kommenden Ordner durchgesehen und jedes entscheidende Papier im Downloadordner ihres Mobiltelefons gesichert hat.

Sie räumt die Ordner zurück in den Schrank und dreht sich zu Alina um. Sie ist eingeschlafen, den Kopf zur Seite geneigt, die Hände noch immer in ihrem Schoß. Ihr schlanker Hals, das schmale Gesicht, die langen schwarzen Haare. Wie schön sie ist, denkt Katja, unschuldig und naiv, vom selben Mann betrogen wie sie. Sie legt ihr die Hand auf die Schulter. »Hey!«

Alina schlägt die Augen auf, es dauert einen Moment, bis sie weiß, wo sie ist.

»Ich bin mit allem durch«, sagt Katja.

»Hast du gefunden, was du gesucht hast?«

»Ja.«

»So, wie du befürchtet hast?«

»Ja«, sagt Katja. »Leider.«

Alina nickt, eine schmerzhafte Selbstbestätigung, es sieht aus, als würde sie jeden Moment in Tränen ausbrechen. »Ich hab geträumt«, murmelt sie, mehr zu sich selbst als zu Katja. »Dass alles so ist wie früher. Dass alles gut ist.« Sie atmet tief durch und richtet sich auf. »Können wir dann gehen?«

»Natürlich«, sagt Katja.

Alina steht auf. Sie blickt selbstvergessen vor sich hin, dann hebt sie langsam den Blick, die Trauer in ihren Augen ist grenzenlos. »Liebst du ihn noch?«

Katja schüttelt den Kopf. »Es hat lange gedauert«, sagt sie. »Manchmal habe ich gedacht, ich halte es nicht länger aus. Aber jetzt ist es vorbei.«

35

Sie treffen sich im Hopfengarten im Westpark. Ein lauer Frühlingsabend im Mai, Biergartentische unter Kastanien, das fröhliche Geplauder der Gäste. Zwei ganze Tage und eine Nacht ist Jenny jetzt schon in Wolfs Händen. Dorfmüller hat sich ein Helles bestellt und eine Ochsensemmel. Egal, wie schwierig oder verfahren eine Situation auch sein mag, essen kann er immer. Und das tut er. Als ob nichts wäre, beißt er in seine Semmel, die Kruste knackt unter seinen Zähnen, das Ochsenfett tropft auf die Tischplatte.

»Wie ist der Stand der Dinge?«, fragt Katja.

»Unverändert«, sagt Dorfmüller mit vollem Mund. »Hektische Betriebsamkeit, blinder Aktionismus. Dein Ex macht alle verrückt.«

»Er will zeigen, dass er die Situation im Griff hat.«

»Wer schneller läuft, kommt nicht unbedingt früher ans Ziel.«

»Nicht, wenn er auf der Stelle tritt.«

»Sag ich doch«, erwidert Dorfmüller. »Darf bloß keiner merken, dass man auf der Stelle tritt. Hauptsache, es sieht so aus, als würde man alles geben.«

»Darin ist er ein Meister. Seid ihr mit dem Auto von Wolfs Bruder weitergekommen?«

»Natürlich nicht. Inzwischen sind über vierzig Tankstellen überprüft, ohne jedes Ergebnis.«

»Und die Autovermietungen?«

»Dasselbe. Wir haben Fotos der Brüder an sämtliche Mietwagenfirmen in einem Radius von fünfzig Kilometern rund um München rausgeschickt. Keine hat einem der beiden einen Wagen vermietet. Fehlanzeige. Komplett sinnlos.«

»Was ist mit den U-Bahn-Stationen?«

»Schäfer hat zehn Kollegen darauf angesetzt, die seit Stunden nichts anderes machen, als sich Überwachungsbänder anzusehen. Aber kein Martin Wolf. Nirgends.«

»Und die Taxiunternehmen?«

»Dasselbe.«

»Irgendwie muss er sich bewegen.«

»Der hat das alles jahrelang geplant, Katja. Sein Bruder arbeitet bei BMW. Da ist immer irgendein Kollege im Urlaub. Was weiß ich, Flugreise nach Korfu oder Malaga, All-Inclusive-Trip nach Antalya. Und solange er weg ist, steht sein Auto brav zu Hause vor der Tür. Man muss es sich nur ausleihen. Und wenn der Kollege braun gebrannt zurückkommt, steht seine Karre wieder da. So würde ich das jedenfalls machen.«

»Hast du Peter das erzählt?«

»Natürlich.«

»Und was sagt er dazu?«

Dorfmüller nimmt einen Schluck von seinem Hellen. »Er meint, ich hätte zu viel Fantasie.«

»Er hat es nicht mal in Erwägung gezogen?«

»Kennst ihn doch«, sagt Dorfmüller und wischt sich den Schaum vom Mund. »Der weiß alles besser.«

Genau wie früher in der *Soko Wolf*, denkt Katja. Er machte die Ansagen, und die anderen versuchten, seine Vorgaben zu erfüllen, ohne sie zu hinterfragen. Seine Entschlossenheit erstickte jede Kritik im Keim. Der geborene Anführer, dem alle blind folgten. Auch sie. Seine Selbstgewissheit erlöste sie von ihren Zweifeln. An seiner Seite zu stehen, gab ihr das Gefühl, sich von sich selbst zu erholen. In Wahrheit zwang er sie, durchzutanzen, tagelang, nächtelang, ohne jeden Schlaf. Am Ende fand sie sich in der Hölle wieder. Ohne ihn.

»Ich war heute in seinem Haus«, sagt sie.

Dorfmüller starrt sie erschrocken an. »Bist du wahnsinnig?«

»Mit seiner Frau. Völlig legal. Also reg dich ab, Rudi.« Sie ruft die Fotos auf ihrem Smartphone auf, schiebt es über den Tisch zu ihm hinüber.

»Was ist das?«, fragt er.

»Die fehlenden Beweise«, sagt sie. »Na los, schau sie dir an.«

Er fährt mit den Fingern über das Display, scrollt sich durch die aufgenommenen Dokumente. Was er da sieht und liest, lässt ihn seine angebissene Ochsensemmel vergessen, der Schaum auf seinem Bier wird weniger, bis er ganz verschwunden ist, und noch immer ist Rudi in die Fotos vertieft, rechnet die Zahlen vor sich im Kopf zusammen. Bis er irgendwann aufblickt und das Smartphone zu Katja zurückschiebt. »Eine Menge Kohle«, sagt er trocken.

»Die sich mit seinem Gehalt nicht erklären lässt.«

»Was ist mit den Häusern?«

»Das in Augsburg hat er laut Grundbuch ein halbes Jahr nach Auflösung der *Soko Wolf* gekauft. Und das in Südfrankreich zwei Jahre später.«

»Und dass seine Frau …«, versucht Dorfmüller zu retten, was nicht zu retten ist.

»Zu dem Zeitpunkt kannte er sie noch gar nicht.«

Dorfmüller schüttelt ungläubig den Kopf, greift nach seiner Ochsensemmel, legt sie wieder zurück auf den Teller, ohne abzubeißen. Kein Appetit mehr angesichts dieser erschreckenden Enthüllungen, die sich weder beschönigen noch wegleugnen lassen. »Und jetzt?«, fragt er leise.

Am Nachbartisch sitzt ein junges Pärchen Ende zwanzig. Ihre Hand auf seinem Unterarm, blonde Haare auf gebräunter Haut, die Nägel ihrer Finger sind unlackiert. Die Leichtigkeit einer jungen Liebe, denkt Katja, einfach und schön, ein zeitloses Glück. »Keine Ahnung«, sagt sie.

»Keine Ahnung?«, fragt Dorfmüller irritiert zurück.

»Ich weiß nicht, was ich tun soll.«

»Er hat das Geld, das du brauchst.«

»Und du glaubst, dass er es mir gibt?«

»Es geht um das Leben seiner Tochter.«

»Damals ging es um meins«, erwidert sie. »Und er kam nicht.«

»Wovon redest du, Katja?«

»Vergiss es, Rudi.«

»Du hast ihn in der Hand.«

»Hab ich das?«

»Er kommt aus der Nummer nicht raus!«

Das Pärchen am Nachbartisch küsst sich. Keiner dieser Küsse, die man nicht sehen will, denkt Katja, nichts Gieriges steckt darin, kein zur Schau gestelltes Verlangen. Eher eine scheue Zärtlichkeit, der Wunsch, einander zu berühren, den anderen kennenzulernen, diesen unbekannten Kosmos, diese geheimnisvolle Welt.

Unwillkürlich schließt sie die Augen, vor sich das glitzernde Wasser des Gardasees, die Kiesel eines kleinen Strandes. Dahinter das gegenüberliegende Ufer, grüne Hänge über schroffen Felsen, hingetupfte Dörfer. Peters Finger in ihrem Haar, auf ihren Wangen, ihrem Mund. Er fährt ihr über die Lippen, er lächelt, genau wie sie, dann küssen sie sich. Seine Zunge, sein Duft, sein Geschmack – all das ist wieder da, so schön und grauenvoll zugleich, während sie sich fragt, wie das, was zwischen ihnen war, zu dem werden konnte, was es jetzt ist: all das Misstrauen, der Betrug, der Verrat.

»Katja!«, sagt Dorfmüller.

»Was?«, fragt sie.

»Eure gemeinsame Vergangenheit darf keine Rolle spielen!«

»Ich weiß.«

»Verschließ dein Herz«, sagt er. »Sei kalt und denk an deine Tochter!«

36

Das Hotel heißt *Carmen*, wie die Oper von Bizet. Die tragische Geschichte einer leidenschaftlichen jungen Arbeiterin in einer Zigarettenfabrik, die den Soldaten Don José kennenlernt. Er verfällt ihr rettungslos, aber seine Liebe engt sie ein. Sie entscheidet sich für die Freiheit, woraufhin er sie ersticht.

Katja betritt die Lobby. Auch sie hat sich für die Freiheit entschieden, als Jenny in ihr heranwuchs, und auch sie hat mit dem Tod bezahlt, selbst wenn sie überlebt hat. Die Katja, die sie war, gibt es nicht mehr, die Katja, die sie war, ist in einer Scheune gestorben.

Sie schaut sich um.

Die junge Mitarbeiterin hinter der holzvertäfelten Rezeption lächelt ihr mit unverbindlicher Freundlichkeit zu. »Guten Abend. Kann ich Ihnen helfen?«

»Ich suche einen Gast von Ihnen. Peter Schäfer.«

»Den Herrn von der Polizei?«

»Genau den«, sagt Katja. »Ist er da?«

Die Rezeptionistin dreht sich zum Schlüsselbrett um. Ein kurzer, prüfender Blick, ein Nicken, sie greift zum Telefon. »Und wen darf ich …?«

»Eine Kollegin«, unterbricht Katja. »Aber Sie brauchen mich nicht anzumelden, die Zimmernummer reicht.« Sie will ihn überraschen. Er soll keine Chance haben, sich vorzubereiten.

»Drei null fünf«, sagt die Rezeptionistin. »Dritter Stock, die Aufzüge sind da drüben.«

»Danke«, sagt Katja.

Auf dem Weg nach oben kommt die Angst. Er ist gut darin, Dinge abzustreiten, sie umzudrehen, sich seine eigenen Wahrheiten zu schaffen. Und dann?

Sie geht über den Flur. Einer dieser typischen Hotelteppichböden, der den Schall schluckt, gemustert und leicht muffig. Die Beleuchtung lässt ihre Haut fahl erscheinen. Drei null fünf, Messingzahlen auf dunklem Holz, neben dem Türgriff ein Lesegerät für die Zimmerkarte. Sie klopft und zählt die Sekunden.

»Ja?«, hört sie ihn fragen.

»Ich bin's.«

Es dauert einen Moment, bis er öffnet. Er schaut sie schweigend an, sein Gesicht unlesbar.

Ruhig bleiben, denkt sie, einfach dem Plan folgen, sagen, was ist, nüchtern und sachlich, ohne jede Aufregung.

»Was machst du hier?«, fragt er.

»Dich besuchen«, sagt sie.

»Du bist beurlaubt.«

»Ist doch nicht verboten.«

»Kommt trotzdem nicht gut.«

»Wird niemand erfahren«, sagt sie und ringt sich ein Lächeln ab, kaum mehr als eine Andeutung.

Sein Misstrauen kämpft mit seiner Neugier, denkt sie. Er spürt, dass irgendwas nicht stimmt. Er weiß, dass sie bei Sandra Wegners Eltern war, also geht er davon aus, dass sie ihm auf der Spur ist. Aber er kann sich nicht sicher sein, und es gibt nur einen Weg, das herauszufinden.

»Komm rein«, sagt er.

»Wenn du mich so nett bittest.«

Er schließt die Tür hinter ihr. Einen winzigen Moment lang hat sie das Gefühl, in der Falle zu sitzen. Sie bemüht sich, den Zweifel zu vertreiben, der sich in ihr breitmacht. Sie kann sich dergleichen nicht leisten. Nicht jetzt.

Er mustert sie. »Du und ich in einem zweitklassigen Hotelzimmer«, sagt er. »Fast wie damals am Gardasee, findest du nicht?«

Sie antwortet nicht.

»Willst du was trinken?«, fragt er.

»Danke.«

»Nicht mal ein Wasser?«

»Nein.«

Er nimmt ein Spirituosenfläschchen aus der Minibar. Der Schraubverschluss knackt beim Aufdrehen. »Zur Feier des Tages«, sagt er und nimmt einen Schluck.

Sie reagiert nicht darauf, schaut sich im Zimmer um. Ein aus zwei Einzelelementen zusammengeschobenes Doppelbett mit stoffbezogenem Rand, eine Sitzecke mit zwei Sesseln, blau gepolstert, an den Wänden geschmacklose Kunstdrucke in billigen Rahmen. Vor dem Fenster Gardinen und ein blickdichter Vorhang. Schirmlampen, die Gemütlichkeit vorgaukeln sollen, der Boden ist mit dunkelbraunem Laminat belegt.

»Ich bin gespannt«, sagt er und visiert den Papierkorb an. Die leere Schnapsflasche fliegt rotierend durch die Luft, der Aufprall ein Knall.

Katja zuckt erschrocken zusammen. Sie hofft, dass er es nicht bemerkt hat. »Worauf?«, fragt sie.

»Warum bist du hier?«

»Was glaubst du?«

Er lächelt. Dieses überhebliche Lächeln der Macht. Die Methode Peter Schäfer. Ich bin, was ich vorgebe zu sein, und wenn ich daran glaube, glauben auch die anderen daran. »Tut mir echt leid«, sagt er. »Aber das war Marquarts Entscheidung.«

»Ach ja?«

»Ich hab damit nichts zu tun.«

»Natürlich nicht«, erwidert sie. Er lügt ihr mitten ins Gesicht. Und sie lügt zurück. Wir kennen uns, denkt sie, wir erkennen uns, einer im anderen. Das ist von der Liebe von einst übriggeblieben: eine Wand aus Misstrauen. Jahrelang aufgestaute Wut, Trauer, Demütigung.

»Ich habe mich oft gefragt, was passiert wäre, wenn du mich damals nicht verlassen hättest«, sagt er. »Wenn wir geheiratet hätten. Wenn wir eine Familie geworden wären.«

»Sind wir nicht.«

»Wäre es gut gegangen?«

»Nein«, sagt Katja. »Wäre es nicht.«

»Warum nicht?«

»Weil wir sind, wer wir sind. Du genauso wie ich.«

»Ich war deine große Liebe«, sagt er und schaut sie mit einer Mischung aus Trauer und Triumph an. »Oder etwa nicht?«

»Das eine hat mit dem anderen nichts zu tun.«

»Heißt das: Liebe allein reicht nicht?«

»Genau das heißt es.«

»Selbst wenn es die große Liebe ist?«

»Dann erst recht.«

»Was hat dir gefehlt?«, fragt er.

»Alles andere«, erwidert sie.

»Ein ziemlich hartes Urteil.«

»Du hast mich gefragt.«

Er senkt den Kopf und nickt, reibt die Handflächen gegeneinander. Nach kurzem Schweigen blickt er auf, in seinen Augen eine Mischung aus verletzter Eitelkeit und echter Verwundung. »Du weißt schon, dass ich dir nie verziehen habe.«

»Ja«, sagt Katja. »Das ist mir klar.«

»Du hast mir mein Kind weggenommen.«

»Jenny gehört dir nicht.«

»Wem dann? Dir?«

»Nur sich selbst.«

»Ich hätte sie gerne aufwachsen sehen.«

Und ich hätte gerne eine Familie gehabt, denkt Katja. Wenn er wüsste, wie sehr sie sich das erträumt hat. Gemeinsam mit ihm. Vater, Mutter, Kind. Alltag in München, Urlaub im Süden. Der ganze Kitsch, die ganzen Klischees. Bleigewichte, die an ihr hingen. Sie hat sich davon befreit. Nicht, weil sie wollte, sondern weil sie keine Wahl hatte. Sie hat dafür bezahlt, der Preis war hoch. Heute weiß sie, dass er nicht zu hoch war. So schmerzhaft es auch ist: Es hat sich gelohnt.

Sie würde ihm so gerne so vieles sagen. Wie sie ihn damals gesehen hat, wie sie ihn heute sieht, wie sie sich selbst sieht. Wer sie war und nicht mehr ist. Er hat sie überwältigt mit seinem vor sich hergetragenen Selbstbewusstsein, sie hat sich überwältigen lassen. Zwei, die nicht anders konnten. Keine Frage von Schuld. Man sucht sich nicht aus, wer man ist. Die Umstände haben sie gezwungen, die Augen zu öffnen. Er sieht noch immer nur das, was er sehen will. Es lohnt sich nicht, darüber zu sprechen.

»Was?«, fragt er.

»Nichts«, sagt sie.

Sie wundert sich über sich selbst. Dieser merkwürdige Wunsch nach einem Abschluss, nach Erlösung. Selbst jetzt, nach allem, was sie herausgefunden hat, will sie noch Frieden machen. Aber darum geht es nicht. Es geht nur um Jenny, ihre kleine Jenny, die sie aus Wolfs Fängen befreien muss, egal, was es kostet.

»Lass uns aufhören, Theater zu spielen«, sagt sie und setzt sich in einen der Sessel.

»Holla«, erwidert er. »Frau Sand gibt Gas.« Er tritt erneut an die Minibar, nimmt ein weiteres Fläschchen heraus. »Auf uns«, sagt er. »Auf alles, was da war. Und auf das, was anscheinend nicht da war.« Er leert die Flasche in einem Zug, wirft auch sie in den Papierkorb. Glas, das auf Glas trifft, ein trockener Schlag.

Diesmal ist Katja vorbereitet, zeigt keinerlei Regung.

»Wer bist du?«, fragt er, in seinen Augen der Glanz des Alkohols, ein gefährliches Schimmern. »Die Katze oder die Maus?«

»Setz dich«, sagt sie.

»Also die Katze.« Er deutet mit den Händen ein Zittern an. »Da bekommt das Mäuschen ja richtig Angst.«

»Ich meine es ernst, Peter.«

»Tatsächlich?« Er grinst spöttisch und nimmt ebenfalls Platz. »Dann fahr mal deine Krallen aus.«

»Der Schlüssel war Sandra Wegner«, sagt sie. »Das hat mir die Augen geöffnet, auch wenn ich es nicht wahrhaben wollte.«

»Klingt ja rührend«, sagt er.

»Sie ist damals auf Glaser gestoßen, und das hat sie dir erzählt.«

»Ich wüsste nicht, dass das in irgendeinem Bericht steht oder dass es davon eine Aktennotiz gibt.«

»Natürlich nicht«, sagt Katja. »Hätte es eine gegeben, hättest du sie beseitigt. Du warst der Chef.«

»Sind ja richtig spitz, deine Krallen.«

»Ja«, erwidert sie. »Leider.«

»Und weiter?«

»Du hast das Kokain in Sandras Spind platziert, um es anschließend dort zu finden. Um sie unter Druck zu setzen und sie mit einer erzwungenen Kündigung zum Schweigen zu bringen. Damit hattest du freie Bahn. Du hast dir Glaser vorgeknöpft und ihn vor die Wahl gestellt: die Hälfte der Beute oder eine Doppelzelle mit Wolf. Er musste nicht lange überlegen, und du warst von einem Tag zum anderen ein reicher Mann.«

»Jetzt lehnt sich die Katze aber ziemlich weit aus dem Fenster. Da muss sie höllisch aufpassen, dass sie nicht runterfällt.«

»Wird sie nicht«, sagt Katja.

»Du hast eine ziemlich schlechte Meinung von mir«, erwidert er. »Richtig mies.«

»Sollte dich nicht wundern, nach allem, was du dafür getan hast.«

»Ich hab dich geliebt.«

»Als es drauf ankam, warst du nicht da.«

»Ich kann nichts dafür, dass dieser Scheißsender nicht funktioniert hat.«

»Und wenn doch?«

»Jemanden, den man liebt, verrät man nicht, Katja.«

»Hört sich irgendwie seltsam an aus deinem Mund.«

»Ist nur die Wahrheit, nichts weiter.«

»Mit der du dich ja besonders gut auskennst.«

»Das sagst ausgerechnet du? Bei all dem Verschwörungsmist, den du mir hier auftischst? Du, die du deiner Tochter jahrelang die Wahrheit vorenthalten hast, nur damit sie ihren Vater nicht kennenlernt? Glückwunsch, Katja, ganz toll, echt große Klasse!«

Er will mich aus der Bahn werfen, denkt sie, mich provozieren und beleidigen. Aber hier geht es nicht um sie oder ihre gescheiterte Beziehung, hier geht es ausschließlich um das, was er getan hat. Um eine Menge Geld und um die Menschen, die dafür sterben mussten. Und um Jenny, die zum Faustpfand von Wolfs Gier geworden ist. Darum, ihr Leben zu retten.

»Zurück zu Glaser«, sagt sie. »Er gibt dir Wolfs Anteil, und du lässt die Spur, die zu ihm führt, ins Leere laufen. Was kein Problem ist, immerhin leitest du die Ermittlungsgruppe. Dir kann nichts passieren. Mit Wolf ist einer der beiden Täter gefasst, man macht ihm den Prozess, er wandert in den Knast. Lebenslänglich, ohne seinen Komplizen zu verraten. Und selbst wenn er ihn verraten hätte – du hättest rechtzeitig davon erfahren und Glaser einfach beseitigt.«

»Du traust mir zu, dass ich einen Menschen töte?«

»Nicht einen, Peter, zwei.«

Was sie sagt, zeigt Wirkung. Sie kann es ihm ansehen. Die Art, wie er plötzlich dasitzt. Unbewegt, fast schon verkrampft, die Hände wie festgeklebt auf den hölzernen Lehnen. Der Alkoholglanz ist aus seinen Augen verschwunden. Wut ist an seine Stelle getreten, der Wunsch, sie zu bestrafen für das, was sie da von sich gibt, aber auch Verunsicherung und Angst. »Das reicht jetzt!«

»Nein«, entgegnet sie, »tut es nicht. Wir sind ja noch nicht mal in der Gegenwart angelangt. Inzwischen besitzt du neben einem beeindruckenden Haus in Augsburg eine wunderschöne Ferienimmobilie in Südfrankreich, den Rest des Geldes hast du gewinnbringend angelegt. Du bist Chef der Mordermittlung in Augsburg, hast eine attraktive junge Frau geheiratet, die dir zwei Kinder geschenkt hat. Alles ist gut, bis Jenny bei dir auftaucht. Deine Ehe zerbricht. Alles verschmerzbar, denkst du, aber dann holt dich die Vergangenheit endgültig ein. Wolf ermordet zwei Justizbeamte und flieht. Und du hast ein echtes Problem. Weil Wolf außer dir der Einzige ist, der von Glasers Rolle damals weiß. Er wird sich seinen Anteil an der Beute holen wollen, und Glaser wird dich auffliegen lassen. Also lässt du deine Verbindungen spielen und erscheinst wie aus dem Nichts in München. Und dein Kalkül geht auf: Wenn einer bei den Ermittlungen helfen kann, dann du. Dir ist klar, dass ich früher oder später auf Glaser stoßen werde. Deshalb kommt es jetzt vor allem auf das richtige Timing an. Erst ein Abendessen bei mir und Jenny, der reizende, fürsorgliche Vater, und dann fährst du zu Glaser und erschießt ihn. Unmittelbar bevor Wolf bei ihm auftaucht und die Spuren hinterlässt, die du brauchst, um ihm die Tat in die Schuhe zu schieben. Aber damit ist die Sache noch nicht erledigt. Du kennst mich, du weißt, dass ich mich damit nicht zufriedengeben werde, also kümmerst du dich auch noch um Sandra Wegner. Kein offener Mord, das wäre zu auffällig. Lieber ein schöner, sauberer Suizid. Niemand wird auf die Idee kommen, dass Sandra mit vorgehaltener Waffe zur Einnahme der notwendigen Menge an Tabletten gezwungen wurde, und deshalb wird auch niemand eine Verbindung zwischen ihrer offensichtlichen Selbsttötung und Glasers Ermordung herstellen.«

Sie macht eine Pause, blickt ihn an. Sein Gesicht ist unbewegt, mit Starrheit überzogen, die Haut wächsern und bleich. Das einzig Lebendige an ihm sind seine Augen, wie kaltes Feuer, der Hass in ihnen springt sie an.

»Dafür hast du keinerlei Beweise«, stößt er mühsam beherrscht hervor.

Katja lässt sich Zeit mit der Antwort, betont jedes Wort. »Du bist gesehen worden, Peter. Von einer Nachbarin. Sie hat auf ihrem Balkon eine Zigarette geraucht, als du das Haus verlassen hast und in deinen Wagen gestiegen bist. Ihr ist das Augsburger Kennzeichen aufgefallen. Ich hab ihr ein Foto von dir gezeigt. Sie war sich absolut sicher, sie hat keine Sekunde gezögert.«

»Damit kommst du niemals durch«, zischt er zwischen seinen zusammengepressten Lippen hindurch. »Und das weißt du auch. Genau wie die Sache mit Glaser. Alberner, konstruierter Scheiß, zusammengereimt von einer zweitklassigen Hauptkommissarin, die nicht ertragen kann, dass man ihr die Ermittlungen weggenommen hat.«

»Ist mir klar, dass du das so siehst«, erwidert Katja. »Ich konnte es ja selbst erst nicht glauben. Ich wollte das Bild nicht zerstören, das ich von dir hatte. Du weißt schon, die große Liebe, von der du eben gesprochen hast. Aber dummerweise ergibt das alles von vorne bis hinten Sinn. Es passt einfach. Also habe ich weitergesucht. Bis ich den Beweis hatte, den ich brauchte.«

Sie bemerkt die unwillkürliche Traurigkeit in ihrer Stimme. Es ist leichter, die einzelnen Teile zu einem Ganzen zusammenzusetzen, als dieses Ganze anschließend in Worte zu fassen. Als würde es erst im Moment des Aussprechens real. Sie atmet tief durch, bevor sie fortfährt. »Du hast mir erzählt, das Haus in Augsburg sei mit dem Erbe deiner Frau finanziert worden. Aber das stimmt nicht. Alinas Eltern stammen aus der ehemaligen Sowjetunion, sie sind Russlanddeutsche, die so wenig

Rente beziehen, dass Alinas Mutter putzen gehen muss, damit sie über die Runden kommen.«

»Woher weißt du das?«, zischt er. »Hat sie dir das erzählt?«

»Spielt das irgendeine Rolle? Tatsache ist: Die Immobilie gehört dir. Und nur dir. Vor sechzehn Jahren erworben. Ohne jeden Kredit. Genau wie das Ferienhaus in Südfrankreich zwei Jahre später. Ich habe Kopien von den Grundbuchauszügen. Dazu kommen mehrere Wertpapierdepots und Fondsanteile bei verschiedenen Banken und Kapitalanlagefirmen. Siebenstellig. Wenn man das alles zusammenzählt und die Renditen rausrechnet, kommt man ziemlich genau auf die Summe, die du damals von Glaser erpresst hast. Und das können weder dein Freund Marquart noch seine Vorgesetzten ignorieren. So viel zum Thema Beweis. Du steckst bis zum Hals in der Scheiße, Peter, und du kommst da nicht mehr raus!«

Noch immer sitzt er reglos da, aber jetzt wirkt er plötzlich winzig in seinem blau gepolsterten Sessel. Seine Schultern hängen, die Brust ist eingefallen, kein Feuer mehr in seinem Blick, nur noch nackte Angst und die unausweichliche Erkenntnis, dass er das Spiel verloren hat. »Ich hab dich immer unterschätzt«, sagt er leise, seine Stimme nicht mehr als ein belegtes Flüstern. »Schon damals.« Und dann: »Was willst du jetzt machen? Mich festnehmen?«

»Nein«, sagt sie.

»Was dann?«

»Ich will dein Geld, und ich will es in bar!«

Er starrt sie ungläubig an.

»Alles, was du kurzfristig flüssig machen kannst«, sagt sie. »Die Konten, die Depots, jeden Euro und jeden Cent. Du hast Zeit bis morgen Abend. Wenn du nicht lieferst, lasse ich dich auffliegen.«

Sie steht auf und geht zur Tür. Noch eine Sekunde länger, und sie verliert all ihre Kraft. Sie muss diesem widerwärtigen

Spiel entkommen, diesem unwürdigen Geschacher, in dem kein Recht und kein Gesetz das Leben ihrer Tochter schützen kann. Sie legt die Hand auf die Klinke. Sie ist kälter als erwartet. Ein Schaudern geht durch ihren Körper. Sie ekelt sich vor sich selbst.

»Warte!«, sagt er in ihrem Rücken.

Hör nicht auf ihn, denkt sie, tritt einfach in diesen verdammten Hotelflur und zieh die Tür hinter dir zu. Stattdessen dreht sie sich zu ihm um, sie kann nicht anders – und blickt in die Mündung einer Pistole. Sie fragt sich, wo er die plötzlich herhat, auch wenn sie weiß, dass die Frage sinnlos ist. Er hat den Spieß umgedreht.

Er lächelt. Die alte Überheblichkeit ist zurück. »Da hat sich das Kätzchen wohl doch zu weit aus dem Fenster gelehnt«, sagt er. »Jetzt ist es rausgefallen. Auf dem Rücken gelandet statt auf den Pfoten. Und schon ist die kleine Wirbelsäule durch.«

37

Sie hätte ihm nicht den Rücken zudrehen dürfen, nicht für eine Sekunde, nicht, nachdem sie ihn so in die Ecke gedrängt hat. Nicht er hat sie unterschätzt, sie hat ihn unterschätzt.

Er hat sie mit vorgehaltener Waffe auf den Flur gezwungen, über die Treppe und den Notausgang hinaus auf die Rückseite des Hotels und weiter durch die Hofeinfahrt auf die Straße. Nirgendwo eine Überwachungskamera, niemand, der sie gesehen hat.

Jetzt sitzt sie am Steuer ihres Wagens und er neben ihr, die Pistole auf ihre Brust gerichtet. Sie weiß, er wird nicht zögern. Nicht nach dem, was da eben in seinem Hotelzimmer passiert ist. Nichts wird ihr helfen, nicht mal, dass sie Jennys Mutter ist.

»Wo fahren wir hin?«, fragt sie.

»Mittlerer Ring«, sagt er. »Richtung Süden. Danach schauen wir weiter.«

Er weiß nicht, wohin er will, denkt sie, er hat keinen Plan. Vielleicht ein leerer Supermarktparkplatz oder ein Waldstück irgendwo außerhalb. Hauptsache, keine Zeugen.

Sie betrachtet ihn aus den Augenwinkeln. Zu versuchen, es ihm auszureden, wäre sinnlos. Er hat seine Entscheidung getroffen, und er wird daran festhalten. Also schweigt sie. Im Handschuhfach liegt die Pistole ihres Vaters, nur eine Armlänge entfernt, aber unerreichbar.

Der Verkehr auf dem Mittleren Ring fließt ruhig vor sich hin. Die Straßenlaternen streichen über den Wagen, fließende Flecken aus Licht. Was, wenn sie einfach anhält, jetzt und hier, auf einer der Spuren, die Fahrertür öffnet und aussteigt? Sie verwirft den Gedanken sofort wieder. Er wird abdrücken, sobald er merkt, dass sie den Fuß vom Gas nimmt. Und dann wird er ihr ins blutverschmierte Lenkrad greifen und den Wagen auf dem Standstreifen ausrollen lassen, sie auf den Beifahrersitz zerren und sich selbst ans Steuer setzen. Sie wird verbluten, und niemand wird etwas merken.

Vor ihnen taucht das Autobahnhinweisschild zur A8 nach Salzburg auf.

»Links«, sagt er.

Sie fädelt sich auf eine der beiden Abbiegespuren ein. Noch ist die Ampel rot. Wenn sie es schafft, den Wagen rechtzeitig zum Stehen zu bringen, hat sie eine Chance. Sie löst ihre linke Hand vom Lenkrad. Es muss schnell gehen: Gurtschloss lösen, Tür aufreißen und raus. Aber dazu kommt es nicht, weil die Ampel in diesem Moment auf Grün umschlägt und ihr nichts anderes übrigbleibt, als erneut zu beschleunigen und die Gelegenheit ungenutzt vorbeiziehen zu lassen.

Sie darf nicht an sich denken, sie muss an ihr Kind denken. Wenn sie aufgibt, ist Jenny verloren. Vor ihr die Nacht, die Straße ein dunkles Band aus Asphalt, der Weg in den Abgrund, im Rückspiegel die Scheinwerfer der hinter ihnen fahrenden Autos, eine Hoffnung, die sich nicht erfüllen kann.

Das Schweigen zwischen ihnen nimmt ihr den Atem, sie ringt nach Luft. Sag etwas, denkt sie, irgendwas, aber Peter bleibt still.

Häuser, die an ihr vorbeifliegen, Felder, die Grenze der Stadt. Ein paar Kilometer weiter das Autobahnkreuz München-Süd, dann nur noch Wald. Der Hofoldinger Forst, schwarze Schemen, eine Armee aus hölzernen Schatten, dunkel und bedrohlich.

»Am nächsten Parkplatz fährst du raus«, sagt Peter, mehr eine Feststellung als ein Befehl, seine Stimme klingt hohl.

Hoffentlich steht da jemand, denkt sie, ein Lastwagen oder ein Pkw, einer, der mit seiner Anwesenheit verhindert, dass Peter sie erschießt.

Das blaue Schild, noch fünfhundert Meter, dann dreihundert, sie setzt den Blinker, zweihundert, dann die Ausfahrt. Ihre Scheinwerfer streifen die weißen Linien der Parkbuchten, steinerne Tische und Bänke mit Sitzflächen aus Holz, dahinter an Pflöcken gespannte Netze, um das Wild fernzuhalten, die Stämme der Bäume, einer neben dem anderen, eng an eng, eine undurchdringliche Wand aus Fichten. Und nirgendwo ein weiteres Auto, niemand, der sie sieht.

Sie bringt den Wagen zum Stehen, das Herz klopft ihr bis zum Hals. Das also wird ihr Ende sein, denkt sie, ein tödlicher Schuss in die Brust auf dem verlassenen Autobahnparkplatz Otterfing, abgegeben von dem Mann, den sie geliebt hat wie keinen anderen in ihrem Leben, bis auf ihren Vater, aber das war etwas anderes, da war sie noch ein Kind. Warum ist sie nicht einfach mit ihm gestorben, damals, als sie zehn war?

Papa!

»Mach ihn aus«, sagt Peter.

Sie dreht den Zündschlüssel nach links, der Motor erstirbt. Ab und zu das Rauschen der auf der Autobahn vorbeirasenden Autos, ansonsten Stille, bleiern und schwer, die Schwärze der Nacht.

Sie will sich abschnallen, aber Peter legt eine Hand auf das Gurtschloss, die Waffe noch immer auf ihre Brust gerichtet, oder ist es der Bauch, sie kann das in der Dunkelheit nicht genau erkennen. Aber es macht keinen Unterschied, sie wünscht sich nur, dass es schnell geht.

Noch immer ist da ein Rest von Auflehnung, die Mutter in ihr, die ihr Kind retten muss und deshalb dem Unausweichlichen die Stirn bieten wird bis zur letzten Sekunde. Sie muss

Zeit gewinnen, ihn zum Wanken bringen, die Mauer einreißen, die er um sich errichtet hat. Kälte kriecht ihren Körper hinauf, ihr Blut fließt langsamer, ihr Puls ist plötzlich ganz ruhig.

»Glaubst du wirklich, dass das eine Lösung ist?«, fragt sie. »Mich zu erschießen? Jemanden, den du angeblich so geliebt hast?«

Er antwortet nicht.

Es ist zu dunkel, um in seinen Augen zu lesen, aber sie hört seinen Atem, daran orientiert sie sich. »Ich hab dich was gefragt.«

»Du hättest mich nicht verlassen dürfen, Katja.«

»Ich konnte nicht anders, ich hatte keine Wahl.«

»Jetzt hab ich keine.«

»So einfach ist das?«

»Ja«, sagt er. »So einfach ist das.«

»Es ist nur Geld, Peter. Auf Scheine gedruckte Zahlen.«

»Nein«, sagt er. »Ist es nicht. Und das weißt du genau. Du bist so, wie du bist, Katja. Selbst wenn ich tun würde, was du verlangst, würdest du es niemals auf sich beruhen lassen. Du würdest zu Koller oder Marquart rennen – und dann sitze ich für den Rest meines Lebens im Knast.«

»Du hast zwei Menschen getötet.«

»Weil mir nichts anderes übrigblieb. Weil du immer weiterbohren musst, weil du einfach nicht aufhören kannst.«

»Ich muss sterben, weil ich meinen Job gemacht habe? Merkst du eigentlich, was du da sagst?«

»Es hätte dein Haus sein können. Ein Heim für uns und unser Kind.«

»Auf Sand gebaut, Peter.«

»Eine Zukunft ohne Sorgen, verstehst du das nicht? Aber du hast das alles weggeworfen. Einfach so.« Er atmet jetzt schwer, die Bäume hinter den Scheiben wie stumme Zeugen, eine hölzerne Mauer des Schweigens. »Du irrst dich«, sagt er. »Du hattest eine Wahl, aber du hast dich gegen mich entschieden.«

Er nimmt ihre rechte Hand, legt sie um den Griff der Waffe, dieselbe, mit der er Glaser erschossen hat, er schließt seine eigenen Finger darüber, dann hebt er den Blick, schaut sie an, das Weiß in seinen Augen schimmernd, so viel kann sie sehen, zwei helle Punkte in der Dunkelheit.

Er hat das mit sich herumgetragen, all die Jahre. Einen wie Peter Schäfer verlässt man nicht! Eine nie verheilte Wunde, die Jenny wieder aufgerissen hat. Er will diese Wunde loswerden, ein für alle Mal.

Plötzlich weiß Katja, warum er darauf bestanden hat, dass sie ihren Wagen nehmen. Es wird wie ein Suizid aussehen, man wird die Pistole bei ihr finden, neben ihrem ausgebluteten Körper. Eine von Ehrgeiz zerfressene Ermittlerin, die Glaser getötet hat, um den Mord dem verhassten Martin Wolf anzuhängen, eine gescheiterte Kommissarin, die nicht ertragen hat, dass man ihr den Fall weggenommen hat, der sie seit so vielen Jahren verfolgt.

»Wenn du mich tötest, wird auch Jenny sterben«, sagt sie. »Dann hast du nicht nur mich, sondern auch sie auf dem Gewissen.«

Eine Sekunde lang ist er irritiert, sie fühlt, wie er sie mit seinem Blick fixiert, dann lacht er höhnisch auf. »Das glaubst du doch selbst nicht.«

»Wolf hat sie in seiner Gewalt.«

»Tatsächlich?«, fragt er spöttisch. »Netter Versuch, Katja.«

»Er benutzt mich. Um ihm seinen Anteil an der Beute zu beschaffen. Nur deswegen brauche ich dein verdammtes Geld. Um sie da rauszuholen. Um ihr Leben zu retten!«

»Du konntest noch nie gut lügen.«

»Das ist die Wahrheit, Peter, keine Lüge!«

Stille zwischen ihnen. Sein kopfschüttelndes Grinsen in der

Dunkelheit. Das Mitleid mit ihr, die ihr armseliges Leben zu retten versucht, das Mitleid mit sich selbst, der nicht anders kann, als es ihr zu nehmen.

»Die Wahrheit ist: Ich hab dich geliebt«, flüstert er heiser, das Lächeln in seinem Gesicht urplötzlich verschwunden, wie ausradiert.

Sie spürt die Mündung der Pistole auf ihrer Brust, den Druck seiner Finger auf ihrer Hand. Es wird nicht wehtun, denkt sie, und selbst wenn, was ist dieser kurze Schmerz gegen das, was ihr Kind erleiden muss.

Jenny, kleine große Jenny!

Plötzlich ist da wie aus dem Nichts diese Idee. Keine gute vielleicht, nichts weiter als ein aus der Not geborener Einfall, aber selbst wenn es schiefgeht, hat sie es wenigstens versucht. »Hörst du das?«, fragt sie hektisch und dreht sich abrupt um, schaut zwischen den Sitzen hindurch nach hinten. Er tut es ihr nach, ein unbewusster Reflex, er kann nicht anders. Ein winziger Moment der Überraschung, der ausreicht, um ihre linke Hand vorschnellen zu lassen, er sieht es nicht, eben weil er ihrem Blick gefolgt ist, ihre Hand drückt auf das Schloss des Handschuhfachs, es klappt auf, ihre Finger tasten nach dem kalten Metall der darin verborgenen Waffe, sie kann sie greifen. Sein Kopf dreht sich wieder nach vorne, aber zu spät, ihre Hand hat den Griff der Pistole bereits umschlossen, sie reißt sie aus dem Handschuhfach, drückt sie ihm gegen den Bauch.

»Wenn du schießt, schieße ich auch«, sagt sie.

Er braucht eine Sekunde, um zu begreifen, was gerade geschehen ist. Reglos starrt er sie an, versucht verzweifelt, seine Fassung zurückzugewinnen. »Das bringst du nicht fertig, Katja«, sagt er heiser. »Dazu fehlen dir die Eier.«

»Willst du es wirklich darauf ankommen lassen?«

»Und wenn?«, fragt Peter und drückt seine Pistole gegen ihre Brust. »Was dann?«

Auf die Fassungslosigkeit folgt die Wut, denkt sie, er hat nicht damit gerechnet, dass ich ihn austricksen könnte. Das alles ist verrückt. Zwei Menschen in einem dunklen Wagen auf einem Autobahnparkplatz, keinen Meter voneinander entfernt, vorgehaltene Waffen, die Drohung, sich gegenseitig zu erschießen. Sie weiß: Er lauert auf ein Zeichen von Schwäche. Schon die kleinste Andeutung eines Zögerns wird sie das Leben kosten.

»Dein Plan funktioniert nicht«, sagt sie so ruhig wie möglich. »Jetzt nicht mehr.«

»Welcher Plan?«

»Der angebliche Selbstmord in meinem Wagen.«

»Wird sich zeigen«, erwidert er.

»Wird es nicht, Peter. Wenn du abdrückst, drücke ich auch ab. Selbst wenn ich dich nicht töte, wirst du eine Schussverletzung haben. Wie willst du die Koller oder Marquart erklären? Du könntest sagen, dass ich dich gezwungen habe, mit mir hierherzufahren. Dass ich versucht habe, dich zu erschießen, und du in Notwehr gehandelt hast. Dass dir nichts anderes übrigblieb. Nur leider hat die Sache einen Haken. Die Waffe, mit der du mich erschießt, ist dieselbe, mit der Glaser erschossen wurde. Die Schmauchspuren an meiner Hand stammen von der anderen Waffe. Selbst wenn du mit der Notwehrlüge durchkommst, entlarvst du dich mit deinem tödlichen Schuss als Glasers Mörder.«

Schweigen. Zwei Augenpaare, die die Dunkelheit um sie herum zu durchdringen versuchen. Das Abschätzen von Möglichkeiten.

»Entscheide dich«, sagt sie. »Gib mir deine Waffe oder erschieß mich!«

Noch immer spürt sie die Mündung seiner Pistole auf ihrer Brust, aber der Druck lässt nach. Sie kann seine Verunsicherung fühlen, die Unbezwingbarkeit ihrer Argumente lässt ihn innerlich schwanken.

»Ich kann dir die Pistole nicht geben«, sagt er.

»Warum nicht?«

»Ich hab's dir doch erklärt: Ich gehe nicht in den Knast. Niemals!«

»Was, wenn du mir das Geld besorgst und ich dir einen Vorsprung gebe? Die Zeit, die du brauchst, um über die Grenze zu verschwinden.«

»Du weißt, dass das nicht funktioniert. Früher oder später werden sie mich schnappen.«

»Es geht hier nicht um dich oder mich. Es geht um Jennys Leben!«

Er antwortet nicht. Stattdessen greift er hinter sich, tastet mit seiner freien Hand nach dem Türschloss. Er öffnet die Beifahrertür, stößt sie auf. Die nächtliche Kälte strömt herein, der Duft der Fichten.

»Was soll das?«, fragt sie.

»Ich will keine Flecken in dein Auto machen«, sagt er. Unvermutet reißt er die Pistole hoch, winkelt mit derselben Bewegung den Arm ab, öffnet den Mund, schiebt sich die Pistole hinein – und drückt ab.

Der Schuss lässt seinen Kopf nach hinten schnellen, sein Schädel zerplatzt, er kippt rückwärts hinaus in die Nacht und verschwindet aus ihrem Blickfeld. Nur seine Füße sind noch da und seine Unterschenkel, die Hosenbeine ein Stück hochgerutscht, zufällige Überbleibsel auf der Gummimatte im Fußraum ihres Wagens.

Sie sitzt da wie gelähmt, dann tastet sie mit der freien Hand nach dem Gurtschloss. Sie versucht, es aufzudrücken, es gelingt ihr nicht. Sie zwingt sich dazu, sich zurückzulehnen, sie darf den Gurt nicht belasten, ein neuer Versuch, ihre Finger matt und kraftlos, dann endlich klickt es.

Sie beugt sich nach vorne, sie will seine Beine aus dem Wagen schieben, aber noch bevor ihre Hände seine Füße erreichen, hält sie inne. Wenn sie ihn anfasst, hinterlässt sie Spuren. Also richtet sie sich wieder auf, dann startet sie den Motor, legt den ersten Gang ein. Ihr linker Fuß löst sich von der Kupplung, sie gibt Gas, langsam lässt sie den Wagen nach vorne rollen, bis seine toten Glieder herausfallen und die Absätze seiner Schuhe auf dem Asphalt aufschlagen.

Der Motor summt im Leerlauf vor sich hin. Sie atmet tief durch, zieht die Handbremse an. Dann steigt sie aus. Sie muss um den Wagen herum, ihre Beine drohen unter ihr nachzugeben, sie spürt sich taumeln, hält sich mit der linken Hand an der Dachkante fest, dann am Kofferraum. Komm schon, Katja, noch ein kleines Stück!

Sie blickt hinunter auf den Toten. Sie fühlt nichts. Keine Schuld, keinen Schmerz, keine Erleichterung. Nur Leere. Bis ihr schlagartig klar wird, was all das bedeutet. Jenny! Der Impuls, loszuschreien, auf seinen blutigen Körper einzuschlagen. Er war Jennys Lebensversicherung. Sein Tod bedeutet ihr Todesurteil. Weil seine Frau keinen Zugriff auf seine Konten besitzt und Katja keinerlei Chance mehr hat, an das von Wolf geforderte Geld zu kommen. Sie kann nichts mehr tun. Gar nichts. Nur noch beten!

38

Komm schon, Rudi, geh dran, denkt sie, während rechts von ihr zwischen Schallschutzmauern die Lichter der ersten Vororthäuser auftauchen. Das Freizeichen dröhnt in ihren Ohren, einmal, zweimal, dreimal, dann endlich nimmt er ab.

»Was ist los?«

»Peter ist tot.« Keine Kraft mehr. Der Wunsch, dass das alles nicht wahr ist.

Er bleibt ganz ruhig, ein antrainierter Mechanismus. Stellt Fragen, nüchtern und sachlich. Bringt sie dazu, ihm den Ablauf der Ereignisse zu schildern, vom Anfang bis zum Ende, von ihrem Besuch in Peter Schäfers Hotelzimmer bis zu seiner Selbsttötung auf dem Autobahnparkplatz Otterfing. »Fahr nach Hause«, fordert er sie auf, nachdem sie alles erzählt hat. »Um den Rest kümmere ich mich.«

Sie biegt von der Autobahn auf den Mittleren Ring ab, dieselbe Strecke wie vor kaum einer Stunde, nur in die andere Richtung. In ihr ist nur noch Leere, ein fühlloses Dahintreiben. Fahr nach Hause, hat er gesagt, aber was soll sie da? Allein Löcher in die Nacht starren, vor ihrer Netzhaut die schrecklichen Bilder ihrer entführten Tochter? Sich den Kopf zermartern nach Lösungen, die es nicht gibt? Dazu die Gedanken an Peter, der mit zerschossenem Schädel daliegt vor einer Wand aus schwarzen Fichten, der Mann, dem sie vertraut hat wie keinem anderen, der sie betrogen hat wie niemand sonst, der verantwortlich dafür ist, dass Martin Wolf ihr Kind in seine Gewalt gebracht hat, und der sich seiner Verantwortung mit einer kleinen Bewegung seines rechten Zeigefingers für immer entzogen hat.

Sie hat sich nie gefragt, wie ihr Leben verlaufen wäre, hätte sie sich nicht anstelle der schwangeren jungen Geisel in den bereitgestellten Fluchtwagen gesetzt. Es war ihre Entscheidung. Sie hat damit gelebt, so wie sie mit der Trennung von Peter gelebt hat. Oder dem jahrelangen sinnlosen Streit mit ihrer Mutter. Sie hat sich nie beklagt, hat einfach weitergemacht, hat Morde aufgeklärt, einen nach dem anderen, und ihre Tochter allein großgezogen.

Natürlich hat sie davon geträumt, einen anderen Mann kennenzulernen, sich zu verlieben. Angebote gab es genug. Da war Holger Fink, ihr Kollege, der seine Frau für sie verlassen wollte. Er wäre der Richtige gewesen. Sie hat ihn abgewiesen, sie wollte seine Ehe nicht zerstören. Als seine Frau ihn irgendwann verlassen hatte, war es zu spät. Liebe lässt sich nicht planen.

In all den Jahren hat sie Entscheidungen getroffen, Konsequenzen abgewogen, Schlussfolgerungen gezogen – und sich immer wie eine Beobachterin gefühlt. Sie hat sich selbst beim Leben zugeschaut und ist sich selbst dabei verloren gegangen.

Sie parkt ihren Wagen am Kanal, überquert die Straße, ihre Schritte wie Blei.

Die Haustür öffnet sich, noch bevor sie geklingelt hat. Monika Sand sieht ihr an, dass etwas Furchtbares geschehen sein muss. Aber noch bevor sie fragen kann, geht Katja wortlos an ihr vorbei ins Haus. Erst als die Haustür hinter ihr zufällt, beginnt sie zu sprechen. Erzählt, was sie Minuten zuvor schon Dorfmüller erzählt hat.

»Ohne Papas Pistole wäre ich jetzt tot«, sagt sie.

»Und Jenny?«, fragt ihre Mutter mit Angst in der Stimme. »Was wird aus Jenny?«

Bitte, Mama, denkt Katja und starrt wortlos hinaus in den dunklen Garten. In Gedanken sieht sie sich mit Wolf telefonieren. Hört sich sagen, dass die von ihm verlangte Beute unwiederbringlich verloren ist. Stellt sich vor, wie er das Gespräch daraufhin abrupt beendet, sich zu der angststarrenden, gefesselten Jenny umdreht und ihr mitteilt, dass ihre Mutter es vergeigt hat.

»Er wird sie nicht töten«, sagt Monika Sand. Ein verzweifeltes Festklammern an Worte, die den ersehnten Trost nicht spenden können.

»Doch«, erwidert Katja. »Das wird er.«

»Er hat doch nichts davon.«

»Du kennst ihn nicht, Mama, du weißt nicht, wozu er fähig ist.«

Das Bett in ihrem Kinderzimmer, die Bienen und Schmetterlinge auf dem Schirm der Nachttischlampe. Sie muss schlafen, aber sie kann nicht. Ihre Mutter hat ihr eine Tablette gegeben, aber die hilft nicht. Sie starrt aus dem Fenster in die Nacht hinaus, lauscht dem Rauschen der Bäume. Ein leises Wispern, als würden sie sich untereinander Geschichten erzählen.

Ihre Glieder schmerzen, als hätte sie Fieber. Dabei ist ihre Stirn kühl, auf ihrer Haut keinerlei Schweiß. Zur Untätigkeit verdammt, liegt sie da, versucht, die Dinge in ihrem Kopf zu ordnen. Stattdessen wird sie von Fantasien überflutet, Fetzen von Bildern, ein Meer von Schmerz.

Die verdrehten Glieder ihres toten Kindes auf einer fleckigen Matratze, darüber der grinsende Wolf, sie hält ihm die Pistole ihres Vaters an den Kopf, er lacht sie aus. Sie zieht den Abzug durch, einmal, zweimal, dreimal, aber sie hört nur ein trockenes Klicken, das Magazin ist leer, warum ist es leer? Er legt seine Hände auf ihre Brüste, er knetet sie, roh und grob, die blinde Gier eines Mannes, sein Atem faulig und stinkend, schaumiger Speichel in seinen Mundwinkeln. Sie schlägt ihm die Waffe gegen den Schädel, mit voller Kraft, seine Haut platzt auf, schwarzes Blut in seinen fettigen Haaren, er taucht einen

Finger hinein, schiebt ihn ihr in den Mund. Leck ihn ab, befiehlt er, über ihr das strahlende Licht von Scheinwerfern, seine Augen glasig, das Blut tropft auf seine Schultern, ein unaufhörlicher Fluss, klebrig und glänzend. Komm, lass uns tanzen, sagt er und zieht sie an sich, eine Hand jetzt in ihrem Schritt, mit der anderen presst er ihren Körper an sich. Sie drehen sich im Kreis, er wirbelt sie durch einen Raum, der keine Wände hat und nach oben hin offen ist, er schleudert sie von sich, hinaus ins Nichts, sie starrt ihn an, er lacht sie aus. Er zerrt ihr tote Tochter an den Haaren empor, ihr lebloser Körper in seinen Armen, eine tote Puppe, er lacht immer lauter und wird dabei immer kleiner, genau wie der Lichtkegel, in dem er mit einer Toten tanzt, bis das Licht nur noch ein winziger Punkt ist, der sich in der Unendlichkeit verliert.

Dann klingelt ihr Handy.

»Ich hoffe, ich hab dich nicht geweckt«, sagt er.

»Nein«, sagt sie.

»Meine Geduld ist am Ende.«

»Und wenn ich noch nicht so weit bin?«

»Ich dachte, dir liegt was an deinem Töchterchen. Ist doch so, oder?«

»Mama«, hört sie Jenny aus dem Hintergrund rufen, mit den Kräften am Ende, die Stimme erstickt.

Ein Schlag in ihren Bauch, ein Stich mitten in ihr Herz. Eisige Kälte, die ihr den Rücken emporkriecht. »Ich hol dich da raus, Liebes«, sagt sie und hofft, dass Jenny die Mutlosigkeit in ihrer Stimme nicht bemerkt. »Alles wird gut. Es ist bald vorbei.«

»So oder so«, sagt Wolf. »Auf die eine oder die andere Art. Liegt nicht an mir.«

»Ich brauche mehr Zeit.«

»Das hatten wir doch alles beim letzten Mal schon, Katja. Du wiederholst dich.«

Er klingt enttäuscht. Wie ein Lehrer, dessen beste Schülerin gerade durch eine Prüfung gefallen ist. Er genießt es, sie das spüren zu lassen. Sie hört das an der Art, wie er die Silben dehnt.

Sie muss ihn locken, an seine Gier appellieren, Zeit gewinnen, irgendwie. »Ich hab den Mann gefunden, der Ihr Geld hat.«

»Ach ja?«

»Ja«, sagt sie. »Aber es gibt da ein Problem. Er ist nicht flüssig, er hat das alles angelegt. Wertpapiere und dergleichen. Er muss das erst verkaufen, das geht nicht von heute auf morgen.«

»Du kriegst das hin, da bin ich sicher.«

»Und wenn nicht?«

»Was muss ich dir schicken, um dich zu überzeugen? Einen Finger, ein Ohr? Oder willst du ihr Herz, in einer Kühlbox, auf Eis, mal sehen, ob man es später wieder einsetzen kann.«

Sie antwortet nicht darauf. Selbst wenn sie wollte, sie könnte es nicht. Ihr Mund eine Wüste, ihre Zunge ein verdorrtes Stück Fleisch.

»Morgen Nachmittag«, sagt er. »Wenn du nicht lieferst, ist dein Kind tot. Wenn du versuchst zu tricksen, ist dein Kind tot. Wenn du deine Kollegen einweihst, ist dein Kind tot.«

Dann nur noch Stille, während sie daliegt, ausgelaugt und vollkommen hilflos, und seine Worte giftig in ihr nachklingen: Wenn du nicht lieferst, ist dein Kind tot!

Sie fragt sich, was er vorhat. Ob er sie wie in einem schlechten Film telefonisch zu einer Brücke lotsen wird, wo sie eine Reisetasche mit dem Geld während der Fahrt aus dem offenen Wagenfenster werfen soll. Oder ob er sie wie in einem zweitklassigen Krimi zu einer verlassenen Kiesgrube bestellt oder dem Gleisgewirr eines Güterbahnhofs.

Nein, denkt sie, das wird er nicht tun. Er wird zu ihr kommen, in ihre Wohnung. Lächelnd wird er dastehen, wie selbstverständlich und ohne jede Furcht, er weiß ja, solange er Jenny in seiner Gewalt hat, kann ihm nichts passieren, sie kann ihn weder erschießen noch festnehmen. Er würde einfach abstreiten, das Mädchen entführt zu haben, und niemand könnte ihm das Gegenteil beweisen. Und dann, Tage oder Wochen später, würde man Jenny endlich finden, in einer Kiste im Wald oder angekettet in einem Keller, verdurstet oder verhungert.

Wolf hat nach Katjas schwachem Punkt gesucht, und er hat ihn gefunden. Er hat sie in eine Falle getrieben, aus der sie nicht entkommen kann.

39

Es ist noch dunkel, als sie aufsteht und sich hastig anzieht. Die Tür zum Schlafzimmer ihrer Mutter ist nur angelehnt. Sie wirft einen Blick hinein. Monika Sand liegt im Bett, das Gesicht mit den geschlossenen Augen angespannt, die Stirn in Falten gelegt, glänzend von Schweiß. Die Angst um ihre Enkeltochter, denkt Katja, eingegraben in ihren alten Körper, nicht mal der Schlaf kann sie davon befreien.

Sie überlegt, ob sie ihre Mutter wecken soll, entscheidet sich aber dagegen. Vorsichtig schleicht sie die Treppe hinunter, zieht die Haustür leise hinter sich zu. Kälte und Wind, die sie frösteln lassen, nieselnder Regen aus einem sternlosen Himmel, der untergehende Mond hinter Wolken verborgen.

Hundertvierzig Kilometer später hält sie auf dem Parkplatz der JVA Straubing. Der Regen hat sie die ganze Strecke über begleitet, tief hängende Wolken im anbrechenden Morgen, und nirgendwo ein Stück Blau.

Der Stellplatz des Direktors ist noch leer, sie muss warten. Der Regen hat zugenommen, unablässig prasselt er auf das Dach ihres Wagens, läuft an den Scheiben herunter, Tropfen, die sich zu Schlieren verbinden, ein stetiger Strom. Dann ruft Dorfmüller an.

»Nur, damit du Bescheid weißt«, sagt er. »Sie haben Schäfer gefunden.«

»Dann ist jetzt die Hölle los bei euch.«

»Kann man so sagen. Koller hat veranlasst, dass die Tatwaffe untersucht wird. Wegen der möglichen Verbindung zum Mord an Glaser.«

»Hast du ihm das eingeflüstert?«

»Na ja«, sagt Dorfmüller. »Ich hab da vielleicht das eine oder andere fallen lassen. Aber die Schlussfolgerungen hat er ganz allein gezogen.«

»Und Marquart?«

»Ist vor zehn Minuten hier aufgetaucht. Musste wahrscheinlich noch nie in seinem Leben so früh aufstehen. Springt rum wie Rumpelstilzchen. Fühlt sich getäuscht und sieht seine Felle davonschwimmen.«

»Freut mich zu hören.«

»Wo bist du?«

»In Straubing.«

»Was willst du da?«

»Irgendwas muss ich tun, sonst werde ich verrückt.« Sie sieht den Wagen des Direktors vorfahren. Ihre Blicke treffen sich. Die Ahnung eines Erkennens auf seiner Seite, dann ein hastiges Abwenden. »Ich muss Schluss machen, Rudi, wir hören uns.«

Sie legt auf und schaut zu Kohlmaier hinüber. Er tut so, als hätte er sie nicht bemerkt, zieht einen Regenmantel aus dem Wagen, den er sich hastig überwirft, dann greift er nach seiner Aktentasche und schlägt die Fahrertür zu.

Katja steigt ebenfalls aus. »Guten Morgen«, sagt sie.

Kohlmaier, schon auf dem Weg zum Eingang der Strafanstalt, bleibt nichts anderes übrig, als innezuhalten und sich zu ihr umzudrehen. »Frau Sand«, sagt er mit gespielter Überraschung. »Was wollen Sie denn hier?«

»Das, was ich immer will«, sagt Katja.

»Sie haben wirklich Nerven«, erwidert er. »Nach allem, was in der Zeitung über Sie steht.«

»Was steht denn da?«

»Unschöne Dinge über mangelnde Ermittlungserfolge und falschen Ehrgeiz.«

»Bitte«, sagt sie. »Ich muss ihn sprechen. Es ist dringend!«

»Das war es beim letzten Mal auch. Genau wie die Male davor. Scheint eine Spezialität von Ihnen zu sein.«

»Ich versuche nur, meine Arbeit zu machen. Nach bestem Wissen und Gewissen.«

»Wenn ich das richtig gelesen habe, sind Sie beurlaubt worden.«

»Weiß doch niemand, dass Sie das gelesen haben.«

»Wie bitte?«

»Oder sind Sie auf dem offiziellen Dienstweg darüber informiert worden?«

»Soll das ein Witz sein, Frau Sand?«

»Ich versuche nur, Ihnen eine Brücke zu bauen.«

»Sie sollten sich lieber selbst eine bauen.«

»Jetzt kommen Sie schon. Ein privater Besuch, nichts weiter.«

Er mustert sie mit einer Mischung aus Unglauben und Staunen. Sie hält seinem Blick stand.

»Ist Ihre Dienststelle informiert, dass Sie hier sind?«, fragt er.

»Nein.«

»Haben Sie Ihre Vorgesetzten über Ihre Besuche bei Hanning überhaupt jemals in Kenntnis gesetzt?«

»Nein.«

»Und trotzdem trauen Sie sich her.«

»Ja.«

»Und glauben ernsthaft, dass ich Sie unter diesen Umständen zu ihm lasse?«

»Ich hoffe es.«

Er lacht ironisch auf, schüttelt dabei den Kopf. »Ich weiß nicht, was mich mehr überrascht: Ihr mangelnder Respekt oder Ihre Dreistigkeit.«

»Eine halbe Stunde mit ihm, nicht länger. Niemand wird davon erfahren. Nichts, was Ihnen auf die Füße fallen könnte.«

Er betrachtet sie, abschätzig und voller Missgunst. Der Regen in ihren Haaren, in ihrem Gesicht, die Nässe, die ihr durch die Kleidung dringt.

»Ich nehme an, Sie wissen, dass ich Sie nicht leiden kann, Frau Sand. Der Ton, den Sie draufhaben, Ihre ganze Art. Schon als Sie mich zum ersten Mal angerufen haben. Und noch mehr, als Sie mir gegenüberstanden.«

»Ja«, sagt sie und senkt den Blick. Eine Geste der Unterwürfigkeit. Sie muss das kleine Frauchen spielen, damit er sein angegriffenes männliches Ego wieder aufrichten kann. Wenn sie irgendetwas erreichen will, muss sie sich vor ihm kleinmachen und ihm das Gefühl geben, dass er Macht über sie besitzt. »Es tut mir aufrichtig leid, wenn ich mich Ihnen gegenüber im Ton vergriffen haben sollte«, sagt sie. »Es war nie meine Absicht, meine Kompetenzen zu überschreiten oder Sie in irgendeiner Weise zu beleidigen. Sie sind der Leiter einer Justizvollzugsanstalt, ich bin nur eine einfache Hauptkommissarin. Aber es hängt für mich sehr viel davon ab, mit Hanning zu sprechen. Heute noch. Und deshalb bitte ich Sie darum, dem zuzustimmen.«

Er lässt sich Zeit mit der Antwort. Sie soll spüren, wie schwer es ihm fällt, sich zu überwinden.

Du eitles, widerliches Arschloch, denkt sie und hält den Blick gesenkt, damit er nicht sieht, was in ihr vorgeht.

»Zwanzig Minuten«, sagt er schließlich. »Keine Sekunde länger.«

40

»Zwanzig Minuten?«, fragt Hanning, nachdem sie ihm berichtet hat, was gestern passiert ist.

»Jetzt noch elf«, erwidert sie nach einem Blick auf ihre Uhr. Eines der Fenster im Besuchsraum ist geöffnet, der Regen sammelt sich auf dem Gitter davor, ein unaufhörliches Prasseln und Tropfen. »Wenn Sie mir nicht helfen, wird meine Tochter sterben.«

Er faltet die Hände über der Tischplatte, in deren Kunststoffbeschichtung sich das Licht einer Leuchtstoffröhre spiegelt, ein heller Streifen auf grauem Grund. »Wirklich interessant«, sagt er.

»Was?«, fragt sie.

»Der kausale Zusammenhang, den Sie da herstellen. Wolf entführt Ihre Tochter, und ich bin schuld, wenn Sie sie nicht retten können.«

»So habe ich das nicht gemeint.«

»Doch, das haben Sie«, widerspricht er. »Nicht bewusst natürlich, rein intuitiv. Der Versuch, die Verantwortung nicht übernehmen zu müssen. Was in Ihrer Situation zugegebenermaßen absolut nachvollziehbar ist.«

»Bitte, Herr Hanning, mein Kind ist irgendwo da draußen und kämpft um sein Leben, ich habe keine Zeit für so was!«

»So viel Zeit muss sein. Nur wenn Sie verstehen, was in Ihnen passiert, können Sie das äußere Geschehen beeinflussen.«

»Glauben Sie mir, ich weiß, was in mir passiert.«

»Tun Sie das wirklich?« Er lächelt ihr über seine goldumrandete Brille zu. »Sie wollen zu viel, Frau Sand, immer drei Dinge auf einmal, und am Ende stehen Sie mit leeren Händen da.«

»Genau deswegen bin ich hier, um nicht mit leeren Händen dazustehen.«

»Das weiß ich. Aber Sie hören mir nicht zu.«

»Es geht hier nicht um mich. Und schon gar nicht um die Spielchen, die Sie immer mit mir spielen wollen!«

Der Justizbeamte an der Tür merkt auf. Sie begreift, dass sie laut geworden ist. Hanning legt seine Hände auf ihre. Sie sind warm und weich. Viel weicher, als sie sich vorgestellt hat.

»Bitte«, sagt er leise »Oder wollen Sie, dass er alles mitkriegt?«

Sie schüttelt den Kopf, sie weiß, dass er recht hat. Seine wasserblauen Augen saugen sie auf, er liest in ihr wie in einem Buch. »Ich kann nicht mehr«, sagt sie.

»Sie können schon lange nicht mehr«, erwidert er. »Trotzdem machen Sie immer weiter.«

»Was soll ich sonst tun?«

»Sich endlich fragen: warum?«

»Und die Antwort?«

Er lächelt. Die Summe seines Wissens, gebündelt in einem Lächeln. Trotzdem ist er hier, zu lebenslanger Haft verurteilt wegen zweier Morde. Weil all sein Wissen ihm nichts genützt hat.

»Angst«, sagt er.

»Wovor?«, fragt sie.

»Hinzuschauen.«

Ein Wort wie ein Stich in ihr Herz. »Können Sie das?«, fragt sie. »Hinschauen?«

»Jetzt schon.«

»Nachdem zwei Menschen durch Sie ihr Leben verloren haben.«

»Ja«, sagt er. »Das ist das Traurige daran.«

»Warum konnten Sie es vorher nicht?«

»Aus demselben Grund wie Sie oder die unzähligen anderen, die da draußen blind durch die Gegend laufen.« Sein Lächeln ist jetzt wie eingefroren. »Hinschauen heißt, bereit zu sein, sich zu verändern, Frau Sand. Und vor nichts haben wir mehr Angst als vor Veränderung.«

Sie schaut verstohlen auf ihre Uhr. Noch neun Minuten, die Zeit läuft ihr davon.

»Was ist damals zwischen Wolf und Ihnen passiert?«, fragt er. »Nachts in der Scheune?«

»Wissen Sie das nicht längst?«, fragt sie zurück. Das Rauschen in ihrem Kopf lauter als das Prasseln des Regens auf das Gitter des geöffneten Fensters, ihr Atem ein einziges Rasen.

»Selbst wenn ich es weiß«, erwidert er. »Solange Sie sich weigern, es auszusprechen, wird es Sie verfolgen.«

»Von mir aus soll es mich verfolgen, bis ich tot bin«, bricht es unbeherrscht aus ihr heraus. »Hauptsache, ich rette meine Tochter!«

»Sie wollen mich nicht verstehen, Frau Sand. Stattdessen reagieren Sie wie ein bockiges Kind. Dabei liegt die Lösung direkt vor Ihnen.«

»Ich lasse mich nicht von Ihnen erpressen. Ich werde es nicht aussprechen. Sie werden es nicht aus meinem Mund hören.«

Er nickt. So als hätte er genau das von ihr erwartet. Seufzend lehnt er sich zurück, nimmt seine Brille ab, fährt sich mit Daumen und Zeigefinger über die geschlossenen Lider, setzt sie wieder auf und schlägt die Arme übereinander. Schweigend betrachtet er sie, in seinen Augen eine Verletzlichkeit, wie Katja sie noch nie an ihm gesehen hat. Die zur Schau getragene Überlegenheit des Analytikers ist ebenso daraus verschwunden wie jedes Vergnügen am Kampf.

»Sie schätzen mich falsch ein«, sagt er. »Für Sie ist alles immer ein Streiten, ein Ringen, die Welt voller Feinde und Gegner.

Also muss auch ich einer sein. Aber das bin ich nicht. Erinnern Sie sich an Ihren ersten Besuch hier? Ich habe Ihnen gesagt, dass ich Ihnen dankbar bin. Weil Sie mich gerettet haben. Deswegen und nur deswegen habe ich versucht, Ihnen zu helfen.«

»Warum tun Sie es dann nicht?«

»Warum sehen Sie nicht, dass ich es tue?«

»Bitte«, sagt sie und schaut erneut auf ihre Uhr »Wir haben noch drei Minuten.«

»Sie wollen von mir wissen, wo Wolf Ihre Tochter festhält.«

»Ja.«

»Der Schlüssel ist die Scheune, Frau Sand.«

»Ich verstehe nicht.«

»Weil Sie sich weigern, Martin Wolf zu verstehen!«

»Was gibt es da zu verstehen?«

»Sie sehen in ihm nur das Tier, das Sie vernichten wollte, Sie sehen in ihm nicht den Menschen, der er trotz allem auch ist.«

In ihrer Brust ein Knoten, so fest, dass sie das Gefühl hat, zu ersticken. »Wer das tut, was er mir angetan hat«, flüstert sie, »der hat das Recht verwirkt, ein Mensch genannt zu werden.«

Hanning beugt sich nach vorne, legt seine Hände auf die Tischplatte, ihre und seine Finger nur Zentimeter voneinander entfernt. »Nein«, sagt er. »Ein Mensch bleibt immer ein Mensch.« Und nach einem tiefen Atemholen: »Was will er, Frau Sand, was treibt ihn an?«

»Sagen Sie's mir.«

»Dasselbe wie Sie. Seit sechzehn Jahren sitzt er im Gefängnis, genau wie Sie. Und Sie haben ihn da reingebracht. So wie er Sie in Ihrem Gefängnis eingesperrt hat. Zwei Seiten derselben Medaille, Frau Sand. Er will einen Ausgleich, er will sich rächen, genau wie Sie. Er will Sie büßen lassen, Sie bestrafen. Deshalb hat er Ihre Tochter entführt. Das Geld ist dabei nur der Anlass, nicht die Ursache.«

»Was hat das mit der Scheune zu tun?«

»Der Ort der größten Demütigung, Frau Sand. Für Sie genauso wie für ihn. Das Alpha und das Omega. Der erste und der letzte Buchstabe. Der Ort, an dem es anfing und an dem es enden muss.«

Sie starrt ihn an. Plötzlich ergibt alles einen Sinn. Es ist so einfach, dass sie nicht darauf gekommen ist.

»Die Zeit ist rum«, sagt der Justizbeamte und erhebt sich von seinem Platz neben der Tür. Die Stuhlbeine kratzen laut über den Linoleumboden. »Abflug.«

»Ich komme«, sagt Hanning.

Er steht auf und geht zur Tür. Ohne sich noch einmal zu Katja umzudrehen, hebt er die Hand zu einem letzten Gruß. »Ich würde mich freuen, Sie irgendwann wiederzusehen«, hört sie ihn sagen. »Sie wissen ja, wo Sie mich finden.«

41

Getrieben von den Gedanken an das, was sie erwartet, kämpft sie sich über die A92 zurück nach München und weiter über die nördliche Umfahrung bis zur A96. Ihre Augen sind auf die vom Regen verschleierte Straße gerichtet, aber in ihrem Kopf starrt sie unter einer Augenbinde hindurch auf Glasers fetten Bauch. Sie sitzt neben ihm auf der Rückbank eines 7er-BMWs, sie fühlt seine gierige Hand auf ihrem Schenkel, riecht die Fäule seines Mundes, den ekelhaften Schweiß, den er verströmt – oder ist das nur der Gestank ihrer eigenen Angst?

Je näher Katja ihrem Ziel kommt, desto schwächer fühlt sie sich. Sie krallt ihre Hände um das Lenkrad, die Anspannung lässt ihre Fingerknöchel weißlich hervortreten.

An der Anschlussstelle Schöffelding verlässt sie die Autobahn, die hügelige Landschaft vor ihr wie ein aufgeworfener Teppich aus Wiesen und Äckern, darüber bleigraue Wolken, der Regen hat sich in ein feines Nieseln verwandelt.

Damals schien die Sonne, der Himmel war strahlend blau, die Hitze im Fluchtwagen unerträglich. Wolf saß am Steuer. Jedes Mal, wenn er bremste oder vom Gas ging, um zu schalten, zuckte sie erschrocken zusammen.

Vor ihr die Einmündung des Feldweges, in den er abgebogen ist. Seither ist sie nicht mehr hier gewesen, jetzt fährt sie mitten hinein in den Sturm, der seit Jahren in ihr tobt, ins Herz des Grauens.

Der sandige Split knirscht unter den Reifen. Auf der einen Seite des Weges die Weite der Felder, auf der anderen der Saum eines Waldes, vor ihr eine Kurve, kurz dahinter die Scheune. Sie kann sie nicht sehen, aber sie weiß, dass sie da ist. Genau wie Martin Wolf. Sie kann ihn körperlich spüren, er ist in ihr, seine Anwesenheit wie ein öliger Film auf ihrer Haut.

Sie hält an, nimmt die Pistole ihres Vaters aus dem Handschuhfach, ihre verschwitzten Hände zittern. Jenny! Wenn sie einen Fehler macht, ist ihr Kind tot. Wenn sie die Nerven verliert, ist ihr Kind tot. Wenn sie im falschen Moment zögert, ist ihr Kind tot.

Sie zwingt sich dazu, auszusteigen, ihre Glieder schwer wie Blei. Sie spürt ihren Hals zuschwellen, das Atmen fällt ihr schwer. Bring es hinter dich, denkt sie, aber ihr Körper will nicht. Mühsam setzt sie einen Fuß vor den anderen, der Kurve entgegen, jeder Schritt eine Qual.

Sie läuft gegen eine Wand aus Angst und Hass an, und diese Wand ist sie selbst. Sie muss die Wand durchbrechen, mit ihren Händen wühlt sie in ihrem Inneren, reißt die klaffende Wunde noch weiter auf, Schicht um Schicht legt sie sie frei, der Schmerz unter ihren Nägeln ist unbeschreiblich, auf ihren Haaren und Schultern der nasse Nebel des Regens.

Dann endlich, am Ende der Kurve, sieht sie die Scheune vor sich, alt und verfallen, das ziegelgedeckte Dach halb eingestürzt. Hannings Worte fallen ihr ein, das Alpha und das Omega, der Ort, an dem alles begann und alles enden wird.

Und plötzlich ist sie ganz ruhig. Keine Angst mehr, keine Panik, nur noch kalkuliertes Überlegen, das Abwägen ihrer Optionen. Sie schaut sich um.

Hinter der Scheune der Wald, davor die Felder, die ihr keine Deckung geben, sie muss einen Bogen machen, aus dem Dunkel der Bäume kommen, ungesehen und überraschend.

Sie schlägt sich ins Unterholz, spürt den Waldboden unter ihren Füßen, springt über Wurzeln, weicht herabgefallenen Ästen aus. Zwischen den Baumstämmen die Silhouette der Scheune, davor ein geparktes Auto, alt und verbeult, Miesbacher Kennzeichen, Wolfs Bruder muss es ihm besorgt haben, wahrscheinlich ist es auf einen Freund aus alten Tagen zugelassen.

Hinter einem Baum verborgen, lauscht sie auf Geräusche. Nichts. Wie ausgestorben liegt die Scheune vor ihr, schweigend und still. Sie löst sich aus ihrer Deckung, läuft hinüber zu der Ruine, presst sich an das verwitterte, nasse Holz. Wieder ein Lauschen, wo bist du Jenny? Noch immer ist nichts zu hören.

Vorsichtig schiebt sie sich an der Wand entlang, die Pistole in der Hand, den Zeigefinger um den Abzug gelegt, das schwarze Metall hart und kühl. Sie späht um die Ecke, das Gras vor dem Eingang ist zertreten. Noch ein Meter, dann ein halber, und sie steht neben dem Scheunentor. Ein tiefes Durchatmen, ein letzter Schritt, die Waffe im Anschlag, sehen, was sie nicht sehen will, aber sehen muss, der Blick durch das geöffnete Tor in den Abgrund ihrer jahrelang vergrabenen Vergangenheit.

Es dauert einen Moment, bis ihre Augen sich an das Halbdunkel gewöhnt haben, dann ist alles wieder da: der Ort ihrer Vernichtung, die Nacht, in der sie lebendig gestorben ist. Das Grauen droht sie zu überwältigen, die alte Bestie Angst springt sie an wie ein gieriges Tier, aber die Sorge um ihr Kind ist stärker.

Ihr Blick streicht suchend durch die halb verfallene Scheune. Jenny liegt auf einer fleckigen alten Wolldecke, an die Wand gedrückt, die Hände mit Kabelbindern aneinandergefesselt.

Sie starrt Katja an, die Haare stumpf und fettig, in ihren abgemagerten Zügen blankes Entsetzen. Sie so zu sehen, ist kaum auszuhalten, aber wenigstens lebt sie!

Der Impuls, zu ihr hinüberzulaufen, die Kabelbinder loszumachen, sie in die Arme zu nehmen. Ein winziger Moment der Ablenkung, in dem die Liebe der Mutter größer ist als die Vorsicht der Ermittlerin.

Jennys flackernde, wandernde Augen, pass auf, Mama!

Aber es ist zu spät.

Ein stechender Schmerz, als Martin Wolf ihr die Waffe aus der Hand schlägt und mit dem Fuß beiseitetritt, sie verliert das Gleichgewicht, stürzt auf den festgestampften Lehmboden. Er packt sie an den Haaren, reißt sie nach oben, mit einer Hand umfasst er von hinten ihren Bauch, zieht sie an sich, der Lauf der Pistole, mit der er die beiden Justizbeamten erschossen hat, bohrt sich in ihre Wange.

»Hallo, Katja«, flüstert er, ein gehässiges Zischen, sein Gesicht an ihrem, sein stinkender Atem ganz nah, er schiebt sie vor sich her, hinüber zu einer alten Werkbank, er wirft sie dagegen, seine Hand packt ihren Nacken, drückt ihren Kopf herunter, fixiert ihn mit der Pistole auf dem staubigen Holz.

Ihre Augen wandern zu Jenny, die sie wie gelähmt anstarrt.

»Hast du mich also gefunden«, sagt er, in seiner Stimme Wut, jahrelang aufgestauter Hass. Und Häme. Kalter, nackter Spott. »Die schlaue Katja Sand. Hat tatsächlich geglaubt, ich hätte nicht damit gerechnet. Hat sie sich wohl geirrt.«

Sie fühlt, wie seine freie Hand zu ihrem Gürtel wandert, ihn löst und den Knopf ihrer Hose öffnet.

»Ich hab auf dich gewartet, Katja, all die Jahre, auf diesen einen Moment. Jetzt werden wir deiner süßen Tochter mal zeigen, was wir damals gemacht haben, du und ich.«

Sie spürt, wie er hart wird hinter ihr. Mit einem Ruck zieht er den Reißverschluss ihrer Jeans herunter, zerrt ihr den Stoff von den Schenkeln, dann ihren Slip.

»Hat deine Mama dir gar nichts davon erzählt?«, wendet er sich an Jenny. »Wie ich's ihr besorgt hab, hier in dieser Scheune, wie sie laut geschrien hat vor Geilheit und gar nicht genug kriegen konnte von mir?«

Jennys angststarre Augen, die nicht wahrhaben wollen, was Wolf da sagt.

Und Katja, die sich losreißt von diesem Blick, den sie nicht ertragen kann.

Wolf öffnet jetzt seine eigene Hose, sie kann hören, wie er darin herumwühlt, dann spürt sie seinen erigierten Schwanz an der Rückseite ihrer Schenkel. Bitte nicht, denkt sie und erstarrt.

Die Vergangenheit kehrt zu ihr zurück. Die Hitze einer Nacht im Sommer, das Mondlicht, das durch die Ritzen im Holz dringt, der durch seine Maske zu ihr herübergaffende Glaser, der sich stöhnend einen runterholt, während Wolf in sie eindringt und zustößt, wieder und immer wieder. Das Entsetzen in ihr, der Ekel, die Scham. Und schlimmer noch: dieses grauenhafte Ausgeliefertsein, diese alles verschlingende Hilflosigkeit.

Wehr dich, denkt sie, lass es ihn nicht noch einmal tun! Ihre Augen wandern über den Boden, suchen verzweifelt nach der Pistole ihres Vaters. Sie liegt keinen halben Meter von ihren Füßen entfernt, aber außerhalb von Jennys Reichweite.

»Warte«, sagt sie zu Wolf. »Warum willst du mich von hinten ficken, wenn du's auch von vorne haben kannst?«

Er reagiert nicht.

Sie muss ihn reizen, ihn provozieren. »Zeig ihn mir«, sagt sie. »Ich will ihn sehen.«

Noch immer zögert er.

»Jetzt mach schon«, sagt sie. »So wie damals. Oder schaffst du's nicht, mir in die Augen zu schauen dabei?«

Der Lauf seiner Waffe löst sich von ihrem Nacken. Er packt sie an einem Arm, wirbelt sie herum. Gibt damit ungewollt ihre Beine frei und ihre Füße. Sie schafft es, die Pistole ihres Vaters in Jennys Richtung zu kicken.

Jenny begreift. Schnappt sich die Pistole mit ihren gefesselten Händen, richtet sie auf Wolf. »Lass deine Scheißwaffe fallen, sonst schieße ich!«

Überrascht dreht Wolf sich zu ihr um, schaut in die Mündung der Pistole in ihrer Hand, dann wendet er sich wieder Katja zu. Das alles geht blitzschnell, eine Sekunde, höchstens zwei.

Jetzt oder nie, denkt Katja, ihr Kopf schnellt nach vorne, ihre Stirn knallt auf seine Nase, ein knackendes Geräusch, als der Knorpel bricht, der Schmerz lässt ihn aufschreien. Blut schießt ihr entgegen, er greift sich ins Gesicht, sie reißt ihm die Waffe aus der Hand, stößt ihn von sich, der Schmerz, das Blut, er taumelt, stolpert, fällt zu Boden.

Sie tritt einen Schritt zurück, die Waffe weiter auf ihn gerichtet, sie ist außer sich, in ihr nichts als blanker Hass, der Wunsch, zu töten. Zwei Seiten einer Medaille, denkt sie, Hanning hat recht gehabt.

Wolf starrt sie an, er weiß genau, was in ihr vorgeht. »Willst du das wirklich?«, fragt er. »Deiner Tochter den Vater nehmen?«

»Halt den Mund!«

»Ich hab's ausgerechnet«, fährt er ungerührt fort. »Hatte ja sechzehn Jahre lang Zeit dazu. Kommt genau hin.«

»Stimmt das?«, flüstert Jenny entsetzt.

»Natürlich stimmt das«, sagt Wolf. »Und wenn ihr's nicht glauben wollt, könnt ihr ja bei der Obduktion meiner Leiche einen Vaterschaftstest machen lassen. Nur um euch sicher zu sein.«

»Erschieß ihn, Mama!«, sagt Jenny tonlos.

Katja schaut ihr in die Augen, und in diesen Augen gefriert die Zeit. Jennys Schmerz ist grenzenlos, ein wortloses Begreifen, wer sie wirklich ist, ein schlagartiges Erkennen, wer ihre Mutter wirklich ist und warum sie all die Jahre geschwiegen hat, warum sie ihr den Vater verheimlicht und ihr dann einen falschen genannt hat. Aber über all dem Schmerz liegt eine unerschütterliche Entschlossenheit. Keinerlei Bedenken, nicht die Spur eines Zweifels, nur ein entschlossenes: Tu es!

Katja blickt auf Wolf hinunter, sein blutverschmiertes Gesicht, seine gebrochene Nase, die noch immer offene Hose.

Erschieß das Schwein, hört sie ihre Mutter sagen und hebt die Pistole, bis sie seine Augen im Visier hat. Sie spürt den

Widerstand des Abzugs, nur eine kleine Bewegung ihres Fingers, dann wird sein Kopf zerplatzen, seine hässliche Fratze mit ihrem schiefen Grinsen, er wird von dieser Welt verschwunden sein und mit ihm alles, was er ihr angetan hat.

Sechzehn Jahre eingesperrt, denkt sie, er in einem Gefängnis in Bayern, sie in sich selbst. Zwei Seiten derselben Medaille, hört sie Hanning sagen. Und: Ein Mensch bleibt immer ein Mensch!

Nichts kann ungeschehen machen, was sie erlebt hat. Wenn sie Wolf erschießt, macht sie Jenny zur Tochter einer Mörderin. Wenn sie ihn erschießt, wird sie ihn nie wieder los. Wenn sie ihn erschießt, verrät sie sich selbst.

Sie lässt die Pistole sinken.

»Du hast keine Macht mehr über mich«, sagt sie leise. Sie weiß nicht, ob er es mitkriegt, es spielt keine Rolle, sie sagt es nur für sich selbst. Und für ihre Tochter.

Im selben Moment hört sie das Geräusch eines Motors, das Knirschen von Autoreifen auf dem regennassen Split des Feldwegs, das Zuschlagen einer Autotür.

Dann steht Dorfmüller im Tor der Scheune und glotzt sie an wie ein Geist aus einer anderen Welt.

»Verdammt schön, dich zu sehen, Rudi.«

»Und ich dachte schon, ich wäre zu spät.«

»Warst du noch nie«, sagt sie. »Aber wie zum Teufel kommst du hierher?«

»Ich hab mir Sorgen um dich gemacht. Also hab ich in Straubing angerufen und mich mit Hanning verbinden lassen. Die Adresse habe ich aus den alten Ermittlungsunterlagen.« Er deutet auf Wolf und zückt seine Handschellen. »Was dagegen, wenn ich ihn jetzt festnehme?«

»Nicht im Geringsten«, sagt sie und wendet sich Jenny zu.

Sie kniet vor ihr nieder, schließt die Arme um sie, drückt sie an sich. Und weiß: Das ist das beste Gefühl, das sie je in ihrem Leben gehabt hat.

42

Jenny, denkt sie, kleine, liebe, süße Jenny! Liebevoll streicht sie über das erschöpfte Gesicht ihrer schlafenden Tochter. Sie liegen zusammen im Bett in ihrem alten Kinderzimmer. Behutsam zieht sie ihren Arm unter Jennys Kopf hervor, sie will sie nicht wecken. Vorsichtig steht sie auf und geht hinüber zu ihrer Mutter, die in der Tür steht.

»Es gibt eine Menge zu erzählen, Mama.«

»Ich freu mich drauf.«

»Ist nicht einfach«, sagt Katja. »Und wird lange dauern.«

»Wir haben alle Zeit der Welt«, sagt ihre Mutter.

Leise gehen die beiden hinaus, das Licht lässt Katja an. Die Bienen und Schmetterlinge fliegen über den Schirm ihrer Nachttischlampe, so wie sie es schon getan haben, als sie noch ein kleines Mädchen war.